When A Marquis Choose A Bride
by Ella Quinn

堅物侯爵の理想の花嫁

エラ・クイン
高橋佳奈子・訳

ラズベリーブックス

堅物侯爵の理想の花嫁

主な登場人物

ドロシア（ドッティ／シーア）・スターン……………准男爵の娘。

ドミニク・ブラッドフォード………………………マートン侯爵。

シャーロット・カーペンター………………………ドロシアの親友。スタンウッド伯爵令嬢。

グレース・ヴァイヴァーズ…………………………ワーシントン伯爵夫人。シャーロットの姉。

マシューズ（マット）・ヴァイヴァーズ…………ワーシントン伯爵。ドミニクの親戚。グレースの夫。

ルイーザ・ヴァイヴァーズ…………………………マットの妹。

ヘンリー・スターン…………………………………准男爵。ドロシアの父。

コーディリア・スターン……………………………ドロシアの母。

ユーニス・ブラッドフォード………………………先代マートン侯爵夫人。ドミニクの母。

エリザベス・ターリー………………………………子爵令嬢。

ラヴィニア（ラヴィー）……………………………マナーズ子爵夫人。エリザベスのいとこ。

フォザビー……………………………………………子爵。ドミニクの友人。

1

午過ぎ（ひる）の陽射しがスターン・マナーの風通しの良い大きな勉強部屋の窓から射しこんでいた。部屋には本棚と四つの机とふたつのソファーとさまざまなおもちゃがひしめき合っている。

ミス・ドロシア・スターンは使いこまれたソファーの大きいほうに腰を下ろし、刺繍針にバラ色のシルクの糸を通そうとしていた。母のために作っている上履きを仕上げるのに、もうひとつダマスクのバラを完成させなければならなかった。

しかし、どんなに頑張っても、身のまわりが悲しいほどにがらんとしている事実からは逃れられなかった。親友のレディ・シャーロット・カーペンターは行ってしまった。手引きひもをつけられていたよちよち歩きのころから何もかもをいっしょにやってきたように、長年いっしょに社交界にデビューしようと計画を練ってきたのに。

しばらくはいろいろあってドッティも忙しくしていた。母が事故に遭って以来、代わりを務めていたからだ。領地の小作人を訪ねて子供たちやその母親たちと話をし、彼らの力になる方法を探すのはたのしいことだった。

「ドッティ」六歳の妹マーサがべそをかいた。「スクラッフィがじっとしていないの」

スクラッフィは狩りの罠にかかっていたのをドッティが救った三本足の犬だったが、マーサが首にリボンを結ぼうとするのに抗(あらが)っていた。「ねえ、男の子はフリルが好きじゃないのよ。リボンは人形につけてあげて」

十五歳のヘンリエッタが読んでいた本から目を上げた。「それ、そもそも人形からとったリボンよ」

「ヘニー」ドッティは訊いた。「ハープの練習をしているはずじゃなかったの？」

妹は舌を突き出した。「ううん、ギリシア語でオウィディウスを読むことになっているの」

姉妹の父であるサー・ヘンリーは古典の学者で、その兄が数年前に亡くなるまでは教区司祭でもあった。ヘニーがぞっとしたことに、父は子供たち全員にラテン語とギリシア語を教えることにしたのだった。

ドッティは妹が持っている本をちらりと見た。大理石模様の装丁はゴシック小説などを出版しているミネルヴァ・プレスの小説本の証だった。「それはオウィディウスではないわね」

ヘニーはふっと息を吐き出し、目を天井に向けた。「貴婦人っておしゃれでばかなものじゃないの？」

「いいえ、ばかに見えるようにするってことよ」ドッティは辛辣な口調で答えた。「それもまったくもってばかばかしいことだけど。女性に脳みそは要らないなんて考える紳士と結婚するのはごめんこうむるわ」

「そうだとしたら、お姉様は生涯独身よ」とヘニーは言い返した。

「ワーシントン伯爵はグレースの賢いところがお好きだそうよ」ドッティは悦に入った笑み

を浮かべそうになるのをこらえた。「きっと同じように思う紳士はほかにもいるわ」

シャーロットの姉のグレースは今やワーシントン伯爵夫人だった。シャーロットのデビューのために、五人の幼い弟妹たち全員を引き連れてロンドンに行ったのだが、街に着くやいなやワーシントン伯爵マシューズと出会って恋に落ちたのだった。ふたりは三週間も経たないうちに結婚した。

それからまもなく、グレースは新郎とともに数日間スタンウッド・ホールに戻ってきた。自分の妹たちだけでなく、グレースの弟妹の保護者ともなったワーシントン伯爵がグレースの領地を視察するためだった。

ヘニーが言い返してくるまえに、ドアが開いた。「お嬢様」ドッティのメイドのポリーが部屋を見まわし、ドッティに目を据えた。「奥様がお呼びです」

ドッティは糸を通して針を置くと、縫っていた上履きを下ろした。「ご気分は悪くないの？」

「あ、ええ、お嬢様」ポリーは片足から片足へはずむように体重を移した。「ロンドンからお手紙が来て、すぐにお嬢様をお連れするようにとのことでした」

ドッティは急いで扉へ向かった。「何も問題ないといいんだけど」ロンドンから手紙を受けとるのはあまりうれしいことではなかった。知っている人は実質みな社交シーズンを過ごしにロンドンへ行っていた。母とドッティ自身も行っているはずだったのだが、出発を予定していた日の前日、母がすべって転び、足の骨を折ってしまったのだった。

「ええ、お嬢様」メイドはドッティのあとを急いでついてきながら言った。「奥様はにっこりしておいでででした」

「そう、早くうかがえばそれだけすぐにお母様が何をお望みかもわかるわ」一分後、ドッティは母の居間の扉をノックし、なかにはいった。「お母様、何かご用ですか？」

母は手に持った紙を振ってにっこりした。「思いもかけないすばらしい知らせよ。結局、あなたも今シーズンにデビューするの！」

ドッティはぽかんと口を開けた。それからその口を急いで閉じ、母のそばの椅子へ向かった。「どういうことかわからないわ。ブリストルのお祖母様はメアリー叔母様のお産のために、わたしの付き添いになってくださるのは無理だと思っていたから」

「これは――」母は手紙をまたぱたぱたと振った。「グレースからよ」

ドッティの鼓動が速くなった。思わず両手を組み合わせる。「な――なんておっしゃってるの？」

「かわいいシャーロットが今シーズンはロンドンに行けなくなったというあなたからの手紙を受けとって、あなたを招待するようグレースを説得したそうよ。グレースは――」母は眼鏡をかけ直した。「あなたを招待するのは少しも苦じゃないって言ってくれているわ。そう、シャーロットとワーシントン伯爵の妹のレディ・ルイーザ・ヴァイヴァーズの付き添いを務めているので、十人も子供のいる家にもうひとり増えたところでほとんど目立ちもしないでしょうって。良識あるあなたは大歓迎だそうよ」母は目を上げた。「それはたしかにそうね。

あなたはとても聡明だもの。でも、きっとグレースはお父様のためにそう言ってくださったのよ。あなたも知ってのとおり、お父様は誰かの言いなりになるのは嫌がるから」母は手紙に戻った。「それで、長年いっしょに計画してきたのに、あなたといっしょにデビューできなかったら、シャーロットがとても残念がるって」母はさっと手紙を下ろし、笑みを浮かべた。「このご招待についてどう思う?」

とても長いあいだ、ドッティは何も考えられなかった。こんなふうに頭が真っ白になるのははじめてだ。あまりにすばらしすぎてほんとうとは思えない。ドッティは首を振り、ようやく答えを見つけた。「思ってもいなかった……そう、シャーロットがグレースにお願いするのはわかっていたけれど、ワーシントン伯爵が同意なさるなんて想像もしてなかったわ。ただ、最後にもらった手紙でシャーロットがわたしのこと、うんと恋しがっていたのはたしかだけど。ワーシントン伯爵の妹のレディ・ルイーザまでがお手紙をくださって、わたしのことをたくさん聞かされたので、もう知っている人に思えるって書いてくれたわ。わたしがロンドンに来られるといいなって」

ふいに、ほんとうにロンドンへ行くのだという事実が実感できた。「ほんとうに今シーズンにデビューするのね!」ドッティは飛び上がり、すばやく母に身を寄せて抱きしめた。「お母様もごいっしょならよかったのに」

母はドッティの背中を軽く叩いた。「ええ、そうね。わたしも行ければよかったけど、あなたのことはグレースがちゃんとお世話してくださるわ」

「グレースの申し出のこと、いつお父様に話したらいいかしら？」父に行かせてもらえなかったら？　そうなったら最悪だ。「お父様も同じぐらい喜んでくださるかどうか」

母はつかのま天井に目を向け、長々とため息をついた。「お父様の言うとおりにしていたら、あなたは少なくとも二十歳になるまでデビューできないわ。お父様、今はどこかにお出かけなの。戻っていらしたら、すぐにわたしのところへ来てほしいと伝言を残しておいたわ」母はクッションから身を起こした。「無駄にする時間はないわ。話し合わなきゃならないことが山ほどあるんですもの。ポリー」母は部屋の入口に控えていたドッティのメイドに向かって言った。「屋根裏からトランクを下ろさせて、ミス・ドッティの衣服の荷造りをはじめて」

「かしこまりました、奥様」

ドアが閉まると、母は少し身をまえに倒して声をひそめた。「お父様も最初はあなたがわたしを置いてロンドンへ行くことに難色を示されるでしょうけど、心配しないで。うまく説得するから」

ドッティは椅子に腰をおちつけ、膝の上で手を組み合わせた。手は興奮に少し震えていた。ほんとうに世界でいちばんの親友といっしょにデビューすることができるのだ！「シャーロットとグレースにお礼のお手紙を書かなくちゃ」

「そうね。そのまえにあれこれ決めなくては」母は手帳を開いて鉛筆の先を舌で湿らせた。「ロンドンまでいっしょに行ってくれる人を考えなくてはね。道中あなたのお世話をするのにポリーだけを付き添わせることはお父様がお許しにならないでしょうから。たしか、ミセス・パークスの妹さんがロンドンのお友達を訪ねることになっているっておっしゃっていたわ。あなたのお世話をお願いできないか、訊いてみるわね。そうすれば彼女の妹さんも、別の馬車を予約したり、運賃の支払いをしたりする面倒をはぶけるはずですもの」

ドッティはうなずいた。「ええ、お母様。たしかミス・ブラウンリーは数日のうちにお発ちになるはずよ。駅馬車を使うつもりでいるわ」

「だったら、上等の内装の個人用の馬車に乗って旅ができるとなれば喜ぶわ。さあ、ポリーを手伝いに行きなさい。わたしがお父様とお話ししたあとで、あなたを呼びますから」

ドッティは母にキスをしてから、貴婦人らしからぬ格好で階段をのぼり、自室へ向かった。すでに四つのトランクが開けられており、衣装室の収納棚は空だった。ドッティはベッドの上にあった服をたたみはじめた。「ポリー、お母様がうまく説得してくださるといいんだけど」

メイドはしばし手を止めて考えをめぐらした。「サー・ヘンリーが奥様のご希望に反対なさるとは思えませんね」そう言って大きくうなずいた。「奥様はきっとご意見を通されます」

ドッティはほほ笑んだ。母はいつもそうだ。「それでも……行くことが正式に決まったら、もっとずっと気が楽なんだけど」

二時間後、サー・ヘンリー・スターンは手紙を手に顔をしかめて妻の居間にはいっていた。「ワーシントン伯爵からだ。おそらく、きみのところにはグレースから手紙が来てるはずだが」

レディ・コーディリア・スターンはにっこりした。夫のことは心から愛しているが、ときに夫は自分の考えが正しいと確信しすぎることがあった。夫にドッティの社交シーズンを台無しにさせるつもりは絶対になかった。「ええ、たしかに。ドロシアのためにこんなにうれしかったことはないほどですわ。長年シャーロットといっしょにデビューすることを夢見てきたんですから。それに、あの子のためにあれだけ新しいドレスを買ったわけですし……。そう、それが無駄になるのはいやだわ」

夫は納得が行った顔ではなかった。「ワーシントン伯爵は妹のレディ・ルイーザとシャーロットと同じようにドッティの面倒を見ると約束している」額の皺が深くなる。「しかし、コーディリア、あの子をワーシントン伯爵に託すことになるんだよ。ロンドンで。おまけに彼とはそこまでの知り合いでもない」

「ヘンリー」コーディリアは精一杯我慢強い声を保った。「グレースのことはわかっているし、あのおふたりがこっちにいらした数日のあいだにわたしたちをスタンウッド・ホールでの食事会に招いてくださったときには、ワーシントン伯爵はどこまでも感じのいい方だったわ。評判もすばらしいし。ハリーなら、一点のくもりもない人格と言うでしょうね」夫の唇が引き結ばれたのを見てコーディリアは急いで言った。「それに、彼がいい人じゃなかったら、グレースも信頼して弟や妹たちを託したりしなかったんじゃないかしら」

「しかし、三人の若いご婦人の面倒を見るというのは？」

夫の顔に浮かんだ恐怖の色に、コーディリアは噴き出しそうになった。

「グレースの親戚のジェーン・カーペンターがまだいっしょにいるのを忘れているわ。グレースは先代のワーシントン伯爵夫人もいらっしゃるし。女の子たちの付き添いには充分よ。グレースはドッティの良識を褒めていたし」

「ああ、そうか」ヘンリーは手紙をちらりと見やってくっつきそうなほどに眉根を寄せた。「シーズンはすでにはじまっているので、ワーシントン伯爵はただちに返事がほしいそうだ。返事を書くべきなんだろうが」

コーディリアはまたにっこりした。「つまり、ドロシアを行かせてやるってこと？」

夫の目にかすかにおもしろがるような色が浮かんだ。「きみのことはわかっているよ、コーディリア。だめだと言ったら、延々とくどかれるわけだ。きみはきみの母上と寸分変わらず頑固だからね。ロンドンまではどう旅させるつもりだい？」

「それについては文句を言えないわよ、あなた。わたしたちの意志が強くなかったら、あなたとわたしが結婚を許されることもなかったはずなんだから」コーディリアは勝ち誇った声にならないように努めた。スターーン家が何代にもわたってカーペンター家と親しくしてきたのは幸運だった。「旅の手配はすべてまかせて」

「いいだろう。きみのことだから、できるだけ早くドッティを送ろうとするはずだ。あの子と話がしたい」

「もちろんよ」コーディリアは呼び鈴のひもを引っ張って娘を呼びに行かせた。

ドッティはおぼつかない足取りで父の書斎にはいった。父のしかめ面を見て胃がひっくり返る。ロンドンへは行かせてもらえないのだ。そうだとしても、どうにか我慢したほうがいい。大騒ぎしてもどうにもならないのだから。ドッティは息を吸って悪い知らせを聞く心の準備をした。「なんでしょう?」

「お父様があなたと話をしたいそうよ」ドッティははっと首をめぐらした。ソファーに母が寝そべっていた。母がわざわざここへ来ているということは、重要な話にちがいない。

父は机の奥から机をまわりこんでくると、ドッティの肩をつかんだ。「おまえもシャーロットといっしょにデビューしていい。ただし、これについて私がどう思っているかはわかっているはずだ。おまえはまだ若い。急いで結婚しなければならない理由はないからね」

ドッティは父と同じぐらいまじめな顔を保った。「わかってるわ、お父様」

父は咳払いをした。「若い男に関心を寄せられたら、まずはワーシントン伯爵の許しを得るように言うんだ。ワーシントン伯爵はその紳士がおまえにふさわしいかどうか見極めてくれるだろうから」

ドッティはうなずいた。安堵と興奮が全身を貫く。しかし、まだ父の話は終わっていなかった。彼女は父の次のことばを待った。

「ワーシントン家ですでに暮らしている住人や犬の数を考えれば、スタンウッド・ハウスに行き場のない動物や人間を連れこまないと約束してもらわなければならない。あちらに迷惑だろうから」

「約束するわ、お父様」

「さて、私は馬車の準備ができているかどうかたしかめなければな」

父が扉を閉めるやいなや、ドッティは小さな叫び声をあげて母を抱きしめた。「ああ、お母様！　ほんとうにありがとう。恩返しできないほどだわ」

母はドッティの頬を軽く叩いた。「できるわ。たのしんでくれればいいの。ただし、お父様のおっしゃったことは心に留めておいてね。あれだけの子供たちがいて、二頭のグレート・デーンがいるんだから、ワーシントン家は三本足の犬や半分目の見えない猫は要らないはずよ。行き場のない子供は言うまでもなく」

「ええ、お母様。精一杯努力するわ」ドッティは笑みを浮かべた。

犬のスクラッフィはみんなに愛されていた。猫はこれまで飼ったどの猫よりもネズミをつかまえるのがうまかった。ベンジーはいい馬丁になった。人も動物も機会さえ与えられればどうにかなるものだ。それでも、両親の言うことにも一理ある。行き場のない動物や人間をスターン・マナーに連れ帰るのはまだしも、ほかの誰かの家に連れていくとなると話は別だ。ドッティは助けが必要な誰にも遭遇しませんようにと短く祈りをささげた。

2

マートン侯爵のドミニク・ブラッドフォードはプルトニー・ホテルの部屋に身をおちつけた。親戚のワーシントン伯爵マット――マシューズ・ヴァイヴァーズのタウンハウスを追い出されたことで、まだ自尊心がうずいていた。煙草を吸うのは流行なのだ。煙草が許されていない〈ホワイツ〉だったら、吸おうとはしなかっただろう。しかし、ワーシントンよりも地位が高い自分は賓客（ひんきゃく）として扱われるべきだ。あっさり出ていってくれと言われるのではなく。それでも、じつはそれほど煙草が好きでなかったのは都合がよかった。きっとこのホテルでも喫煙は許されていないはずだから。

ロンドンに足止めされるよりもヨーロッパ巡遊旅行に行くべきだったのかもしれない。しかし、ワーシントンの結婚を知らせる手紙を母が受けとり、ドミニクも子作りに着手するのがもっとも責任ある行動だと決心したのだ。なんと言っても、跡継ぎは自然にできるものではなく、自分には家族と領民たちに対する義務がある。おそらく、旅は結婚してからすればいい。

イギリスを離れたいと本心から思っているわけでもなかった。秩序正しい生活を好む自分にとって、旅は居心地のよい日常の決まりを乱すものにちがいなかった。フランスなどまったく訪れたくもなかった。自分よりも身分の高い人間を殺すような連中が暮らしている場所にはほとんど関心がなかったのだ。結局、何もかも秩序正しい状態に戻ってはいたが。誰もが決まりに従い、分をわきまえている場所で暮らすほうがずっといい。

今シーズンのために自分のタウンハウスであるマートン・ハウスを開けることを再度考えたが、母がロンドンにいない以上、開けてもしかたがなかった。女主人役を務めてくれる母がいなくては、友人を招く以外になんの催しも計画できないからだ。ロンドンに長居をするつもりはなかったので、ホテルはちょうどよかった。妻を見つけるのにそれほど長くかかるはずはない。自分は侯爵なのだから。かなりの財産を有していることを別にしても、望ましい結婚相手のはずだ。

「ウィットン」ドミニクは従者を呼んだ。

「はい、旦那様」

「夕食は〈ホワイツ〉でとる」

「かしこまりました」

ドミニクは友人のフォザビー子爵あてに夕食をともにしないかと誘う書きつけをしたためた。着替えを済ませ、帽子をかぶるころになってフォザビーから誘いに応じる旨の返事が届いた。

少しして、霧雨が本降りに変わるころに、ドミニクは帽子とステッキを扉番にあずけ、〈ホワイツ〉の有名な賭けの台帳が置かれた部屋で友人を見つけた。別の友人のウィリアム・アルヴァンリーがじっと外の雨を見つめている男といっしょに窓のそばに陣取っていた。

ドミニクはフォザビーに向かって訊いた。「彼らは何をしているんだ？」

「どっちの雨粒が最初に下の窓枠に達するかに五千ポンド賭けているんだ」

摂政皇太子の側近の多くとは親しくしていたが、ドミニクは友人たちの行きすぎた賭けには我慢がならなかった。この調子でいくと、アルヴァンリーは自分も領地も破滅に追いこむことになるだろう。「もう食事できるかい？　それとも賭けの結果を待つつもりかい？」

「腹が減ったよ」フォザビーは手にしていたワインのグラスを干した。「今年はロンドンに来ないんだと思ってた」

「予定が変わったんだ」ドミニクとフォザビーはダイニングルームにはいっていった。「妻をめとろうと決めたんだ」

「妻？」フォザビーはむせた。「決まった相手でも？」

「まだいないが、条件は決めてある。血筋がよく、癇癪を起こしたり妙に感情的になったりせず、物静かで、従順で、見るに耐える容姿で——結局、その女性と跡継ぎを作らなきゃならないんだからね——侯爵夫人にふさわしい振る舞いを心得ていること。それに、悪い噂とは無縁であること。そう、伯父はそういうのが大嫌いだったから。たぶん、そんなものかな」

「言い換えれば、女性の鑑(かがみ)だ」

ドミニクはきっぱりとうなずいた。「まさしく。そうじゃない女性とは結婚できない」

ドッティは午後三時すぎにメイフェアのバークリー・スクエアにあるスタンウッド・ハウスに到着した。シャーロットの手紙からして、カーペンター家とヴァイヴァーズ家の面々はうまくやっているようだった。ルイーザの母親である先代のワーシントン伯爵夫人もいっしょに暮らしていたが、ワーシントン伯爵が四人の姉妹の唯一の保護者になっていた。

スタンウッド・ハウスの執事であるロイストンが扉を開けてくれ、ドッティは押し寄せる子供たちとカーペンター家のグレート・デーン犬、デイジーに押し倒されそうになった。

「馬車が到着するのが見えたんだ」と子供たちのひとりが叫んだ。

デイジーがドッティに体を巻きつけようとしていると、シャーロットとルイーザと思しき褐色の髪の若い女性が急いでまえに進み出た。ドッティは笑った。「こんな熱狂的な歓迎を受けるとは思ってなかったわ」

玄関の間の脇から別の犬の吠える太い声が聞こえてきた。

「あれはデュークよ」シャーロットが騒ぎのなかで声を張りあげた。

「もう充分だ」ワーシントン伯爵の命令するような声がして、シャーロットとルイーザ以外の子供たちが扉からあとずさった。「彼女を家のなかに入れてあげるんだ」

年下の子供たちが道をあけると、妹と同じ黒っぽい髪をした背が高く肩幅の広い伯爵がグレースの手をとってまえに進み出た。美しい夫婦だった。グレースの美しい金髪が夫を完璧に引き立たせている。

「みんなあなたが来るのを心待ちにしているって言ったでしょう」グレースが笑いながら

ドッティを抱きしめた。

「ええ、そうね」ドッティはにっこりした。カーペンター家の面々と再会できたのはすばらしかった。「すごい歓迎ですわ」

シャーロットがドッティに腕を投げかけた。「来てくれてほんとうにうれしいわ。こちらマットの妹でわたしの姉妹にもなったルイーザよ」シャーロットはしかめ面を作った。「もちろん、厳密にはちがうんだけど、お互い何か呼び方を考えなきゃならなかったから」

ドッティはルイーザに手を差し出したが、握手の代わりに頬にキスを受けた。

「ようやくお会いできてほんとうにうれしいわ」ルイーザはほほ笑んだ。「わたしたち三人、親友同士になって、うんとすばらしい時間を過ごすのよ」

ドッティは伯爵にまだ挨拶していないことを思い出した。伯爵はドッティが差し出した手をとったが、彼女がお辞儀をしようとすると、それをさえぎった。「ここでは堅苦しく振る舞ってもしかたがない。ぼくのことはマットと呼んでくれ。ほかの子供たちもみなそうしている」

「ありがとうございます。ここに来られてどれだけうれしいか、ことばにできないほどですわ。それと、父に手紙を書いてくださったことも」

マットがそれに答えるまえに、シャーロットがドッティの手をつかんだ。「お部屋に案内しなきゃ。わたしの隣の部屋よ。顔や手を洗って着替えをするといいわ。それから、お茶を飲んでハイドパークを散歩しましょう。ルイーザとわたしには専用の居間があるの。これからはあなたもいっしょに使うのよ」

ドッティは友人のあとから階上へのぼった。「馬車に二日も揺られてきたから、歩きたいわ」

「よくわかるわ」ルイーザがドッティと腕を組んで言った。「一日以上馬車に閉じこめられていたあとで、どうして休養なんてできるのかわからない」

シャーロットとルイーザはドッティに小さな居間の場所を教え、それから寝室へ案内した。寝室でひとりになると、ドッティは顔に水をかけ、手を洗った。

ポリーが部屋にはいってきて、衣装部屋にちがいない小部屋へ向かった。「さて、お嬢様」そう言って散歩用のピンクのモスリンのドレスとペイズリー柄の上着を吊るした。「お着替えしましょうか」

数分後、ドッティが居間に行くと、ルイーザとシャーロットがスタイル画のカードを眺めていた。

「ここに来てこれをどう思うか聞かせて」シャーロットが自分の隣を軽く叩いて言った。

それから、ドッティにレースの飾りのついたクリーム色の舞踏会用ドレスを着た女性の絵を手渡した。シャーロットは髪も目もグレースと同じ色をしている。友にはぴったりのドレスに思えた。「とってもきれい」

数分後、お茶が運ばれた。みなお茶を飲み、ひと皿のビスケットを平らげるころには、ドッティはこれから行われる舞踏会やその他の催しについて何もかも聞かされていた。そのなかにはルイーザとシャーロットのデビューを祝う舞踏会も含まれていた。

「その舞踏会はあなたのデビューも祝うものになるってグレースとお母様が言っていたわ」ルイーザがにっこりして言った。自分の舞踏会をさらにもうひとりと分かち合わなければならないことを微塵も気にしていない様子だ。

ドッティはアーモンド・ビスケットを食べ終えた。「とってもたのしいでしょうね。何もかも待ちきれないわ。あなたたちふたり、色々と教えてね」

夢がすべてかなったのだった。ルイーザから友情を示す手紙を受けとってはいても、今の今までほんとうには信じていなかった。ルイーザに好意を抱いてもらえなかったら、夢の実現はむずかしかっただろう。

まもなく三人はハイドパークへと散歩に出かけた。三人の男の使用人が付き添っているとわからないほどの距離をあけてあとにつづいた。

ふたりの友人のあいだを歩きながら、ドッティは言った。「ロンドンで散歩するときは必ずメイドを連れていったってうちの母は言っていたわ」

「男の使用人のほうが役に立つってマットが言うのよ」ルイーザが答えた。「誰かがけがをしても、メイドは無理だけど、男の使用人なら家まで運んでもらえるから」

「それに」シャーロットが付け加えた。「買い物に行くとしたら、買ったものを運ぶのも楽なはずよ」

三人はハイドパークを一周する小道に到着した。ハイドパークは〝パーク〟と呼ばれているのだとドッティは説明された。

シャーロットはおかしな顔を作った。「みんな何もかも心得ていて、退屈そうな振りをするものなんですって。でも、そんなのばかばかしいと思うけど。どうしてたのしいのに、たのしくない振りをするわけ？」

「わたしにもそれはよくわからないわね」ドッティはため息をついた。「準備万端と思ってここへ来たのに、覚えなきゃならないことがあまりにたくさんあるわ」

「ルイーザとわたしだってそうだったのよ」シャーロットは力づけるように言った。「あなたもすぐに追いつくわ」

しばらくして、三人はふたりのしゃれた装いの紳士に挨拶された。シャーロットとルイーザは知り合いのようだ。三人は足を止め、紳士たちが近づいてくるのを待った。

「ミス・スターン」シャーロットが堅苦しく言った。「ハリントン様とベントレー様を紹介させて。おふた方、こちらわたしの幼馴染のミス・スターンです。今シーズンのあいだ、わたしたちといっしょに暮らすことになっています」

ふたりの男性はドッティが差し出した手に顔を近づけた。シャーロットとともに学んだお行儀のレッスンが役に立った。ドッティはお辞儀をした。「お会いできて光栄です」

ふたりの紳士はしばらく三人と連れ立って歩き、翌日の夜の舞踏会でダンスを踊ってくれと頼んだ。ふたりが去ると、ドッティは小さく身震いした。「すでにふたりとダンスの約束をしたなんて信じられない」

「とても感じのいい方たちでしょう？」シャーロットは顔を赤らめた。

ルイーザはシャーロットにいたずらっぽい目をくれた。「たぶん、ハリントン様はシャーロットにお付き合いを申しこまれるわ」

「そう、見た感じでは、ベントレー様はあなたに夢中みたいよ」とシャーロットはやり返した。

「そうじゃないことを祈るわ」ルイーザは目を空に向けた。「いい人なんだけど、結婚したい人じゃないから」

ルイーザと知り合ってまだまもなかったが、ドッティにもかわいそうなベントレー卿がルイーザにふさわしくないのはわかった。ルイーザにはもっと年上で自信に満ちた人が必要なのだ。

ドッティはシャーロットの手をとってきつくにぎった。「あなたはハリントン様をどう思っているの？」

シャーロットの顔はさらに赤くなった。「とても魅力的だけど、グレースには時間をかけるように言われているの」

三人はまた道の片側を歩きはじめた。ふいに背後からどよめきと叫び声が聞こえてきた。ドッティははっと振り返った。小さな犬がひとりの男性のブーツについたタッセルをくわえ、うなりながらも尻尾を振り、くわえたタッセルを引きちぎろうと首を振ってあとずさりしている。男性のほうは愚かしくも犬を蹴りつけようとし、遊んでいると犬に勘違いさせていた。

ドッティは口に手をあてて笑いをこらえたが、男性が犬を打とうとステッキを振り上げるのを見て、急いでまえに進み出た。「ちょっと待って！　何をするおつもりです？」そう言って、よく見ると子犬にすぎないことがわかった犬のほうに身をかがめた。それから男性のほうに顔を向け、目を細めてにらみつけた。「恥を知りなさい」

ドッティは子犬の口からタッセルをはずそうとしたが、男性が足を振って犬を振り払おうとするたびに、犬はより強くタッセルをくわえ、うなりながら首を振った。「動かないで。あなたが遊ぼうとしていると犬は思っているんです。それがわからないほどばかなの？」

「犬を離してくれ」男性は恐怖に声を張りあげ、叫ぶように言った。「誰かに償ってもらうからな。こいつはきみの犬なのか？」

その男性のことは無視しようと決め、ドッティは十数えて息を吸った。そしてようやく金色のタッセルを子犬の鋭い歯から引き離すことができた。「ほうら」犬を抱き上げると、ドッティはその硬い毛を撫でた。「おまえのご主人様はどこ？」

ちょうどそのとき、学校に通っている年頃のふたりの少年が駆け寄ってきた。「ああ、お嬢さん。どうもありがとうございます。ベニーを探しまわっていたんです。逃げてしまって」

そのときには、ベニーはドッティのボンネットのリボンに噛みついていた。ドッティは笑ってリボンを引き離そうとした。「さあ、どうぞ。これもおまえのものじゃないわよ」ドッティはリボンを引き離し、子犬を少年のひとりに手渡した。

「だめになったリボンは弁償します」

「気にしないで」ドッティはふたりの少年にほほ笑みかけた。「そのお金を使ってひもを買って。そうすれば、ベニーを逃げないようにできるから」

「生まれてまだ三カ月なんです」ひとりの少年が誇らしげに言った。「こんなに速く走れるなんて思ってなかったんで」

「それにこんなに遠くまで」ともうひとりが言った。

「ありがとうございます」ふたりは声を合わせて言った。

ああ、そうね。子犬はどこまでも子犬で、男の子はどこまでも男の子だ。「さあ、もう行って。ベニーが問題を起こさないようにね」

「ちょっと待て」子犬にタッセルを噛まれた男性が声を発した。「弁償してもらうぞ。きみたちのしつけのなってない動物のせいでブーツが台無しになったんだから」

「ばかばかしい」ドッティはしばし目を閉じてから、その男性に険しいまなざしを向けた。「悪いのはあなたです。良識ある人間として振る舞って、あのかわいそうな子犬を抱き上げてやりさえすれば、ブーツを台無しにされることもなかったんです」

そのころには、シャーロットとルイーザもドッティのそばに並んで立っていた。使用人たちはすぐ後ろに控えている。

「ドッティ、大丈夫？」とシャーロットが訊いた。

「大丈夫よ」ドッティはルイーザにちらりと目をやった。ルイーザは男性の連れをにらみつけている。それまでドッティは男性に連れがいるのには気づいていなかった。

連れの男性とタッセルを嚙まれた男性は対照的だった。

〝洒落者〟について父がさげすむように言っていたわけがようやくわかった。ベニーにブーツを攻撃された男性は明らかに洒落者のひとりだった。シャツの襟先は高すぎて首をまわすこともできなそうで、派手なストライプのウエストコートはウエストが細く締めつけられており、時計の鎖の飾りなどの装飾品が多すぎて生地が見えないほどだった。一方、連れの男性は濃紺の上着に淡黄褐色のズボンという優美で上品な装いだ。金のタッセルもつけていないブーツはぴかぴかに磨き上げられ、陽光を反射して光っていた。すっきりした髪型の金髪と藍色の目をしたその男性はとてもハンサムだった。しかしそこで彼が唇をあざけるようにゆがめたため、ドッティが抱いた好印象は損なわれた。

「マートン」ルイーザがうんざりしたような声で言った。「やっぱりあなたのお友達なのね」

マートンと呼ばれた男性は咳払いをした。「フォザビー、このご婦人の言うとおりだと思うよ。タッセルをだめにされるまえにあの犬を止められたはずだ」

フォザビーはマートンのほうを振り返り、裏切られたという目で連れを見つめた。マートンの目にはなんの感情も浮かんでおらず、内心の思いは読みとれなかったが、その目の何かがフォザビーに影響をおよぼしたにちがいなかった。フォザビーはドッティのほうを振り向き、わずかに首を下げた。

「ご婦人方、不必要な騒ぎを避けるためにすみやかに行動しなかったことを心からお詫びします」

根に持つタイプではないドッティは首を下げた。「謝罪はお受けしましたわ」

マートンは片方の眉を上げ、ルイーザに意味ありげな目をくれた。

「わかったわ」ルイーザはあまりうれしそうでもなく言った。「ミス・スターン、親戚のマートン侯爵を紹介させてくださいな。マートン、こちら、レディ・シャーロットのご家族の長年の友人でいらっしゃるミス・スターンよ」

ドミニクはお辞儀をし、ミス・スターンが優美にお辞儀をするのをほれぼれと見つめた。フォザビーとやり合っているときにはあまり注意を払っていなかったのだった。その彼女が立って顔を向けてくるまで、また今風のがみがみ女が現れたと思っていた。これほど完璧な美はボッティチェリですら描けなかったのではないか。帽子の下からのぞくつややかな黒い巻き毛がハート型の顔をとりまく様子は完璧で、見つめてくる目は明るいモスグリーンだ。ひそかに彼は息を呑んだ。今シーズンはレディ・シャーロットも含めて数多くの美しい女性を目にしたが、ミス・スターンに匹敵する女性はひとりもいなかった。

しかし、ドッティとはなんともひどい名前だ。何かを略した呼び名にちがいないが。ドミニクはそれがただの呼び名であることを祈った。そうでなければ、名前は変えてもらわなければならない。

ルイーザは彼女が貴婦人であるという以外にミス・スターンの地位について何ひとつ教えてくれようとしなかった。しかし、称号のないただのミス・スターンだとしても、子爵の娘である可能性はある。そうだとすれば、それほど悪くはない。それ以上身分が低くてはだめだ。血筋がすばらしければ別だが。そうだとしたら、例外にしてもいい。侯爵夫人がもたらす子供のことを考えなければならないのだから。

彼女の手に顔を寄せ、ドミニクはその指をつかんだ。「お会いできて光栄です、ミス・スターン。訪問をお許しいただけるといいんですが」

「そうね」ルイーザがわざと気をくじかせるような声で言った。「スタンウッド・ハウスを訪ねるつもりがあるならね。ミス・スターンは今シーズンのあいだ、わたしたちといっしょに暮らすことになるから」

またあの子供たちと――とりわけワーシントンの末の妹のテオドラと――顔を合わせなければならないと考え、ドミニクは身震いしそうになるのをこらえた。どうにか顔に笑みを貼りつける。「たぶん、そうするよ」

家同士が敵対しているせいで、自分の保護のもとにある女性には言い寄るなとワーシントンにははっきり言われていた。もちろん、そのときに念頭にあったのはレディ・シャーロットとルイーザだけだったが。それはミス・スターンにもあてはまるのだろうか。

女性たちが別れを告げて去ると、フォザビーがドミニクのほうを振り向いた。「よくもぼくを物笑いの種にしてくれたな。あのミス・スターンにはあんなことを言う権利はなかったんだ。生意気としか言いようがない。気に入らないな」

ドミニクは片眼鏡を出してそれを友に向けた。「あれ以上まぬけな姿をさらさないようにきみを助けようとしたんだぜ。まったく、フォザビー。相手は子犬だった。それもかなり小さな」

フォザビーはブーツに目を落とした。

嚙まれたタッセルは輝きの足りないブーツにみすぼらしくぶら下がっていた。どうしてフォザビーがブーツをよく磨きもしない従者を雇っているのかドミニクにはわからなかった。

「ああ、そうだな」フォザビーは顔をしかめた。「たぶん、きみの言うとおりだ。ただぼくは犬が嫌いなんだ」

「犬が嫌いなんて――」ドミニクは軽蔑を押し隠せなかった。「反逆者に近いぜ。イギリス人らしからぬことだ。みんな飼ってるじゃないか。犬がいなくてどうやって狩りをする？」

フォザビーはしばし黙りこんでから話を変えた。「ああ、もちろん、きみの言うとおりさ。ほんとうにばかだったよ。今夜は〈ホワイツ〉で食事するつもりかい？」

「ほかにどこで？　そこで会えるかい？」

「ああ、もちろんさ。八時半は？」

ドミニクは首を下げた。「じゃあ、そのときに」

ドミニクは友人と別れ、少ししてホテルに戻った。しかし、ホテルにはいり、部屋にお茶を運ばせるように命じると、もう部屋はないと言われた。「なんだって？」ドミニクはフロント係に見下したような目を向けた。「部屋を明け渡したとしたら、覚えているはずだが」

フロント係はお辞儀をし、ドミニクに書きつけを渡した。「侯爵様、これをお渡しするように申しつかりました」

書きつけを開けると、すぐさま母の字だとわかった。ロンドンに来ていて、ドミニクにマートン・ハウスに移ってほしいと書いてある。今シーズンをロンドンの家で過ごすつもりだという。どうしてロンドンに来ることに？「ありがとう」

踵を返し、ドミニクはホテルを出ると自宅に急いだ。使用人がいるのは悪くない。主人の習慣をわかっていて、ちゃんと従順なところを見せてくれる。母に何かあったのでなければ、母が来てくれたのはありがたい驚きだ。

3

マートン侯爵夫人ユーニスは濃淡さまざまな青い色で飾られ、優美にしつらえられた居間を行ったり来たりしていた。ドミニクはそろそろ家に来てもいいはずだ。彼女は親戚で長年の付き添いでもあるミス・マチルダ・ブラッドフォードに向かって言った。「ドミニクの持ち物をホテルからこっちへ勝手に移すなんて横暴だったかしら？」

マチルダはユーニスに訝(いぶか)るような目を向けた。「あなたが横暴だとわたしが思うかどうかより、ご本人がそう思うかどうかが問題でしょう」

ユーニスは裏庭を見晴らすひと並びの窓の下に置いたソファーに腰かけた。「まあ、そんなことはどうでもいいわね。問題はあの子が花嫁探しのやり方をまちがっているってことよ。花嫁候補として知らせてきた女性たちの名前を見て、がっかりして叫びたくなったわ。誰ひとりとして、彼に立ち向かう意志も望みもないような人たちよ。みなうなずいたり作り笑いしたりして、喜んでマートン侯爵夫人におさまるわ。もっと悪いことに、彼を今以上に型にはまった人間にしてしまうでしょうね。二十八歳であんなに堅苦しい人間はほかに知らないもの。かわいそうなあの子の父親はお墓のなかで身もだえしているにちがいないわ」

マチルダはしかめ面を作った。「そうね。でも、それってドミニクだけのせいじゃないわ」

「ええ、そう。わたしの兄のアラスデアをドミニクの保護者にすべきじゃなかったのよ。あの子を思ってのことであるのは疑う余地がないけど、断固としてドミニクに義務と地位の高さを意識させようとしていたわ。その結果、大変なことになった。ワーシントンの妹たちがドミニクを〝お侯爵様〟って呼んでいるのは知ってた？」

マチルダは乾いた笑い声をあげた。「そんなようなことを聞いたわ」

「同じ一族なのにそんなふうに敵意を持たれているなんて気まずいわ」ユーニスはまた立ち上がった。「ルイーザがデビューしようとしている今、隠しておくこともできない。息子を社交界の物笑いの種にしておくわけにはいかないわ。ドミニクに影響をおよぼして物の見方を変えさせるような若い女性を見つけなければ。今は近代的な世の中なのよ。マートン侯爵として、あの子は時代の先頭に立つべきなの。古い世代の陰に隠れているんじゃなくて」

マチルダはユーニスに疑うような目をくれた。「どうやってそれをするつもりか教えてくれる？」

「単純よ。あの子は自分の信念に挑戦してくるような女性と恋に落ちなきゃならないわ」

「でも、ユーニス、それがどれほどむずかしいかはあなたにだってわかっているはずよ。たいていの女の子もその両親も、侯爵と結婚できるなら、なんでもするわ。侯爵夫人になれるなら、彼の言うことになんでも賛成するでしょうね」

マチルダの言うことは正しい。ドミニクが妻にすべき女性に偶然出会うと信じるのは愚かなことだ。「ロンドンでもっとも進歩的な家族を数えあげて。明日から訪問をはじめましょう。ドミニクはわたしが参加する催しには必ず付き添ってくれるわ。気は進まないかもしれないけど、まずはそういう催しに参加すると言い張ってみる。絶対にぴったりの誰かを見つけてみせるわ」

「たしかに彼は気が進まないでしょうね」マチルダは小さな書き物机のところへ行き、紙を一枚とって書きはじめた。「でも、少なくとも、わたしたちには正しい方向を示してくれる」

一時間後、ユーニスがお茶の用意を命じたところで、ドミニクが居間に来て母のそばに歩み寄った。ハンサムな顔には懸念と苛立ちの皺が刻まれている。「母さん、何か問題でも？　いつ到着したんです？」

ユーニスは笑ってキスを求めるように頰を突き出した。「何も問題はないわ。正午すぎに到着したのよ。ホテルに連絡したんだけど、あなたは外出中だった。わたしがロンドンにいるときはあなたも必ず家にいるから、持ち物をこっちへ運んでお手伝いしない理由はないと思ったの」そう言って問うように眉を上げた。「まちがっていたかしら？」

ドミニクは態度をやわらげ、母にほほ笑みかけた。「いや、全然。家にいられてうれしいですよ」

ユーニスは息子の手をとり、小さなソファーに導いた。「ねえ、堅苦しいのはなしよ」

ドミニクは母に問うような目をくれた。「どうしてロンドンに？　今年のシーズンには参加しないつもりかと思ってましたよ」

ユーニスは何も悟られないように用心しながら息子をじっと見つめた。「近隣のみんながいなくなってしまったみたいで、ひどくつまらなくなったのよ。マチルダとふたり、田舎での暮らしよりももっと気晴らしが必要だと思ったわけ」

ドミニクはしばし母の顔を探るように見つめた。「理由はそれだけですか？」

「もちろんよ」ユーニスは息子の目を受け止めて嘘をついた。「ほかにどんな理由があって？」

「花嫁候補は書き送りましたよ」と彼は言った。「ぼくの結婚問題には関心がおありと思ったのでね」

ユーニスは目をみはってみせた。「あら、決めるのはあなたよ。干渉しようなんて夢にも思ってないわ」


フォザビーに書きつけを送って〈ホワイツ〉での夕食を取りやめると、ドミニクは母と母の付き添いと夕食をともにし、それからクラブへ行って友人たちの輪に加わった。

ドミニクと同い年の若い男爵、アルヴァンリーが寄ってきた。「ダイニングルームで会えると思ってたんだぜ」

ドミニクは給仕が差し出すワインのグラスを受けとった。「いや。母がロンドンに来ることにしたんでね。夕食は母ととった」

「そうか」アルヴァンリーはブランデーのグラスを掲げた。それをひと口飲んで訊く。「今シーズンに花嫁を見つけるつもりだっていうのは本気かい？　まだ時間はたっぷりあると思うけど」

ドミニクは乾杯に応じた。「うちの家系の男は早逝の傾向があるんだ。跡継ぎを作っておかなきゃならない」

「レディ・メアリー・リンリーは候補のひとりかい？」友はブランデーを飲んだ。

「きれいな人だが、ぼくとは合わないと思うよ」レディ・メアリーについては考えたのだが、花嫁候補からははずしたのだった。妻のことは愛したいとも愛するものだとも思わなかった。伯父からは結婚に際して強い情熱や感情は避けるべきだと過剰なほどはっきりと言われていた。悲劇のもとだからと。ある程度の好意や情があれば充分だ。それでも、しばらくは多少欲望も抱きたかった。きれいではあっても、レディ・メアリーは氷の張った池を思い出させた。表面は固く、その下も同じぐらい冷たい池。ふと、ミス・スターンを思い出した。情熱に満ち満ちた女性だった。それを向ける対象をまちがっていても。あの情熱を寝室に向けることもできるだろうか？

アルヴァンリーはまた飲み物を飲んだ。「残念だな。彼女の兄さんが妹を今年のうちに片づけたがっているんだが」

「妻が妹を邪魔者扱いするのにうんざりってわけかい？　ただ、持参金はかなりの額だ」ドミニクは答えた。「相手を見つけるのはむずかしくないさ」

「ミス・ターリーは？」と友は訊いた。

ドミニクはためらった。「とてもきれいだが、性格的にちょっと気になるところがある。でも、きっと気にならない人間もいるはずだ」

アルヴァンリーは顔をしかめた。「子供を産ませる女が必要なだけにしては、好みがずいぶんとむずかしいんだな。恋愛結婚を望んでいるなんて言わないでくれよ」

ドミニクは片眼鏡を持ち上げた。「もちろんさ。それだけはごめんこうむるよ。でも、侯爵家にふさわしい女性じゃなきゃならないし、ぼくはその女性とベッドをともにしなきゃならないんだからね」

ドミニクは賭けの台帳のところへ行き、翌日行われる二頭立て馬車のレースに賭けた。そのあとは二時間ほどホイストに興じた。夜の終わりには、目の前に札がきちんと積み上がっていたが、たのしんだとは言えなかった。なぜか、クラブで夜を過ごすことが退屈に思えてきた。花嫁を見つけるために延々と催しに参加しなければならないのと同様に。

今年デビューした若い女性たちは去年となんら変わらなかった。もしかしたら去年より質が劣るかもしれない。たったひとりミス・スターンを除いて、ほかには誰も注意を引かれる相手はいなかった。ミス・スターンほどきれいな若い女性に会うのははじめてだった。ひたすら美しかったが、今日の夕方は感情をあらわにしていたので花嫁の条件には合わない。ただ、それは許せなくもない。子犬が好きで、子犬が痛めつけられるのを見たくないと思う若い女性は多いのだから。少なくとも彼女は犬好きだ。

ドミニクは部屋の奥のカードテーブルについているフォザビーに目を向けた。酔っ払って何かに興奮しているようだ。よくない兆候だ。雄牛ほどしか分別を持ち合わせていない男でもある。友がミス・スターンの名前を口に出したりしないように釘を刺したほうがいいとふと思った。

「マートン、なあ、マートン」フォザビーが呼びかけてきた。「今日ぼくのブーツに降りかかった災難を話してやってくれよ」

ドミニクは嗅ぎ煙草入れを出した。指一本で――ボー・ブランメル（洒落者として有名）に教わったとおりに――箱を開け、嗅ぎ煙草をつまんでゆっくりと片方の鼻の穴に持ち上げた。「フォザビー、まさかきみが子犬にブーツをだめにされそうになって、びくびくしながら子犬を止めようとした話を披露してほしいってわけじゃないよな。えらく小さい子犬だったぜ」

フォザビーの顔が紫がかった赤に染まった。彼は唾を飛ばすようにして言った。「ちがう、女のほうだよ、マートン。あの若い女。紳士にあんな生意気な口をきくことが許されていいはずはない。お里が知れるってやつさ」

ドミニクはフォザビーの腕に腕をからませ、実質引きずるようにして友を椅子から立たせた。「きみがあのご婦人の名前を言いふらしてまわるのはえらく気に障るな」

少しばかり腹を立てたフォザビーは唾を飛ばして言った。「きみにどんな関係があるっていうんだ？」

「彼女はぼくの親戚の家に身を寄せているからさ。ぼくには一族の長として、一族の人間を守る責任がある」

しばらくしてフォザビーは鼻に指をあてて軽く叩いた。「ああ、そうか、わかったよ。口をつぐむ。ひとことも話さない」

ドミニクはかすかな笑みを浮かべた。「心からありがたく思うよ」

「なあ、マートン、ピケットをやるかい？」

「いや、家に帰るよ。今日母が到着したんだ」

フォザビーはドミニクの母親が現れるのではないかというように目をきょろきょろさせた。

「わかったよ。最悪だな、母親ってのは。必ず口をはさんでくる。こっちが何をしても満足することもないし」

ドミニクはフォザビーに同情しそうになった。彼の母は社交界の女丈夫のひとりだった。次男である彼のすることは何にしても彼女のお眼鏡にかなったことはなかった。ただフォザビーの母親に公平を期すならば、彼女にもそれなりの理由があった。兄が亡くなって彼が爵位を受け継ぐことになったのだが、これまでのところ、その関心はおもに服とブランデーとカードに向けられていたからだ。

ドミニクは扉番から帽子とステッキを受けとって石段を降り、セント・ジェームズ街へ出た。突然この暮らしに満足できなくなるとは、何が変わったんだ？　ああ、ぼくはまだ二十八歳だ。ほんの数日前には楽観的に考えていた花嫁候補たちを心のなかで思い返してみる。みな見た目がよく、一流の令嬢ばかりだ。しかし、レディ・メアリーが冷たいとしたら、レディ・ジェーンは情熱的すぎる。ミス・ファーナムは馬のような笑い方をするし、ミス・ターリーはこっちのことばをすべて聞きもらさず、何を言っても賛成する。アルヴァンリーにはああ言ったが、ミス・スターンに会うまではミス・ターリーが一番の花嫁候補だった。

とはいえ、ミス・スターンがワーシントン家に身を寄せているとしたら、どう近づいたらいいだろう？　ワーシントンとはあまりうまくいっていないのだから。

ドミニクは家まで歩いて帰った。予想どおり、石段のてっぺんに達するまえに玄関の扉が開いた。自分は男が望み得るすべてを手にしている。うまくまわっている家、富、地位。こんなふうに満足できないのはおかしい。明日、もう一度パークを散歩してみよう。今度はフォザビーを誘わずに。


ワーシントン家の夕食は大騒ぎだった。ドッティはシャーロットの家族、カーペンター家の面々とは何度もいっしょに食事をしたことがあったが、そこにマットの四人の妹が加わったことで、騒々しさもかなり増していた。ドッティはこれ以上ないほどにそれをたのしんだ。シャーロットたちとは小さいころからいっしょだったので、ここにいる全員が最初からいっしょに暮らしていたかのようにうまくやっているのはとても喜ばしいことだった。

自分の弟妹もここにいたらよかったのにと少しばかり物足りない思いも感じたが、おそらく、夏には訪問し合うこともできるだろう。夕食後、年下の子供たちは勉強部屋へ送られ、大人たちとドッティとシャーロットとルイーザは広々とした応接間に腰をおちつけた。家の正面を見晴らす窓にはどっしりとしたセージ色のベルベットのカーテンがかかっている。横の窓からは狭い庭とツルバラの棚で飾られたレンガの塀が見えた。

「ドッティ」マットの継母で先代の伯爵夫人であるレディ・ワーシントンが言った。「今日のパークの散歩はどうだった？」

「とてもすてきでしたわ。ある紳士と遭遇したのを除けば。父からは洒落者について言い聞かされてきましたの。でも、今日本物を目にするまで、どういう意味かよくわかっていませんでした」

「あらまあ」レディ・ワーシントンのなめらかな額に皺が寄った。「見せ物小屋で何かを目にしたみたいな言い方ね。思いやりの心を忘れてない？」

ルイーザがふたりに目を向けた。「お母様、ミスター・フォザビーのことよ」

マットが咳払いをした。「だったら、見せ物小屋というよりは王立動物園だろうな」おもしろがるように目を躍らせている。「でも、ドッティ、フォザビーを洒落者とは呼べないよ。ほんとうの洒落者に不公平だからね。フォザビーはめかし屋さ」

ドッティは眉根を寄せた。「どうちがうんです？」

「洒落者はシャツの襟については極端かもしれないが、つねにそれとなく気を遣い、着る物に注意を引くようなことはすべきでないというブランメルの哲学に従っているからさ」

「あなたは洒落者なんですか？」

マットは顔をしかめた。「ぼくが分類されるとすれば、放蕩者だろうな。もっと冒険を好む連中さ」

「この人の言うことに耳を貸さないで、ドッティ」グレースがマットに向かって首を振りながら言った。「めかし屋のことはばかにしているんだから。大勢に会うことになるわよ。でも、たぶん、誰にしても……フォザビー様ほどすごい人はいないでしょうけど」

ルイーザはドッティが子犬を救った話をし、それからこう付け加えた。「〝お侯爵様〟がいっしょだったわ」

「ルイーザ、覚えておいて」グレースの穏やかな声が警告の響きを帯びた。「彼には礼儀正しくするってみんなで決めたでしょう」

「今日はじっさい力になってくれたわよ」シャーロットがルイーザに思い出させた。「そう、ドッティの言うことに賛成して」

「ええ、そうかもね」ルイーザは渋々同意した。「でも、きっと何か彼の得になることがあったのよ」

まえにルイーザから聞かされたことと、今の会話がドッティの好奇心に火をつけた。「ルイーザ、どうしてあの方が嫌いなの？」

「偉そうで退屈だからよ」ルイーザが容赦なく答えた。「何年かまえ、ワーシントン・ホールを訪ねてきたことがあるんだけど、一族の長として、わたしたちの面倒を見なくちゃならないって何度もくり返していたわ。マットが、ワーシントン伯爵の爵位は母方の祖先から受け継いだものだから、マートンとは関係ないって言ってやったんだけど、あきらめようとしないの。ついにはマットが耳をつかんで家からつまみ出すまえに出ていってくれと申し渡したのよ。そのときのことはテオドラでさえ覚えているわ。あのときはまだたった三つだったのに」

ドッティはマートンが味方してくれたときに抱いたつかのまの好印象と、今聞いた話とをうまく折り合わせようとした。しかしそこで彼の友人への態度を思い出した。「そうなの。地位を鼻にかけているの？」

「というか、自分の価値を癪に障るほど高いと思っているのよ」ルイーザが言った。「誰かが多少引き下ろしてやらないといけないんだけど、ミス・ターリーと結婚したら、そうはならないわね」

シャーロットもうなずいた。「ほんとうね。まるでマートンの口から金（きん）でもこぼれ落ちているかのように彼にしがみついているもの。ばかばかしいわ。マートンは独自の考えなんて持っていない人で、持っているとしても、半世紀もまえの思考だわ」彼女は姉のほうに顔を向けた。「グレース、金曜日のフェザリントン家の舞踏会には参加するの？」

「ええ、ドッティを紹介できるようにいくつか昼間の訪問もしないといけないわね。木曜日にレディ・ソーンヒルがサロンを開かれるわ。それに、昨日レディ・ジャージーからドッティのためにオールマックスの入場券を受けとったところよ」

シャーロットがドッティに向かって言った。「レディ・ソーンヒルのことは大好きになるわよ。彼女のところにはどこよりもおもしろいお客様が集まるの」

「待ちきれないわ」ドッティは指を唇に押しつけ、あくびを噛み殺した。「ごめんなさい」

「いいのよ」グレースはほほ笑んだ。「あなたには長い一日だったはずよ。よく眠って。明日の朝会いましょう」

ベッドにはいると、またドッティの心にマートン侯爵が浮かんだ。彼が一族の人間にあれほど嫌われているのは残念だった。誰よりも愛情深いシャーロットでさえ、マートンには考えを改めさせてやる価値もないという意見に同意しているようだ。おそらく彼は自信のない人なのに、それが問題だとは思っていないのだ。とはいえ、人が心の奥底に隠しているものは誰にもわからないものだが。

彼が愛せる女性を選ぶといいのだけれど。それこそが彼に必要なことかもしれない。正しい励ましを受ければ、誰でも潜在能力を思いきり発揮できるはず。彼はどうだろうか？

翌朝、馬が群れで走るような音がしてドッティは目を覚ました。慣れない場所にいることを思えば、驚くほどよく眠れた。呼び鈴を鳴らしてポリーを呼ぶと、ドッティはベッドから出た。水差しにはすでに湯がはいっていて、暖炉の火もおこされていた。ほんの数分でポリーが来た。「早いわね」

「起きてから二時間ほどになります、お嬢様。レディ・シャーロットのメイドのメイがお嬢様の髪の新しい結い方などを教えてくれていたんです。お休みの日には観光に出かける約束もしました」

ポリーとメイは幼馴染だった。ふたりにとっては久しぶりの再会のようなものにちがいない。「それはおもしろそうね。わたしもロンドンを多少見られるといいんだけど」

「あら、見られます。絶対に。年下の子供たちは階下で朝食をとっています。お嬢様には若いご婦人用の居間でお茶とホットチョコレートの用意ができているそうです」

ドッティは笑みを浮かべた。「つまり、わたしが聞いたのは子供たちが階段を降りる音だったのね」

「大騒ぎですよね？」

ドッティが居間にはいっていくと、シャーロットがホットチョコレートのカップを手渡してくれた。「もっと遅くまで寝ていると思ったわ。子供たちのせいで目が覚めちゃった？」

ドッティはカップを受けとった。「ええ。でも、充分寝たわ。今日はどんな予定なの？」

「まずはボンド街へ出かけるの。あなたも貸し本屋に申しこみをしたいでしょうから。それから、ルイーザとわたしとでフェートン・バザールに連れていくわ。そこでストッキングと手袋を調達しようと思って。ほかのところで買うよりずっと安いのよ。ほかにもおもしろいものがたくさんあるし。そのあとは昼間の訪問ね。それから……」

シャーロットはパークの散歩を含むその日の予定をつらつらと並べ立てた。最後は夜の舞踏会だった。ドッティはこのシーズンを心待ちにしていたとはいえ、そこに含まれる催しについてはじつはあまり好ましく思っていなかった。それでも、心の準備はできていた。母に説得されて地元の集まりに参加したり、来客のときにピアノフォルテを演奏したりしたおかげだ。

もう一度パークを散歩するのはたのしみで、そこでマートン侯爵にも会えるだろうかと思わずにいられなかった。

ひとりで朝食を済ませると、ドミニクは午前中手紙や帳簿の処理をした。領地管理人のミスター・ジェイコブズは有能だったが、成人するまで保護者でもあった母方の伯父のアラスデア卿にすべてをたしかめるのはおまえの義務だといつも言われていたのだ。六歳でドミニクの父が亡くなり、後見人になってから、伯父もそうしてきたのだった。

めったにないことだったが、学校へ行かせてもらえずに何人もの家庭教師をつけられたことに苛立ちをあらわにすると、伯父からイートン校で教えられる以上のことを学ぶのがおまえの義務だと諭された。誰もが自分の領地を油断なく守り、紳士の趣味において秀でたところを見せ、国王陛下の意見に賛成であれ反対であれ忠誠を守り、跡継ぎを確保しなければならないと。そして花嫁とするにふさわしいご婦人と結婚しなければならない。

オックスフォードに入学するまえには、はたすべき義務について同様の考え方の持ち主であるという五人の若者を伯父に紹介された。しかし、レジーはスペイン貴族の娘をはらませて大学を追われた。ジョスとウィリアムは軍に志願し、残ったのはアルヴァンリーとフォザビーだけとなった。アルヴァンリーはじょじょに摂政皇太子の放蕩の輪に引きこまれつつあり、フォザビーは流行にしか関心がなかった。ドミニクにとって新たな友人を作るのは簡単なことではなく、最近はひどく孤独を感じるようになっていた。

ドミニクが呼び鈴を鳴らすと、すぐさま扉が開いた。

「なんでしょう？」使用人がお辞儀をした。

「ミスター・ジェイコブズに会いたいと伝えてくれ」

使用人はお辞儀をした。「かしこまりました」

数分後、ジェイコブズが開いている扉をノックし、部屋にはいってきた。「お呼びですか？」

ドミニクは額をこすった。「ああ、すわってくれ。ホールカム・ホールでの講義に出席したいというきみの要望書を見直していたんだ。あそこの一族が、アメリカ人がわれわれに対して起こした戦争でアメリカを支持したことはわかっているはずだが？」

ジェイコブズはすわったまましばしもぞもそと体を動かした。「それについては多少聞いておりますが、参加したい理由は、かの地での革新的な農業について学びたいからです」

ドミニクは眉根を寄せた。自分の家の者がホイッグ党支持の家族とかかわりを持つと考えると気に入らなかった。「どこかほかで学べないのか？」

「ええ、旦那様。最新の方法はすべてホールカムでないと学べません」

領地への義務と国王への義務のどちらを選ぶ？

「今は誰もがあそこへ通っております。政治の話がされることはありません。農業についてのみです」

ドミニクは最新式の考えというものを疑わしく思っていた。伯父からは常々、昔ながらのやり方が最善だと教えられてきた。それでも、ジェイコブズがこんなふうに何かを頼んできたのははじめてだ。「どうして突然興味を持ったんだ？」

「どの領地にしても、侯爵家の領地は収穫量でよそに遅れをとっているからです。他家の領地管理人と話をしたときに、ノーフォークで新しいやり方を試していると教えてくれました。それをホールカム家が手助けしてくれたと」

それは領地と小作人のためになる健全な考えに思えた。「いいだろう。講義に参加するといい」

ジェイコブズは立ち上がった。「ありがとうございます。後悔はさせません」

それでも完全に納得はできないまま、ドミニクは眉を上げた。「ぼくに後悔させないのがきみの義務だ」

ジェイコブズはお辞儀をして部屋を出ると扉を閉めた。ひとり残されたドミニクは物思いにふけった。新たな発明。最近はそういうことがとても多い気がする。展示されていたあの蒸気機関は爆発したが、発明家たちはまだあきらめていないという噂だ。石炭と錫を運ぶために運河が作られているという話もある。伯父ならなんというだろう？　残念ながら、訊こうにも伯父はもはやこの世の人ではなかった。最近になってはじめて、自分がどれほどかつての保護者に頼りきっていたか思い知ることになった。今ジェイコブズに対して下したように自分で決断を下さなければならないのに。

見直しを終えると、ドミニクは鉛筆を置いて書斎をあとにした。散歩すれば頭もすっきりするだろう。またミス・スターンに会えるかもしれない。そう考えると笑みが浮かんだ。そうだ、彼女が自分の花嫁候補としてふさわしい女性かどうか見極めなければならない。

4

「マートン侯爵夫人がお見えです」ロイストンが扉のところから朝の間に向かって告げた。

「ああ、レディ・マートン」グレースはユーニスに挨拶するために机から立った。「お会いできてとてもうれしいわ。お久しぶりですこと」

「かわいいグレース」ユーニスは差し出された手をとり、グレースの頬にキスをした。なんて美しい女性に成長したのだろう。「ええ、ほんとうに。ほんとうに久しぶりだわ。お元気だった？」

「元気です。子供たちも」グレースは唇を引き結んだ。「ロンドンにいらっしゃっているとは知りませんでしたわ。知っていたらお訪ねしたのに。マートン侯爵によると……」

「昨日着いたばかりよ」ユーニスは小さく咳払いをした。「息子にとってもかなりびっくりだったみたい」そう言ってグレースから身を離し、じっと見つめた。「結婚式に参列できなくてごめんなさい。でも、結婚のお祝いを言わせてね。ほんとうに幸せそう」

グレースは上品な笑みを浮かべた。「ええ。みんな幸せです。ほんとうにこれ以上はない相手でしたわ。ワーシントンは今みんなを連れてパークへ行っています。わたしに手紙を処理する時間を与えるために」

グレースがじつの娘だったら、このうえなく誇らしかったことだろうとユーニスは思った。

彼女はまわりのみんなの予想を裏切り、弟妹たちの保護者となったのだった。そしてとてもよい結婚をした。彼女がすべてを託せる男性に出会ったのは奇跡だった。「あなたがこんなにすばらしく身をおちつけたのを知ったら、お母様もとても喜んだでしょうね」

「そう思います」グレースは呼び鈴を鳴らしてお茶を頼んだ。「おすわりになって、これまでどうしていらしたのか話してくださいな」

ユーニスは勧められた椅子に腰を下ろした。スカートを直すと、息をついた。「力を貸してほしくて来たの」

グレースは驚いたとしてもそれを顔には出さなかった。「わたしにできることでしたら、もちろん、なんでもしますわ。あなたは母のいちばんのお友達だっただけでなく、親戚でもあるんですから」

「ありがとう」ユーニスはためていた息を吐き出した。昨晩はグレースにどう話を持ちかけたらいいか何時間も考えて過ごしたのだったが、何も思いつかなかった。「それほどむずかしいことじゃないの。少なくとも、そうあってほしいと思ってるわ」ユーニスはそこでことばを止めた。切り出し方をまだ考えていたのだ。しかし、何も浮かばなかった。「社交界のなかで進歩的な考えの人たちに紹介してもらいたいと思って。何年もまえにそうすべきだったんだけど、アラスデアが存命中はその影響下に置かれることをよしとしていたの。行きすぎるほどに」グレースは理解できないというように首を振った。ユーニスはつづけた。「そうすることで、彼がドミニクをまちがった方向に導くのを許してしまった」

グレースは唇を引き結んで息を呑んだが、目はおもしろがるように躍っていた。「マートン侯爵が悪い仲間と交流しているんじゃないかとご心配なさる必要はないと思いますわ。たぶん、まったく逆です。ワーシントンに訊いてみてもいいですが、あなたの息子さんが賭博場や娼館に出入りしているなんて噂は聞いたことがないと言うと思いますわ」

それこそが問題だった。「いいえ、グレース、誤解なさってるわ。ドミニクがふつうの若者のように振る舞ってくれたら、うれしいぐらいよ」ユーニスは顔をしかめた。「あの子はまったく心配させてくれたことがないの」

グレースは忍び笑いをもらしたが、すぐに真顔になった。「ええ、おっしゃりたいことはよくわかりますわ。多少困った目に遭うぐらいのほうがいいはずですもの。もしくは、反抗したり、自分なりの世界観を見つけなければいけなかったりとか」

「わかってくれてとてもうれしいわ」しかし、問題はグレースが力を貸してくれるかどうかだ。「わたしの兄は生きていたころに、ドミニクに異常なほどに義務感と尊大さを植えつけてしまったの。アラスデアにしてみれば、マートン一族が代々受け継いできたものを尊重しようとしていただけなのはわかっているんだけど、ドミニクにいい影響はおよぼさなかったと思うの。それどころか、ひどく悪い影響をおよぼしたわ」ユーニスはグレースが手渡してくれたお茶の皿を膝の上にうまく載せ、カップからひと口飲んだ。「まだ二十代だというのに、息子はとんでもなく退屈な人間になってしまった。あの子の父親は決して喜ばなかったはずよ。結婚するまえのデイヴィッドがどれほどの遊び人だったか考えると、そう……ドミニクも同じようなたのしみを持つべきよ。ロンドンへ来れば、多少評判になるようなことをするかと大いに期待していたんだけど、その望みもつぶされたわ」ユーニスはため息をつかずにいられなかった。「愛人ですら、つまらない人ばかり」

　抑えきれない笑いがまたグレースの口からもれた。

「気にしないで笑って、グレース。でも、そのなかのひとりに会ったのよ。どれほど気が滅入る光景だったか、想像もつかないわよ。家庭教師みたいな装いだった」

「だったら、たぶん、愛人じゃなかったんですわ。ほんとうに家庭教師だったか、貧しい親戚か何かだったかもしれない」

　ユーニスは首を振った。「ドミニクが家庭教師としゃれた馬車に？　その女性がどれほど生まれがよかったとしても、彼はそんなことをするには気位が高すぎるわ。そうじゃなくても、家庭教師や貧しい親戚といっしょにいる理由はなかったはずよ。そういう人だったら、即座にわたしに押しつけてきたでしょうから」

　グレースは笑いの発作におちいった。少なくとも、ドミニクの振る舞いを愉快と思ってくれる人がいるわけね。ユーニスは心のなかで苦笑した。自分の知るかぎり、彼が多少でも愉快だったことは一度もなかった。

　しばらくしてグレースはどうにか笑いをこらえた。声は少しばかり震えていたが。「もちろん、喜んでお力になりますわ。でも、わたしがあなたを進歩的な人たちにご紹介したからって、それがどうマートン侯爵に影響をおよぼすんです？」

ユーニスは指を振った。「息子はわたしが参加する催しにはすべて付き添ってくれるの。どれほど退屈でも。だから、わたしがパーティーや音楽会に参加するとしたら、彼も参加するわ。息子を救うのに遅すぎていないことを祈るばかりよ」

グレースはしばらく口をつぐんでいたが、やがて言った。「レディ・ソーンヒルのサロン」

「ああ、そうね」ユーニスもその名前はまえに聞いたことがあり、どんな女性だったか思い出そうとした。「自宅に詩人や絵描きやその他の芸術家を招く学問好きの女性じゃない？」

「その女性です」グレースはうなずき、たくらみをめぐらすかのように身をまえに乗り出した。「マートン侯爵にとってさすがにそれは刺激が強すぎるとお思いでしたら、わたしのお友達の誰かに頼んであなたに舞踏会への招待状を送ってもらいますわ。じつを言えば、わたしの夫や彼の妹たちがどう思っていようと、マートン侯爵は花婿候補としては極めて望ましい人物ですし、お行儀よくしてくれると信頼もできます。わたしが妹たちと参加する予定の催しには大勢の若い方々が参加されますわ。あなたが参加してもいいと思っているとあちこちに知らせておきます。あなたのお気持ちが催しを計画している人たちに知れたら、招待状が届きはじめるはずですわ」

「そこからはじめるのがいちばんでしょうね」ユーニスは立ち上がりながらグレースに手を差し出した。「ほんとうにありがとう。あなたが頼りになることはわかっていたのよ」

「あなたのためにうまくいくといいんですが。夫に息子さんをからかわないように言っておかないと」むずかしいことだとでもいうようにグレースの顔に疑念の色がよぎった。

それはどうしようもないことだった。両家の関係がどれほど悲惨な状況にあるかはわかっているとグレースに知らせてやってもいいぐらいだ。「彼の妹たちがドミニクをなんて呼んでいるかは聞いたわ」

「ええ」グレースは特別すっぱいレモンを食べたような顔になった。「テオにやめさせられるかどうかはわかりませんが、ほかの兄弟にはわたしがちゃんとしたお行儀を期待していることをわからせてあります。残念ながら、彼はワーシントンの継母をひどく怒らせてしまったので」

「介入するのが遅すぎたのは明らかね」ユーニスは自分を責めた。夫の死を悼むあまり、息子を遠ざけてしまったのがいけなかったのだ。

その日の午後、執事がユーニスに銀の盆を差し出した。彼女は手紙を手にとって開けた。期待にたがわず、グレースはすみやかに動いてくれた。約束してくれたとおり、金曜の夜に催されるレディ・フェザリントンの舞踏会への招待状が届いた。次の小さな包みは社交場の〈オールマックス〉の入場券だとわかった。「ありがとう、ペイクン」

ユーニスはトーリー党員ばかりではない催しに参加することをドミニクがどう思うだろうかとふと思い、肩をすくめた。慣れてもらわなければならないだけのこと。従順なだけの女性や、おべっかつかいや、彼を愛していない女性と結婚させるわけにはいかないのだから。

ドミニクはロットン・ロウを二度まわった。知り合いには数多く会ったが、探している若い女性の姿はなかった。三度目にまわろうとしかけたところで、ミス・スターンとルイーザたちの姿が目にはいった。淡い黄色のモスリンの散歩用ドレスを身につけた彼女はうれしくなるほどに美しかった。仕立のよい上着が胸の輪郭をはっきり示していて、ドミニクは血が沸き立つ気がした。パラソルが磁器のような肌に影を落としている。呼びかけるとミス・スターンはにっこりしたが、ルイーザに何か言われてうなずき、唇から笑みが消えた。

ルイーザに悋気づかされるわけにはいかない。「こんにちは、ミス・スターン」

彼女はとても優美にお辞儀をし、ドミニクは心臓が止まった気がした。

「こんにちは、侯爵様」

ちらりと向けてきたその目は春の新緑と同じ色だった。ドミニクは身をかがめて彼女の手袋をはめた手に軽くキスをした。そうしながら、素肌に触れたくてたまらなかった。「またお会いできて幸いです」

頬をうっすらと染め、彼女はほんのわずかに顔をうつむけた。なんとも品のいい仕草だった。きっと子爵の娘にちがいない。

「こちらこそ光栄ですわ、侯爵様」と彼女は答えた。

感じのよい低い声をしている。何時間でも聞いていられる声だ。朝食や夕食の席ではもちろん、夜に、とくに夜に聞いていたい。ドミニクは唾を呑みこんだ。ベッドのなかで。黒い巻き毛が肩に落ち、唇が、あの濃いバラ色の唇が……。何よりもキスしたくてたまらなかった。あの唇を自分の……。ああ、なんてことだ、無垢な若い女性についてほんとうにそんなことを考えたのか？　紳士は愛人相手に悦びを得るべきもので、そういう原始的な衝動を妻にぶつけるものではない。

　ぼくはどこかおかしくなっているにちがいない。こういうことはやめにしなければ。「散歩をごいっしょしてもよろしいですか？」

　ルイーザが何か辛辣なことを言ってくるものと覚悟してドミニクは待ったが、代わりにミス・スターンがまたにっこりして言った。「ありがとうございます。光栄ですわ」

　三人の女性全員と腕を組むわけにはいかなかったので、脇に控え、ミス・スターンに腕を差し出した。その腕に彼女がふさわしいやり方で小さな手を載せ、散歩が再開された。「これまでのところ、ロンドンはいかがですか、ミス・スターン？」

「ほとんど何もわからないんです、侯爵様。昨日着いたばかりなので。これまでのところはすばらしい時間を過ごしておりますわ。詳しくお話ししてうんざりさせるつもりはないんですけど、今日は買い物に行きましたし……」

　うんざりさせる？　まさか。腕に置かれた手が熱をもたらし、その声が音楽のように響いているかぎりは。

「今晩は〈オールマックス〉に行く予定なんです。わたしにとってははじめてのことですわ。金曜日にはレディ・フェザリントンの舞踏会に参加するつもりです」

　しばしドミニクはことばを失った。フェザリントン卿はホイッグ党支持者だ。それから、ワーシントンもそうだったと思い出した。もちろん、ミス・スターンはそっちの催しに参加するだろう。つまり、彼女とはパーク以外では会えないというわけだ。数年前、ホイッグ党寄りの女性たちのすべてに、彼女たちが計画する催しに参加するつもりはないとはっきり知らせてしまったのだから。招待状が届くことはなくなっていた。それなのに、自分が関心を抱いた唯一の女性はリベラル派の家を住まいとしているのだ。ドミニクは身震いを押し隠した。

もちろん、〈オールマックス〉に行くことはできるが、開いているのは水曜日だけだ。もしかしたら、ミス・スターンを花嫁候補と考えたのは早計だったのかもしれない。とはいえ、彼女に比べるとほかのすべての女性たちがみな色あせて見えてしまうというのに、どうしたらいいのだろう？

ドッティはマートン侯爵のたくましい腕に置いた手が熱くなるのに驚いていた。もしかしたら、彼は熱を出していてそれに気づいていないのかもしれない。天気についてあたりさわりのない話をしていたので、答えるのは簡単だった。ルイーザとシャーロットがどう考えているにしても、いっしょにいてとてもたのしく、とてもハンサムな男性だった。しゃれた角度に帽子を載せた頭は、金色の巻き毛が陽光を受けて輝いている。

彼は道の小さな溝を飛び越えるのに肘をつかんで支えてくれた。「つまずくといけないので」

か弱い乙女になった気分だった。田舎道を何マイルも歩くのに慣れている自分が。「ありがとうございます。支えていただかなかったら、きっとつまずいていたはずですわ」

ルイーザが小さく鼻を鳴らした。ほかになんて言えばよかったの？　じっさい、ルイーザはマートンに厳しすぎる。完璧な紳士なのに。この人はわたしが田舎の家で柵を乗り越えたり、でこぼこ道を歩きまわったりしていることを知らないのだ。

「ミス・スターン」彼の声を聞いてドッティはわれに返った。「オペラはお好きですか？」

「残念ながら、まだ見たことがないんですけど、アリアを聴いたことはありますわ。きっと好きだと思います」

「ぼくはボックス席を持っています」彼の胸がひとまわり成長したように見える。「オペラの夕べを企画したら、参加してくれますよね」

ドッティが見上げると、彼はちらりと目を向けてきた。自信なさそうに見える。「グレースに訊いてみなければなりませんわ」

「ええ、もちろんです」まごついたような声。「スタンウッド・ハウスに招待状を送っておきましょうか？」

マートンの態度がぎごちなくなった。少しばかり内気なのかもしれない。ドッティはうなずいた。「そうしてくださいな」

一行はドッティたちがパークでの散歩をはじめた場所に着いた。少し離れて歩いていたシャーロットとルイーザが足を止めて待っていた。

ドッティは侯爵の藍色の目を見上げた。「そろそろ帰らなければなりません」

「ええ、もちろん」そう言いながら、彼はドッティの手を放そうとしなかった。「明日もお会いできますよね、ミス・スターン？」

指にキスされ、ため息をつきたくなる。「たのしみにしておりますわ、侯爵様」

マートンはまたお辞儀をした。ドッティは彼がまだそこにいるかどうかたしかめたくなる気持ちに抗って友人たちのところへ行った。

「まさかと思うわね」マートンがロットン・ロウを遠ざかっていくのを見つめながらルイーザが言った。

「何が？」とドッティが訊いた。

ルイーザはいたずらっぽい笑みを浮かべた。「〝お侯爵様〟はあなたに心を奪われたようよ。彼がしようとしていること、とっても驚きだわ」

ドッティは首を振った。彼にはとても惹かれるものを感じてはいたが、ふたりのあいだに何かあると考えるのはまだ早すぎる。それでも、鼓動は少し速くなった。「何を言っているのかわからないわ。まだよく知り合ってもいないのに。それに、そうだとしたらどうなの？たとえプロポーズされたとしても、あの人が貴族だっていうだけで受け入れたりはしないわ。わたしが結婚する人はちゃんとした信条の持ち主で、わたしと価値観を同じくする人じゃなきゃならないんだもの。それに、愛し合っていないと」

シャーロットが口をはさんだ。「ドッティとわたしはもう何年も望ましい結婚について話し合ってきたのよ。これだけは言えるけど、ドッティはとてもしっかりした信念を持っているの」

ルイーザは笑みを深めた。「たしかにね」

ドミニクは遠ざかりながら、ミス・スターンのほうを振り返りたい衝動に抗っていた。会話がきわめてうまくいったことには自画自賛せずにいられなかった。彼女をオペラに招待して、母と……そこで頭が真っ白になった。ほかに誰を招待できる？　招待するのがミス・スターンと母だけではあまりに奇妙だろう。ルイーザとレディ・シャーロットも招待するとしたら、あとふたり紳士も招待して数をそろえなければならない。ただ、よく知っているふたりはアルヴァンリーとフォザビーだった。ワーシントンを説得して妹たちが参加するのを認めさせたとしても、大惨事になるのは目に見えている。アルヴァンリーは摂政皇太子がしているばかばかしい遊びをありったけ話して聞かせるだろうし、フォザビーは誰よりも風変わりな衣装で目立とうとすることしか考えないはずだ。シャーロットはお行儀よくフォザビーに我慢するだろうが、ルイーザは夜じゅうアルヴァンリーと口論することになるだろう。知り合いの男女のありとあらゆる組み合わせを考えたが、うまくいく人数も、参加させるのにぴったりの人間も思いつけなかった。

ドミニクは自宅に戻り、ペイクンに帽子とステッキを渡した。「レディ・マートンは在宅かな？」

「ええ、旦那様。ご自分の居間でお茶を飲んでいらっしゃるはずです」

ドミニクは階段を一段抜かしでのぼった。少年のころに伯父にとがめられて以来、しなかったことだ。少しして、ノックもせずに母の居間へはいっていった。「母さん」

母は驚きもあらわに振り向いた。「ドミニク？」

いきなり部屋にはいっていったのだから当然だ。「急ですみませんが、どうしても解決できない問題があって」

「ドミニク」母は隣の席を軽く叩いた。「ねえ、何にそんなに動揺しているの？」

「女性です。というか、女性とのことで。オペラの夕べを企画しようとしているんですが、ほかに招待する男女をうまく見つくろえなくて」

「そうなの」母は少しがっかりしたように見えた。「たぶん、わたしが力になれるわ。その方があまり目立たないようにしたいんでしょうから」

「そのとおりです」ドミニクは母に面倒をかけたくはなかった。その習慣もなかった。それでも、張りつめていたものがゆるむ気がした。

「その女性のことは聞いたことがあるかしら？」母はスカートの皺を伸ばした。「その、あなたの花嫁候補にはいっていた方？」

「いいえ。お知らせした花嫁候補は誰ひとりぼくには合わないことがわかったので。彼女の名前はミス・スターン。今シーズン、ワーシントンのところに身を寄せている女性です」

「ああ、わかったわ」母は目をぱちくりさせた。「というか、きっとわかるはず」

「どういう意味です？」ドミニクは頭をはっきりさせようと首を振った。母はふつうこんな曖昧な言い方はしない。

「もちろん、オペラの夜にお会いできるわね。そのまえに会えるかもしれないし。その方をお食事にお招きしなきゃだめよ。わたしのほうはほかに誰をオペラにお招きすべきか考えておくわ」

ドミニクは肩から重荷が降りた気がした。結局、何も心配要らなかったのだ。母に相談したのは正しかった。「助かります。今夜、〈オールマックス〉には行く予定ですか？」

「ああ、そうね。あなたが付き添ってくれるなら。九時に家を出ましょうか？」

ドミニクは母からお茶を受けとりながらほほ笑んだ。「お望みのままに」

〈オールマックス〉へ行けば、あたりさわりのない場でミス・スターンに会う機会ができる。彼女とはぜひダンスを踊りたいものだ。おそらくワルツも。伯父はドイツのダンスを容認していなかったが、ドミニクは好きだった。少なくとも、ミス・スターンとならばきっと。

5

ドッティは首に一聯（れん）の真珠のネックレスをつけると、判断を仰ぐようにグレースに目を向けた。

「とてもいいわ」とグレースは言った。「〈オールマックス〉にはぴったりね。でも覚えておいて。後援者（パトロネス）の誰かに許しを得るまでは、ワルツを踊ってはだめよ」

「どなたがパトロネスかどうやってわかるんです？」上流階級の集まりではいい印象を与えることがとても大事だと母から念を押されていた。パトロネスたちは誰にしても例外を作らない。ウェリントン公爵ですら、膝ズボンを穿いていなかったときには入場を断られたという。ふつうドッティは神経質な性分ではなかったが、〈オールマックス〉という名前には、ビーズのついたサテンの上履きのなかで足が震えるほどの作用があった。

グレースはにっこりした。「心配する必要はないわ。ダンスのお相手としてどなたかを勧められるまで、ルイーザのお母様かわたしといっしょにいればいいんだから」

男性にダンスのお相手として望まれなければならないの？　ドッティは本気で青ざめた。

「でも、マット以外にはまだ二人しか男性に会っていないわ」

「おばかさんね」グレースは笑った。「お相手に困ったことなんかないじゃないの。男性ということになれば、ロンドンの男性も田舎の男性もたいした変わりはないわ。ああ、たしかに、少しばかりロンドンらしく洗練されているかもしれないけど、きれいな若い女性は田舎でもロンドンでもきれいと思われるものよ」

そう聞いてドッティは気分がよくなった。無理にも笑みを作る。「ありがとう」

グレースはドッティの肩に腕をまわした。「さあ。もうすぐ出かけなくちゃ。シャーロットとルイーザがどんな様子か見に行きましょう」

ふたりは若い女性用の居間にいたほかの女性たちに加わった。

「ああ、ドッティ、とってもきれいよ」シャーロットが言った。「わたしも白が着られるとよかったんだけど」

「わたしもよ」ルイーザも言った。「とっても優美だもの」

「でも、わたしにはそんな色合いのピンクは着られないわ」とドッティがルイーザに言い、次にシャーロットに向かって言った。「緑だって絶対に」

「あなたたちみんなとてもきれいよ」先代のワーシントン伯爵夫人が笑みを浮かべながら追い立てるような手振りをした。「さあ、行きましょう。殿方がみなほかにダンスの約束をしてしまってから到着しても意味がないわ」

女性たちが階段を降りていくと、マットが玄関の間で待っていた。しかし、目はグレースだけに向けられている。「なんとも魅惑的だな」

グレースは夫に手をあずけて見上げた。「女の子たちもとてもきれいだと思うわ」

マットは女性たちを見まわしてうなり声を発した。「ひと晩じゅう連中を撃退してすごすことになりそうだな」

ドッティは顔をしかめた。「どうして誰かを撃退しなきゃならないんです？」

「男性たちのことを言っているのよ」ルイーザは笑った。「わたしは踊りきれないほどの申しこみがあればいいなと思うわ」

シャーロットもうなずいた。「グレース、マットをお行儀よくさせて、わたしたちの崇拝者候補を怖がらせて追い払ったりしないようにしてね」

グレースはマットの腕をとり、口の端を持ち上げた。「できるだけのことはするわ。ありがたいことに、入場を許される人選について〈オールマックス〉はとても厳しいから」

二十分後、一行は〈オールマックス〉に到着した。社交場にはいるときには、扉番が入場券を確認した。マットは女性たちを長い窓のある大きな長方形の部屋へ連れていった。ダンスフロアに突き出した小さなバルコニーに音楽家たちが陣取っていた。壁沿いに並べられたいくつかの椅子には羽根飾りや小鳥の飾りのついた色とりどりのターバンを巻いた年輩の女性たちがすわっている。上流社会の規準から言えばまだ早い時間だが、遅く来ると入場を断られるため、部屋はまもなく込み合い出した。グレースはドッティの肘に触れ、彼女を椅子にすわっている女性たちのところへ連れていった。

シャーロットとルイーザが次のカントリーダンスに誘われ、ドッティがグレースの隣にすわろうとしたときに、ひとりの紳士が近づいてきてマットに声をかけた。「ワーシントン、ご紹介いただけるかな？」

マットは見るからにおもしろがるようににやりとした。「ミス・スターン、ぼくの友人のミスター・フェザリントンを紹介させてください。フェザリントン、ミス・スターンはぼくの妻の田舎の家の親しい隣人なんだ」

フェザリントンはお辞儀をし、ドッティがお辞儀して差し出した手をとった。「お会いできて光栄です、ミス・スターン。このダンスをごいっしょしてもらえますか？」

ドッティはにっこりした。グレースの言うとおりだ。むずかしいことはまるでなかった。

「喜んで、ミスター・フェザリントン」

彼は他の男女がダンスの位置につこうとしているところへ彼女を導いた。ドッティはまわりを見まわし、今夜マートン侯爵はここへ来るだろうかと考えた。そしていっしょに踊ってくれと頼んでくるだろうかと。彼とだったら、ワルツを踊ってもいい。

ドミニクは母と親戚の女性に付き添ってオールマックスにやってきた。ふたりを椅子のところへ導くと、部屋を見まわした。ワーシントンとその妻はいたが、若い女性たちの姿はなかった。と、そこで白く輝くものが目をとらえた。あそこにいた、ミス・スターンだ。ドミニクはボクサーのジェントルマン・ジャクソン（ボクシングの全英チャンピオン。紳士向けのボクシングジムを開いた）に一発くらったかのように息を呑み、目を離すことができなかった。

ああ、なんてきれいなんだ。真っ白なドレスに簡素な真珠のネックレス。この部屋のなかでもっとも優美な女性と言っていい。ダンスの流れで彼女が近くに来たときに、ドレスに銀糸の刺繍がはいっているのがわかった。それがきらきらと光っていたのだ。

「ドミニク？」

彼は母のほうを振り返った。「はい？」

「あなたがそんなにじろじろ見ているあの若い女性はどなた？」

「そんなことしていませんよ」

母は眉を上げた。

首に熱がのぼる。クラバットがあってよかった。「ミス・スターンです。まえにお話しした女性ですよ。先日パークで会ったんです。でも、じろじろ見たりはしていませんよ。そんな下品なこと」

母はかすかに口の端を上げた。「彼女のことは詳しく知っているの？」

自問すらしたことのない疑問だった。なぜか、重要とは思わなかったのだ。「まえにも言ったように、このシーズンのあいだ、ワーシントン家に身を寄せている人です。レディ・シャーロットの友人だとか」

「そう、だとしたら、別に変わった方じゃないわね。喜んでお知り合いになるわ」

自分が足をもぞもぞさせていることに気づいて、ドミニクは苛立ちを覚えた。いったいぼくはどうしてしまったんだ？「母さん、ぼくに彼女を紹介しろとは言いませんよね？」

オペラの夕べの手配を頼んでいるというのに、どうしてそんなことを言ってしまった？母がミス・スターンを紹介してほしいというのは当然のことだ。自分でも自分の言うことが道理にかなっていないのはわかる。

母の目がこれまで知らなかった輝きを帯びはじめた。「マチルダとわたしにレモネードのグラスを持ってきてくれる、ドミニク？」

「喜んで」ミス・スターンをじろじろ見る以外にやることができてありがたかった。ドミニクは飲み物のテーブルに向かいながら、彼女はワルツを許されているのだろうかと思い、エスターハージー伯爵夫人のところへ歩み寄った。

「レディ・エスターハージー」ドミニクは彼女の手に顔を寄せた。そして、しばらく世間話を交わしてから、そろそろ質問しても大丈夫だろうと踏んだ。「ワーシントン伯爵夫妻といっしょにいらしているミス・スターンという若い女性がいるんですが、彼女がワルツを許されているかどうか教えていただけますか？」

レディ・エスターハージーは興味津々の目をドミニクに向けた。「まだよ」

ドミニクは首とクラバットのあいだに指を走らせたくなる妙な衝動を抑え、ミス・スターンに許可を与えてくれと頼んだらどうとられるだろうかと考えた。ひどく奇妙に思われるかもしれない。ドミニクはまたお辞儀をした。「そうですか。失礼しました」

振り返ってその場を離れようとしたところで、伯爵夫人が彼の腕に手を置いた。「よかったら、喜んでご紹介するわよ」

そう、伯爵夫人がそう言ってくれている以上、断るのは無作法だ。自分が踊ってやらないことでミス・スターンの評判に疵がつくのは困る。「それはとてもご親切に」

エスターハージー伯爵夫人は眉を上げた。「そんなふうに責められることはめったにないけど、赦してあげるわ。このダンスが終わったら、わたしのところへ来て」

ドミニクは三度目にお辞儀をした。「ありがとうございます、レディ・エスターハージー」

再度飲み物のテーブルに向かう足取りは軽くなっていた。ドミニクはミス・スターンをひとり占めするという考えを振り払った。彼女とワルツを踊る最初の男になるだけのことだ。誰かがならなければならないのだから。どうしてぼくではいけない？　これほど気分がいいのは、ジャクソンにはじめて拳を命中させたとき以来だった。

ダンスが終わるとドッティはフェザリントンにお辞儀をし、グレースのところまで連れ帰ってもらった。

「ミス・スターン、レモネードかアーモンドシロップをとってきましょうか？」

ドッティはにっこりした。何もかもとてもうまくいっている。「レモネードをお願いします」

シャーロットとルイーザも戻ってきて、それぞれのパートナーが飲み物をとってこようかと尋ねた。

「これまでのところ、気に入った？」とシャーロットが訊いた。

ドッティは興奮を抑えた。「とても」

「たいていの紳士はつまらないって文句を言うのよ」

それは驚きだった。「でも、どうして？」

「カードをしたり、ワインや強いお酒を飲んだりできないからよ」ルイーザが答えた。「わたしはありがたいわ。そのおかげで殿方たちがダンスすることが増えるから」

ドッティはわずかに眉根を寄せた。「ダンスと言えば、わたしはいつワルツを許されるのかしら」

ドッティがそう言うと、シャーロットがわずかに口をすぼめた。「長く待つ必要はまったくないと思うわ」

振り返って友が見ているほうに目をやると、マートンと凝ったヘッドドレスをつけた若い既婚女性が歩み寄ってくるところだった。「あのご婦人はどなた？」

シャーロットが答えた。「エスターハージー伯爵夫人よ。パトロネスのひとり。旦那様はロシア大使なの」

「まあ」グレースに目を向けると、彼女はにっこりして励ますようにうなずいた。ドッティがまた伯爵夫人のほうに目を向けたときには、シャーロットとルイーザはお辞儀をしていた。ドッティも急いでそれにならった。

「ミス・スターン？」伯爵夫人が訊いた。

「ええ、そうです」

「マートン侯爵をダンスのお相手にふさわしい方としてお勧めしていいかしら」質問の形をとってはいるが、質問ではなかった。

「ありがとうございます、レディ・エスターハージー」

マートンはお辞儀をした。クリスタルのシャンデリアにつけられたたくさんの蠟燭の光を受け、髪の毛が金色に見える。

バイオリンがダンスの前奏曲をはじめ、マートンは腕を差し出した。「ミス・スターン、よろしければ」

ドッティは止めていた息を吐き出した。「ありがとうございます、侯爵様」

手袋越しでも彼の手の感触は刺激的だった。見上げると、黄昏（たそがれ）時の空のような藍色の目がきらめいた。まるで困難な仕事をはたしたとでもいうように。

ダンスの位置につくとマートンはほほ笑んだ。ほんとうにとてもハンサムだ。

「ミス・スターン、あなたは今夜ここにいるご婦人たちのなかで一番きれいだと言わせていただきたい」

そして魅力的でもある。それは紳士を褒めるのにふさわしいことばかしら？「ありがとうございます。あなたもとても優美ですわ」

彼の目が熱くなったように見えた。「ありがとう」

マートンのリードでドッティは宙に浮かんでいるかのように部屋のなかをくるくるとまわった。彼についてはさんざん聞かされていたにもかかわらず、ドッティにとってマートンはとてもやさしい男性だった。ルイーザとシャーロットは勘違いしているにちがいない。

ドミニクはこれほど軽やかな女性とダンスをするのははじめてだと思った。腕に完璧にぴったりとはまり、まるで羽を抱いているかのようだ。その笑い声は鈴の音のようで、侯爵だからという理由だけでおもしろいと思ってくれているのではないようだ。「明日、ぼくの二輪馬車に乗りませんか？」

彼女はしばし恥ずかしそうに目を伏せてから目を合わせた。「グレースが反対しなければ、喜んで」

ドミニクはうなりたくなるのをこらえた。これについてはワーシントンに悩まされそうだ。それでも、どうにかできないことではない。彼女にはまた会わなければ。「でしたら、ぼくが彼女に頼んでみます」

「いいえ」ミス・スターンは顎を上げた。「自分で頼みます」

彼女はミス・ターリーとも、花嫁候補として考えていたほかのどんな女性ともちがう。彼女たちはぼくから自分の親に話してもらうほうがいいと考えていた。しかし、おそらくミス・スターンはワーシントンとの仲たがいを知っていて、ぼくがワーシントンに接触しなければならない事態を防ごうとしてくれているのだ。

ダンスが終わって彼女をグレースのところへ戻すころには、彼女ともう一度ワルツを踊るためなら、ほぼなんでもしようという気になっていた。とはいえ、自分が結婚相手としていかに望ましい人間かは自覚しており、そんなことをすれば、彼女に注目が集まりすぎてしまうのもわかっていた。

ミス・スターンはグレースを脇に連れていき、ドミニクには聞こえない低い声で何か話した。それから彼のところへ戻ってきた。「明日五時に迎えに来てくださいな」

ドミニクはためていたとは気づかなかった息をゆっくりと吐き出した。「では、そのときに」

母のところへ向かおうとするドミニクをアルヴァンリーが止めた。「花嫁探しはどんな具合だい？」

ドミニクはミス・スターンのほうへ目を戻したくなる衝動と闘った。「ぼちぼちさ」

「今シーズンに結婚するつもりでいるなら、地方の郷士の娘なんかとワルツを踊って時間を無駄にするのはやめるんだな」友はそこでことばを止め、エナメルをかけた箱から嗅ぎ煙草をつまんだ。「新しい嗅ぎ煙草をやってみるかい？」

ドミニクは箱をとって吸った。「またマクーバ産か」

ミス・スターンは准男爵の娘なのか？　尋ねてみようとは思いもしなかったが、誰からそうした情報を得ていいかわからなかったのだった。友はほかに何を知っているのだろう？

「ただ、たぶん」アルヴァンリーはつづけた。「ワーシントンとの関係から、ダンスせざるを得なかったんだろうな」

ドミニクは何も言わずに眉を上げて、つづきを促した。

「旧家ではある。何世紀ものあいだ領地を維持してきた」

首の産毛が逆立つ。まさかアルヴァンリーが関心を持っているはずはないが……。「そうか。どうして調べようと思ったんだい？」

「きれいな娘だからさ。花嫁候補としてあたってみるに足るだけの持参金があればと思ってね」

「あるのか？」

「いや、かろうじて見苦しくない程度さ。足かせをはめられてもいいと思えるほどじゃない」

ああ、今夜は息をためることが多い。ミス・スターンとのダンスが人の注意を引かないように、ほかにダンスの相手を見つけなければ。「あそこにレディ・メアリーがいる。今度のダンスでお相手してもらえるか訊いてみるよ」

アルヴァンリーはお辞儀をした。「花嫁探し、うまくいくといいな」

ドミニクはレディ・メアリーにダンスを申しこみ、レディ・ジェーンにも申しこんだ。ミス・ターリーは避けた。穴が開くほどに見つめられてはいたが。しまいにドミニクは彼女に申しこまないのは失礼だと判断し、お辞儀をして誘った。「このダンスを踊っていただけますか？」

ミス・ターリーは礼儀正しくにっこりしたが、その青い目は氷のように固かった。「もちろんです、侯爵様。この夕べがほとんど終わるころになるまで待ってくださってよかったですわ。そうでなかったら、お断りしなければいけないところでした」

「でしたら、お相手がいないときにあなたが見つかったのは幸運ですね」ドミニクは笑みを返した。すでに彼女とは結婚しないと決めていてほんとうによかった。さもないと、手遅れになるまで彼女が猫をかぶっていることがわからなかっただろう。

ダンスが終わると、ドミニクは彼女を彼女のいとこのところへ戻した。「母のところへ戻らなければなりません。すぐに帰りたいと言うと思うので。では、よい夕べを」

「侯爵様も」

エリザベス・ターリーはマートン侯爵が混み合った部屋のなかを遠ざかっていくのを見送った。「どうしたらいいかしら、ラヴィー？　お父様はマートン様をわたしの結婚相手にすると心を決めてらっしゃるわ」

レディ・マナーズであるいとこのラヴィニアはため息をついた。「侯爵は冷めてしまったようね。何か思いきったことを考えなければならないかもしれないわ」

「たとえば？」

「そうね」彼女は扇で頬を軽く叩いた。「たぶん、彼があなたと結婚しなくてはならなくなるようなこと」

エリザベスはしばし目を閉じた。ラヴィーの思いつきがうまくいったためしはなかった。

「彼の評判は知ってるでしょう？　とても堅苦しい人だわ。愛人に襟の高いドレスを着せて、宝石も地味なものしか買ってあげないそうよ」

「どうしてそんなことを知っているの？」いとこは声を荒らげた。「あなたは愛――そういう女性については何も知らないことになっているのに」

「しっ、人に聞かれるわよ。わたしがどうしてそれを聞いたと思う？　お兄様に教えてもらったの。ギャヴィンはオックスフォードでマートンといっしょだったのよ」

ラヴィーは扇をばたつかせた。「ギャヴィンはあなたにそんなことを話すべきじゃないわ」

エリザベスは肩をすくめた。「わたしがマートンに関心を見せたので教えてくれただけよ」そう言って声をひそめた。「深い借金の沼から誰かに引き出してもらわないといけないから」

「ギャヴィンはマートンのことで力になってくれそう？」

「いいえ」エリザベスは首を振った。「お兄様は彼のことが好きじゃないの。ギャヴィンによれば、マートンは退屈な人間で、わたしのことを不幸せにするって」

「『不幸せ』とは、暮らしていくのに充分なお金がないことよ。少なくともあなたの持参金は無事よね」

「ええ、お父様がそれに手をつけるのを許さない分別をお祖父様がお持ちだったのはよかったわ。ほんとうは愛のある結婚ができるといいんだけど」エリザベスはまばたきして涙をこらえた。「それでも、家族には義務があるから。何かすぐにでも手を打たないといけない」

「犠牲を払わなくちゃならないのはあなただけじゃないわ」

エリザベスはうなずいた。ラヴィーが結婚した相手はほぼずっと妻を無視していながら、跡継ぎを産まないことで彼女を責めていた。

「そのことはもういいわ」ラヴィーは身を引き締めるようにして言った。「済んだことは済んだこと」そう言って羽根の扇でもう一方の手を叩いた。「わたしに考えさせて。きっと何か思いつくから」

エリザベスは唇をきつく引き結んだ。いとこの思いつきはうまくいかないこともあるが、ほかにどんな選択肢があるだろう？「わたしの評判に疵がつくようなことじゃなければいいわ」


マートン侯爵が帰ってからもドッティはすべてのダンスを踊った。しまいには足が痛くなり、グレースやほかの人たちのそばに戻った。「なんてすばらしい夕べなの」

ルイーザがほほ笑み、シャーロットが言った。「あなたのデビューは大成功ね。殿方たちはわたしたちにばかなあだ名をつけるんじゃないかしら」

ルイーザは首を傾げた。「どういうこと？」

ドッティは笑った。「去年、田舎でシャーロットとわたしは〝太陽と月〟って呼ばれていたの」

「そう」ルイーザの目に笑みがあふれた。「わかるわ。そうね、わたしたち三人にも何か考えてくれるといいわね」

その後ろでマットがうなるような声を発した。シャーロットとルイーザは忍び笑いをもらした。マットは過保護で、それはとてもおかしかった。

「この調子だと、シーズンを乗り切れないわね」グレースが彼の腕をとった。「帰りましょう、マット。応接間でブランデーがあなたを待っているわ」

じっさいには、家に帰ると、ワインとビスケットと果物とチーズとブランデーが待っていた。

ルイーザはワインのグラスを手にとり、ビスケットを次々と平らげた。「飢えてるの。〈オールマックス〉にはバター付きパンしかないんだもの」

「昔からそうよ」グレースはスティルトンチーズのロールケーキにスプーンを入れながら言った。「だから、こうして用意させているの。栄養もとらずにひと晩じゅう踊っていられるなんてどうして思えるのかわからないわ」

ドッティはイチゴをいくつかとやわらかい白いチーズを食べた。「そうね。わたしも飢えきっているわ」

「パンと肉も加えたほうがいいかもしれないな」そう言ってマットが立ち上がった。

空腹が満たされると、ドッティとルイーザとシャーロットは階上の居間へ向かった。ふいにドッティのまぶたの裏を喜びの涙が刺した。自分はシャーロットとこうしてここにいることしか望まなかったはず。ダンスを踊ったあとはずっとマートン侯爵に無視されたからといってそんなことはどうでもいい。「ここにこうしていられてとても幸せだわ」

シャーロットは彼女を抱きしめた。「わたしもうれしい。あなたがいなかったら、このシーズンは全然ちがうものになっていたもの」

「そうね」ルイーザがドアを開けた。「わたしたち三人で大いにたのしむのよ」

ドッティはソファーに腰を下ろし、その晩のことを思い返した。ハリントン卿はシャーロットと二度ダンスを踊った。ベントレー卿は何度かルイーザに申しこんだが、彼女のダンスの予約カードは一杯だった。たとえ一杯でなかったとしても、彼とは一度以上踊るつもりはないとルイーザはこっそり教えてくれた。

それでも、ドッティは感心せずにいられなかった。「どうやらあなたたちふたりにはすでに崇拝者がいるようね」

ルイーザは椅子に腰を下ろした。「それを言わないで。ベントレー様はとても親切なんだけど、彼にはお友達としての感情以上は持てないのよ」

「かわいそうなベントレー様」昔からやさしい心の持ち主であるシャーロットは顔をしかめた。「傷つけることになるわよ」

「傷つけたくはないわ。向こうが察してくれるといいんだけど」ルイーザはため息をついた。「単刀直入に断るのは子犬を蹴るようなものだから」

「たぶん、わたしたちで何か手を打てるわよ」ドッティは言った。「シャーロット、あなたはどうなの？　ハリントン様に距離を置いてほしいと思ってる？」

「いいえ」シャーロットはやさしい笑みを浮かべた。「まえにも言ったように、まだ早いけど、わたしは自分にぴったりの相手を見つけたと思っているわ」

少しして、ドッティはあくびをした。「ベッドにはいるわ。また明日ね」

部屋に行くと、メイドが椅子の上で身を丸くしていた。「起きて、寝ぼすけさん。戻ったわよ」

ポリーははっと顔を上げた。「あ、お嬢様、すみません。居眠りしてしまいました」

「今度はソファーで寝ていてね。そのほうがずっと寝心地がいいから」ドッティは起きて待っていなくていいとメイドに言ってやりたかったが、ほかに手伝ってもらえる人間がいなかった。「残念ながら、あなたに手伝ってもらわないとこのドレスを脱げないのよ」

「かまいません」ポリーはあくびをした。「夜が遅いことについてはメイから聞かされていましたから」

ドッティは唇を引き結んだ。「それはそうかもしれないけど、あなたにも休息は必要だわ。日中昼寝の時間を見つけるようにしてちょうだい。できれば、わたしが出かけてから。とがめたりしないから」

ネグリジェに着替えると、ドッティはメイドを下がらせ、窓辺のベンチにすわった。今夜は何もかも完璧だった。男性たちはみな礼儀正しく、ダンスも上手だったが、マートンは誰よりも際立ってハンサムで、優美で、親切だった。わたしにロンドンで最初のワルツを踊れるようにしてくれた人でもある。もう一度申しこんでくることはなかったが、ひと晩じゅうこちらをちらちらと見ていたし、ほかの女性とも一度以上は踊らなかった。

ドッティはため息をついた。おそらく、誰かに思いを寄せるには早すぎる。でも、お母様ははじめてお父様に会ったときに、この人だとわかったと言っていた。わたしも同じなのかもしれない。それでも、あの方も同じように感じているかしら？　たぶん、お父様からも話を聞いておくべきだったのだ。

6

ドミニクは〈オールマックス〉のまえで待っていた街用の馬車に母が乗りこむのに手を貸し、扉を閉めた。「ぼくは歩いて帰ることにします」

「だったら、おやすみなさい。先に寝てるわね」

馬車の側面を叩いて合図すると、馬車は走り出した。ドミニクの頭にはミス・スターンに関するアルヴァンリーのことばが引っかかっていて消えようとしなかった。准男爵の娘。もちろん、貴族でもそれをなんとも思わない人間は大勢いる。つまるところ、貴婦人であることに変わりはないのだから。しかし、伯父は言っていた。マートン侯爵は身分ちがいの結婚はしない。たとえ相手が尊敬されている由緒正しい一族の出でも。

問題は彼女が夢見ていたとおりの女性だということだ。じっさいに夢見ていたわけではないが、会ったときに、彼女こそが望む女性だとわかったのだ。そして昨晩夢に見たのはたしかだ。

みずみずしいピンクの唇、ほっそりとした肩のまわりで躍っていた真夜中の空よりも黒いきれいな巻き毛。緑の目はエメラルドですらかすませるほどだ。その下に隠されているものを垣間見せるドレスには焦れる思いを感じた。きれいなミルク色のふくらみを想像させるに足るだけボディスの襟ぐりは深かった。大きく開いた襟ぐりを称賛する男は多いが、ドミニクはこれまでいいと思ったことはなかった。しかし、彼女の襟ぐりがほんのもう少しだけ深かったならと思わなかったと言えば嘘になる。とはいえ、そうなると、彼女の魅力がほかの男たちの目にもさらされることになる。それはいやだった。彼女にはこれまでどんな女性にも感じたことのない欲望をかき立てられていた。それでも、だからこそ、ほかに目を向けるべきなのかもしれない。結婚に情熱や、愛情ですらも持ちこむのは避けなければならないからだ。

伯父のアラスデアはそれは必ず悪い結果に終わると言っていた。そのせいで、ドミニクの父も、そのまえには祖父も早逝することになったのだから。父は母にいいところを見せようとして亡くなったのだと伯父は言っていた。祖父は嵐のなか、病に倒れた祖母のもとへ駆けつけようとしたそうだ。祖母は生き延びたが、祖父はそのときかかった感冒から回復することはなかった。ぼくが義務ではなく、愛のために結婚したら、ぼくとぼくの家族にどんな災いが降りかかるだろう？

グローヴナー・スクエアへと角を曲がりながら、ドミニクは受け継いだ重荷を肩から下ろそうとでもするように肩をすくめた。ミス・スターンをオペラには招いたが、そのあとは心から追い出すべきだろう。石段をのぼると、扉が開いた。彼は執事に帽子とステッキを渡した。「ただいま、ペイクン」

執事はお辞儀をして応えた。「きっとたのしい夕べだったことでしょうね、旦那様」

「思ったとおりにね」ドミニクは左の書斎へとつづく廊下へ向かった。ふだん酒はあまり飲まないが、今は絶対にブランデーが必要だ。

ユーニスは廊下へ出る扉のほうへ顔を向けた。「それで？」

「旦那様はお戻りです、奥様」メイドが言った。「あまりたのしそうなお顔じゃありません。書斎に行かれてブランデーをご所望でした」

「それはいい兆しだわ。ふつうは強いお酒を飲まないし、ひとりでは決して飲まない子だもの」それでも、アラスデアがドミニクの頭に詰めこんだ数々のばかばかしい常識のせいで、ほんとうのところはわからなかった。母親ならば、子供のことをもっとわかっていてしかるべきだ。「マチルダ、ドミニクはミス・スターンに魅了されたと思う？」

付き添いのマチルダは唇をすぼませた。「今夜、彼女から目を離せない様子だったのはたしかよ。でも、彼女を特別扱いはしていなかった」

「そうね」ユーニスは眉根を寄せた。「でも、関心を持ったとしても、〈オールマックス〉でそれを示すはずはないわね。噂を呼びすぎるもの。それでも、彼女とワルツを踊る最初の相手にはなったわ」

マチルダはしばし黙りこみ、やがて言った。「たぶん、フェザリントン家の舞踏会ではもう少し積極的になるんじゃないかしら。彼は慎重すぎるのよ」

「父親とは真逆ね」ユーニスはため息をついた。「そう、はじめて会ったときには、デイヴィッドはあの手この手でわたしへの紹介を得たのよ。それ以降、あの事故までほとんどひとときもわたしのそばを離れなかった」

ユーニスはまばたきで涙を払った。

マチルダは手を伸ばし、ユーニスの手を軽く叩いた。「ほら、ほら。長くいっしょにはいられなかったけど、愛されていたことはわかっているんだから」

ユーニスはハンカチをとり出し、頬を拭いた。「ええ。彼の愛情を一瞬たりとも疑ったことはないわ。そう、ドミニクも同じような愛を見つけられたなら、そんなに心配することはないんだけど」ユーニスは最後に鼻をすすり、ワインをひと口飲んだ。「そのお嬢さんについてわかったことは？」

「あなたの親戚のグレースによると、地方の郷士の娘さんだそうよ。サー・ヘンリー・スターン……」マチルダはその晩集めた情報をユーニスにすべて語った。グレースは妹たちや義理の母の世話だけでなく、通りがかった友人たちにも応対していたので、あまり多くを話す暇はなかったが。それでも、ユーニスが考えをまとめるのには充分だった。

彼女はもうひと口ワインを飲んだ。「ミス・スターンは完璧なお相手に思えるわ。ドミニクに臆せず立ち向かう女性に」

「そうね。でも、どうやって実行するの？」

丸い脇机を指で叩き、ユーニスはそのことについて思案をめぐらした。「まず、ミス・スターンが息子に関心があるかどうかをたしかめなきゃならないわ。それと、息子のほうも同じように思っているかどうか。それがわかったら、きっと何か名案が浮かぶと思う。デイヴィッドがいつも言っていたの。わたしほど想像力豊かな人間はほかに知らないって」

翌朝目覚めても、ドミニクはまだミス・スターンのことで頭を悩ませていた。どうにかして彼女を避けなければならない。そう考えて思わずうなった。馬車に乗りに行くんだった！今日、馬車に乗せる約束をしてしまった。罪悪感に胸をむしばまれる。自分の判断を叱責する伯父の声が聞こえる気がした。しかし、彼女とさらにいっしょに過ごせると考えるとこのうえなく幸せで、待ちきれない思いだった。ドミニクはみずからの義務に敬意を払うために、出かける時間になるまで家に留まり、領地の問題に取り組むことにした。

そうして午前中を過ごしていると、ワーシントンがずかずかと書斎にはいってきた。ドミニクは目を上げ、顔をしかめたくなる衝動と闘った。「きみの来訪をうちの執事が告げなかったのには理由があるのか？」

「告げるなとぼくが言ったからさ」招かれざる客のワーシントンは自宅でくつろぐように椅子に腰を下ろした。

「なあ、ワーシントン、ぼくは前触れもなく邪魔されるのは好きじゃないんだ」

ワーシントンは眉を上げた。「ぼくもさ。それでもきみはうちの執事を手荒く扱うことになんの呵責も感じなかったじゃないか」

それはそうだが、これとは別だ。「ぼくは一族の長だからね」

「きみはぼくの一族の長ではない」ワーシントンはうなるように言った。

ドミニクはワーシントンの聞き分けのなさは無視することにした。「伯父が言っていたよ――」

「あの老いぼれのほらふきが何を言っていたかなど、どうでもいい」ワーシントンは椅子にすわったまま身を乗り出し、腕を組んだ。「ぼくの言うことを信じないなら、勅許状を見せてやってもいい」

もちろん、ドミニクも勅許状のことは知っていた。伯父が言っていたことに反して、両家の爵位が異なることも。しかし、伯父のアラスデアはこうも言っていた。侯爵のほうが伯爵よりも地位が高いのだから、やはりドミニクはワーシントン家の長なのだと。伯父が亡くなった今、どうして会うたびにワーシントンを怒らせたくなってしまうのか自分でもわからなかったが、なぜかそうせずにいられなかった。

ワーシントンは椅子に背をあずけた。「面倒なことになるまえに、ミス・スターンのことについてきみにひとこと言いたくてね」

ドミニクは誰かの襟首をつかんで喉を締め上げてやりたいと思ったことはこれまでなかったが、今はそれをするのにぴったりのときに思えた。「なんの話をしている?」

「きみさ。ドッティはきみのような冷血漢よりましな相手に求愛されるべきだ」

鉛筆で机を叩くドミニクの手が汗ばんだ。ワーシントンは彼女に会うことを禁じようとしているのか? 気にくわないと思ったドッティという名前すら、もうあまり悪く思えなくなっていた。「ぼくが彼女に求愛していると誰に聞いた?」

またまえに身を乗り出し、ワーシントンは眉根を寄せた。「それこそがぼくの言いたいことさ。きみは自分と自分のいまいましい地位のことにしか関心がない」

ドミニクは拳をにぎった。「きみはぼくのことを何も知らないじゃないか」

「きみが何に投票するかは知っている」ワーシントンは厳しい声で言った。「きみが男も女も子供もみんなが飢えることになる穀物法を支持したのを知っている」

もちろん、ドミニクはその法律を是とする投票を行った。それが国を助けることになると伯父に説明されていたからだ。「政府を支持するのは正しいことだ」

「自分以外がどうなろうとまるで気にしない大地主ならそうだろうさ」ワーシントンは顎をこわばらせた。「でも、今日は政治の話をしに来たんじゃない。ドッティとオペラに行く約束をし、彼女とワルツを踊るために噂好きのご婦人のなかでこともあろうにエスターハージー伯爵夫人に紹介を頼んだあげく、今日パークへ馬車に乗りに行こうと誘ったというのに、ドッティに求愛しているんじゃないなんてどうして言える？　上流階級の連中がきみのように能天気だと本気で思っているのか？　きみのせいで彼女は注目の的になる。それで、きみに捨てられたら、彼女はどうなる？　それとも、そんなこともきみにはどうでもいいことなのか？　結局、彼女は田舎の准男爵の娘にすぎないからな」

ドミニクが持っていた鉛筆がふたつに折れた。血管を怒りが走り、ワーシントンになぐりかかりたくてたまらなくなる。彼はどうにか自分をおちつかせた。この男と取っ組み合いをしてもしかたがない。「ぼくにどうしろというんだ？」

「予定を取り消せ。マートン領かほかのどこかの領地で緊急の用事ができたことにして街を離れろ」

ドミニクは鼻から息を吸い、机を飛び越えてワーシントンになぐりかかりたくなる衝動を抑えた。これまではずっと他人に言われたとおりにしてきた。しかし、もうちがう。くそっ。准男爵の娘だろうがなんだろうが、彼女を自分のものにしたい。「いやだ。必要なら、彼女の父親に会って許しを得るが、ぼくが彼女に求愛するのをきみには止められない」

ワーシントンは拳をにぎって椅子から立った。

ドミニクも彼から目を離さずに立ち上がった。机の奥から一歩足を踏み出す。

そこで扉が開いた。

「あら、いらしていたのね、ワーシントン」母がほほ笑みながら部屋にはいってきた。「グレースが会いに来て、あなたがここにいるかもしれないと言っていたの。いいえ、わたしのために立ってくれなくていいのよ。お茶をごいっしょにどうぞと誘いに来ただけだから」

ユーニスは息子からワーシントンへと目を向けた。グレースの言ったとおりだ。ふたりのおばかさんは殺し合いをはじめるところだったのだ。ユーニスは両手でワーシントンの腕をつかんだ。「断っても無駄よ。だから、来てちょうだい。あなたとあなたの家族ともあまり会っていないんだから。あなたもよ、ドミニク。領地の管理に時間を費やしすぎだわ」そう言ってまたワーシントンに顔を向けた。「あなたとグレースが結婚してわたしがどれほどうれしいか、あなたにはわからないわね。グレースとは遠縁の親戚なの。彼女のお母様はわたしのいちばんの親友だった。グレースの幸せを心から望んでいたのよ」

ユーニスはふたりに口を出す暇を与えないようにたわいないおしゃべりをつづけながら、ワーシントンをほとんど引きずるようにして部屋から連れ出した。ありがたいことに、間に合ってけんかを止めることができた。まったく、男ときたら！　どうなっていたと思うのかしら？　ドミニクが誰かをなぐっても別にかまわないけれど、親戚をなぐるのはいけない。グレースといっしょにどうにかして親戚同士仲良くできる方法を見つけなければならない。もう敵対関係は終わりにさせなければ。

ああ、朝の間までの距離がこれほど長く思えたのははじめてだわ。ユーニスはミス・スターンについてグレースが教えてくれたことをとてもありがたいと思った。じっさい、その若い女性に正式に会うのが待ちきれないほどだった。ただ、ドミニクに自分の頭で考えさせるためにはまだしなければならないことがたくさんあった。たぶん、今日がそのはじまりとなる。

ユーニスが朝の間にはいっていくと、グレースがはっと目を上げた。そうとわからないようにうなずいて合図すると、グレースはまた息ができるようになったようだった。男たちは必要以上に物事をむずかしくしてくれる。でも、この件では、多少うまい具合に反対されたほうが、ドミニクもよりミス・スターンに近づこうと考えるかもしれない。

その日の午後、ドッティとルイーザとシャーロットはスタンウッド・ハウスの二階の奥にある朝の間でお茶を飲んでいた。話題は今シーズンが終わったら住むことになっているワーシントン・ハウスの改装についてだった。

ドッティはおいしいジンジャー・ビスケットをもうひと口食べた。「いつになったら、せめて見学だけでもできるのかしら？」

「一カ月ぐらい先だと思うわ」シャーロットはカップを下ろして言った。「すべて完了するのは夏の終わりだそうよ」

勉強部屋全体といくつかの部屋を改装しなければならないようだった。「それでも、今年の夏もスタンウッド・ホールには来るの？」

シャーロットの笑みは少しばかり悲しそうだった。「ええ、少なくとも夏のほとんどは。チャーリーが自分の領地をよく知っておく必要があるってマットが言い張るの。それ以外はワーシントン・ホールで過ごすことになるわ」シャーロットはそこでしばし口をつぐんだ。「こんな短いあいだなのに、マットはわたしたちのために多くのことを楽にしてくれたのよ」

父親が亡くなってから、シャーロットの弟のチャーリーがスタンウッド伯爵となったが、彼はまだほんの十六歳で、寄宿学校にいた。領地に関してはグレースがすべての責任を負っていたのだ。

「じっさい、いつワーシントン・ホールに行くかわからないの」ルイーザも付け加えた。「グレースが身ごもっているし、これだけの子供たちがいるわけだから、マットはホールも改装するつもりよ。たぶん、スタンウッドに滞在する時間も延びるんじゃないかしら」

それははじめて耳にすることだった。「グレースが赤ちゃんを身ごもっているの？」

「そうよ」シャーロットは軽い笑い声をあげた。「結婚祝いの手紙で述べた願いがかなったようなの。十二月に出産の予定よ」

「願い？」

「あなたもあの場にいたらよかったのに」シャーロットは目を輝かせた。「みんなで書いた手紙をチャーリーに読ませたのよ。最後に、子供が増えますようにって書いたの」

「十一人じゃ足りないとでもいうように！」ドッティは笑わずにいられなかった。「家には新しい棟を足さないといけないかもしれないわね」

三人は田舎の邸宅に加えられる変化やその晩参加することになっている催しについて語り合った。それから、ルイーザがドッティに目を向けた。「今日、ほんとうにマートンと馬車に乗りに行くの？」

ドッティはにっこりした。マートンから求愛されたからといって、ふたりとのあいだに溝ができなければいいと思わずにいられなかった。「ええ。彼についてはいろいろ聞かされたけど、彼自身が、わたしが知り合いになりたいと思わない部分を見せるまでは、エスコートを許すつもりよ。昨日の晩はとても役に立ってくれたし」

ルイーザは顔をしかめた。「単にあなたと踊りたかったからよ」

「彼にも恩恵があったことは否定しないけど、わたしにもあったから。それに、ほかの若い女性たちとも踊って義務をはたしていたわ」

シャーロットはため息をついた。「とてもハンサムだしね」

「シャーロット」ルイーザとドッティが同時に言った。ドッティは笑った。「そうね。でも、うちの父が言うように、ハンサムかどうかはその人の行動によるのよ。彼はどうかしらね」

「あなたが傷つくのは見たくないわ」とルイーザが小声で言った。

ドッティは新たな友人の手をとった。「わたしもよ。でも、危険を冒すのも人生の一部だわ」

扉をノックする音がし、使用人がはいってきた。「お嬢様、マートン様がお待ちでいらっしゃいます」

「すぐに参りますと伝えて」

「かしこまりました」

居間に持ってきていたボンネットと手袋をつけると、ドッティは友人たちに目を向けた。

「パークで会えるかしら?」

「そうね。いずれにしても、あなたを見捨てたりしないわ」ルイーザはドッティを抱きしめた。「わたしたちもすぐに行くわね。シャーロットが馬車をあやつるから。助けが必要になったら、わたしたちがあなたを連れ去れるわ」

ドッティは階段を降り、見上げてくるマートンを見て驚いた。執事が応接間に通したと思っていたからだ。とても熱っぽいその目を見て、頬が熱くなった。シャーロットの言うとおりだ。彼はとてもハンサムだ。

ドッティが階段の最後の段に達すると、マートンは彼女の手をとった。「とてもすてきだ」

「ありがとうございます、侯爵様」

ドッティはお辞儀をしようとしたが、マートンは彼女の手を引っ張って立たせ、その手を自分の腕に載せた。「あなたの好みがわからなかったから、あまり元気一杯じゃない馬を連れてきましたよ」

「ご配慮に感謝しますけど、そういうお気遣いは無用ですわ」外の通りに出ると、そろいの馬が我慢強く待っていた。「あら！　葦毛は好きな馬です」

マートンは笑みを浮かべて彼女に手を貸し、馬車に乗せた。全体が深緑色で細部が黄色の馬車だった。座席は馬よりも二段階ほど色の濃い灰色の革だった。「気に入ってくれてうれしいですよ。馬には詳しいんですか？」

「ええ、父が地方の郷士なので。わたしは歩けるようになるまえに馬に乗ることを教えられたぐらいですわ。十歳のときには馬車をあやつっていました。田舎の家では自分の一頭立ての馬車を持っているんですけど、こんなきれいな馬車とは比較になりませんわ」

ドミニクはまだワーシントンの訪問について怒りを鎮められずにいたが、どうやらミス・スターンはそれについて何も知らないようだった。ドミニクは馬車の反対側にまわった。彼女は彼女自身と同じだけ美しい乗り物を持つべきだ。人通りの多い通りを進むあいだ、彼女は黙っていたが、まわりのすべてに気を惹かれているのはわかった。「パークに馬車で行くのははじめてですか？」

ばかげた質問だった。そうだとわかっていたのだから。それでも、あの緑の目で見上げられると、ふいに愚かしい気分はなくなった。

「馬の扱いがとてもお上手ですね」

ドミニクは胸をふくらませた。女性の褒めことばがこれほど大きな意味を持ったことがかつてあっただろうか？「ありがとう。ぼくはフォー・ホース・クラブの会員なんです」

ああ、今度は自慢してしまっている。彼女の顔に浮かんだ当惑の表情からして、それがなんのことかもわからないのだろう。「気にしないでください。たいしたことじゃないから。昨日の晩は〈オールマックス〉をたのしみましたか？」

ミス・スターンはにっこりし、鈴の鳴るような声を出した。「ええ、とても。全部のダンスを踊ったんです。ワルツを踊れるようにしてくださって、とてもありがたかったですわ」

「どういたしまして。なんでもないことですよ」ドミニクはうなりたくなった。愚かしいと思ったら、今度は青臭いことを。いったいぼくはどうしてしまったんだ？

「今日、わたしたち三人のところにとてもたくさんの詩と小さな贈り物が届いて、びっくりしましたわ」

それを忘れていた。ワーシントンのやつが怒らせるからだ。「そういうものだからですよ。昨日〈オールマックス〉にいたご婦人たちのなかで、あなた方三人がいちばんきれいだった」

ミス・スターンはわずかに頬を赤らめて顔をそむけた。ドミニクからは横顔しか見えなくなった。

「シャーロットとルイーザもそういうものだと言っていましたけど、わたしはほんとうに思ってもみなかったので」

パークの一部を蛇行して流れる水路、サーペンタイン池に近づくと、ミス・スターンの目はドミニクから池へと引き寄せられた。ドミニクには袋を持ったふたりの少年しか見えなかった。

「だめよ。ここでも！」ミス・スターンはすばやくドミニクに目をくれた。「侯爵様、お願い、停めて！」

馬車の速度をゆるめるやいなや、彼女は手を貸す暇も与えてくれずに馬車から飛び降りた。それから、スカートをくるぶしのまわりでばたつかせながら、少年たちのほうへと走った。

「止まりなさい。すぐに！」

ドミニクが驚いたことに、少年たちはそのことばに従った。ドミニクは馬車を停め、彼女のあとを追った。ミス・スターンが何を言っているのかは聞こえなかったが、彼女が男性を責めているのを聞いたことがあったため、想像はついた。彼女は怒りに駆られると、まるで公爵夫人ででもあるかのように尊大になる。准男爵の娘の振る舞いとして期待するものとはまるでちがった。このごろつきどもがそれにどう反応するか知れない。

ミス・スターンが袋に手を伸ばすと、少年の顔が敵意に満ちたものになった。ふたりとも彼女よりも背が高く、みすぼらしい格好からして、底辺の社会に慣れた者たちのようだった。

袋を持っているほうが怒鳴った。「なんなんだよ？　あんたには関係ねえだろうが」

ミス・スターンは目を険しくした。声に表れた獰猛さにドミニクは衝撃を受けた。「その袋にはいっているものがわたしの想像どおりだとしたら、関係あるわ」

袋はもぞもぞと動き、甲高い鳴き声もかすかに聞こえた。

「ほらね」彼女は手を差し出した。相手が従うと思っているのは明らかだ。「すぐによこしなさい」

「ドッティ」レディ・シャーロットがミス・スターンの横に現れた。「どうしたの？」

ドミニクはまわりを見まわした。親戚のルイーザもそばにいた。それだけでなく、人が集まりはじめている。

「子猫よ」ミス・スターンが答えた。少年がその場を離れようとし、彼女はそれを止めようと手を伸ばした。「いいえ、だめよ。それをわたしによこしなさい」

「義務をはたそうとしてるだけだよ」もうひとりの少年が言った。

義務。それがこんな残酷なことの言い訳にもなるのか？　少年たちが彼女の命令に従わないとしても、ぼくの命令には従うはずだ。ドミニクは袋を持っている少年をつかまえ、少年が顔をしかめるまでやせ細った手首を強くにぎった。「ミス・スターン、今なら袋をとり上げられるはずだ」

少年が手を離し、彼女は袋をつかんだ。もうひとりの少年は脅すように彼女に詰め寄った。

「猫を死体にして持ち帰れば、銀貨をもらえる約束なんだ」

まわりをとり囲む人々のなかで誰かが息を呑んだが、ドミニクはミス・スターンを脅している少年から目を離さなかった。「ふたりに銀貨一枚か？」

もぞもぞと動く袋から目を離さず、少年はうなずいた。

ドミニクはウエストコートのポケットを探り、袋をつかもうとしている少年に銀貨を放った。銀貨は少年の足下に落ちた。ドミニクは自分が腕をつかんでいる少年に目を向けた。「ひとり一枚やる。だからもう行け」

子猫のはいった袋を持っていた少年は言い返したそうな様子だったが、もうひとりがまわりに集まった人々が眉をひそめているのを見て彼を引っ張った。二言三言何か言って少年たちは去った。

ドミニクはまわりに集まった人々に向かって言った。「あなたたちには関係のないことだ」

〈ホワイツ〉での知り合いの何人かが低い忍び笑いをもらすのが聞こえた。くそっ、このことは今夜には街じゅうに知れ渡ることだろう。

「動物を救っているのか、マートン？」皮肉っぽい声が聞こえた。「その次はなんだ？」

ドミニクは片眼鏡を持ち上げ、でっぷりした紳士をゆっくりと眺めた。赤ら顔に似合わない紫色の上着はコルセットを装着しているにちがいないと思わせるほどにウエストをきつく締めつけていた。「きみを仕立屋から救ってやるべきかもな、シーモア」

男は顎を上げた。「これは最新流行の装いだ」

ドミニクは片眉を上げた。「黄色いストライプのはいったラベンダー色のズボンが？」

「流行に乗っているだけだ」

ドミニクはわざとらしく身震いした。「神よ、その悪趣味からわれわれをお守りください」侮辱を受け、怒ったシーモア卿がようやくその場を後にした。ドミニクはほかに立ち去るのに手助けがいる人間がいるかとまわりを見まわしたが、集まった人々はじょじょに動きはじめていた。ミス・スターンとルイーザとシャーロットが袋のまわりにしゃがみこんでいる。

「この子たちをどうするつもり？」とルイーザが訊いた。

ミス・スターンがはじめて少しばかり途方に暮れた顔になった。「わからない」

「家に連れ帰りましょう」レディ・シャーロットが言った。「あなたがウィスカーズを救ったときには、みんながあの子を大好きになったじゃない」

ミス・スターンは首を振った。「だめよ。あなたの家には行き場のない動物を持ちこまないって父に約束したんだもの」

ドミニクには意地悪な笑みとしか見えない笑みを浮かべ、ルイーザがちらりと目をくれた。

「マートン侯爵に連れていってと頼めばいいわ」

ミス・スターンは美しい緑の目に懇願の光を浮かべて彼を見上げた。「大変なことをお願いしているのはわかっていますけど、そうしてくださいますか、侯爵様？　この子たちに家を与えてくださいます？」

その瞬間、彼女のためならドミニクはなんでもしたことだろう。ルイーザの鼻を明かしてやることはおまけにすぎない。「もちろんですよ。猫はきっと役に立つはずだ」

ミス・スターンから向けられた笑みは太陽と月と星を全部合わせた以上だった。「ありがとうございます。急いで連れていかなければ。それまでこの袋からは出せませんから」

「もちろんです」彼女を家に戻してから、どうやって子猫を馬車に乗せておけるか考えはじめたところで、レディ・シャーロットが問題を解決してくれた。

「みんなで行って子猫たちが無事に家にいつくかどうかたしかめましょう」

馬車のところへ戻ろうと歩いていると、四人乗り四輪馬車が停まりかけた。社交界の重鎮のひとりであるレディ・ベラムニーがうなずいた。いったいどういう意味だ？

ドミニクは会釈した。「こんにちは」

「あなたがようやく役に立つことをしているのを目にできてうれしいわ、マートン」

ドミニクに応える暇も与えず、彼女は御者に馬車を出すように合図した。

ルイーザたちが乗ってきたフェートンのそばに立っていた馬丁が女性たちが馬車に乗るのに手を貸した。

ドミニクはドッティからもぞもぞ動く袋を受けとり、彼女が馬車に乗りこむと、それを返した。「何匹いるんです？」

「三匹なんじゃないかと思うんですけど、袋を開けてみるまでわかりませんわ」

ドミニクは馬を走らせた。「猫は役に立つと言われます。あの少年たちがどうして殺すのに金をもらうことになっていたのか不思議ですね」

ミス・スターンは下唇を噛んだ。「毛皮をはぐ目的だった可能性はありますわ」

「毛皮？」ひどいことだ。ドミニクは幼いころに厨房で飼われていた猫を抱っこさせてもらったときのことを思い出した。それは父が亡くなるまえだった。「猫の毛皮でできたものを誰が買うんです？」

「ウサギなどのほかの動物の毛皮と偽ることもできるからですわ」彼女は下唇をさらにきつく噛んだ。「子猫たちを引きとってくださってありがとうございます」ほとんどささやくようなその声には感情がこもっていた。「ルイーザが断りにくくしたのはわかっています」

うれしいことに、自分の決断にルイーザの発言はさほど影響をおよぼさなかった。決断したのはミス・スターンのためだ。「いいえ、まったく。ルイーザが何も言わなかったとしても申し出ていたでしょうから」

ミス・スターンはドミニクのほうに顔を向けた。またあの笑みだ。「そうでしょうね。あなたはみんなが言うようなひどい人なんかじゃありませんわ」

いったいそれになんて答えたらいい？　ほんとうにみんなぼくを人でなしと思っているのか？　ドミニクはきっぱりとうなずいた。「ありがとう」

数分のうちにドミニクは自宅のまえに馬車を停めていた。家の扉が開き、使用人がふたり出てきて女性陣が馬車から降りるのに手を貸した。ミス・スターンが馬車から降りる準備をするあいだ袋を手渡された使用人の顔を見て、ドミニクは笑いそうになった。馬車をまわりこんで反対側に行き、彼女に手を貸す。あとは猫をどうするべきか考えなければならない。

「侯爵様？」ミス・スターンはスカートを振った。「わたしたちが猫を見ているあいだ、居間にクリームを運ばせていただけます？　そのあとで、たぶん、厨房に猫たちの寝床を作らせなければなりませんわ」

彼女がこれほどにてきぱきした女性だとは思っていなかったが、ドミニクはそれがとてもうれしかった。「もちろんです。母も呼びましょう」

ミス・スターンはうなずいた。「それはいい考えですわ」

「ペイクン」ドミニクは言った。「大きな深皿にクリームを入れて持ってきてくれ。それと肉の細切れも。ぼくたちは朝の間にいる。それから、母さんにも朝の間に来てくれるよう頼んでくれ」

執事はお辞儀をした。「たしか、奥様はすでに朝の間においでです、旦那様」

ミス・スターンはドミニクのほうを振り向いた。その大きな緑の目を見るとドミニクはキスをしたくなった。「ほんとうにありがとうございます」

「なんでもありませんよ。わが家の有益な一員となってくれるでしょうし」

彼女を好きになりかけているのかもしれないという考えは頭の奥に押しこんだ。そうなってはいけないのだから。ぼくの人生に愛のはいる余地などない。あるのは義務だけだ。

7

ドッティはマートンの腕に手を置き、廊下を進んで家の奥にある部屋へと導かれた。ルイーザとシャーロットがその後ろにつづいた。マートンが扉を開けると、明るい黄色の部屋には陽光があふれていた。ふたりの中年女性が暖炉の両側にすわっている。ひとりはいくらか銀髪の混じった褐色の髪をしており、もうひとりの髪はマートンと同じ色だが、少し色は薄くなっていた。

金髪の女性が小説を脇に置いて立ち上がり、まえに進み出た。淡青色の目が興味深そうに輝いている。「ドミニク?」

マートンはその女性の手をとった。「母さん、レディ・シャーロット・カーペンター、レディ・ルイーザ・ヴァイヴァーズ、ミス・スターンを紹介させてください。ご婦人方、ぼくの母です」

ドッティ、ルイーザ、シャーロットはお辞儀をした。

レディ・マートンはにっこりとほほ笑んだ。「訪ねてきてくださってとてもうれしいわ。ミス・スターン、お名前をうかがってもいいかしら?」

「はい、レディ・マートン。ドロシアです」

「すてき」レディ・マートンはもぞもぞと動いている袋に目を向けた。「そこにいるのは何？」

「子猫です」ドッティが答えた。「今日、命を救ってやったんです。マートン様がご親切にも引きとってくださるとおっしゃって」

レディ・マートンの笑みがさらに深まった。「ほんとうに？　そう、だったら、どんな子猫たちか見てみましょう」

「たぶん、わたしが床にすわったほうがいいと思うんですが」ドッティはレディ・マートンにちらりと目を向けた。マートンにも彼の母にも育ちが悪いと思われたくなかったのだ。それでも、そうしなければ子猫たちを見失ってしまうかもしれなかった。

「ええ、そうね」レディ・マートンは答えた。「子猫たちはソファーから落ちてしまうでしょうし。いっしょに床にすわりたいけど、わたしは低い椅子を使ったほうがよさそうね」

マートン侯爵が刺繍のはいったクッションの背もたれのない椅子をすばやく母のそばに置いた。ドッティとルイーザとシャーロットはレディ・マートンのまえの床に陣取った。マートンは母のそばの椅子にすわった。

ドッティは袋を開いた。猫たちは自力で這い出してくると思ったのだが、最初の一匹が丸い黄色い目で見上げてきただけだった。ドッティは袋に手を入れ、一匹ずつ四匹の小さな灰色の猫を引っ張り出した。

「まあ、きれいな子たちじゃない！」シャーロットが一匹を手にとり、ルイーザにもう一匹を手渡した。

レディ・マートンも子猫を渡してというように身振りで示した。子猫は鳴き声をあげた。「あら、めずらしいわ。お嬢さん方、あなたたちはシャトルー種の子猫たちを救ったようよ。ほら、目が黄色くて、毛皮がとても厚くてふわふわしているでしょう？　子供のころ、フランスの親戚の家を訪ねたことがあるの。その家の娘さんがこういう猫を飼っていたわ。彼女がどこへ行くにもついていく猫だった」レディ・マートンは子猫に向かって言った。「おまえがどうしてここへ来ることになったのかはわからないけど、血統はとても立派なようね」

ドッティがマートンをちらりと見ると、彼はブーツにじゃれつく子猫を警戒の目で見ていた。「子猫たちは厨房か物置で暮らせると思ったんだが」

レディ・マートンは運ばれてきていたクリームの深皿のそばの床に子猫を置いた。「そう、猫は狩りがとても上手だって言われているわ。でも、犬と同じで、たったひとりと固い絆を結ぶのよ」

「一匹飼ってもいいかグレースに訊いてみるわ」シャーロットは子猫をきつく抱きしめた。

「わたしもよ」ルイーザも言った。「ドッティ、スタンウッド・ハウスに動物を持ちこまないなんて約束をお父様とするなんて、残念だったわね」

「ええ」子猫が飼えたなら、どんなによかっただろう。「でも、約束は守らなくては」

シャーロットとルイーザはそれぞれ子猫を抱いたまま立ち上がった。「あとでスタンウッド・ハウスでね」とシャーロットが言った。

レディ・マートンがやさしい笑みを浮かべた。「ミス・スターン、残った二匹にはいつでも好きなときに会いに来てくれてかまわないのよ。ちょっと書きつけを送ってくれれば」

「ありがとうございます、レディ・マートン」うれしい申し出だったが、レディ・マートンが単に親切で言ってくれていることはわかっていた。ドッティはマートンに目を向けた。肉のかけらを食べる猫たちを見て眉根を寄せている。猫を引きとることにしたのを後悔しているのかしら？

立ち上がった侯爵の顔は無表情だった。「馬をそのままにしておくわけにはいかない。ミス・スターン、そろそろお送りしますよ」

「ええ、そうね」ドッティは差し伸べられた手をとって立ち上がった。馬車に乗ると、スカートを直した。「わたしのせいで困ったことになったとお思いでしたら、申し訳ないわ」

ドッティに目を向けたマートンの顔は無表情ではなかった。目におもしろがるような光が宿っている。「ぼくが困ることはまったくありませんよ。残った猫たちについては、母と使用人が世話をすることになるでしょうから」

「それはそうですね」彼自身が子猫の世話をするなどと思ったとはなんて愚かだったことだろう。それにしても、どうして彼はあれほど物思いに沈んでいるように見えたのかしら？

スタンウッド・ハウスの玄関の間にはいるときには、使用人のひとりが扉を押さえていてくれた。家の奥からは子供たちの歓声が聞こえてきた。それから、静かにという命令が発せられ、声がやんだ。使用人に帽子とパラソルと手袋を渡すと、ドッティは朝の間にはいって壁際に立った。子供たちはふたりの家庭教師といっしょに全員そこにいた。若いほうのグレート・デーンのデイジーが床に寝そべり、子猫の一匹のにおいをそっと嗅いでいる。

シャーロットがもう一匹をグレースのほうに掲げてみせていた。「この子、かわいらしくない？」

グレースは子猫を受けとった。「かわいいわ。これまで家猫を飼ったことはなかったわね。そろそろ飼ってもいいかもしれない」

「いいって言ってくれるとわかっていたのよ」シャーロットは手を組み合わせた。

ドッティはほっと小さく安堵のため息をついた。子猫を救いつつも、父との約束は破らずに済んだのだ。

小さな毛の塊を撫でながら、グレースはほほ笑んだ。「どこで見つけたの？」

「ドッティとマートンが殺されそうになっているのを救ったのよ」

「マートンが？」マットがグレースのそばに歩み寄った。「それは信じがたいな」

「わかるわ。でも、ほんとうなの」ルイーザがデイジーから子猫をとり上げ、グレースの末の妹の五歳のメアリーに手渡した。「やさしくするのよ」メアリーはうなずいた。ルイーザはマットに目を向けた。「ドッティが袋を持っている少年たちを見かけて、マートンが少年たちに猫をドッティに渡させたの。わたしたちが二匹家に連れ帰って、彼と彼のお母様がそれ以外の二匹を飼うことにしたのよ」

「へえ」マットは顎をこすった。「今日は彼も役に立ったわけだ。そうは言っても、人間はひと晩で変わったりしないものだからな」そう言ってドッティに目を向けたが、グレースが夫の腕に手を置いて首を振った。

ドッティはマートン侯爵のことを好きになりつつあったが、彼がマットにこれほどに嫌われるようなことをしたのはまちがいなかった。おそらく、グレースに訊けば、事情を教えてくれるだろう。


ミス・スターンをスタンウッド・ハウスに送って帰ってくると、ドミニクは朝の間と廊下をはさんで向かい側にある書斎へ向かった。書斎の扉を閉めようとしたところで、灰色のものがそばをすり抜け、足を止めて大きな目で見上げてきた。

「ここで何をしている？」

子猫は目をみはり、甲高く鳴いてドミニクのところへやってくると、ブーツの上で伸びをした。

「それに爪を立ててみろ」彼は厳しい声を出した。「従者に命じてマフにしてやるからな」

ドミニクが机へ向かうと、猫もついてきた。「思いちがいをしているようだな。ぼくは猫が好きではない」

そのことばを完全に無視して、猫はドミニクの足下に寝そべった。

扉をノックする音がし、扉が開いて使用人のひとりがはいってきた。「お邪魔して申し訳ありません、旦那様。猫が一匹いなくなりまして」そう言って目を下に向けた。「そこにいたか、このちび猫めが。さあ、来るんだ」

使用人が身をかがめてつかまえようとすると、猫は急いでドミニクの後ろに逃げこんだ。使用人は苛立ってため息をついた。「すみません、旦那様。このシリルは逃げてばかりいるんです」

ドミニクは眉を上げた。もう名前をつけたと？「残りはどこだ？」

「若いご婦人方が二匹お連れになり、奥様が残りの一匹をお持ちです」使用人は猫を示した。「ただ、このちびはもう一匹のメスといっしょにいようとしないんです」

ドミニクは体をねじり、後ろにいる猫を見下ろした。「もうご婦人方から逃げているのか？」猫はブーツに体をこすりつけた。「いいさ、習慣になったら困るが、今は少しのあいだここに隠れていればいい」

使用人がお辞儀をして部屋を出ていくと、ドミニクはまた猫に向かって言った。「ぼくといっしょにいるのに慣れるんじゃないぞ。さっきも言ったが、猫はまったく好きじゃないから、おまえを助けるために指一本動かしたりしないからな。残念ながら、おまえの恩人はおまえを飼うことができないんだ」

猫を引きとると言ったときのミス・スターンの顔は、猫にブーツを引っかかれるに値するものだったが。

ドミニクが暖炉のそばの椅子へ行き、本を手にとると、シリルもあとをついてきた。「足下になら寝そべってもいいぞ。ズボンや上着に猫の毛がつくと従者がいやがるだろうが」

猫はそのことばを理解したかのように、ドミニクのブーツの上に丸くなって眠った。母は猫も犬と同じだと言っていたが、そのことばでプードルのビングを思い出した。飼っていたフレンチプードルとはいっしょに馬車に乗りに行ったものだった。ドミニクはシリルに目をやった。「これ以上余計なことを思いつくまえに言っておくが、馬車にいっしょに乗るのはだめだからな」

子猫は眠そうに前足を伸ばし、あくびをした。

「よし。折り合いがついてよかった」

子猫を救おうとしたときのミス・スターンの猛々しさを思い返してみる。他者を救いたいという思いはどれほどのものなのだろう？　困っていると見れば、自分の意思であまり立派とは言えない暮らしをしている人間でさえも助けようとする社会改革者のひとりなのだろうか？

ワーシントンにはああ言ったが、彼女の生まれだけでも、侯爵夫人となるにはふさわしくなかった。アルヴァンリーの言ったことは正しい。自分は必要以上に花嫁探しをむずかしいものにしている。それもあの澄んだ緑の目と黒髪のせいだ。ミス・スターンと出会ってからというもの、より人気のある金髪の女性たちがかすんで見えてしまう。また花嫁候補を数え上げようという気にすらならない。

ドミニクは手を伸ばしてシリルを撫でた。母の言ったとおりだ。とてもやわらかい毛だ。子猫は犬のように身を転がして腹を見せた。猫を飼ったことにもひとついいことがある。少なくとも、ミス・スターンを訪ねる理由ができた。彼女は自分が助けた動物の様子を知りたいだろうから。

翌日、ドミニクは領地の仕事に没頭し、ミス・スターンから離れていようとした。それでも家には留まらず、昼食はフォザビーとともにクラブでとった。パークに行くのは控えた。しかし、彼女を心から消すことはできず、夕方近くになると、彼女に会えるというだけで、フェザリントンの舞踏会を心待ちにするほどだった。

その晩、母とマチルダとともにフェザリントン卿夫妻のタウンハウスを訪れたドミニクは、大広間で無意識にミス・ドロシア・スターンの姿を探していた。自分の好みとしては、彼女をシーアとか、ドローとか呼びたい。ただ、ドローはウェリントン公爵のあだ名「ボー・ドーロ」に似すぎている。だとしたら、シーアだ。まだ彼女をファーストネームで呼ぶ許しは得ていないが。

シーアははじまろうとしていたカントリーダンスに誘われているところだった。ほかの男の腕に手を置くのを見てドミニクの胸は締めつけられた。いったいシーアの何がほかの男を彼女から引き離したい思いにさせるのだろう？　彼女はぼくだけのものという感覚を与えるのだろう？

シーアが目を上げた。目が合ってにっこりする。くそっ。何か気をそらすものを見つけないと、壁に背をあずけてひたすら彼女を見つめつづけ、笑い者になってしまうにちがいない。部屋を見まわすと、ミス・ターリーにまだダンスの相手がいないのがわかった。ドミニクは彼女のところへ歩み寄った。「ミス・ターリー、このダンスのお相手をお願いできますか？」

ミス・ターリーはいつものようににっこりしてお辞儀をした。「もちろんです、侯爵様」

もしかしたら、この女性を誤解していたのかもしれない。それでも、お辞儀して彼女の指にキスをしても何も感じないのはたしかだった。シーアに感じるような熱も興奮も何も。

ダンスフロアで位置につくあいだ、また目がシーアへと引き寄せられた。もっと結婚するにふさわしい女性に注意を向けるべきなのだ。パークで騒ぎを起こしたりしない女性に。そう考えてみれば、彼女は領地の管理に進歩的な考えを持っていて、助けた子猫を押しつけてきたりもした。時間があったら彼女がほかに何をするだろうかと考えると呆然とするしかなかった。動物を助けることをみずからの使命と感じているとしたら、優秀な猟犬に対してもそう感じるのではないだろうか？

ドミニクは思わずにやりとしたが、ミス・ターリーが自分の言ったことに彼が反応したのだと勘違いしていることに気づいた。彼女は口の端を持ち上げた。今シーズンの目玉のひとりとみなされている女性だ。たぶん、もっと注意を払うべきだったが、その金髪にも青白い美しさにも惹かれるものは感じなかった。またシーアの姿が目にはいると、シーアが笑みを浮かべ、ほかの紳士と話をし、見るからにたのしんでいるあいだは、ダンスの相手に心を留めておくことはほとんどできなかった。相手の男からシーアを奪い去りたいという欲望が募り、思わず口から低いうなり声がもれた。

「侯爵様、どうかなさいました？」隣にいた若い既婚女性がドミニクに訊いた。

ならない。

「いいえ。喉がちょっとおかしいだけで」ああ、失態を犯さないようにしっかりしなければならない。

アリーズバリーの舞踏会があるときにここへ来たがるとは、母はいったいどうしてしまったんだ？　少なくとも、向こうなら、友人といっしょにいられるばかりか、シーアがほかの男と踊っている光景にさらされずに済む。ドミニクはどうにか注意をミス・ターリーに向けた。彼女のファーストネームはなんだった？　妻にしようと考えたことがあったのに、ファーストネームを知ろうとは思ったこともなかったのだった。

ミス・ターリーをいとこのところに戻すと、ドミニクは混み合った舞踏場を、人をかき分けるようにしてシーアのところへ向かい、別の紳士がダンスを申しこもうとするのをさえぎった。「ミス・スターン？」彼女は長く黒いまつげの下から彼を見上げ、にっこりした。

ドミニクは息を吸った。

義務なんかどうでもいい。

「まだ夕食まえのダンスの予約ははいっていませんか？」

「ええ、侯爵様」

「なあ、マートン」ガーヴィーが言った。「そのダンスはぼくが申しこもうとしていたんだぞ」

ドミニクは戦いに勝ったかのように快哉を叫びたかった。そうする代わりに片眼鏡を持ち上げた。「次はもっとすばやく申しこまないとだめだな」

ガーヴィーのしかめ面を見てドミニクは笑いたくなった。幼いころには親しかった男だが、父が亡くなってから、ガーヴィーが訪ねてくることはなくなった。

シーアの目がうれしそうにきらめき、なんらかの褒美でももらったかのようにドミニクの心は浮き上がった。こんなふうに感じたのは生まれてはじめてだった。結婚するにふさわしい女性を見つけるのは明日からでいい。今はシーアを腕に抱くことをたのしむつもりだった。


ドッティはしばしマートンが離れていくのを見守っていたが、すぐにミス・メドウズに話しかけられているのに気づいた。「ごめんなさい。今なんておっしゃいました？」

若い女性はなぐさめるようにドッティの腕に手を置いた。「かわいそうに。ミスター・ガーヴィーがダンスに誘うよりも挨拶に時間をかけすぎたのがなんとも残念ね」

ドッティはその若い女性に対してぽかんと口を開けそうになった。「すみませんけど、おっしゃってる意味がわかりませんわ」

ドッティの当惑した様子を見て女性は目をみはった。「だって、マートン侯爵と踊らなきゃならなくなったわけですもの」

「それはそうね」ミス・フェザリントンもうなずいた。「あの人、とてもダンスは上手だけど、全然会話しようとしないから」

「わたしが思うに――」ミス・スマイスが眉を上げた。「侯爵であれば、退屈な人間でも許されるはずですわ。彼はとてもハンサムだし」

どうしてマートンについてそんな意地悪なことが言えるの？　ドッティの胸の内で怒りが沸き立ったが、表向きは冷静さを保った。「彼のことを退屈だなんて思わないし、会話がないということもありませんわ」ドッティがおかしくなったのかというように三人の女性たちは見つめてきた。「とても魅力的な人だと思います」ドッティはそう言い、熱のこもった口調でつづけた。「つい昨日も、子猫を溺れさせようとしていた少年たちから子猫たちを救うのに力を貸してくれましたわ」

今度はミス・メドウズの口がぽかんと開いた。「そんな話を誰かほかの人から聞かされたとしても、信じなかったでしょうね」

「すばらしいわね。でも、彼とどんなことをお話しになるの？」ミス・スマイスが訊いた。

「ありとあらゆることですわ」というよりも、今考えてみれば、幅広い事柄について話していたのは自分で、マートンは単に適宜うなずいていただけだった。一度か二度若干青ざめたこともあった。「それに、彼は聞き役としてもすばらしいし」

それはまちがいない。

「たぶん、彼はあなたに惹かれているんだわ、ミス・スターン」ミス・フェザリントンは言った。「だって、わたしと踊るときにはほとんどひとことも発しないもの」

「もしかしたら、内気なのかもね」ミス・スマイスも付け加えた。「侯爵であっても、人見知りということはあり得ると思うから」

マートンがどんな人間であれ、ドッティが惹かれずにいられないのはたしかだった。ドッティはほかの紳士との会話やダンスをたのしんではいたが、マートンの熱い目と目が合うと、彼を退屈だなどと思うことはまったくなかった。次のダンスを予約していた男性が現れた。舞踏会の夕べはそうして延々とつづくかに思えたが、ようやくマートンがワルツの相手として現れ、お辞儀をした。

「ミス・スターン？」

ドッティはゆったりと彼の腕に身をあずけた。彼がステップをまちがえたり、足を踏んだりするとは思いもしなかった。そして今度は彼のほうから口を開くのを待とうと決めていた。

何分か沈黙が流れ、しまいにマートンが訊いた。「子猫たちの様子を知りたいですか？」

「ええ。ぜひお聞きしたいわ」その話題を持ち出してくれたことはとてもありがたかった。昨日の夕方には、子猫を引きとらざるを得ない状況に彼をおちいらせてしまったと思い悩むようになっていたのだった。

マートンの表情は変わらなかったが、目は輝いていた。「うちの母が名前をつけたんです。メスはカミールで、まったく欠点のない性格を表すそうです。今のところはそうでしょうが、それがどのぐらいつづくかはわかりませんね。オスはシリルで、君主にふさわしいという意味だそうです。オスを名づけるときには母も多少考えたようですね。シリルはそれを重く受け止めて、すでにうちの使用人たちを服従させ、メイドたちの心を奪ったようです。ただ、執事はまだシリルよりも上に立っているようですが。少なくとも今のところは」

ドッティは忍び笑いをこらえきれなかった。「まあ、あまり騒ぎを起こしていないといいんですが」

「起こしているとしたら、ぼくに対してだけですね」

彼女の笑みが引っこんだ。「ほんとうにごめんさい。何をしでかしたんです？」

今度は彼のほうが笑みをもらす番だった。「最初の日にぼくになつくと決めたようで、ぼくのほうはなついてくれないほうがありがたいとどんなにわからせようとしても聞き入れないんです。今夜など、いっしょに来ようとしたぐらいですよ」

シーアはまた笑った。鈴の鳴るような明るい声で、ドミニクはほんの少し胸をふくらませた。これまで自分の話を本気でおもしろがってくれた女性がいただろうか？

「きっと執事がシリルを止めてくださったのね？」

「うまく首根っこをつかまえて」彼女が目をみはったので、ドミニクは急いで説明した。「子猫に痛い思いをさせたりはしませんでしたよ。母猫もそうするという話です」

しばしシーアは沈んだ顔になった。「母猫はどうしたのかしらと思います。子猫たちは生後ほんの数週間ですもの」

「突き止めることはできないでしょうね。あの少年たちがまた猫を入れた袋を持ってやってこないかぎり」混み合ったダンスフロアの真ん中にいるのでなければ、彼女を腕に引き入れてなぐさめてやったことだろう。ドミニクはそんなことを考えるんじゃないとみずからをいさめた。

「たぶん、また来ますわ。そうしたら、使用人の誰かにあとをつけさせることもできますね」

彼女ほど思いやり深い女性はほかにいないだろう。「すべての生き物を救おうとお考えですか？」

「ええ、できるときには」シーアは子猫たちのことを考えているらしく、下唇を強く嚙んだ。「動物を含めて他者を助けるのはわたしたちの義務だと思うんです」

義務。またそのことばだ。シーアとは結婚を考えるべきではないと知りながら、こうしてダンスしていることで、自分ははたすべき義務をおろそかにしているのだろうか？　伯父が生きていたら驚いたことだろう。それでも、ドミニクはこれほどたのしい思いをしたことも、これほどに女性に惹かれたこともかつてなかった。

シーアは永遠に暗いままだと思っていた魂の一隅に明かりをともしてくれたのだった。ドミニクは彼女をきつく抱きしめてキスしたいとしか思わなかった。体じゅうに手を走らせ、彼女を自分のものにするのだ。

今夜が終わったら、もう彼女には会えない。田舎の領地へ戻る言い訳を見つけることになる。ワーシントンの言ったとおりだ。ロンドンに残っていたら、彼女から離れていることはできないが、それは彼女にとって正当なことではない。彼女の父親も娘にはふさわしい相手を見つけてほしいという希望を持って大事に育てたはずだ。そのふさわしい相手はぼくではあり得ない。

シーアがほかの男とベッドをともにすると考えただけで胃がよじれる気がしたが、彼女は伯父が結婚相手として絶対にだめだと警告していた女性そのものだった。財産もなく、貴族でもない社会改革者。どうしてぼくは彼女をこんなに求めてしまうのだ？

「だって」彼女は言った。「みずから選んで困難な状況におちいる人はほとんどいませんから」

その信念こそが、伯父から教わったものとは正反対だった。それでも、ドミニクは彼女に言い返すことはせずにうなずいた。ダンスが終わると、彼女を晩餐の間へと導き、ワーシントンと直面することに身がまえた。

ワーシントンはドミニクとシーアに自分たちといっしょのテーブルで食事をするように言い張った。政治的信条はちがうものの、自分が彼女といっしょにいることになぜワーシントンがこれほど腹を立てるのかドミニクにはわからなかった。そのことを少し考えてみれば、自分のシーアに対する関心は彼にとっても恩恵となるはずだ。だから、ワーシントンに叱られる理由はない。彼の態度はまったく気に入らなかった。驚きですらあった。花婿候補としてもっとも望ましい紳士のひとりである自分を金のないごろつきのように扱う権利はワーシントンにはない。

その晩の終わりに、母とマチルダと合流して舞踏会を催した女主人に別れの挨拶をすると、ドミニクは帰宅してよく整頓された図書室でブランデーをグラスに注ぎ、混乱した思考を整理しようとした。ワーシントンから受けたひどい扱いにまだ自尊心を傷つけられながら、顔をしかめてグラスをのぞきこむ。おそらく彼に言われたとおりにするのがいちばんいいのだ。

ぼくにはいい結婚をする義務があるのだから。どれほどシーアを好きになりつつあっても。

笑みをたたえた緑の目は心から離れようとしなかった。

くそっ。

ドミニクはブランデーを飲み干してグラスをテーブルに勢いよく置いた。

暖炉に薪を足していた使用人がびくりとした。「大丈夫ですか、旦那様？」

ドミニクは歯を食いしばった。「これ以上はないほどにな」

そう言って立ち上がり、図書室を出ると、扉を叩きつけたくなる衝動に抗った。使用人に癇癪をぶつけてもいいことはないが、誰かをなぐるのは救いになるかもしれない。明日、ジャクソンのボクシング・ジムに行こう。


翌朝、自分への約束をはたし、ドミニクはジャクソンのジムにいるもっとも有望な若いボクサーと打ち合いをした。半裸になり、裸足で拳を交わす。顔に汗が流れ、目にはいった。ドミニクも相手も息を切らしながらも打ち合いをやめようとしなかったので、ジャクソンみずからが止めにはいった。

「今日はもう充分でしょう、侯爵様」かつてのチャンピオンはドミニクのグラブを外した。「何があったかは存じませんが、あなたがこれほど相手を圧倒するのを見たのははじめてです。紳士のご身分でいらっしゃるのが残念ですよ」

ドミニクはジャクソンにうなずいて見せ、彼の助手のひとりからタオルを受けとった。どれほどよくできたとしても、救いにはならなかった。昨晩感じた苛立ちはまだ残っていた。ドミニクは着替えて家に戻った。

ペイクンに帽子とステッキを渡すと、書斎へ向かったが、あやうくシリルにつまずきそうになった。「今度はなんだ?」

猫は訳知り顔で見上げてきた。「ああ、そうだな、そうしよう。ペイクン?」

「なんでしょう?」

「ぼくの二頭立て二輪馬車を玄関にまわさせてくれ。今度は鹿毛がいい」

「ただちに」

十五分も経たないうちに、ドミニクは馬車に乗りこみ、手綱を手にとっていた。灰色の何かがそばに飛び乗り、そのあとをかつらを手にした使用人が追ってきた。「申し訳ありません、旦那様。そのちびが逃げてしまって」

ドミニクは猫に目を落とした。「で、おまえもいっしょに来るというのか?」

シリルは自分の居場所だとでもいうように身を起こし、景色をたのしむ気満々でいた。

「いいさ。自分で来ると決めたことを忘れるな」ドミニクは子猫に向かってつぶやくと、使用人に言った。「このままでいい」

ぼくもおちぶれたものだ。猫に話しかけ、馬車にいっしょに乗せるなど。誰かにシリルを見られたら、いい笑い物になる。幸い、子猫は小さく、座席と見分けがつかなかった。たぶん、シーアが会いたがっているはずだ。なんと言っても、彼女に会うには言い訳が必要なのだから。そうでなければ、准男爵の娘などを追いかけるそこらの愚かな洒落者と同じに見えてしまうだろう。いや、それはいまいましい嘘だった。彼女は非の打ちどころのないほどに望ましい女性だったのだから——誰かに見られているように背中がちくちくし出し、伯父がそこにいないか振り返ってたしかめそうになる——自分以外の誰にとっても。

マートンの馬車がスタンウッド・ハウスのまえに停まったときには、ドッティはシャーロットとルイーザといっしょに玄関の石段を降りているところだった。彼女には友人たちの顔を見る勇気はなかった。ルイーザが賛成してくれるはずはなく、シャーロットは何につけてもロマンティックだとみなしたからだ。

マートンは三人に挨拶してからドッティに向かって言った。「ミス・スターン、うかがった話からして、あなたは動物のしつけに慣れているようだ」

たしかに慣れていたが、じっさいにそれを彼に話した記憶はなかった。いったいどういうつもり？　ドッティは笑みを浮かべようとして唇の端を持ち上げた。「たしかに多少知識はありますわ」

マートンは腕を差し出した。「そうだとしたら、いっしょに来ていただき、緊急の問題に力添えをお願いできませんか？」

ドッティは興味を示すようにわずかに眉を上げた。「もちろんですわ」それから友人たちに目を向けて言った。「あとで会いましょう」

ルイーザは訝しげに目を細めたが、シャーロットは目をみはり、甘い声を作って言った。

「もちろんよ。マートン様があなたの力添えを必要とするなら……」

ドッティは目をむきたくなった。きっとシャーロットとルイーザは〝緊急の問題〟について話を聞こうと家で待ちかまえていることになるだろう。

「そう」マートンはドッティをふたりのところから離し、声をひそめた。「シリルに問題があって」

「そうなんですか？」ドッティはまじめな声を保とうとした。「どんな問題です？」

マートンは咳払いをし、馬車を示した。「自分が猫だと気づいていないんじゃないかと思うんです」

ドッティは示されたほうに目を向けた。そこには子猫がいた。きちんとおすわりをし、あたりを見まわしている。ドッティは噴き出しそうになり、手で口をふさいだが、声が震えた。

「まあ」

「ぼくの言う意味がおわかりですか？」苦々しい声だった。それでも、ドッティが目を向けると、彼の目はおもしろがるように躍っていた。

肩越しにルイーザとシャーロットのほうに目を向けると、ふたりともドッティとマートンをじっと見つめていた。「ふたりとも先に行って。少し時間がかかると思うから」

ルイーザが眉根を寄せたので、ドッティは急いで彼女を安心させようとした。「大丈夫よ。たいした問題じゃないから」

ルイーザはうなずいた。ふたりが猫に気づかなかったことはありがたかった。気づかれれば、マートンが辛辣なことばを投げつけられるだけだっただろう。彼の手を借りてドッティが馬車に乗ると、シリルはふたりのあいだに陣取った。いまだにマートンのことはどう判断していいかわからなかった。ドッティにとって大事な人々の多くに強い感情を起こさせる人のようではある。

生まれたときからマートンを知っていると言ってもいいマットは彼を冷血漢と評した。個性や心を持たない人間だと。それには賛成できない。多くの点でマートンはいっしょにいてたのしい相手であり、この猫とのことでわかるように、口数は少なくてもユーモアのセンスは持っている。謎めいているのはたしかで、ドッティは悪くない謎は大好きだった。それでも、それによってわたしはどこに行きつくのだろう？

マートンは馬を走らせた。パークに着くと、ドッティは目下の問題に頭を戻した。「シリルはとてもお行儀がいいようですわ。何が問題だと思うんです？」

「話をしない」

「なんですって？」ドッティは訊き返したが、笑みを隠しきれなかった。「まさか猫と会話しようと思ってらっしゃるんじゃないですよね」

マートン侯爵の唇の端が持ち上がった。「まさか。ただ、そう、猫らしい鳴き声も出さないんですよ。ぼくも多少は猫を知っているんだが」

ドッティは膝の上で手を組み合わせた。むずかしい問題を説明しようとするときに家庭教師がいつもしていた癖だった。「わたしたち——ルイーザたちとわたし——も引きとった子猫について同じことに気づいていましたわ。どうやら、何も問題がないときには、この猫たちは黙っているようです。何か要求したいときに、小さな甲高い声を発するんですわ。それを聞いたことはありますか？」

マートンは今は眠っているシリルに目をやった。「いや、聞いたとは言えないな」

「でしたら、たぶん」猫に目を向けたマートンを見てドッティはどうにか笑いをこらえた。「不満はないんですわ」

「不満があるはずはない。うちの使用人全員にかしずかれているんですから」マートンはきっぱりと言った。

「つまり、名前のとおり、君主らしく振る舞っているってわけですね」

マートンに熱いまなざしを向けられてドッティの心ははためいた。彼といっしょにいるのが心底たのしいと思えた。

「そうにちがいない。それでも、どこへ行くにもぼくのあとをついてまわるんです」

「きっとあなたのお母様がおっしゃったように、それがその血統の性質なんですわ」

散歩道からひとりの男性が手を振って挨拶してきた。そちらへ目をやると、フォザビー卿だった。ドッティは唇を噛んだ。好意を持てる男性ではなかったからだ。先日子犬を蹴ろうとしたことがいやだっただけではない。なぜか信用ならない人に思えたのだ。

思ったとおり、マートンの顔から表情が消えた。上流社会によく見られる、上品で退屈な表情だけを顔に貼りつけている。友人と呼んでいる人たちにさえ、ほんとうの自分を見せるのを恐れているの？

マートンは道の端に馬車を寄せた。「やあ、フォザビー」

フォザビーはドッティのほうに鋭い目をくれ、頭を下げた。「マートン、ミス・スターン、お会いできて光栄です」

その皮肉っぽい口調から、光栄だなどと思っていないのは明らかだった。ドッティは礼儀正しく笑みを浮かべた。「こんにちは、フォザビー様。とてもいいお天気ですね」

「ええ、たしかに」彼はドッティからマートンに目を移した。「たぶん、レディ・ウィルソンの舞踏会で会えるよな？」

マートンはわずかに唇を引き締めた。「母がどういう予定でいるか知らないんだ」

フォザビーは嫌悪の目をドッティに向けてから、またマートンに注意を戻した。「だったら、そのあとクラブで？」

マートンは曖昧にうなずいて見せ、また馬を走らせた。この人はほかの人がいっしょだとあまりに態度がちがう。

「そろそろ家に送りましょう」

「ええ、そうですね」フォザビーとの遭遇によって気軽な冗談の応酬に影が射してしまった。「今夜のまえにしなければならないことが山ほどあるので」

スタンウッド・ハウスに到着すると、マートンが玄関まで送ってくれてドッティの手をとった。そしてそこに顔を近づけるのではなく、しばらくじっと彼女を見つめた。その目に突然、切望し、懇願するような色が浮かんだ。ドッティは手を伸ばし、彼をなぐさめてあげたくてたまらなくなった。「馬車に乗せてくださってありがとうございます。すてきな時間でしたわ」

マートンはわれに返ったようで、また顔には仮面がかかった。「ぼくもです。助言いただいてとてもありがたかった」

ドッティは彼が馬車に戻って去るのを見送らずにいられなかった。ほんの一瞬、彼はとても悲しそうに見えた。どうにかして救ってあげたいと思うほどに。でも、どうやって？

8

ドッティはルイーザとシャーロットを三人共用の居間で見つけた。

「〝お侯爵様〟の用事はなんだったの？」とルイーザが訊いた。

ドッティはためらった。マートンの行動のすべてにおかしなところを見つけようとするルイーザに、彼をからかいの種にする機会を与えたくなかったのだ。「猫についていくつか訊かれただけよ。今まで猫を飼ったことがなくて、その行動に心配なところがあったみたい」

「それだけ？」ルイーザの肩から力が抜けた。「一瞬、あなたといっしょに過ごす言い訳なんじゃないかと思ったんだけど」

お茶が運ばれ、ドッティはビスケットに手を伸ばした。「それがそんなに悪いこと？」

「彼のこと、結婚相手としてまじめに考えているの？」

「それを考えるにはまだ早すぎるわ」ドッティは嘘をついた。「それに、結婚を急いでいるわけでもないし」

シャーロットは本に指をはさんでドッティに目を向けた。「彼のことも〝救済〟の対象にするつもり？」

ドッティはお茶をカップに注ぎ、時間をかけて砂糖とこの家でクリームよりも好まれている甘いミルクを加えた。「たぶんね。反対する？」

ルイーザが異議を唱えた。「あなたはロンドンに夫を見つけに来たのよ。マートンの人生を救うためじゃなく」

「それって――」シャーロットが小声で言った。「あなたにしても請け負うには大きすぎる問題じゃないかしら」

「マートンには心がないってマットが言っていたわ」ルイーザはきっぱりと言った。

それでも、マートンに思いやりがないとは思えなかった。感じよく接してくれ、シリルが馬車に乗るのも許していた。「マットはどうしてそういう結論に達したの？」

「貴族院でのマートンの投票のせいよ」ルイーザはそばのテーブルに置かれたグラスの水を飲んだ。「わたしたちよりも恵まれない人たちに害をおよぼすような法案を支持しているの」

シャーロットもうなずいた。「行動はことばよりも雄弁ってことね」

ドッティは下唇を噛んだ。それがどういう法律かは知っていた。比較的小さな法律違反に対しても死刑や禁固刑を認める厳しい法案が議会を通過していた。他人が辛い思いをしている状況に目をつぶるような男性との結婚は考えることもできない。それでも、彼がそこまで冷たい心の持ち主だとはどうしても思えなかった。マートン侯爵には見た目以上のものがある。彼はわたしに見せるのとは別の面をほかのみんなに見せているようだ。まるでふたつの異なる人格を持つかのように。それとも、単にわたしが世間知らずなだけ？　結局、マートンの投票についてマットが嘘をつくはずはないのだから。いずれにしても、彼はわたしの結婚相手ではないのだ。

彼について友人たちに相談できないのは残念だった。「まあ、関心を持てる紳士が見つかるまで、マートンの力にはなれるわ」

シャーロットは読書に戻った。

「そうしたいなら、すればいいわ」ルイーザは肩をすくめた。「誰の害にもならないでしょうし、もしかしたら、マートンのためにはなるかもしれないから。彼が花嫁を見つける手助けをしてもいいわね。今、目をつけているご婦人たち以外で」

「なんてすばらしい考えなの」彼のために自分ほど意志の強くない女性を見つけてあげられるかもしれない。「今夜から人選をはじめるわ。彼にぴったりの誰かはいるはずよ」

なんといっても、たくましい顔立ちと鷲鼻をしたとてもハンサムな人だもの。見つめられると、絵画で見た深い海を思い出す。彼について話せる人がいるといいのだけれど。

ドミニクは書斎にこもる気でグローヴナー・スクエアに戻った。シーア――彼女をひそかにその名前で呼びはじめるべきではなかった――のせいで仕事や花嫁探しに支障が出ていた。今日の午後、彼女を見下ろしたときには、その濃いピンク色の唇を自分の口で覆いたいとしか思わなかった。義務がほかのすべてに優先されるべきで、強い感情は義務をはたす邪魔になると説く伯父の声が頭のなかでしても、それを無視しようとした。どうして望むこととすべきことを一致させることができないのだ？　以前は一致していたのに。しかし、伯父にあれだけ警告されたにもかかわらず、ドミニクにはシーアを自分のものにするという以上の望みはなかった。

伯父のアラスデアだけが問題なのではなかった。たとえ求婚したとしても、ワーシントンができるかぎりそれを阻止しようとするはずだ。彼女にこれほど魅了されていなければ、ワーシントンにそうされてもよしとしたことだろう。すでに彼女と結婚したらどうなるか見当がついているのだから。家は行き場のない動物で一杯になり、慈善の集まりが催される。それ以外に何があるかは誰にもわからない。ホイッグ党や、もしかしたら急進派すらも支持するように説得されることだろう。秩序正しい生活が大混乱におちいるのだ。

冗談じゃない。ミス・スターンは自分の花嫁には絶対にふさわしくないと肝に銘じなければならない。しかし、どんなにそれをみずからに言い聞かせても、彼女がほしいという事実は変わらなかった。ほしくてたまらないという思いは。

ドミニクは指で髪を梳き、ブランデーの瓶に手を伸ばしたが、瓶はそこにはなかった。あれあいう誤った同情心があれほど完璧な女性のなかに組みこまれていなければよかったのに。触れて探ってほしいと懇願するような胸。エメラルドですらかすませるような目。指にからめて引き寄せたくなる巻き毛。下腹部がぴくりと動く。ドミニクは呼び鈴を思いきり引っ張った。

すぐさま扉が開いた。「お呼びですか？」

「ブランデーの瓶を持ってきてくれ」

使用人はぽかんと口を開けた。ドミニクが夜を待たずに強い酒を飲むことはほとんど皆無だったからだ。ああ、これも彼女のせいだ。「聞こえたはずだ」

「か、かしこまりました。ただちに」

法外に長い時間が経ったように思われてから、ようやく扉が開いた。使用人たちが命令を実行するのにこれほど時間がかかるとは思っていなかった。

ドミニクは低いうなり声をもらした。「どうしてこんなに時間がかかった？」

「ドミニク、いつから昼日中にブランデーを飲むようになったの？」

ドミニクははっと振り返った。使用人を従えて母が書斎にはいってきた。

「え――その」ここは自宅で、ぼくは大人だ。どうして母に対する言い訳を探しているのだ？ それに、誰が母をここへ呼んだ？「飲みたくなったので」

母はやさしい笑みを浮かべ、使用人にトレイをソファーのそばの低いテーブルに置くように指図した。「わたしもごいっしょするわ。いずれにしても、そろそろお茶の時間だし」

トレイにはタルトとビスケットとシェリーとブランデーが載っていた。

これまで母が書斎に来たことはなかった。ドミニクはぽかんと口を開けそうになるのをこらえたが、凝視せずにはいられなかった。今シーズンは誰もがおかしくなっているのか？

母はソファーにすわり、自分のグラスにシェリーを注ぐと、ドミニクのためにブランデーを注ぎ、またにっこりした。「なんだかあなたらしくない様子ね。わたしに何かできることはある？」

ドミニクは母から手渡してもらったグラスからひと口飲んだ。誰かに話したいのはたしかだったが、また頭のなかで伯父の声が聞こえた。

〝おまえの母さんをわずらわせるんじゃない、マートン。おまえは今この家の主人なんだから、彼女のためにも強くならなければならない。それより、しばらく彼女にはバースにいるおまえの伯母さんを訪ねてもらったほうがいいかもしれないな〟

「いいえ、自分でなんとかしますから」

母はわずかに顔をしかめたが、シェリーをひと口飲んだ。「ちょっと思ったんだけど、あなたのこと、アラスデア伯父様にまかせすぎたかもしれないわね」

グラスを持つドミニクの指に力が加わった。「どうしてそんなことを言うんです？」

「あなたとのあいだに必要以上に距離があるように思うからよ。アラスデアはつねに最善を心得ているようだったし、あなたのお父様が亡くなったあと、わたしは長く病に臥せっていたわ。最近になってあなたのしつけにわたしがもっと積極的にかかわるべきだったと思うようになったの」

「伯父さんはぼくの保護者だったんですから」そして支配力を持つとみなされていた。母にしても伯父に反対するのは容易ではなかったはずだ。ドミニクは生じていたかもしれない問題を想像したくはなかった。「今夜のご予定は？」

「古くからのお友達のウォットフォード伯爵夫人が舞踏会を催すことになっているわ」

ウォットフォード？　またホイッグ党員だ。いったい母さんはどういうつもりなんだ？

「いいでしょう。九時ですか？」

母は立ち上がった。「ええ。夕食もごいっしょできる？」それ以外の選択肢を考えてみた。なぜか、かつてほどクラブへ行きたいとは思わなくなっていた。「喜んで」

「お仕事の邪魔はしないけど、ドミニク、話し相手が必要だったら、喜んで耳を貸すわよ」

ドミニクは母のところへ行って頬にキスをした。「ありがとう、母さん」

ユーニスは大広間に出て、いつものお茶を自分の居間に運ぶように命じた。

居間の扉を開けると、親戚で付き添いのマチルダが目を上げた。「どうだった？」

ユーニスはジグを踊りたい気分だったが、その代わりににっこりした。「どう見ても悩んでいる様子だったわ。ブランデーを運ばせて飲んでいた」

「何に心を悩ませているのか話した？」

「いいえ、残念ながら。でも、ミス・スターンのことじゃないかって気はしたわ。今日もまたいっしょに馬車に乗りに行ったのよ」

マチルダは目を丸くした。「そうなの？　まあ、いい知らせであるのはたしかね。そうなると、すでに二度も？」

ユーニスはうなずいた。「ええ、それで、今夜はいっしょにウォットフォード家の舞踏会に参加するの」スカートが動き、彼女は目を落とした。子猫のカミールがユーニスのドレスの裾にじゃれついていた。「おいで。しばらく抱っこしてあげるから」

ユーニスは座面が広く、肘かけにクッションのついたフランス風のお気に入りの椅子のところへ行ってすわると、子猫にのぼっておいでと膝を叩いた。「グレースが女の子たちを連れていくって約束してくれたから、ミス・スターンもそこに来るはずよ」

「ワーシントン伯爵があんなにマートンを嫌いじゃないといいんだけど」

「それなのよね」ユーニスは猫を撫でた。「でも、しかたないわ。ワーシントンからしたら、ドミニクにはあまり好きになれるところはないんだもの」

「ワーシントンはミス・スターンにマートンに近づくなと言うかしら？」

「それは絶対にそうよ」ユーニスは眉根を寄せた。必要とあれば、彼がミス・スターンに何か言った場合の対抗手段を考えなければならない。「でも、わたしが思うに、彼女は何かほしいと決めたら、必ず手に入れる女性なんじゃないかしら。ドミニクをほしいと思ってくれるよう祈るだけよ」

子供たちとの夕食を終え、ドッティとルイーザとシャーロットは舞踏会のための着替えをしに部屋に戻った。ドッティが今夜着るのは種真珠のついた小さな花の刺繍が縁にはいった薄いピンクのドレスだった。それにその日買った明るい色の扇と同じピンク色のバッグを合わせる。

居間に行くと、ルイーザとシャーロットに加えてふたりの妹たちもそこにいた。子供たちは姉にさわってはいけないと警告されていたが、三人を見て歓声をあげた。

「とってもきれい」ルイーザの八歳の妹のテオドラが驚きの目で姉たちを見つめた。

カーペンター家の末っ子のメアリーは激しくうなずいた。「いつかわたしもそういうドレスがほしい」

「デビューのときはみんなああいうドレスを持つのよ」カーペンター家の双子の片割れのアリスが勉強部屋から脱出できるまでの年数を指折り数えているのはまちがいなかった。

ドッティは自分の妹たちもここにいたらよかったのにと思わずにいられなかった。家族から離れたのははじめてで、家族に会いたくてたまらなかった。

グレースが女の子たちを階上の勉強部屋へと追い立てた。「出かけましょうか？」

マットが玄関の間で待っていて、毎晩そうするように、全員の装いを褒めた。

ウォットフォード・ハウスはほんの二軒先だったので、歩いて向かった。ちょうど家の主人への挨拶の列に並んだところで、マートン侯爵とその母が到着した。マートンは黒い上着とズボンでまばゆいほどだった。シャツは標準的な白ではなく象牙色だ。完璧な形に結ばれたクラバットには目の色と同じサファイアのネクタイピンが留められている。

外見をとってみれば、彼は女性が望むすべてを備えていた。考え方があれほどに古臭くなければいいのに。ドッティは彼に花嫁を見つけてあげようという思いを新たにした。貴族院でどんな投票をしようと、幸せになる資格はある。

「あら、ミス・スターン」レディ・マートンが手を差し伸べてきた。「またお会いできるなんてうれしいわ」

ドッティはお辞儀をしてから差し出された手をとった。「ありがとうございます、レディ・マートン。カミールは元気ですか？」

「元気よ」年上の女性はにっこりした。「あの子を連れてきてくださったことを恩に着るわ。これほど動物がいてたのしいことはなかったもの」

「そう思ってくださってうれしいですわ」少なくともそれは悪くない結果に終わったわけだ。猫の話を聞いて、シャーロットとルイーザも会話に加わった。列がまえへ動くときには、マートンがドッティの腰に手をあてた。彼に触れられたところからあたたかいうずきが首へとのぼった。彼はすぐ後ろにいるのだろうと思ったが、目を上げると、横に並んでいた。

「今夜はとくにきれいですね」彼は小声で言った。

顔が熱くなる。頬が染まっているのはたしかだ。「ありがとうございます、侯爵様」

マートンは彼女のエスコートをつづけた。うずうずする感じはそのままだったものの、しばらくするとドッティには彼の手がそこにあるのがしっくりくるように思えた。

一行がようやく挨拶を終えて舞踏場へはいるころには、ドッティはマートン侯爵とワルツの約束をしていた。彼に妻を見つけてあげるのが目的なのだから、ダンスの約束はすべきでないのかもしれないが、彼の目が熱っぽくなっているのを見ると、拒むことはできなかった。

最初のダンスはカドリールで、ドッティはその家の子息と踊った。マートンのお相手はレディ・メアリー・ピアースだった。冷ややかなタイプの美人だったが、マートンほど優美ではなく、ふたりはあまりしっくりとこなかった。ドッティは彼の花嫁候補からそのご婦人をはずした。あれほどに優美な紳士が、左足がふたつあるようなステップを踏む女性を妻に求める？　ドッティはすぐさま自分の浅い考えを叱った。男性が女性を愛したら、ダンスができるかどうかは気にしないはずよ。

次のダンスはカントリーダンスで、マートンの相手は充分優美だったが、単純に彼には合わない気がした。その晩はその後もずっとそんな感じだった。マートンが約束のワルツを誘いに来たときには、花嫁候補はひとりもいなくなっていた。どのご婦人も彼とは合わない。

「ミス・スターン」あたたかい声に心を満たされる。

「侯爵様」彼はドッティの手袋をはめた手を唇でかすめ、彼女をダンスフロアに導いた。

「爪先は痛みませんか？」

マートンは不思議そうに首を傾げた。

ああ、いやだ。彼をずっと見つめていたことを認めなければならなくなる。「だって、ダンスのお相手に足を踏まれていらしたから」

「ああ、たしかに」侯爵の唇の端が持ち上がった。「大丈夫です。お気遣いありがとう。あなたも同じ目に遭ったと思いますが。しかもあなたの上履きはぼくの靴ほど頑丈じゃない」

「ええ、でも、慣れていますから。兄にダンスを教えたことがあるんです」

マートンがほほ笑みかけてきて、ドッティの心はなぜか千々に乱れた。

「それは試練だったでしょうね。厚革の靴を履いていたならいいんですが」

「ええ、履いていましたわ」彼に引き寄せられてターンをしながら、ドッティは身をあずけたくなった。

「兄弟はおひとりですか？」

「いいえ、兄のほかに弟がひとりと妹がふたりいます」ドッティはほほ笑んだ。「みんなが家にいるときにはとてもにぎやかですわ」

彼はしばらく口をつぐんだ。「ぼくは兄弟がほしいと思ったものですよ」

音楽が止まり、ドッティは心臓も止まった気がした。「ひとりっ子ですの？」

「ええ、とても幼いころに父を亡くしたので」マートンは彼女の手を自分の腕に載せたが、見下ろしてくる目には見たことのない暗さがあった。「ご家族が恋しいですか？」

ドッティは彼の気分を明るくすることばを探した。「今夜、出かけるまえに、年下の女の子たちがシャーロットとルイーザとわたしを見に来たときにはじめて恋しくなりましたわ。妹たちもここにいればよかったのにと。母も」

「母上はロンドンに来られるでしょうに」

「足の骨を折ってしまったんです。それでわたしはシャーロットのところにお世話になっているんです。足が治ったら来られるんじゃないかと思いますけど、今でもスタンウッド・ハウスは人で一杯ですし、借りる予定だった家も父が断ってしまいましたわ」

ようやくまた彼は笑みを浮かべた。「一杯なんて言い方では全然足りませんね。ワーシントンとグレースが全員をどこにおさめているのかわからないほどですよ」

ドッティが目を上げると、ふたりの目が合った。腰にまわされた手に力がはいる。ふいに彼と結婚する別の女性など見つけたくなくなった。彼も同じ思いだろうか？　それに、自分とまったくちがう彼のものの見方についてはどうしたらいい？　ルイーザとシャーロットが彼をどう思っているかは言うまでもなく。ドッティはため息をこらえた。ロンドンに来てまだ一カ月にもならないのに、すでに物事は混乱を極めていた。

「幸い、ほとんどの子供たちが勉強部屋にいますから」

「それはそうですね」

シーアの熱いまなざしにとらえられ、ドミニクははっと息を呑んだ。彼女を抱きながら、欲望に全身を貫かれる。ここでやめなければ、何か愚かしいことをして騒ぎを起こしてしまうかもしれない。またもワーシントンの警告を思い出した。ロンドンを離れ、シーアの花婿探しの邪魔はやめるのだ。そうすれば、彼女の魅力から自由になれるはず。しかし今は、彼女の豊かな曲線の感触をたのしみ、かすかなレモンの香りを吸いこんでいたい。

ドミニクは彼女を連れ去って永遠に自分のものにしたいという衝動を無視しようとした。欲望に負けて家族や領民への義務を怠ってはならない。ダンスが終わって彼女をグレースのもとへ連れ戻すと、ドミニクはシーアからは離れていようと心に決めた。それがどれほど辛くても。できるかぎり急いでドミニクは舞踏会をあとにした。彼女のことがこれほど気にならなければいいのだが。

翌朝早く起きたドミニクはもとの日常をとり戻そうと決め、〈ホワイツ〉に朝食をとりに行った。クラブの大きな革の椅子のひとつにすわり、〈ガゼット〉紙を開いてページをめくることもせずに読んでいる振りをしていると、誰かに肩を叩かれた。新聞を下ろして目を上げる。

「きみの一日の予定は細かく知っていると思っていたんだがな」フォザビーが辛辣な口調で言った。「でも、あまりここで見かけなくなった。あのミス・スターンとは関係ないんだろうな？」

フォザビーが吐き捨てるように彼女の名前を発したことでドミニクの頭に血がのぼった。最近フォザビーは友人というよりは苛立ちを覚える相手になっていた。誰といっしょにいようが、フォザビーには関係ない。さらには、たとえ自分が彼女と結婚できないとしても、この男がシーアをさげすむやり方は気に入らなかった。

ドミニクは慎重に新聞をたたみ、言い返しかけたことばを呑みこんだ。「母がロンドンにいるからね。母がここにいるあいだはいっしょに過ごさなきゃならないんだ」

「ああ、もちろんさ。忘れていた」フォザビーは詫びるような声を出した。それからしばらく口をつぐみ、懐中時計の鎖に数多くぶらさげている飾りのひとつをじっと見つめた。「昨日の晩のレディ・アリーズバリーの舞踏会でも会わなかったな」

この男はいったい何が言いたいんだ？　ドミニクはどんどん募る苛立ちを抑えた。「参加する催しを母に選ばせているからね。毎晩ひとつしか選ばないんだ」

フォザビーはふっと息を吐いた。「だから、フェザリントンの舞踏会なんかにいたのか。あの若い女性とは関係ないってアルヴァンリーには言ってやったんだけどな」

それ以上言い争うことにならないように計算した冷ややかな声でドミニクは訊いた。「何か言いたいことがあるのか、フォザビー?」

そのことばを質問をつづけていいという合図ととったらしく、フォザビーはうなずいた。「アルヴァンリーとピーターシャムとぼくはきみの友人だ、マートン。きみにはまちがいを犯してほしくない。あの女性——」彼はそこでひと息置いた。「そう、彼女がレディ・ソーンヒルの家に出入りしているのを見た人間がいる」

フォザビーはドミニクの左肩越しの一点を見つめていたが、今ちらりとドミニクに目をくれ、そっと表情をうかがった。反応を期待しているとしたら、がっかりだろう。

「そういうことさ」フォザビーは唾を呑んだ。「そう、レディ・ソーンヒルだ」

ソーンヒル家のことは知っていた。リベラルな思想や芸術を促進しようとしている急進派の夫婦だ。グレースが妹たちをそこへ連れていくのは意外ではなかった。「ミス・スターンはワーシントンのところに身を寄せているんだ」

「もちろん、それが理由にちがいないさ」フォザビーはうなずいたが、立ち去ろうとはしなかった。

ドミニクが新聞を読むのを邪魔されることが嫌いなのはわかっているはずだった。歯ぎしりしないように努めながらドミニクは訊いた。「なんなんだ?」

「きみが彼女と結婚してもうまくいかない。ほかに若い女性はいくらでも——」

「もうたくさんだ!」ドミニクは椅子の肘かけに手を打ち下ろした。「ぼくだって自分の妻を選ぶことぐらいちゃんとできるさ。きみやほかの誰かに助けてもらわなくても」

フォザビーは身をこわばらせ、わずかに眉を上げた。「きみがそう言うなら。新聞を読む邪魔はしないよ」

「悪いな」ドミニクは新聞を振り、紙面に鼻を突っこんだ。文章がぼやけ、漆黒の髪に緑の目をした魅惑的な女性の姿にとって代わった。ぼくがこんなふうに思っていることを知ったら、シーアはなんて言うだろう？　ひどく驚くにちがいない。昨晩彼女から目を離せなかったときを別にすれば、ぼくが感じている責め苦に彼女はおそらく気づいてもいないはずだ。

ほかの女性たちはみずからを銀の皿に載せて差し出してくる。そのうちの誰ひとりとして、ぼくから結婚の申しこみを受けて喜ばない女性はいないはずだが、シーアはどうだろう？　ぼくのことをそこまで思ってくれるだろうか？

三十分後、いつもはすばらしいと思うクラブのコーヒーをどうにか飲み干し、ドミニクは石段を降りようとしてアルヴァンリーと出くわした。「おはよう」

アルヴァンリーは足を止めた。「最近隠れてないか？」

いつから友人たちにそういうことを報告しなければならなくなったのだ？　ドミニクはどうにか顔をしかめずにいた。「いや、母がロンドンにいるんだ」会う人ごとにこの話をくり返さなきゃならないのか？　それ以上訊かれるのを防ぐために、ドミニクはつづけた。「母が昔の友人を訪ねたがってね」

アルヴァンリーは嗅ぎ煙草入れをとり出し、指一本で蓋を開けると煙草をつまんだ。「心から同情申し上げるよ」

少なくとも、ミス・スターンについて訊く気はないようだ。「ああ、まさしく」それを逃げる機会にしてドミニクは歩道に降り、セント・ジェームズ街をピカデリー方面に歩き、その後ボンド街へ向かった。ずうずうしいフォザビーめ。ミス・スターンが花嫁候補にはならないとぼくがすでに判断していなかったとしても、彼には鼻を突っこむ権利などなかったはずだ。自分の義務はわかっている。その何もかもが嫌でたまらないとしても、はたすつもりでいる。母への言い訳を考え、明日デヴォンの領地へ向かおう。まずは母に頼まれた本をとりに行かなくては。

「どういうつもりだ、お嬢さん？　その子を放せ。そいつはおれんだ！」男の荒っぽい叫び声がドミニクの物思いを破った。

円を描くように人々が集まっている。ほかの人々よりも背が高いワーシントン家のお仕着せを着た使用人が小さな集団の真ん中近くにいる。

ドミニクのよく知る女性の怒りに満ちた声が人々の声を圧して聞こえてきた。「おなかを空かせた幼い子供じゃないの。この子をつかまえるなんてだめよ」

シーアだ。もちろんそうだ。ドミニクは足を速め、街路の掃除人や屋台の商人や単なる野次馬が集まっているところへすばやく近づいた。見物人たちの小さな集団が道を開けた。人だかりの中心でシーアががっしりした体つきの農夫とにらみ合っていた。おそらく六歳か七歳ぐらいの栄養の足りていない汚い子供が片方の汚い手でリンゴを、もう一方で彼女のスカートをつかんでいる。彼女を救い主と思っているのは明らかだ。

「リンゴはいくらなの？」彼女は農夫に訊いた。

「問題はそういうことじゃないんだ、お嬢さん」男は口から唾を飛ばしてけんか腰で言った。「こいつは泥棒なんだから、罰してやらなきゃならない」農夫が片側に寄ろうとすると子供はシーアの後ろに隠れた。「絞首刑か禁固刑だ」

シーアは一歩も譲らず顎を上げた。「この子が正しいとは言っていないわ。ただ、あなただって飢えていたら盗むこともあるかもしれない。この件については法が厳しすぎるのよ」

ドミニクはクラバットに喉を締めつけられる気がした。彼女が言っている法は自分が支持したものだ。

「なあ、お嬢さん。おれが泥棒するなんて言うんじゃねえ。こいつを見ろ。こいつには悪い血が流れているのさ」

少年はシーアにさらに身を寄せてべそをかいた。あの法案に票を投じたときには、幼い子供のことは考えもしなかったのだった。理論的には子供にもそれが適用されるとわかってはいたが。

シーアは開きかけた口を閉じ、首を振った。「あなたを非難するつもりはないのよ」そう言ってバッグを探った。「ああ、いや。最後のお金を手袋に遣ってしまったわ」シーアは硬貨を何枚か持っていないか期待して使用人に目を向けたが、使用人は小さく首を振った。

「いいわ、だったら、誰か助っ人を連れてきて。それまでわたしはここに残るから」

「だめです、お嬢様、それはできません。おそばを離れるなと命令されているので」

シーアは額を手でぬぐった。「だったら、唯一の方法は……」

そのとき、彼女なら、この烏合の衆を引き連れてボンド街の店へ行き、手袋を返品して戻ってきた金を農夫にやりかねないとドミニクは思った。その結果、どんな悪い噂が立つかを考えると身の縮む思いだった。「ミス・スターン、ぼくが力になりましょうか？」

シーアはすばやく振り向いた。顔に刻まれていた苦悩の皺が消えた。「あら、侯爵様。ええ、ありがとうございます。この人にリンゴの代金を払っていただけます？ わたしは持ってきたお金を全部遣ってしまって」

〝侯爵様〟ということばを聞いて、農夫は一歩下がった。次にことばを発したときには、声はまえほど大きくなく、かなり丁寧な物言いになっていた。「この子がおれのリンゴを盗んだんです。役人を呼ぶつもりです」

ドミニクは片眼鏡を目にあて、頭に載せたくたびれたフェルト帽から鋲打ちのブーツまで時間をかけて農夫を眺めまわした。誰かが忍び笑いをもらした。急いでこの騒ぎからシーアを救い出さなければ、彼女が最新の噂の的になってしまう。「リンゴはいくらだ？」

農夫は不機嫌な目をしていたが、やがて不満そうに言った。「二ペンスです」

眉を上げ、ドミニクは答えた。「なるほど。たしかに役人におまえをつかまえてもらったほうがよさそうだな。二ファーシング（一ファーシングは四分の一ペニー）だけやる」

ドミニクは男が伸ばしたてのひらに硬貨を落とすと、集まった人々に険しい目を向けた。

「見せ物じゃない。自分の仕事に戻れ」

集まった人々は散り散りになり、ワーシントン家の使用人が大きく安堵の息をついた。

シーアは男の子のほうを振り返った。「もうそのリンゴを食べていいわよ。名前はなんていうの？」

子供は去っていく農夫を警戒するように見つめていた。「トム。あいつがまたぼくを追いかけてきたらどうなるの？」

「来ないわ」シーアはなだめるように言った。「マートン様とわたしがあなたを守ってあげるから」

トムはシーアからドミニクに崇拝するような目を移した。「ほんとうに貴族なの？」

「もちろんそうだ」使用人が言った。「マートン侯爵様だ」

「すごい」子供は息を吸った。「貴族に会ったのははじめてだ」

ドミニクはため息を押し殺した。その子が罪深い生活に戻るのをシーアが容認すると期待するのは無理だろう。「ミス・スターン、その子をどうするつもりです？」

シーアは眉根を寄せ、額に皺を作った。「家族を見つけてやるつもりですわ。孤児だとしたら、どうにかしてうちの田舎の家に送ってやるつもりです。きっとうちの両親が、この子がなんらかの職業に就く訓練ができる年になるまで世話をする家族を見つけてくれるはずですわ」

シーアはドミニクに期待するような目を向けた。新緑のような目を不安そうにみはっている。ドミニクにはこれから発することばを自分が後悔するであろうことはわかっていた。

「しばらくはぼくがあずかりましょう」

シーアはこの世でもっとも高価で美しい宝石を差し出されたかのようににっこりとほほ笑んだ。「たぶん、解決策が見つかるまで、あなたの馬丁を務められるんじゃないかしら？」

ドミニクは少年を見やった。昨今それが流行だとしても、幼い子供にマートン家の馬を扱わせることは絶対になかった。「きっと何か思いつきますよ」そこではじめて、ルイーザもレディ・シャーロットもシーアといっしょではないことに気がついた。ひとりで外出させたのか？　彼女をないがしろにしたワーシントンの命を奪ってやりたくなった。「おひとりで何をしているんです？」

「ひとりじゃありませんわ」シーアは使用人を手で示した。「フレッドがいます。それに、グレースが靴屋にいるわ。わたしは本を受けとりに来たんです。そのときにあの農夫がトムをつかまえているのを見かけて」

「ええ、そうなんです」少年がうなずき、畏敬に満ちた目をシーアに向けた。「それで助かりました。お嬢さんがぼくを救ってくれて」

どうやらこちらの思惑がどうであれ、運命はシーアをその愚かさから救うためにぼくの目の前に放りこんでくるようだ。これがいい結果に終わったとしたら、それは神のなせる業ということになる。ドミニクは使用人に目を向けた。「その子をマートン・ハウスに連れていってくれ。風呂に入れて食事を与えるよう執事に伝えるんだ。ミス・スターンのそばにはぼくが残る」

お辞儀をする使用人の口の端が持ち上がったように見えた。「かしこまりました」

シーアのスカートをつかむトムの手に力が加わった。シーアはその手をそっと離した。

「フレッドといれば大丈夫よ。侯爵様のおうちに連れていってくれて、そこの人たちが世話をしてくれるわ。でも、言われたとおりにしなきゃだめよ」

少年の目に涙があふれた。「また――また会える？」

シーアはやさしくほほ笑んだ。「もちろんよ。都合がよくなったらすぐにあなたの様子を見に行くわ。さあ、行って。何もかも大丈夫だから」

少年は肩越しに後ろを見て、小さく体を震わせた。「うん、お嬢さん。ぼく、いい子にしてる。約束するよ」

「わかってるわ」シーアは身をかがめて少年の汚い頬にキスをした。「またすぐに」

フレッドがトムの手をとり、肩越しにシーアのほうを何度も振り返る彼を連れ去ると、グレースが現れた。

シーアとドミニクを見比べ、グレースは眉を上げた。「いったいどうなっているのか教えてくれる？」

「ああ、グレース」シーアはグレースの手をつかんだ。「マートン様がご親切にもかわいそうなトムを引きとってくださって……」

シーアが一部始終を話し終えると、グレースはドミニクに疑うような目を向け、謎めいたことばを発した。「たしかにそうね」それからすぐにシーアに目を戻した。「まあ、そろそろ買い物は終わりにしたほうがよさそうね」

シーアはドミニクのほうに顔を向け、目もくらむような笑みをくれた。「助けてくださってありがとうございました。お許しいただけたら、明日トムの様子を見にうかがいます。今日うかがってもいいんですけど……」

彼女に褒めてもらいたいとこれほどに願い、ほほ笑んでもらいたくてたまらず、抱きしめたいと思う自分をドミニクは愚かしく感じた。「明日でかまいません。きっと彼にも家になじむ時間が必要でしょうから」そう言って彼女の手をとって唇に持っていった。「たぶん、あとで会えますね」

シーアはしばし彼を見つめた。その緑の目は真剣に相手を見極めようとしているようだった。「たのしみにしておりますわ」

シーアがグレースのあとから貸し本屋にはいっていくと、ドミニクはシーアが扉の向こうへ消えるまでしばらくそこに立ったまま見送っていた。彼女の何がぼくにこんな妙な振る舞いをさせるのだろう？　もっと重要なことは、どうしてぼくはそれを止められないのだ？　それから、授業を抜け出した少年のような気分で、ひとりほくそえんだ。新たな責任を負った以上、今ロンドンを離れるわけにはいかない。

9

ドミニクが玄関から家にはいると、階段の下から身の毛もよだつような悲鳴が響き渡った。

「いったいあれはなんだ？」

執事のペイクンが咳払いをした。「きっと幼いトムでしょう」

いったいあの少年がどんな目に遭っているというのだ？「もう鞭で叩かれるようなことをしたのか？」

「いいえ、旦那様。風呂に入れようとしているのです。どうやらあの子は死ぬほど風呂が怖いようで」

ドミニクは顔を手でぬぐった。「風呂が怖い？」

「ええ、旦那様。話を聞いて理解したかぎりでは、母親が風呂にはいっているときに亡くなったようなのです」

酒を飲みすぎて溺れたのだろう。

ワーシントン家の使用人のフレッドが緑のベーズを張った扉から飛び出してきてはっと足を止めた。「侯爵様、帰っていらしてよかった。すぐに来ていただかなければなりません」

ドミニクは首を振った。まるで制御不能な状況のようだ。「おまえはもう帰ったと思っていたよ」

「帰ろうとするたびに、あのかわいそうなちびが私にしがみついて泣きはじめるんです。水にはいったからって死なないと説明してくださったら、きっと大丈夫だと思うんですが」

最初は言うことを聞かない猫で、今度は風呂の嫌いな子供か。ぼくはほかにどんな重荷を背負う運命なんだ？「すぐに行こう」

ドミニクは父が亡くなって以来久しぶりに厨房にはいった。そこでは家政婦のソーリー夫人が腰に手をあてて立ち、隅にうずくまっている汚い布の塊を見下ろしていた。「体をきれいにするまでは食べ物ももらえないわよ。それだけのことなのに」

子供は骨が浮き出るほどだったが、食べ物を与えないという脅しも効かなかった。「あとはぼくにまかせてくれ」

家政婦はドミニクに目を向けた。家の主人みずからが使用人の問題に首を突っこむことに驚愕する代わりに、「そうですね。そろそろおまかせする頃合いですね……旦那様」と言った。

ドミニクは髪を手で梳いた。注意深く秩序を保っていた生活が制御不能なものになりつつあるという思いがまた頭に浮かんだ。「その子のためにミルクとバターを塗ったパンを持ってきてくれ」

家政婦はドミニクにはよくわからないことをつぶやきながら離れていった。

ドミニクは手を伸ばし、もっとも厳しい声を用いた。「来るんだ」

トムは涙で汚れた顔を上げた。顔には汚れが筋になっており、やせ衰えた体はぶるぶると震えている。これほどに怯えている子供を見るのははじめてだった。どうやら簡単にはいかないようだ。

「湯船にはいったら、死ぬんだ」

ドミニクは近くにあった背もたれのない椅子に腰を下ろした。「どうしてそう思うのか話してみてくれ」

「母さんがそうだったから。湯船にはいって叫び出した。それで体から血が全部出て、眠ってしまって目を覚まさなかった」

「そこにはおまえしかいなかったのか？」

トムはうなずいた。「母さんが死んだあとで、老いぼれのミセス・ホワイトにおまえはここから出ていかなくちゃならないって言われたんです。それで、男の人たちが来て、連れていかれた」

子供をただ放り出すなどどうしてできるのだ？　ホワイト夫人というのが誰であれ、すぐにこちらから連絡を受けることになる。何かをなぐりたくなる衝動に抗い、ドミニクはにぎりしめた指を一本ずつほどいた。「それはどのぐらいまえのことだ？」

トムは大きな疲れた目で、まるで神を見るようにドミニクを見上げた。「わかりません」

まあ、そうだとしたら、あとで詳しいことも調べなければならない。まずはこの子を風呂に入れて何か食べさせなければ。「ぼくが約束する。湯船にはいっても死ぬことはない。ぼくがここにいておまえの身に何も起こらないように見張っているから。それでどうだ？」

しばらくのあいだ、トムはドミニクの申し出も拒むかに見えた。が、やがてうなずいた。

「ほんとうに死なないって約束してくれますか？」

「ブラッドフォードの名にかけて」領地では何百人もの人々の命について責任を負っているのだ。それでも、自分に生死を決める力があるとこの幼い少年に思わせるのは妙に気が引けた。

まだ震えながらもトムは立ち上がり、残りの服を脱ぎはじめた。ソーリー夫人が食べ物を持って戻り、メイドが汚い服を持ち去った。

少年の体全体に青あざやその他の暴力の痕が残っているのを見てドミニクは衝撃を受けた。

「これは誰にやられた？」

トムは唇を引き結び、首を前後に揺らした。「言えません。殺されるから」

どうやら話を聞かなくてはならない相手はホワイト夫人だけではないようだ。ドミニクは少年を湯船に入れた。メイドのひとりが布切れに石鹸の泡をしみこませ、トムのやせた体をこすりはじめた。汚れが落ちると、子供は悪くない見かけだった。髪は濃いブロンドで鼻は子供の顔には少々大きすぎたが、それ以外の顔立ちはごくふつうだった。どこか妙に見覚えのある気がしたが、どこで見た顔かドミニクにはわからなかった。

メイドが少年に頭から寝間着を着せ、ソーリー夫人がトムの耳とうなじがきれいになったか調べた。「さあ、いい子ね。もう食べていいわよ。骨だらけなんだから、少し肉をつけてやらないと」

「はい」トムは最初に与えられたミルクとパンをぺろりと平らげた。それから、チーズとチキンを食べ、顔と手を拭われた。メイドのひとりが彼を寝室へ連れていった。

ソーリー夫人が大きな胸のまえで腕を組んで扉のところに立っていた。「これはちょっと妙ですね、旦那様」

「どういう意味だ？」子供が階段をのぼっていくのを見守っていたドミニクは家政婦のほうに顔を向けた。

「あの子の話し方の変化に気がつきませんでしたか？」

ドミニクは風呂について交わした会話を思い出した。そうだ、あの子は下町ことばではなくなっていた。「上品と言ってもいいほどだった」

試験は合格というように家政婦はうなずいた。おそらくそうだったのだろう。「ほかに何かぼくが気づかなかったことは？」

「指の長いきちんとした形の手をしていました。メイフェアで暮らすほかの幼い男の子と変わらない子に見えます」

「誰かの落とし子だと？」

「あり得ますね」家政婦は肩をすくめた。「それは旦那様に調べていただかないと」

「誰かを雇って調べさせることもできる」

「そうですね。でも、それほど時間もかからないでしょうし、調べれば何かわかるかもしれませんよ」家政婦がドミニク自身に調べてもらいたがっているのがはっきりわかる声だった。

ドミニクは顔をしかめた。

「お父様だったら、ご自分で調べたでしょうから」

ドミニクは口をぽかんと開けそうになった。父のことを口に出す者はほとんどいなかったが、これまでその理由を考えたこともなかったのだった。おそらく、物事が変わる頃合いなのだろう。「どうして今、父のことを持ち出す?」

家政婦はまた肩をすくめた。「年輩の使用人たちはあなたのお父様のことを生まれたときから知っています。でも、アラスデア様が移ってこられてから、お父様については話さないようにと命じられました。まあ、アラスデア様はもうこの世におられませんが。さて、仕事がありますので。奥様が昼食をごいっしょするとおおせでした」

ドミニクはゆっくりと階段をのぼった。まずは幼いトムについてできることは何か考えなければならない。今夜シーアとダンスを踊る約束をしたらすぐに。彼女とはダンスすべきではなかった。彼女におまえ以外の誰かとダンスさせるのがおまえの義務だと自分に言い聞かせたが、ドミニクにとってすらも、納得するのはあまりにむずかしくなっていた。偽らざる真実は、人前で許される範囲でいいから彼女を腕に抱き、彼女といっしょにいたいという思いだった。

知り合ってまだほんの一週間にしかならないというのは信じがたかったが、シーアに思考のすべてを――小さな鳴き声がしてドミニクは目を下に向け、猫を撫でた――そして、人生を奪われていた。

　その晩、ラザフォード家の舞踏場にはいると、ドミニクは集まった面々を見まわし、あまり若い男が多くないことにほっとした。一秒後にはほかの若い女性たちといっしょにいるシーアの姿をとらえていた。

　部屋にいるほかの人々にはまるで頓着せず、ドミニクはまっすぐ彼女のもとへ向かった。

「ミス・スターン？」

　彼女は目を上げてほほ笑んだ。「こんばんは、侯爵様。ここでお会いできて幸いですわ」

「こちらこそ幸いです」ドミニクは抗いがたく、彼女の指を唇に持っていった。「まだ夕食前のワルツは予約されていませんか？」

「ええ」シーアの頬がうっすらと赤くなった。

　ほかの若い女性たちは誰もことばを発していなかった。みな口を閉じてシーアとドミニクに注意を向けているようだ。

　胸が締めつけられ、呼吸がしにくくなる。「そのダンスをぼくのためにとっておいていただけますか？」

　シーアは彼の目をまっすぐ見つめてきっぱりと答えた。「ええ、そうします」

「ありがとう」ドミニクは彼女の手を親指の腹でかすめた。何を見てそう決心してくれたのだろう。

　彼女は鋭く息を吸い、触れられて指をかすかに震わせた。彼女を腕に引き入れ、あのクリームのようなうなじにキスをし……こんなことをしていてはだめだ。

シーア以外の女性とは誰ともダンスをしたいとまったく思わなかった。彼女とのダンスの時間が来るまで、カード部屋に隠れていればいいかもしれない。それでも、隠れてしまえば、彼女の姿を見られなくなる。とはいえ、彼女がほかの男と踊る姿をほんとうに見たいのか？　きっと怒りを感じるにちがいないのに。

まったく。目の隅でワーシントンがこちらへ向かってくるのがわかった。ダンスを二度。二度約束したかったが、急がなければならない。「最初のワルツも踊ってもらえますか？」

シーアは首を傾げてしばし彼を見つめた。「ええ」

「ありがとう」ドミニクはまた彼女の指にキスをした。「母の様子を見に行かなければ」

ほかの客たちの頭越しに、ワーシントンと目が合い、ドミニクはにやりとした。彼であっても、シーアがぼくと踊るのは止められない。それでも、彼女に気まずい思いをさせるのを避けるために、ドミニクは部屋の反対側へ行って待つことにした。シャンパンを持った給仕が通りがかると、グラスをひとつ手にとった。

ひと口飲む暇もなく、女性が話しかけてきた。「こんばんは、マートン侯爵様」

つかのま目を閉じ、ドミニクは振り返った。そして礼儀正しくほほ笑み、浅くお辞儀をした。「こんばんは、ミス・ターリー」

ミス・ターリーもお辞儀をした。彼女がシーアほど優美でないことにこれまで気づかなかったとは妙なことだった。

ミス・ターリーは何も言わなかった。ダンスに誘われるのを待っているのは明らかだ。ドミニクは誘いたくはなかったが、彼女でなくても、相手の必要な別の若い女性をこの家の女主人にあてがわれるだけだ。「最初のカントリーダンスを踊っていただけますか？」

ミス・ターリーは唇にうっすらと笑みを浮かべて首を下げた。「喜んで、侯爵様」

「ありがとう」ほかになんと言っていいかわからず、何を言っても同意しかしない女性とそれ以上会話するのに気が進まず、ドミニクはまたお辞儀をした。「失礼してもいいでしょうか？　会わなければならない人がいるので」

ミス・ターリーは再度お辞儀をし、ドミニクはその場を逃げ出した。またも彼女や最初に花嫁候補にあげたほかの女性たちの誰かと結婚すると考えると胃がおかしくなる気がした。

マートン侯爵が歩み去ると、ミス・エリザベス・ターリーはため息をついた。「思っていたようにはいかなかったわ」

「そうね」ラヴィーも侯爵の後ろ姿を見つめていた。「きっとあなたにワルツを申しこむと思ったのに」

「わたしもよ」エリザベスはため息をついた。「それどころか、彼はうちを訪ねてこようともしない。先週よりまえには、馬車に乗りに連れていってくれるんじゃないかと思っていたのに。もうすぐプロポーズしてくれると確信していたから。〈ホワイツ〉での賭けも白熱してきたってお父様も言っていたし」

「エリザベス！」ラヴィーは驚いて声をひそめた。「あなたのお父様はそんなことをあなたに話すものじゃないわ」

　父と話したのはそれだけではなかった。「もちろん、あなたの言うとおりだけど、彼を非難するのもまちがっているわ」エリザベスはマートンの姿を探した。幸い、背が高く、金髪だったため、見つけるのは容易だった。「彼は誰とワルツを踊るのかしら」

「たぶん、誰とも踊らないのよ。もしくは、あなたがまだここへ来ていなかったから、別の女性に申しこんだだけよ」

「あら、これ以上早く来るなんて無理だったわ」エリザベスは声に苛立ちがあらわになるのを止められなかった。「彼が今夜どの催しに現れるかわかったのは三十分前ですもの」

　ラヴィーはゆっくりと羽根の扇を振った。「あなたのお父様が小間使いのひとりにマートン侯爵家の馬丁と親しくならせたのはとてもいい考えだったわね」

「知らせが来るのがもう少し早ければと思うだけよ」エリザベスは苛立ちが顔に出ないように気をつけた。「マートン様は最近いつもの彼らしからぬ振る舞いをしているそうよ。父が言うには、このごろは〈ホワイツ〉にもほとんど姿を見せないんですって」

「フォザビー様とちょっと仲たがいしたって聞いたわ」ラヴィーはエリザベスの肩を扇で軽く叩いた。「きっとなんでもないわよ」

　バイオリンがワルツの前奏曲を奏で、エリザベスはマートンの相手が誰かをたしかめようとそちらに目を向けた。「ミス・スターンよ。このあいだの晩も彼女とワルツを踊っていたわ」

「ワーシントン様と親戚だから、彼女と踊ったんだとばかり思ったのに」

「どうやらちがうようね」エリザベスはきっぱりと言った。指のあいだからすり抜けていく彼をどうやって引きとめていいかわからなかった。

ラヴィーは目をみはった。「なんですって？」

「ごめんなさい」その晩すでにうずきはじめていたこめかみの痛みがひどくなった。エリザベスは頭の横をこすった。「この結婚がうちの家族にとってあまりに重要だというだけ。何かいい方法を思いついた……？」

エリザベスは最後まで言い終えることができなかった。策略を用いると考えただけでぞっとしたからだ。それでも、マートン侯爵の関心を失ったのだとしたら、それについてあまり選択肢はないように思えた。

「まだよ。でも、ひらめきそうな気がするわ」ラヴィーは声をひそめた。「ほら、ウィヴンリー子爵がダンスを申しこみにいらしたわ。あの方も結婚相手として望ましいはずよ」

「ただ、彼が財産を相続するのは何年も先だわ。彼のお父様がうちの父の条件に同意するとも思えないし。うちの父はきっとマートン様なら説得できると思っているのよ」

数分後、エリザベスはウィヴンリー子爵とダンスフロアでくるくるとまわっていた。ミス・スターンとマートン侯爵の様子をよく見ようとしたが、できなかった。ふたりが恋に落ちているとしたら、自分がやらなければならないことがもっとずっと最悪のことになる。愛するふたりを引き裂いたりしたら、そんな自分を赦せるだろうか？　彼は赦してくれるだろうか？

ターンする際にたしなみを保つには近すぎるほどきつく引き寄せられ、ドッティはマートンに笑みを向けた。今日の午後、トムを引きとると言ってくれたときに、彼のために花嫁を探すのはやめにしたのだった。ふたりのあいだには何かが起こっており、それは最後まで見届ける価値がある気がした。

蠟燭の明かりを反射して彼の髪が光った。彼はにおいがわかるほど近くにいた。石鹼と、彼自身の麝香のようなにおいと混じり合うほのかな香水の香り。にぎられている指にかすかに悦びのうずきが走った。腰にあてられたたくましく熱いてのひらがモスリンのイブニングドレスを焼きつくして素肌に触れる気がした。ほほ笑むと、ここ以外どこにも行きたくないというように彼の顔と目が明るくなった。

「何を考えているんだい？」マートンはにやりとした。

ドッティの頰にわずかに熱がのぼった。わたしの思いがもっとずっと深いことをわかってもらえたなら。「あなたと踊るのはとてもたのしいですわ」

彼は少し驚いた顔になったが、手には力が加わった。「ありがとう」

ドッティは永遠にこのままでいたいと思いながら、熱を帯びた青い目をのぞきこんだ。それから、自分が救った子供のことを思い出した。「幼いトムは元気ですか？」

マートンの顔が突然真剣なものになった。「今は元気です。ぼくが家を出るときにもまだ眠っていた。あの子にはある種の謎がつきまとっています」

それは予想外だった。「どういうことですの？」

「ここでお話しするのがいいかどうかわかりません。かなり長い話になりますし」彼はダンスフロアで彼女とともにくるりとまわった。

「もしよければ、明日あの子の様子を見に行っていいか、あなたのお母様に訊いてみますわ」

「ええ、もちろん。あなたのほうがあの子から話を聞き出せるかもしれない。ぼくは子供にはあまり慣れていないから」

彼がひとりっ子なのはなんとも気の毒だった。「猫のシリルのことを教えてくださいな。馬車に乗りに行ったあとはどうでした？」

マートンは笑い声をあげた。隣で踊っていた男女がじっと目を向けてきた。「どうにか家にたどりついてから用を足しましたよ」

「まあ。あの子のために引きひもを作らせるべきですわ。馬車から飛び降りたりしたらよくないし」

彼はまじめな顔を崩さなかったが、目はおもしろがるようにきらりと光った。「猫が用を足せるように、馬車を停めて猫を下ろすってわけですか――」

「ああ、やめて」笑い出したら止まらなくなりそうだった。「やめてくださらないと、ふたりとも恥ずかしい思いをすることになるわ。舞踏会のあいだ笑いが止まらないことになるのは許されるお行儀とは言えませんもの」

「自分の感情を隠そうとしたことはないんですか？」彼は静かに訊いた。

「ときどきは」おそらく彼は退屈している振りをしない女性に慣れていないのだ。「ほかの誰かを傷つけたくないときには。たとえば、うちの小作人のひとりであるミセス・ジョンソンに、彼女の作るビスケットがおがくずみたいな味がするとは決して言いませんわ。たとえほんとうにそんな味がしても」

マートンは驚きに目をみはった。「じっさいにそんなものを食べたと言うんですか？」

あら、なんともばかな質問ね。「もちろん食べましたわ。だって、どうして食べずに済まされます？」

マートンはわずかに首を振った。「あなたならできないでしょうね」それからしばらく黙りこんだ。「ぼくが訊きたかったのは、たのしいときに、たのしくない振りをしたことはないかということです」

「ありませんわ。どうしてそんな振りをしなくちゃならないんです？　デビューしたての女性だったらとくに、そんなのあまりにばかばかしい振る舞いだと思いますわ」

「みな上流社会のしきたりにのっとってそうするんですよ」

それにどう答えればいい？　マートンがボー・ブランメルの親友であるアルヴァンリー卿の友人であることはわかっていた。「わたしは自分でしきたりを作るほうがいいですわ。感情を偽らなくて済むものを」

マートンはしばしじっとドッティを見つめた。その藍色の目に興味を浮かべ、彼は言った。

「あなたは並外れた女性だ、ドロシア・スターン」

ドッティには褒められているのかどうかわからなかったが、褒めことばとしてとることにした。「ありがとうございます」

ワルツが終わると、マートンは彼女をレディ・マートンといっしょにすわっていたグレースのもとに戻した。ルイーザとシャーロットも同時に戻ってきた。「マットはどこ?」

グレースは天井に目を向けた。目をむきそうになるほどに。「カード部屋に行ってもらったの」

「なんのために?」とルイーザが訊いた。

「命を救うためよ」グレースはきっぱりと言った。「あの人、今夜あなたたち女の子の付き添いを務めるのに、全部のダンスをわたしと踊ってあなたたちのあとを追うのがいい案だって言うの」

シャーロットはわずかに眉根を寄せた。「でも、マットと踊るのは好きだったじゃない」

「ふつうの状況だったら、彼と踊るのは大好きよ。でも、彼があなたたち全員の見張りを務めようとしているときはちがう。あなたたちがお相手と体を寄せ合いすぎたり、ちょっとでも見つめ合う時間が長すぎたりしたら、彼がどんな方法に訴えるか不安に思いながらですもの。ちっともたのしくなかったわ」グレースは三人に向かって言っていたが、そこでドッティに顔を向けた。「たしかあなたは夕食前のダンスをマートンと約束してるのよね?」

ドッティはそれが問題でなければいいがと思いながらうなずいた。グレースが夫とのダンスをたのしんでいるらしいのと同じだけ、彼女もマートンとのダンスをたのしんでいた。

「ええ、そう」

「レディ・マートンがあなたと夕食をごいっしょしたいそうよ」

それは助かる。マットがマートンをにらみつけるなかでまた食事をしなければならないとしたら、自分がどんな行動に出るか自分で責任が持てない。もう一匹の子猫やトムについてももっと話を聞きたかった。みないい扱いを受けているはずとわかっていても、自分が助けた者たちのその後のことはちゃんと知っておきたかった。

ドッティはにっこりした。「ありがとう、グレース」

夕食前のダンスはまたワルツで、ドッティはマートンの腕のなかに身を沈めたくてたまらなかった。

ダンスが終わると、マートンがドッティを自分の母親のところへ連れていき、そろって夕食の席へ向かった。ワーシントン家のテーブルからできるだけ離れた場所に席をとると、マートンは給仕に指図し、ロブスター・パティや、シャンパンで煮たサーモンや、トリュフ入りのホロホロ鳥、なかに詰め物をしたハトの卵、サラダ、クリーム、タルト、小さなトライフルなどをとって戻ってきた。

シャンパンのグラスを渡してくれたときに彼の手が指に触れ、またうずきがはじまった。

「前回あなたが気に入っていたように思われる食べ物を全部とってこようと思って」

彼が覚えていてくれたことに驚いてドッティはにっこりし、少しだけシャンパンを飲んだ。

「ありがとうございます、侯爵様」

馬車にいっしょに乗り、二度ワルツを踊り、そしてこれ。マートンがわたしに求愛しているということはあり得るかしら？　もしそうだとしたら、彼に対する自分の感情もはっきりさせなければならない。

マートンは母のまえに別の皿を置いた。

「ありがとう、ドミニク。どれもみな気に入ると思うわ」レディ・マートンはドッティに目を向けた。「これまでのところ、社交シーズンをたのしんでいる、ドロシア？」

「ええ、とても。何もかも思っていたとおりですわ」ドッティはそこでしばし口をつぐんだ。「猫のカミールがどうしているか教えてくださいませんか？」

レディ・マートンの表情豊かな明るい青い目がきらめいた。「わたしの暮らしを明るくしてくれているわ。わたしがそばにいてほしいと思うときは必ずそうとわかるようで、そばにいてくれるのよ」

マートンは小さな丸テーブルのドッティとは反対側に席をとった。食べ物を食べる振りをしながら、マートンのほうをちらちら見ていたドッティは、彼も同じことをしているのに気がついた。シャンパンのグラスを口へ持っていく彼の唇の端が持ち上がっている。

会話にまったく注意を払っていなかったちょうどそのとき、レディ・マートンに訊かれた。

「そうじゃない、ミス・スターン？」

頬がかっと熱くなる。「すみません――」

「母さん」マートンが口をはさんだ。「今はいってきたのはレディ・ベラムニーじゃないかな？」

マートンの母が扉のほうに顔を向けると、ドッティは安堵の息を吐き、彼にすばやくほほ笑んでみせた。

「ええ、たしかにそうだわ。あとで挨拶に行かなくちゃ。学校で仲の良いお友達だったのよ」

「そんなような話を聞いた覚えがあって」マートンがつぶやいた。

レディ・マートンはドッティとマートンに目を向けた。「ドミニク、わが家に新たに加わった人間がいるそうだけど」

「ええ、そう。名前はトムです。ミス・スターンが今日彼を救ったんですよ」

マートンが今日の出来事と、その後風呂で何があったかを母に話すあいだ、ドッティの顔にまた熱がのぼった。「お気を悪くなさらないといいんですが、レディ・マートン」

「もちろん気を悪くなんかしないわ。とても大きな家ですもの。小さな男の子ひとりぐらいたいした問題じゃないはずよ」

ドッティはトムが早くおちついてくれますようにと祈った。「あの子について多少調べられる場所があるかもしれませんわ。少なくとも、最近誰といっしょだったかについては。グレースのお友達のふたり、レディ・イヴシャムとレディ・ラザフォードが孤児院を開いていて、街で暮らす子供たちについてたくさんのことがわかったそうですから」

「ひとりで暮らしていたんじゃないと思いますね」マートンは言った。「ほかに誰かいたようなことを言っていたから。明日うちへ来てくれれば、詳しくお話ししますよ」

レディ・マートンが眉を上げたので、ドッティはまだ訪問の許しを得ていなかったことを思い出した。「よろしければ、レディ・マートン」

「もちろんよ。あなたの訪問は歓迎するわ。たぶん、お昼をごいっしょできるんじゃないかしら？」

「ありがとうございます。喜んで」

夕食が終わると、ドッティは婦人用の化粧室に行った。まだついたての奥にいるときに、ふたりの女性が話しはじめた。その部屋にふたりだけだと思っているらしく、ほとんど声をひそめもしないで。

「マートンがミス・スターンと二度も踊って、彼のお母様がふたりと夕食をともにしたのはいい兆しじゃないわ」片方の女性が低いが切羽詰まった声で言った。

「急いで行動を起こさなければね。幸い、いい考えがあるの」もうひとりが応じた。「給仕に命じて、一時に噴水のところで会いたいと記した書きつけをマートンに届けさせるのよ」

「そんな書きつけに名前なんて書けないわ。まちがった人の手に渡ったらどうなるの？　わたしの評判に疵（きず）がついてしまう」

「いいえ、ちがうの」もうひとりがなだめるように言った。「匿名にするのよ。それより、わたしが書いてあげる」

しばし沈黙が流れた。「いいわ。でも、急がないと。一時まで二十分ぐらいしかないわよ。あなたはどうするの？」

「ふたりか三人の女性たちにいっしょに庭を歩いてもらうわ。新鮮な空気を吸う目的で。それで、わたしが笑うのが聞こえたら、あなたは彼に腕を巻きつけるのよ」

ドッティは声を出しそうになって手で口を覆った。なんていかがわしいことを。そういうことをする男性がいるかもしれないと父に警告されてはいたが、みずからの評判に疵をつけようとする女性がいるというのは驚きでしかなかった。

最初に声を発した女性が心配そうな声で言った。「ほんとうにこれでうまくいくかしら？」

「ええ、いくわ」もうひとりは忍び笑いをもらした。「マートンはどんなものでも悪い噂が立つのを嫌っているわ。彼が堅苦しい人間であることがあなたにいいように働くわよ」

またあのことば。わたしといっしょのときは堅苦しいことなどないのに。じっさい、みんなどうしてそんなふうに思うの？

「ほかに手はないのよね、たぶん」最初の女性が疑うように言った。

ドッティは飛び出していってマートンにたくらみを明かしてやるつもりだと言おうかと思ったが、それは小説の女主人公がつかまってしばられるまえにしそうなことだ。それに、今このたくらみをつぶしたら、次に彼女たちがたくらんだときにそれを阻止できないかもしれない。ふたりともマートンが最初に声をあげた女性と結婚すべきだと確信しているように思えた。

「決まりね」ふたり目の女性が言った。「紙と鉛筆なら持ってる」

しばらくのあいだ紙に鉛筆の芯がこすれるかすかな音だけがし、やがてようやく扉が開いて閉じた。ドッティがついたての陰からのぞいてみると、部屋には誰もいなかった。マートンを見つけて警告しなければ。運に恵まれれば、もう舞踏場をあとにしているかもしれない。ドッティは人の注意を引かないようにしながらできるだけ急いで舞踏場に戻った。どうしてまだこんなに混んでいるの？　部屋の奥でレディ・マートンがグレースと別のご婦人といっしょにすわっていた。ああ、つまり、彼はまだここにいるということね。部屋の端をまわりこみながら、ドッティはテラスへとつづく扉へ向かい、ちょうどテラスへ足を踏み出そうとしているマートンを見つけた。

そしてマートンが待ち合わせ場所に到達したときに彼に追いついた。「侯爵様――」

「ミス・スターン、これはどういうことなんです？」書きつけを掲げて彼は顔をしかめた。

「わたしは警告しに来たんです」鼓動があまりに速く、ほとんど話すこともできなかった。男性とふたりきりになるのもはじめてだった。「すぐになかに戻らなくてはなりません。お願い！」

マートンは首を振った。「わからないな。あなたがここで会おうと言ってきたんじゃないですか」

何もこんなときに扱いにくくならなくても。ドッティは声をひそめ、切羽詰まった口調で言った。「いいえ、その書きつけは罠なんです」そう言って彼の手を引っ張って扉のほうへ向かおうとした。しかし、いまいましい相手は頑として動こうとしなかった。

「罠？」彼は眉根を寄せた。「どういう意味です？」

ドッティは彼をののしりたくなるのをこらえた。もうすぐ一時にちがいない。無駄にする時間はない。「戻る途中に説明しますわ」

マートンは彼女をじっと見下ろした。「今説明してくれ」

よりにもよって今こんなふうになるなんて……まったく。小説を読んだことがないの？ドッティはできるだけ冷静に言った。「会話を耳にはさんだんです。あなたに結婚を無理強いしようとしている女性がいるんです」ドッティは彼のもう一方の手をとって引っ張った。「お願い、ここでつかまってはいけないわ」

ようやく彼は動いたが、彼女が引っ張ろうとしているときに彼がまえに足を踏み出したせいで互いの体がぶつかってしまった。ドッティが離れようとするまえに、誰かが息を呑んだ。

「あら、あら、あら、これはどういうこと？」

さっき耳にした女性のひとりの声だったが、マートンの広い胸のせいで姿は見えなかった。彼はあまりに近くにいた。ドッティの胸が彼のウエストコートに触れるほどに。たくましい腕が彼女の腰にまわされている。

なんてこと。こんなことはあってはならない。わたしたちが恋人同士に見えてしまう！

「どうやらあいびきの邪魔をしたようね」別の女性がつぶやいた。

「庭でこんなことを」と三人目が言った。

四人目の女性の笑い声は甲高く響いた。「ここ数週間、おもしろい噂もなかったから」

助けにはならないかもしれないが、ドッティはどうにか説明して自分とマートンをこの窮状から救おうと考えた。そこで爪先立ち、マートンの肩越しにかろうじて女性たちに目を向けた。背の高いブロンドの女性が口をぽかんと開けた。怒りのあまり、顔が真っ赤になる。「か――書きつけを渡そうとしていたの」残念ながら、ドッティの声はきっぱりしたものとは言えなかった。

説明しようとしてもこんなもの。四人の女性たちの驚きの表情を見れば、誰もドッティの言うことを信じていなかった。

マートンはドッティの肩に腕をまわした。「みなさんにお目にかけているのは――」その声は凍るように冷たく、ドッティは身震いした。「プロポーズです」彼はドッティに目を向けた。「みなさんに邪魔されたときには、ミス・スターンが返事をくれようとしているところでした」

ドッティは息ができなかった。結婚？　たしかに彼には好意を持っている。ときにそれ以上の感情も。でも、結婚する男性には愛し愛されているという確信を持ちたかった。ほかに考えなければならないこともあった。社会問題や政治について自分と同じように感じる男性とでなければ、結婚することはできない。

マートンが彼女に耳打ちした。「きみは頑張ったけど、うまくいかなかった。ほかに方法はないんだ」

どうすべきなのかわかりさえすれば。ほかに選択肢がある？　それとも彼の言うとおりなの？

マートンは指を一本彼女の顎の下にあてて顔を上げさせた。やわらかい息が耳をかすめる。

「ぼくと結婚するのがそんなにいやかい？」

ドッティは彼の顔を探るように見たが、暗がりではあまりよく見えなかった。鼓動が速まるあまり、息切れするような声になる。「わからないわ」

そんな答えは予想していなかったというように彼は彼女を見た。「婚約すればいい。それで、ぼくの妻にはなれないとわかったら、婚約を破棄すればいいんだ。そうすれば、少なくとも悪い噂は避けられる」

悪い噂を避けなければならないのは絶対だ。マートンの提案は悪くないように思えた。うまくいくかもしれない。「いいわ、婚約します」

マートンが一歩下がろうとしたところで、マットが人込みをかき分けてやってきてドッティを引き離し、マートンに拳を突き出した。

マートンはそれを避けた。「ワーシントン、きみが思っているようなことじゃないんだ」

ラザフォード卿がマットの腕をつかみ、きっぱりとした低い声で言った。「ここではだめだ」

マットはつかまれた腕を振りほどき、上着を直すと、マートンをにらみつけた。「すぐにスタンウッド・ハウスで会おう」

「いいだろう」マートンはドッティの手を自分の腕に置いた。「ミス・スターンがたった今ぼくの妻になることに同意してくれたんだ」

いったいこの人はどうかしているの？　どうして今マットを怒らせるの？　ドッティはマートンの足を踏んづけてやりたかった。ときに男性が子供のような振る舞いをせずにいられない理由がまったく理解できなかった。「もうたくさん。家に戻ってから話し合いましょう。マートン、玄関の間までわたしを連れていって」ドッティはそこで声をひそめて付け加えた。「ほほ笑むのを忘れないで。わたしたちはたった今婚約したんだから。それらしく見えないといけないわ」

マートンは妙な笑みを見せたが、言われたことには従った。祖母の助言を思い出し、ドッティは頭を高く保ってゆっくりと野次馬たちのまえを通りすぎた。ルイーザとシャーロットにもほほ笑みかけたが、彼女たちの顔には混乱と好奇心がありありと浮かんでいた。

スタンウッド・ハウスに到達すれば、ルイーザとシャーロットにこれが嘘の婚約であることを話す時間は充分にある。悲しいことだが、うまくいかなかったとしてマートンと別れるときには、おそらくわたしではなく彼が責めを負うことになるだろう。彼は愛するに値しない人間だと誰もが判断していたけれど、ほんとうにそうなの？

エリザベスは舞踏場の扉のところで大きな手に腕をつかまれた。はっと振り向くと、兄のギャヴィンの険しい顔があった。彼女はつかまれた腕を振りほどこうとしながら鋭く言った。

「放して」

「どうしてだ？」兄は顔をしかめた。「おまえがばかな真似をするためにか？」

「誰に聞いたの？」

兄は指から力を抜きつつも、腕を放そうとはしなかった。「うるわしのいとこ、ラヴィニアさ」愚弄するような口調だ。「これは彼女の考えなんだろう？」

エリザベスが答えずにいると、兄はつづけた。「もちろんそうだ。おまえがこんな邪道なことを思いつくはずがない。彼女がたきつけたんじゃなかったら、自分の評判に疵をつける危険を冒すはずもないしな」

まったく、ラヴィーったら、どうして口を閉じていられなかったの？「これはお兄様のためでもあるのよ」

「いや、おまえがそうしようとしているのは、わが家が困窮していると父さんに思わされたからだ」

兄が何を言おうとしているのかわかり、エリザベスは目をみはった。「つまり、そうじゃないってこと？」

「ああ。マートンが申しこんできたらおまえにそれを受け入れさせるために父さんがはかったことさ」

エリザベスは腕を振りほどこうとするのをやめた。兄は腕を放した。怒りと心の痛みに喉が詰まる。父のことはずっと信頼してきたのに。すすり泣きがもれた。「お父様はどうしてこんなことができたの？　わたしのことを大切にしてくれていると思っていたのに」

「父さんなりのやり方でね」兄の声がやさしくなった。「おまえにいい結婚をしてほしかったのさ。マートンはどこまでも金持ちで、おまえにやさしくしていた。ラヴィニアが結婚したあの人でなしとちがって」

エリザベスは喉が締めつけられる気がした。涙がこぼれ落ちないようにまばたきする。

「でも、わたしが誰かを愛していたらどうなっていたの？」

妹の顔を探るように見るギャヴィンの目が鋭くなった。「そうなのか？　マートンのことを愛しているのか？」

彼女はゆっくりと首を振った。「いいえ。愛している人はいないわ。ただ、結婚するなら愛のある結婚がしたいとずっと思ってきたけど」

兄はほっとしたように見えた。「だったら、あそこに行かなくてよかったよ。マートンみたいな冷血漢を誰が愛せるというんだ？」

エリザベスはミス・スターンならと思ったが、口は閉じておいた。扉のあたりが騒がしくなり、そちらに目を向けると、ミス・スターンとマートンとワーシントン伯爵夫妻とラザフォード卿が庭から部屋にはいってくるところだった。マートンとミス・スターンはにっこりしながらほかの客たちに会釈したり挨拶したりしている。唇をきつく引き結んだラヴィーと三人のご婦人たちがそのあとに急いで従っていた。

「くそっ、なんなんだ？」と兄が言った。

「わたしのまえでそんなことばを使わないで」エリザベスは顔をしかめた。「止めてくれてよかったわ。ミス・スターンと鉢合わせしたとしたら、どれほどぶざまなことになったか想像してみて」

「どうやらマートンはおまえの助けなしに足かせをつけられることになるみたいだな」ギャヴィンはにやりとしたが、すぐさま真顔になった。「いいかい、アガサ伯母さんがロンドンにいる。おまえの付き添いになってくれるよう頼んでおいたんだ」

伯母のシャーリング伯爵夫人は四人の娘すべてを理想的な相手に嫁がせていた。それでも、エリザベスに付き添いがいないと知りながらも、伯母のアガサはそれを申し出てくれなかったのだった。「どうやって説得したの？」

ギャヴィンは澄ました笑みを見せた。「おまえがラヴィーの言いなりになっていると言ってやったら、トランクを荷造りさせ、タウンハウスを開けさせたってわけさ。ぼく以上にあのいとこをよく思っていないからね。言っておくが、伯母さんは父さんからおまえのことを頼まれるのを待っていたんだ」

ラヴィーがエリザベスとギャヴィンを見かけたにちがいなかった。礼儀正しい笑みを顔に貼りつけながらも断固とした足取りで近づいてきた。

「どこにいたの？」ラヴィーは声をひそめて責めた。

「ぼくが止めたんだ」ギャヴィンの声は冷たく攻撃的だった。「もともと少ない脳みそをなくしてしまったのかい？」

ラヴィーは火を噴く勢いで自分よりずっと体の大きいエリザベスの兄と顔を突き合わせ、鋭い声でささやいた。「いいえ、ギャヴィン。うちの一族が破滅しかかっているのを救おうとしただけよ」

ふたりは昔から不仲だった。エリザベスはおおやけの場でけんかがはじまらないことを祈った。

ギャヴィンが眉を上げた。「それについてはぼくがなんとかする。妹のことも」エリザベスに厳しい目を向けて彼は言った。「今馬車を呼んでくる。ぼくが戻ってくるまで問題を起こさないようにしてくれ」

兄が行ってしまうと、エリザベスは安堵の息をついた。「何があったの？」

「あそこに行ったら、彼がミス・スターンにプロポーズしていたのよ。でも、長くはつづかないと思うけど」

エリザベスは一瞬目を閉じた。いとこが何をしたのか知りたくない気がしたのだ。「どういうこと？」

ラヴィーは片方の肩をすくめた。「ただ、レディ・ブラウンフィールドに、あのふたりがあの場で急遽結婚の約束をしたようにとりつくろったんじゃないかと言っただけよ」

まわりを見まわして近くに誰もいないことをたしかめ、エリザベスはいとこをヤシの木の陰に引っ張った。「どうしてそんな意地悪なことができたの？」

ラヴィーは平然と答えた。「彼女のせいであなたが傷ついたからよ」

「もともとあんなこと——」

会話は突然不機嫌な男性の声にさえぎられた。「何をしているんだ、この——」マナーズ子爵が片眼鏡をとり出してヤシの木をまじまじと見つめた。「茂みの陰で？　ぼくの妻ならもっとちゃんとしてくれないとね。人にどう思われてもどうでもいいのか？」

笑みを浮かべようとするラヴィーの唇の端が震えた。「ちょっと空気が吸いたかっただけよ。部屋のなかがひどく息苦しかったから。今夜はもうお会いしないものと思っていたわ」

「マートンがあんな騒ぎを起こさなかったらね。舞踏会は終わりだ。みな幸せな知らせをここにいなかった連中に伝えるのに、遅れをとりたくないってわけさ。ぼくはクラブへ行くよ」

マナーズ卿がその場を去ると、いとこはエリザベスにゆっくりとゆがんだ笑みを向けた。なんてこと。マートンを罠にかけるたくらみを思いついたときと同じ表情だ。ラヴィーは今度は何を考えているの？　どう説得したらやめさせられる？　じつは困窮していなかったと伝えたとしても、止めるのはむずかしいだろう。

10

ドミニクがシーアや母とともに玄関の間に達すると、外では街用の馬車が待っていた。シーアが自分とワーシントンのけんかを止め、その場をしきったことには驚き、やがてうれしくなった。彼女にはその年齢と立場の女性にはまれな決断力と統率力がある。

ドミニクとシーアは母とともに馬車に乗り、バークリー・スクエアまでの短い道中、何が起こったのかを説明した。

「それは勇敢だったわね、ドロシア」母は称賛するようにうなずいた。「あなたがしたように自分の良心に従う女性は多くないわ」

ほんの数分のうちに、全員がスタンウッド・ハウスの応接間に集まり、ワインとブランデーが運びこまれた。シャンパンはないんだなとドミニクは思った。それどころか、結婚の可能性を受け入れているのはシーアを別にすれば母だけのようだった。婚約したと聞いてから、その顔にはもの言いたげな表情が浮かんでいる。

またも何があったのかシーアが説明しなければならなかった。説明を聞いてからもワーシントンは顔をしかめていた。「殺してやる」

「いいえ、そんな、ことは、させません」グレースが思いきり顔をしかめてみせた。「マートンはドッティと婚約しなきゃならないわ。彼が悪いんでも、彼女が悪いんでもない」

「誰かを責めるとすれば」シーアが言った。「彼を罠にはめようとした女性たちよ。彼に警告しようなんてしなければよかったのかもしれないけれど、彼女たちのたくらみはよこしまだったから」

ワーシントンは低くうなるような声を発したが、それ以外は沈黙を守った。

グレースがドミニクに目を向けた。「それが誰なのか見当がつく？」

「たぶん、ミス・ターリーだ」彼女が自分と結婚したがっているのはわかっていた。その決意を甘く見ていたのかもしれない。「彼女のいとこのレディ・マナーズがぼくたちと鉢合わせした女性たちのなかにいた。ミス・スターンがぼくといっしょにいるのを見て明らかに驚いていたしね」

「だったら、ミス・ターリーはどうしたのかしら？」とシーアが疑問を口に出した。

「彼女がお兄様と口論しているのを見かけたわ」とシャーロットが答えた。

ドミニクの母が身を乗り出し、シーアの手を軽く叩いた。「ミス・スターンが悪だくみを止めてくれてよかったわ。ミス・ターリーが義理の娘になるのはいやだもの」

「ほんとうのことよ」母は息子に強情そうな目を向けた。「若い女性が今これほどに人をだます人間だとしたら、妻になったらどうなるかしら？」

ドミニクは母がそんなことを口にするのを生まれてはじめて聞いた。「母さん！」

「ミス・ターリーにそんなひどい振る舞いができるなんて信じたくないわ」シャーロットがワインをひと口飲んだ。「そうせざるを得ないようにされたんじゃないかぎり。彼女ってとっても従順だから」

「何も心配することはないと思うわ」ルイーザは自分のグラスを下ろした。「今シーズンが終わったら、ドッティが婚約を破棄すればいいんだもの。リトル・シーズンのころには、この件も忘れ去られているでしょうよ」

ワーシントンが立ち上がってブランデーのお代わりを注いだ。「それで決まりだな」

ドミニクは手を拳ににぎってきつく自分を抑えた。

ぼくがそれに異議を唱えればそうはならない。

シーアとの婚約は予定外だったかもしれない。彼女について葛藤があったのはたしかだ。こんなことがなければ、結婚してくれと頼んだかどうかすらわからない。それでも、こうして婚約してみると、彼女こそが妻として望む女性にほかならないと骨の髄にしみわたるほどにわかった。

ワーシントンや伯父のことばなどどうでもいい。今しなければならないのは、自分こそが彼女が望む夫だと彼女に確信させることだ。

「残念ながら、マートン侯爵と別れるのは不可能ね」

一同が扉のほうに顔を向けると、先代のレディ・ワーシントンがレディ・ベラムニーとともに立っていた。レディ・ベラムニーの社交界における力が年齢を重ねても弱っていないのは明らかだ。

レディ・ワーシントンはドミニクとシーアに向かって言った。「あなた方ふたりに何があったのかわからないし、あなたたちがあいびきしていたという噂が出まわりかけているけど、それも疑わしいと思っているの。でも、結婚はしなきゃならないわね。なんとしても悪い噂は避けなければならないから」

「婚約期間は一カ月とるべきね」レディ・ベラムニーは顎を揺すってうなずいた。「急いでいるように見せたくはないから。冷静に頭を働かせたのはよかったわ、マートン。あなたもね、ミス・スターン」

ワーシントンににらまれていなければ、ドミニクは安堵の息をついたことだろう。思ったよりずっといい結果におさまった。望む女性と結婚することになったのだから。しかも、本物の求愛につきものの危険な感情なしに。

ドミニクにとっては残念なことに、シーアが突然異を唱えた。「理解できませんわ。わたしたちは何もしていないんです。手をつなぐことになったのは、彼をなかに連れ戻そうとしたからで、それだけなんです」そう言ってドミニクに目を向けた。「説明してくださいな」

ドミニクは精一杯なだめるような顔をしてみせたが、ありがたいことに、レディ・ベラムニーがまた口を開いた。

「じっさいに何が起こったかは問題ではないのよ。人からどう見えるかに対処しなきゃならないの」その表情が険しくなった。「よくお聞きなさい、お嬢さん。あなたについての噂が立ちそうになったときに、マートンが冷静さを保っていなかったら、今ごろあなたの評判には疵がついていたわ」

シーアは下唇を噛んだ。ドミニクは彼女にキスしたくなった。「ど——どんな噂です？」

レディ・ワーシントンがシーアのそばに寄って手をとった。「ドッティ、これだけは言えるけど、じっさいよりも大事(おおごと)になってしまったの。それをどうにかおさめることになるわ。マートンがあの場でプロポーズしていたと釈明したことも噂になっている。婚約を発表しなきゃならないし、舞踏会を計画して、結婚式の日取りも決めなければならないわ」

ドミニクが残念に思うほど渋々シーアはうなずいた。「わかりました」

レディ・ベラムニーはシーアの隣の椅子に大きな体を沈めた。「マートンがあなたに関心を抱いていて、あなたが彼に関心を寄せていることは傍目(はため)にも明らかでしたよ。それにそこまで関心を抱き合っていなくても幸せな結婚をしている人は大勢いるわ」

シーアはためらうように彼に目を向けたが、決意を固めたようだった。「わかりました。一カ月後に結婚するということで結構です」

ドミニクはゆっくりと息を吸った。彼女から断られるのではないかと自分がどれほど恐れていたのか思い知った。「すぐにきみの父上のところへ行く計画を立ててるよ」

マットはグレースの横のソファーに腰を戻した。唇にゆっくりと笑みが浮かぶ。「その必要はないよ、マートン」彼は引き延ばすような口調で言った。「サー・ヘンリーは夫婦財産契約の交渉をぼくに委任してくれたからね」

なんてことだ。ワーシントンはぼくをいたぶってたのしむつもりでいる。一発お見舞いしてやることもできたが、今は癇癪を起こしてはならないときだ。結局、シーアを自分のものにはできる。それについてはワーシントンも口出しできないはずだ。ドミニクは首を下げた。

「いいだろう。用意ができたら、書類を送ってくれ」

「一日か二日で届けるよ。サー・ヘンリーがどこで結婚式を行いたいと思っているかわかったら、それも知らせる」

ワーシントンはすべてをできるかぎり困難なものにしようとしているようだった。ドミニクは顎をこわばらせた。「結婚式はセント・ジョージ教会かマートン家の礼拝堂で行いたい」

シーアが立ち上がり、ドミニクの腕に手を置いた。「母が旅行できる状態になるかどうかわからないわ。話したと思うけれど、母は足の骨を折っているんです」

望みどおりとはいかなかったが、ドミニクは彼女の手に自分の手を重ねた。「すまない、忘れていたよ。きみの父上が望む場所で結婚しよう」

レディ・ベラムニーは顔をしかめた。「あなたのお母様がロンドンまで来られるようなら、セント・ジョージがいちばんいいと思うわ」

「ドッティのお母様にお手紙を書きますわ」グレースは考えこむように唇を引き結んだ。「うちの旅行用の馬車を送ってもいいですし。座席を寝台にしつらえられるし、バネもよく効いています。乗り心地はいいはずよ」

ドミニクはわずかに眉を上げた。「そうした手配はご婦人方にまかせますよ。今はミス・スターンとふたりだけで話がしたい」

ワーシントンがまた顔をしかめたのを見てドミニクはにやりとしそうになった。

こうしたすべてにもかかわらず、シーアの唇がおずおずとした笑みの形になり、ドミニクは心臓が止まりそうになった。

ドミニクは彼女の指を包む指に力を加えた。「数分で戻ります」

マートンのことばには沈黙が応じた。マットとシャーロットとルイーザは顔をしかめた。ずっとひどく静かだったレディ・マートンが励ますようにうなずいた。グレースと静かに話し合っている先代のレディ・ワーシントンとレディ・ベラムニーは目を上げようともしなかった。

ドッティはマートンを正面の客間に導き、使用人が急いで蠟燭をともした。

扉が閉まってふたりきりになると、ドッティは婚約者のほうに顔を向けた。マートンの腕がドッティの体にまわされ、彼の喉は唾を呑みこむのに苦労しているような動きをした。しばらくしてマートンは言った。「きみのよき夫になるよう精一杯努めるよ」

「ほんとうにごめんなさい」目を涙が刺し、ドッティはまばたきしてそれがあふれるのをこらえた。「わたしが余計なことをしなければ、あなたはこんな困ったことにはならなかったのに」

マートンは親指の腹で彼女の頰を撫でた。それがわずかにざらついていることにドッティは驚いた。

「それでぼくはきみではなく、ミス・ターリーと結婚することになっていたわけだ」

もしかしたら彼はそれを望んでいたのかもしれない。きっとすでにミス・ターリーを花嫁候補として考えていたのだ。どうしてわたしはおせっかいをしてしまったの？「でも——」

「いや」マートンはドッティの次のことばをさえぎった。「きみでよかったよ、シーア」

「わたしのこと、今なんて呼んだの？」彼が発する熱を感じ、体は熱くなっていた。口の端に彼の唇が触れる。

「シーアさ。みんなきみのことをドッティと呼ぶが、ぼくだけの特別の名前がほしかったんだ。気に障ったかい？」

頬に赤味がのぼる。彼といるといつも頬を赤らめてばかりいる気がする。祖母からもシーアと呼ばれていた。婚約については確信が持てなかったものの、そう言われたことは途方もなくうれしかった。「いいえ、気に入ったわ。わたしはあなたをなんて呼んだらいいの？」

「ドミニクと」彼が唾を呑みこみ、喉の筋肉が動いた。「キスしてもいいかい？」

無数の思考や感情が頭のなかを駆けめぐっていたが、そう訊かれたことでドッティははっとわれに返った。嘘、もうキスされているんじゃないの？　どうやら学ぶことは多そうだ。

「ええ」

彼は唇で唇を軽くかすめた。キスを返そうと唇をすぼませると、彼は笑みを浮かべて口で口に触れた。舌が上唇と下唇のあいだをなぞる。

「開けて」

彼が何をしようとしているのかはわからなかったが、ドッティは言われたとおりにした。

そして、舌に舌を感じて驚いた。その動きを真似て舌を動かす。

彼が声をもらし、ドッティははっと身を引いた。「痛かったの?」

「まさか、とても気持ちいいよ」彼はドッティをきつく抱きしめた。

彼の胸にあてていた両手を首の後ろにまわし、ドッティはたくましい体にぴったりと体を押しつけた。なぜか、今夜まで、彼がこれほどに長身だとは気づかなかったのだった。彼が首を下ろすと、もはや何も考えられなくなった。この人のことだけ。ブランデーと麝香の味。体の奥深くでどくどくと脈打つものがはじまった。女性は婚約するまで男性とキスするものではないとされるのも不思議はない。マートン、いいえ、ドミニクについて自分がどう感じているのかはわからなかったが、今されていることはすばらしかった。

ドミニクの手はそうせずにいられないとでもいうようにあらゆる部分に触れてくる気がした。胸が痛み、彼の指に包まれると、全身に火花が走った。ドッティはその感触に驚いて息を呑んだ。

ふいにドミニクは動きを止め、てのひらをドッティの腰に動かし、唇を離した。その声はなめらかとは言えなかった。「すまない。きみにこれほど親密に触れるべきじゃなかった」

わたしがいやがっていたと思っているの? ドッティは彼がそれ以上ことばを発しないように唇に指を二本あてた。「謝らないで。わたしもたのしんだんだから」

ドミニクは彼女をしばらく見つめてからほほ笑み、彼女のてのひらにキスをした。「きみと結婚することになってとんでもなく幸せだ」

「ええ、わたしもそう思うわ」とくに彼が堅苦しい態度をとらないときには。

男性との経験はなかったが、彼の触れ方は正しい気がした。こんなキスをされた今、どうしてみんながドミニクを感情のない人間と思えるのかわからなかった。〝感情を内に秘めた〟人間というほうがあたっている。

それにいいところがあるのもたしかだ。今夜はわたしの評判に疵がつくのを防いでくれ、子猫とトムを救ったときには大いに協力してくれた。

シャーロットとその家族がこれほどに彼を嫌っていなければいいのに。できるだけすぐにグレースとは話をしよう。友人たちと仲たがいしたくはなかった。ひとりっ子のドミニクにとって、親戚とよく知り合うことはためになるはずだ。仲直りする方法はあるにちがいない。

ドミニクは彼女を見つめた。藍色の目は熱くなっていたが、顔は険しく鋭かった。ノルマン人の祖先から受け継いだ顔立ち。今という時代に生きているのでなければ、彼の馬に乗せられて連れ去られる情景を思い浮かべることもできた。そこでふいにドッティは自分がドミニクを愛していることを知った。彼が愛してくれさえすれば、ふたりのあいだをはばむものはなくなる。

夢見ていたすべてを手に入れることになるのだ。

11

ドミニクは再度シーアの口を口でふさいだ。彼女が抱いているかもしれない疑念を払拭するために。自分のものと主張するために。彼女のすべてを。永遠に。

シーアはお茶とワインとほんの少しラベンダーを思わせる女性の味がした。唇を合わせた瞬間から、彼女は貪欲になった。無垢であるのは明らかだが、舌を動かしても驚愕した様子は見せなかった。正直に言って、妻にこんな熱さを期待したことはなかった。それがどんなものか知った今、自分の幸運が信じられないほどだった。突然、彼女にも同じだけ結婚したいと思わせるのがとても重要になった。彼女はぼくのものなのだから。

硬くなった胸の頂きを彼の胸に押しつけ、シーアは声をもらした。ドミニクはてのひらを彼女の背中にまわし、尻へと下ろした。そのシルクのような肌を体の下に感じ、そのなかにはいって自分の種で彼女を満たしたかった。一カ月はとても長く思えた。

指をシーアの胸に戻すと、彼女がかすれた低い声をもらした。無垢な熱情とともにキスを返され、ドミニクは降参した。

これまでも女性にはいつも悦びを与えることができたが、これは単に悦びを与えるという以上に重要だ。急いではならない。それでも、彼女を自分に結びつけ、重要だとはこれまで思ったこともないやり方で自分のものにしなければという思いに駆られていた。今すぐ家に連れ帰れたなら……。それは別の面でもいい考えに思えた。郷士の娘であるシーアが侯爵夫人の役割を担うためには学ばなければならないことが多いはずだ。彼女がマートン・ハウスに移れば、母がどうすればいいか教えられる。母がいっしょに住んでいる以上、不適切なことは何もない。きっと彼女の両親も気にしないだろう。この結婚に有頂天になるだろうから。なんといっても、名もない准男爵の娘が侯爵と結婚するなどということは日常茶飯事ではないのだから。

ドミニクはキスをやめた。「ワーシントンがきみを捜しに来るまえに戻らなければ」

シーアはため息をついた。「マットは少しもうれしそうじゃなかったわよね?」

「それはずいぶんと控えめな言い方だな。少なくとも、彼はぼくの息の根を止めたいと思っている」もしかしたら、去勢も考えているかもしれない。

シーアはドミニクを見上げた。思う存分キスされた女性に見える。ワーシントンが今の彼女を見れば、絶対に去勢を考えるだろう。

「わたしたちが婚約したのはあなたのせいじゃないわ」彼女は言った。「いっしょについてきてくれる誰かを見つけなかったわたしの落ち度と言えるかもしれない。あなたに警告するのにあまりに時間が迫っていたから」

ドミニクは彼女に軽くキスをした。彼女自身を責めさせるつもりはなかった。たしかにシーアがもっと用心深かったら、ふたりが婚約することはなかっただろう。しかし、彼女が用心深く振る舞うことなどあるのだろうか? 「たぶん、運命の為せるわざさ。さっきも言ったが、ぼくは結婚することになってうれしいよ。唯一の望みはきみも幸せになってくれることだ」

「何もかもあまりに突然だったけど、きっとわたしは大丈夫よ」彼女は黒っぽい濃いまつげを伏せた。「あなたにキスするのも悪くないし」

そのときドミニクにはわかった。シーアが彼を見るときには、侯爵でも裕福な領主でもなく、ただの男を見ているのだと。これまでそういうふうに見られたことがあっただろうか？ほんの数分でも、自分が何者かを忘れたことがあっただろうか？

〝マートン。おまえは街の子供たちと遊ぶ人間じゃない。おまえには義務があるんだ。彼らの父親を雇っているんだからな。自分が何者であるか、決して忘れるな〟

伯父は手をつかんで引っ張っていこうとしながらそう言ったのだった。あのとき自分は十歳だった。あれ以降、伯父の言いつけに背くことは一度もなかった。ドミニクは伯父が生きていたら浴びせてくるであろう批判を心から遮断した。しかし、伯父であっても、シーアと結婚しなければならないことはわかってくれるはずだ。

あのとき庭へ出たのは彼女に会えると思ったからだ。そして、彼女の警告に耳を貸すことをかたくなに拒んだ。ふたりでいるところを人に見られたかったのか？今回の件では、誰もその部分については触れていないが。

「何か問題でも？」目を下に向けると、見上げてくる彼女の大きな緑色の目に懸念の翳が宿っていた。

「今、なんて？」

「一瞬、心ここにあらずみたいだったから」

ドミニクは首を下げ、また彼女の唇を唇でかすめた。「ああ、大丈夫。何も問題はない」

家に彼女がいるのは責め苦になるかもしれない。今ですら、彼女から手を離せずにいるほどなのだ。いや、いずれにせよ、結婚するのだから、問題はない。社交界の半分以上の人間が七カ月か八カ月で赤ん坊を産んでいる。どうしてぼくだけが待たなくてはならない？　くそっ、何を考えているんだ？　シーアをマートン・ハウスに移すなど、ワーシントンが許すはずはない。彼の家で彼女を誘惑することもできない。伯父の言ったとおりだ。情熱がすぎると男は無鉄砲になる。彼女のそばにいるときは自分を抑制しなければならない。

ドミニクはどうにか腕を下ろすと、すばやく彼女の手をとった。「戻ったほうがよさそうだ」

ふたりはゆっくりと応接間に戻った。部屋にはいると、女性たちはまだ話しこんでいたが、ワーシントンは姿がなく、シャーロットとルイーザもいなかった。

ドミニクは一カ月も待ちたくなかった。そこで身をかかめて彼女に耳打ちした。「三週間」

シーアは当惑して彼を見上げた。「何が三週間？」

「結婚するまでそんなに長く待ちたくない」そう言って耳に息を吹きかけると彼女が身を震わせ、ドミニクはうれしくなった。ゆっくりとうなじの巻き毛をもてあそぶ。「きみは？」

シーアはしばらく彼の顔を探るように見つめてから答えた。「ええ」

すでに四月も末になろうとしていた。「五月中旬に結婚できる。きみの父上がぼくたちの婚約を許すという確証がとれたらすぐに、〈モーニング・ポスト〉に広告を載せるよ」

シーアはうなずき、部屋にいるほかの女性たちに目を向けた。「ちょっとごめんなさい」そう言ってグレースとドミニクの母と先代のレディ・ワーシントンとレディ・ベラムニーが話し合っているところへ歩み寄った。「すみません、マートン様と決めたんですけど、わたしたち、三週間以内に結婚したいと思っています。それ以上待つ理由がないので」

グレースとその義理の母はどちらも眉を上げた。ドミニクの母はにっこりした。レディ・ベラムニーの黒い目にはそうなると思ったというような色が浮かんだ。

レディ・ベラムニーは忍び笑いをもらした。「マートン、あなたも慎重すぎるのをやめるときが来たってことね」

ドミニクは首を下げてにやりとした。「ええ、そうです」

「まだあなたにも望みがあるかもしれないわ」

伯父の声が雨あられと降ってきて、ドミニクはシーアの腰に手をまわしてきつく引き寄せた。

〝義務だ、マートン。義務を忘れるな。〟

どうにかして彼女を幸せにする方法を考えなければならない。それも義務なのではないか？

翌日、エリザベスは朝の間を行ったり来たりしていとこが訪ねてくるのを待っていた。昼になってようやく、家で足止めをくっていると知らせるラヴィーからの書きつけをメイドが持ってきた。エリザベスはミス・スターンに警告することを考えたが、彼女とは親しくないとこが何をたくらんでいるにしても、説得してやめさせられるのではないかとも思っていた。父が嘘さえつかなければこんなことにはならなかったのに。それがすべての問題のはじまりだった。まあ、少なくともそれについて自分が父と話す必要はない。兄が話すと言っていたのだから。

エリザベスが部屋を出ようとしたときに、扉が開き、スカーフやら羽根やらを大量に身につけた伯母のアガサが部屋にはいってきた。「ああ、かわいいエリザベス、家にいてくれてよかったわ。さあ、キスしてちょうだい。もうお茶は頼んだわよ。最近の社交界での出来事について何もかも話して。そうしたら、あなたに届いている招待状に目を通すわ。心配しないで、エリザベス。すぐにいい夫が見つかるわよ」

伯母のアガサに抱きしめられ、エリザベスは少しばかり気が遠くなった。ターバンの揺れる羽根飾りに鼻をくすぐられ、くしゃみをしたくなる。「こんなにすぐに来てくださるとは思っていなかったわ。来ていただくように手配したと昨日の晩にギャヴィンから聞かされたばかりだったから」

「そう」アガサは鼻をすすった。「あなたのお父様がマートンを引っかけろという命令とともにあなたをラヴィニアの手にゆだねたとあなたのお兄様に聞かされて、すぐにそれはだめだとわかったの。結婚相手をひとりにしぼってシーズンを迎える人間なんていないものよ」

父のことも、いとこのことも弁護しようとしても意味はなく、いずれにしても昨晩の出来事を考えれば、そうする理由もなかった。「ええ」

「それに――」伯母は指を振った。「マナーズが気に入らないわ。あの男はわたしに言わせればろくでなしよ。適齢期の女性は評判に気をつけても気をつけすぎることはないんだから」

エリザベスは自分があやうくやりかけたことを思って身震いしそうになるのをこらえた。ギャヴィンに止めてもらってよかった。お茶が来ると、彼女は伯母のためにお茶をカップに注いだ。

「ラヴィニアには書きつけを送って、もうあなたのことは心配しなくていいって言ってあるの」

「ありがとう」運に恵まれれば、ラヴィーもミス・スターンとマートン侯爵を別れさせるためのたくらみをあきらめるだろう。

伯母はうなずいた。「あなたはわたしの家に移るのよ。でも、そのまえにミス・スターンを訪ねなくては」

エリザベスはお茶にむせた。「ご――ごめんなさい。彼女のことはほとんど知らないの」

「残念ながら、ラヴィニアがミス・スターンとマートンについていやな噂を流しはじめているという疑いがあるのよ。そんな噂からあなたを切り離さなければならないわ。だから、昼食を終えたら、スタンウッド・ハウスにまわりましょう。いずれにしても、わたしは先代のレディ・ワーシントンとは親戚なの。彼女を訪ねなかったら変に思われるわ。あなたにはミス・スターンにお祝いを言う機会ができるし」

エリザベスはカメになって甲羅に隠れてしまいたいと思ったが、伯母の言うとおりだった。いとこが流す悪い噂に結びつけられてしまったら、いい結婚相手を見つける機会は失われてしまう。それに、あの書きつけもある。マートンに送った書きつけを自分に結びつける人がいないことをエリザベスは祈った。

エリザベスと伯母がスタンウッド・ハウスに到着したときには、女性たちの声が廊下に響いていた。ふたりの来訪が告げられると、部屋のなかは静かになった。伯母に腕をとられて部屋へと歩み入るときには、エリザベスは礼儀正しい笑みを顔に貼りつけていた。

「ペイシェンス」伯母のアガサはレディ・ルイーザの隣にすわっているブロンドの女性に向かって言った。

「アガサ」先代のレディ・ワーシントンはまえに進み出てアガサの頬にキスをし、エリザベスに目を向けた。「なんてすてきな驚きなの」

「姪のミス・ターリーを紹介させて。エリザベス、こちらレディ・ワーシントンよ」

エリザベスはお辞儀をした。「お会いできて光栄です、レディ・ワーシントン」

レディ・ワーシントンはほほ笑んだ。「訪ねてきてくださってうれしいわ」

エリザベスはミス・スターンに目を向けた。「お会いできて光栄ですわ。お――お祝いを言いたくて。マートン様とご結婚なさることに心からお慶び申し上げます」

最初は少し驚いた様子だったが、ミス・スターンはにっこりして目を輝かせた。「ありがとう。訪ねてきてくださってうれしいわ」

「これまであまり昼間の訪問はしていなかったので――」

「残念ながら、わたしがロンドンに来るのが遅かったのでね」アガサが言った。「そう、わたしが姪の付き添いを務めることになったんです。かわいそうなエリザベスの付き添いはいとこが務めていたんだけど、それについてはこれ以上何も言わないわ」非難していることは誰が聞いても明らかだった。「きっと、より広い知己を得たほうが姪のためになると思ったの。なんといっても、はじめてのシーズンなんですもの。最大限それを活用しなければ」そう言って祝福するようにミス・スターンにほほ笑みかけた。「わたしもお祝いを言わせてもらいます。でも、これだけは言えるけど、マートンをうまく操らないといけないわよ」

ミス・スターンはアガサに対して悲しげにほほ笑んだ。「みんなにそう言われますわ」ミス・スターンはまたエリザベスに目を戻し、あたたかい笑みを浮かべた。「わたしのことはドッティと呼んでくださいな。お友達はみんなそう呼ぶんです。さあ、ほかの女性たちにもご紹介しますわ。もうレディ・シャーロット・カーペンターとレディ・ルイーザ・ヴァイヴァーズのことはご存じだと思うけど」

「ええ、シーズンがはじまるまえにお会いしたわ。わたしのことはぜひエリザベスと呼んでくださいな」

ドッティが腕を組んで若い女性たちがすわっている場所へと導いてくれるあいだ、エリザベスは小さく安堵の息をついた。未来のマートン侯爵夫人が受け入れてくれたとしたら、ほかのみんなもそれに従うだろう。ラヴィーが何をたくらんでいるにせよ、それを止めるのはいっそう不可欠なことになった。

・

スターン・マナーの二階にある自分の居間に飽き飽きしたコーディリアは、朝の間に移動できるほどには具合もよくなっていた。朝の間は今はバラやナデシコやキンポウゲが咲き乱れる裏庭を見晴らしていた。執事が三通の手紙の載った盆を彼女に手渡した。

レターナイフを手にとってコーディリアは最初にドロシアからの手紙の封を切った。「ありがとう。お茶を運ばせてちょうだい」

執事はお辞儀をした。「かしこまりました、奥様」

手紙の二行目を読み、心臓が激しく鼓動しはじめた。その興奮をようやく声に出せるようになったときには、その声は自分の耳にも甲高く聞こえた。「ハドソン！」

まばたきひとつすることなく、執事はよく響く声で答えた。「なんでしょう？」

「サー・ヘンリーを呼んできて。ミス・ドッティが結婚するわ！」

ハドソンにとってすらもそれは驚きだったようで、彼は目をみはった。「わが家のミス・ドッティですか？」

コーディリアは手紙で顔をあおいだ。「ほかのミス・ドッティを知っているの？」

「いいえ、奥様。すぐに旦那様を見つけてまいります。わが家のミス・ドッティが結婚される！　なんともすばらしい」

コーディリアはもう一度手紙に目を落とした。

親愛なるお母様
グレースからすべてを説明するお手紙が届いているはずです。わたしが婚約することになったいきさつについて、あまりご心配なさらないで。それが最善ということになったのですから。彼とはまだ愛し合ってはいないけれど、愛せる男性と結婚することになりました。マートン卿はすべてにおいて愛せる人です。動物や人を助けたときにわたしに協力してくれた紳士のこと、手紙に書いたでしょう？
あなたを敬愛する娘　ドッティより

コーディリアは目に涙をためてグレースからの手紙を開けた。たしかにすべての事情を説明する手紙で、マートンは気位は高いが、ドロシアには夢中になっているようだと書かれてあった。

三通目はマートン侯爵夫人からだった。侯爵夫人？　ドッティは侯爵夫人になるのに、彼の爵位については触れていなかった。コーディリアはほほ笑みながら首を振った。娘にとっては彼が行き場のない者たちを引きとってくれた事実のほうが重要なのだ。自分の生まれや縁戚関係では望み得ないほどの高い地位ではなく。コーディリアも娘がそんな地位の高い相手と結ばれるとは思ったこともなかった。

それからまもなく、夫が二通の手紙を持って顔をしかめながら部屋にはいってきた。

「どうしたの、あなた？」とコーディリアは訊いた。

「ドッティのロンドンでの振る舞いが気に入らない気がしてね。家に連れ戻そうかとなかば考えているところだ」

コーディリアは天井に目を向けて息を吸った。「そんな思いきった手段をとる必要はありませんわ。レディ・マートンから、わたしが旅行できるようになったらすぐにロンドンに来て家に滞在してほしいというご招待がありましたから。グレースからは旅行用の馬車の一台を使ってほしいという申し出があって、それが一日か二日のうちにこっちに到着するようよ。わたしたちが出発できるようになるまで待機するために」

夫はため息をついた。「うちのほかのふたりの娘はどうするんだ、コーディリア」

「ティリーが戻ってきてくれるといいんですけど、残念ながら、彼女のお母様の病状は悪化しているそうよ。ほかの家庭教師を雇うことにならなければいいと祈るしかないわ。それまで一週間かそこらは乳母に娘たちの世話をまかせてまったく問題ないはずよ。もちろん、結婚式にはロンドンに連れていかなければならないけど」

夫はまだ決めかねているように見えた。

かわいそうなヘンリー。家族と引き離されるのがいやでたまらないのだ。「もしくは、いっしょに連れていくこともできるわ。ドッティの結婚式には、ハリーをオックスフォードから、スティーヴンをラグビー校から連れ戻さなければならないし」彼女は額を手でぬぐった。「たぶん、ハリーにスティーヴンを迎えに行ってもらって、妹たちも連れてきてもらうのがいちばんかもしれないわね」

「きみは旅行できるのか？」彼は疑うように訊いた。

「すぐにお医者様に来てもらうわ」コーディリアは手紙を膝に置いた。「まったく、そんな浮かない顔をする理由はないわよ、ヘンリー」そう言って受けとった手紙を彼に手渡し、呼び鈴を鳴らした。「きっと何もかもうまくいくわ」

手紙の一通を読んでいたヘンリーは目を上げた。「そうじゃなかったら、その若い男には目にものを見せてやる」

コーディリアは天を仰ぎたくなる衝動に抗った。進歩的な考えの夫が気位が高いという侯爵をどう受け入れるのだろう？　その逆は？　それからほほ笑んだ。ドロシアはその人と恋に落ちるだろうと思っている。子供たちに望むのはそれだけだった。「この知らせを聞いたら母は驚くんじゃないかしら？」

「彼の爵位についてえらくうれしそうだね」ヘンリーは妻のそばに行って膝をついた。「きみもそういう――」

「いいえ」コーディリアは夫に軽くキスをした。「二十二年前よりも今のほうがあなたをいっそう愛しているわ。でも、ドロシアが良縁に恵まれることがとてもうれしいのは否定しないけど。あの子が愛し合えると思っている相手じゃなかったら望ましいとは思わない」

ヘンリーはようやくほほ笑んだ。「あの子がそう書いてきたのかい？」

「ええ、あなただって、ドロシアが分別のある娘であることは認めざるを得ないはずよ」

「たしかに」ヘンリーはため息をついた。「心配する必要はないんだろうな。その若い男にじっさい会ったら、もっと気が楽になるんだろう」

「すぐに母に手紙を書かなくては。この知らせを聞いたら、妹が無事出産を終えたらすぐに、田舎を抜け出してロンドンに戻るわよ」

執事が部屋にはいってきた。「奥様、普通郵便が届きました。もう一通手紙がありました」

コーディリアは手紙を開け、ざっと目を通した。「妹はようやく男の子を産んだそうよ。母によれば、絵に描いたような健康優良児だけど、見た目は父親似ですって」

ヘンリーは笑い声をあげた。「かわいそうに」

コーディリアは鼻に皺を寄せてみせた。「それってひどいわ」

「ああ、でもほんとうだ」ヘンリーは妻の額にキスをした。「きっとほかの点でそれを埋め合わせているんだろうが、レナードがハンサムだったことはないからね」

コーディリアはそのことばを無視して手紙のつづきを読んだ。「母は一週間以内に家に戻るそうよ」コーディリアは手紙を下ろした。「赤ちゃんが生まれたあとに残ってくれたためしはないのよね」

「それはそうさ。そこからが大変なんだから」

「でも、それはそれでよかったわ。ドロシアにとっては母がロンドンにいてくれたほうがいいから」

「そのとおりだ」夫は忍び笑いをもらした。「公爵夫人はうちの娘に多少の威信を与えてくれるだろうからね」

それを認めたくないコーディリアは言い返した。「うちの娘は侯爵夫人になるのよ。母はそれにふさわしいお行儀を教えてくれるでしょうけど」

「われわれは同じ女性のことを話しているのかな？」ヘンリーはにやりとした。「摂政皇太子に知ったかぶりはやめろと言ったせいで、挨拶すらしてもらえない女性だろう？」

「そんなの大昔のことよ。きっと摂政皇太子ももう気にしていないわ」

「マートンがきみの母上に耐えられるかな。結婚式が済むまで会わせないほうがいいんじゃないか」

「ヘンリー」夫はなんとも腹立たしいことを言う人間だ。「そんな失礼なことを言うべきじゃないわ。母がいなかったら、わたしたち、結婚していなかったわよ」

「まあまあ。私がからかっているだけなのはわかってるだろう。きみの母上のことは大いに尊敬しているよ。でも、何日かいっしょに過ごすと、帰ってくれたときにほっとするのはきみも同じだろうに」

「母がそういうのを気に入っているというだけのことじゃない」

夫の顔にふと皮肉っぽい表情が浮かんだ。「彼女はブリストルの家に滞在するんだろう?」

コーディリアは首を振った。かつては友人だったのに結婚に賛成してくれなかった兄をヘンリーは決して許さないだろう。「いいえ、兄はまだ田舎にいるわ」

夫は彼女の唇にキスをした。「ハリーとスティーヴンに手紙を書いてくるよ。きみが娘たちに話すときには充分離れたところにいたいしね。悲鳴で鼓膜が破れないように」

「お医者様も呼んでくださいな」

「そうしよう。考えれば考えるほど、ロンドンに行きたくなってきたよ。結婚式のまえに未来の義理の息子のことをよく知っておきたいからね」

コーディリアの顔から笑みが薄れた。「ヘンリー・スターン、彼を脅して結婚をやめさせようとしたら、わたしがどんな行動に出るか、責任は持ちませんからね」

「ドッティが望むなら、結婚はさせてやるが、その男が娘を粗末に扱ったら、私と対決しなきゃならないことをすぐに知るというわけさ」ヘンリーはそこで間を置いた。「それに、私に脅されて去るような男なら、ドッティの相手じゃないというわけだ」

扉が閉まり、コーディリアはクッションに背を戻した。夫の急進的な思想について、ワーシントンからマートンに忠告してもらうよう、グレースに頼んでおいたほうがいいかもしれない。逆に、どんな成り行きになるか、何もせずに待ってみてもいい。これはずいぶんとおもしろいことになりそうだ。

12

婚約して二日後、ドミニクはサー・ヘンリーから結婚を許すと記した簡潔な手紙を受けとった。娘が侯爵と結婚するにあたってのお祝いも、驚きも、感謝もなかった。サー・ヘンリー・スターンはマートン侯爵に娘のミス・ドロシア・スターンとの結婚を認めると書かれた一文だけの手紙だった。

ドミニクは時間を無駄にすることなく、伝言係の使用人を走らせて〈モーニング・ポスト〉紙に結婚の広告を送った。なぜか新聞に載った広告を目にすれば、結婚を邪魔される可能性が減る気がしたのだ。

その日の午前中にワーシントンが夫婦財産契約について最初の草稿を送ってきた。その封を開けながら、ドミニクは自分がそれを早く成立させ、結婚の手続きを終わらせたいと心から願っていることに驚いた。伯父ならそれは侯爵らしくない性急さだとみなすだろうが。たいていみな結婚まで長くは待たないものだ。ワーシントンだってそうだった。

しかし、契約書の草稿を読むにつれ、怒りが募った。ばかばかしい！　いや、それ以上だ。このいまいましい契約書は侮辱ですらある。

ワーシントンはいったいどういうつもりなのだ？　シーアには手当が与えられるだけでなく、彼女が現在所有しているすべての資産を信託にし、本人以外は使用できないようにすることなどと提案してくるとは。シーアは侯爵夫人になるのだ。もちろん、きわめてきまえよくしてやるつもりではいる。彼女には自分の金というものを持つ必要はないはずだ。金を持って女が何をするというのだ？　さらには、自分の馬車や馬も所有することとされている。彼女にフェートンやその他の遊興用の馬車はもちろん、御者や馬丁や馬を与えないなどとは考えることもできない。当然ながら、それはぼくの許可のもとでだが。それとも、ワーシントンはシーアが自分の厩舎を持つべきと言っているのか？　馬の目利きができる女などいないというのに。

ドミニクは腹立たしい書類を机からつかみとると、玄関から外に歩み出た。歩けば気もおちつくだろう。数分後、ドミニクが石段をのぼると、ワーシントンがまだ事務仕事をするのに使っているワーシントン・ハウスの扉が開いた。

執事がお辞儀をした。「おはようございます、侯爵様。旦那様がお待ちでございます」

ドミニクは怒りを抑え、うなずいた。「そうだろうな」

たしかにお待ちだろうさ。使用人が書斎の扉を開いてくれたことで、腹いせに扉を壁に思いきり叩きつけてやる機会は失われた。

ドミニクはワーシントンのまえで書類を振った。「いったいこれはどういうことだ？」

ワーシントンは椅子に背をあずけ、机の横に置いてあったファイルを目の前に移した。

「ぼくもおはようと言わせてもらうよ」そう言って椅子を手振りで示した。「すわってくれ」

ドミニクは歯を食いしばり、立ったままでいた。「これには同意できない」

ワーシントンはおもしろがるように笑みを浮かべた。「じゃあ、ドッティとの婚約は破棄するのか？」

破棄？　まさか。彼女はぼくのものだ。「いや」

ワーシントンは肩をすくめた。「だったら、サインするんだな」

ドミニクは手を拳にし、また開いた。ワーシントンをなぐってやりたいという思いに負けそうになる。「彼女には見せたのか？」

ワーシントンはばかにするように眉を上げた。「いや、内容については話したが、もちろん、彼女は夫婦財産契約を結んだ経験はないからね。重要なのは、サー・ヘンリーがそれを容認するかどうかだ」ワーシントンはフォルダーを指で叩いた。「ドッティはきみがとてもきまえがいいと喜んでいるだけだ。それどころか、ぼくの継母すらもきみを見直しかけている」

ドミニクはしかめ面を崩せなかった。「きみはぼくを困らせるためだけにこういうことをしたわけだ」

ワーシントンはまえに身を乗り出し、机に肘をついた。「逆さ。ドッティを守るためにやった。じつを言うと、グレースとぼくの契約もほぼ同じ文言だ」

ふいに墜落して木に引っかかった気球になった気分になった。驚きのあまり、しわがれ声しか出なかった。「きみの？」

ワーシントンはデキャンタとグラスがふたつ載った小さなテーブルに手を伸ばした。琥珀色の液体をふたつのグラスに注ぐと、ひとつをドミニクに差し出した。「ブランデーは？」

「ああ、ありがとう」ドミニクはそう言ってありがたく受けとった。

「夫婦財産契約や女性が必要とするものへの見方を変えているのはグレースとぼくだけじゃない。ぼくの友人の何人かもそうだ。今は近代的な世の中なんだ、マートン。きみも十九世紀に足を踏み入れる努力をしたほうがいいかもな」

ドミニクはブランデーをひと口飲んだ。いぶったような香りがし、飲みこむと喉を焼いた。ワーシントンから講義を受けたいとは思わなかったが、けんかもしたくなかった。「サインするよ」

ワーシントンはほほ笑んだ。今度は心からの笑みだった。「そうすると思ったよ。ところで、きみの母上がドッティの母上に手紙を書いて、結婚式まで彼女とサー・ヘンリーにマートン・ハウスに泊まってくれと言ってやったそうだな」

ドミニクはうなずいた。それについては母から聞いていたが、返事が来たかどうかは知らなかった。

「ふたりは今週末にロンドンに来るそうだ。医者がドッティの母上に旅行の許可を出すとすればそれが最短らしい」

もちろん、来られるようになったらすぐに来るだろう。「それは予想の範囲内だ」

ワーシントンは眉を上げた。「サー・ヘンリーと奥方がきみの地位を気にしているなんて勘違いはしないほうがいいぞ。ふたりの気がかりはドッティの幸せだけなんだから」

世の中全体がおかしくなってしまっているのか？　サー・ヘンリーは准男爵で自分は侯爵だ。バンタム鶏みたいにふんぞり返ってもいいはずでは？

そんな思いが多少顔に表れていたにちがいない。ワーシントンが付け加えて言った。「サー・ヘンリーは貴族階級をなくしてしまうべきだとまで考えている人だ」

一瞬、ドミニクはことばを失った。「でも、どうしてだ？　わが国の貴族制度の恩恵をまったく受けていないとでも？」

ワーシントンはうなずいた。「受けているさ。ただ、彼にとってもっと重要なことは、数少ない人間が多くを手にし、あまり多くを持たない人間の生活をより厳しいものにするような法律を成立させている事実だ。ぼくがきみなら、サー・ヘンリーと政治的な議論をするのは避けるね」

ドミニクの頭は働かなくなった。そんな考えを持っているのはフランス革命やかつてのアメリカの植民地の解放を支持する人間だけだと思っていたからだ。「彼はきみのことも非難しているのか？」

「いや」ワーシントンはにやりとした。「まあ、ぼくは支持政党が彼と同じだからね」

まったく。シーアがああいう考えを抱くようになったのはそのせいにちがいない。ほかに何を信じているんだ？　ドミニクはグラスを下ろした。「今すぐミス・スターンに会いたい」

ワーシントンはスタンウッド・ハウスのほうに手を振った。「ご自由に。家にいるかどうかはわからないが」

それはあんまりだった。男は自分の庇護のもとにある女性たちの居場所を知っておくべきだ。「居場所は必ず把握しておいたほうがいいと思うな」

「まさか――」ワーシントンはひややかに言った。「このシーズンのあいだ、ぼくが躍起になって彼女たちの予定を全部把握するつもりでいると思っているなら、きみがどうかしてるとしか言えないな。ぼくは言われたとおりの場所へ行ってそこでできるだけ役に立つように努めているだけさ。忘れているのかもしれないが、グレースとぼくには家に十人の弟妹たちがいて、グレースの弟のスタンウッドは寄宿学校にいるんだ」ワーシントンはそこでことばを止め、ブランデーをひと口飲んだ。「そう言えば、たしか、今日、向こうの家を出るまえにきみの母上とその付き添いの女性に朝の挨拶をしたよ」

どうしてそんなことが可能なのだ？　母には朝食のときに会っていた。出かけるとは言っていなかった。「一応寄ってみるよ」

「好きにすればいいさ」ワーシントンはペンを手にとった。「契約書にサインさえしてくれればね」

ドミニクはそのペンをとり、サインをしてから部屋をあとにした。

母は何をしているのだ？　シーアといっしょに過ごすのは別にかまわない。それどころか、そうしてほしいと頼むべきだった。それでも、少なくとも、出かけるなら出かけるつもりだと言ってくれるべきだ。母の助けが必要なことが起こっていたらどうするんだ？　ドミニクは広場を横切り、今年ワーシントン一家が住まいとしているスタンウッド・ハウスの扉をノックした。

　扉が開き、執事がお辞儀をした。

「ミス・スターンにお会いしたい」

「申し訳ございません、侯爵様。ご婦人方はご在宅ではありません。いらしたことを伝えておきましょうか？」

　ドミニクは首を振った。「いや、あとでまた寄るよ」

　執事はまたお辞儀をした。「おおせのままに」

　ドミニクは時計に目をやった。昼間の訪問にも早すぎる時間だ。いったい女性たちはどこへ行ったのだ？　それに、どうして誰もぼくに知らせてくれない？

「ああ、マダム・リゼット、きれいだわ」ドッティは試着用の台をとり囲む鏡に映った自分の姿をじっと見つめた。銀のネットのついた淡青色のシルクの舞踏会用ドレスはデビューしたての女性にふさわしいとされるよりは襟ぐりが深くなっていた。ふくらんだ袖とスカートの裾にはチュールの縁取りがされている。こんなドレスは持ったことがなかった。このドレスは自分の人生が大きく変わることを外に示す最初のものとなる。ドッティはドミニクにキスされたあとも、婚約がほんとうとは思えなかった。

「ええ、そうですね（ウィ・ダコール）」マダムは言った。「ああ（モア）、これでぴったりです」

「ほかの人にも見せていい？」

「もちろんです（ナチュレルマン）。みなさんをお呼びしましょう」

一分後、グレースとシャーロットとルイーザとレディ・マートンが小さな部屋にはいってきた。

「ドッティ、すばらしいわ」シャーロットがため息をつかんばかりに言った。

グレースはよしというようにほほ笑んだ。「完璧ね」

「すばらしいわ」レディ・マートンも同意した。「それに合う宝石がなかったら、わたしがちょうどいいのを持っているわよ」

一瞬、ドッティはその申し出に驚いた。「お借りしていいのかどうかわかりませんわ」

「ばかなことを。あなたは数週間のうちにマートン侯爵夫人になるのよ。一族に代々受け継がれてきた宝石はあなたのものになるの」

ドッティは額をこすり、ドレスを直していたお針子から動かないでとしかられた。

「そうしたかったら」レディ・マートンはつづけた。「舞踏会のあとで返してくれてもいいし」

首だけをめぐらしてドッティはグレースに目を向けた。「舞踏会はいつなんです？」

「今朝あなたのお母様からお手紙を受けとったわ。今度の金曜日にはロンドンにいらっしゃるそうよ」グレースは笑った。「お医者様にはダンスもしないし、できるだけ足を使わないようにするって約束しなきゃならなかったみたい」

母が旅行を認めさせるために医者を説得する姿が目に浮かんだ。「許しを得るために母はお医者様を脅したみたいですね」

「たぶん、そうかもしれないわね。ご両親が到着する日がわかったので、レディ・マートンが結婚式に先がけて土曜日に舞踏会を開くそうよ」

それは驚きだった。「スタンウッド・ハウスでじゃなく？」

「そのほうが理にかなっているわ」未来の義母は言った。「あなたのお母様はわが家に泊まってほしいという招待を受けてくださったのよ。あなたもマートン・ハウスに移りたいんじゃないかと思って。そうすれば、使用人や家のなかのことを知る時間も持てるし」

ドッティは計画が立てられるまえにそれをもっとちゃんと知らされているほうがいいのではないかと思いはじめていた。「母を責めるわけじゃないんですけど、わたしにも手紙で知らせてくれたらよかったのにと思いますわ」

「あっ！」グレースが驚いた顔をした。「たぶん、お手紙は来ていたのに、ほかの郵便に混じってしまったのよ。執事がわたしの分を持ってきたときに、あなたの分はあなたに届けてと執事に言わなかった気がするわ」

「ええ、きっとそうね」ドッティにはそれ以外にことばが見つからなかった。

友人たちといっしょに暮らすのがあまりにたのしく、よそで暮らすことは考えてもいなかったのだった。ばかなこと。三週間もしないうちに結婚し、それを喜んでいるというのに。ドミニクがトムを引きとってくれて以来、彼とのあいだはより親密になり、彼は堅苦しいやり方をやめているように見えた。きっとこの結婚はうまくいくにちがいない。

13

午近くになってようやく、ドミニクは婚約者と母を見つけた。ルイーザとグレースとレディ・シャーロットもいっしょだった。女性たちは店から歩道に出てブルトン街を右へ進み、ボンド街から出てきた彼のほうに向かってきた。

ドミニクの姿を目にしてシーアの表情が明るくなった。「おはようございます。このあたりにご用かしら？」

ああ。きみと母を見つけるという用事さ。ドミニクはほかの女性たちに挨拶し、シーアの手をとって指で手の節をかすめるようにした。彼女がはっと息を呑み、ドミニクは笑みを押し隠した。「いや、散歩していただけさ。いつもながらきれいだね」彼女の顔も首もまた魅力的なピンク色に染まった。こうしていつも彼女の頬を染めさせられたならとふと思った。彼女がどんなときも自然体でいるのは悪くなかった。「買い物は終わったのかい？」

「いいえ、これから靴屋に行くの」

ドミニクはシーアの手を腕に置き、ボンド街へと戻りはじめた。それから彼女だけに聞こえるように声をひそめた。「きっとぼくはやきもちを焼くな」

シーアは目をみはった。「何に対して？」

「きみの足に触れることを許される靴屋にさ。ぼくには許されないのに」

シーアは彼に横目をくれた。「わたしをからかってらっしゃるの、侯爵様？」「もちろんさ」これまでは女性を喜ばせる必要を感じたことはなかった。「うまくいっているかな？」

「とても」顔はさらに赤く染まったが、口調は軽く責めるようだった。「あなたがそんな軽薄な人だとは知らなかったわ」

そう言われてなんと言えばいい？　彼女はロンドンに来てまもないというのに、すでにぼくよりも男女のいちゃつき方について詳しいようだ。それは女性のほうが自然にできるものなのにちがいない。「きみにだけさ、シーア」

シーアはすばやく応じた。「でも、結婚してからはどうなの？　社交界では既婚男性が妻といちゃいちゃするのは礼儀に反すると思っていたんだけど」

自分で自分の首を絞めることになった。別の男が彼女に注意を向けると考えただけで血が沸き立った。ドミニクはまえに彼女に言われたことばをそのまま返した。「ぼくは自分なりのしきたりを作るほうがいいな。感情を偽らなくて済むものを」

シーアは笑い声をもらし、あわてて手で口を覆った。「大声で笑うべきじゃないことを忘れていたわ」

上流社会の人間はみないつも退屈している振りをすべきと言い出した人間などくそくらえだ。彼女の喜びを抑えようとは思わなかった。とくにその笑い声が鈴の音のように響き、笑わせたのが自分の場合は。「マートン侯爵夫人として、きみは多くのことを好きなようにしていいはずだ。きみがしきたりを決めるとみなされることになるんだから」

「それはそうかもしれないけれど、ミス・ドロシア・スターンとしては、手あたり次第に決まりを破ることはしないわ」彼女は彼にいたずらっぽい顔をしてみせた。「それはあとまでとっておきます」

シーアは自分にとても満足していて、地位とは関係のない自信に満ちている。それは勇気があるからか、それとも生まれながらの帰属意識によるものか？　彼女は他人に自分の価値を証明してみせたり、自分の評価を上げるために他人をおとしめようとしたりすることがない。

純粋な欲望に全身を貫かれる。ふたりきりでいて、また彼女にキスできたならいいのだが。

「ドッティ」先を歩いていたグレースが足を止めた。「着いたわ」

靴屋の看板が頭上にかかっていた。シーアの手を放していまいましい店員に彼女の足をさわらせてやるか、このまま店にいっしょにはいってそいつの目のまわりを黒くしてやるか。くそっ、ほんとうにやきもちを焼いている。「五時に迎えに行くから、馬車に乗りに行かないか？」

シーアは顔をくもらせた。「家に戻っているとお約束できないわ。買い物はわたしのものだけじゃないから」

グレースはほかの女性たちを店のなかへと追い立て、ドミニクをシーアとふたりきりにした。

結婚するまではこの買い物騒ぎに耐えなければならないようだ。「戻ったら、伝言を送ってくれ」

シーアは顔を輝かせた。「そうするわ。馬車に乗りに行くのに遅すぎる時間になったら、今夜会いましょう」

「そうだね。今度はひと晩じゅうきみのそばにいられるな」

シーアは小さな笑い声をあげた。ドミニクは彼女の手を放し、ほかの女性たちのところへ行かせた。今夜、この結婚が便宜的なものだという印象を持つ男がひとりもいなくなるようにしてやる。ドミニクはピカデリー街に戻り、それからセント・ジェームズ街の〈ホワイツ〉に牛肉のステーキを食べに行った。

クラブの入口へつづく低い石段をのぼろうとしていると、フォザビーが呼びかけてきた。

「本気で結婚までする気なのか？」

ドミニクは眉を上げた。「広告を見たんだな」

「ほかにどうやって知りようがあるっていうんだい？」フォザビーはすねたように答えた。「最近きみはいつもの場所には姿を見せないからな。どうしてあんな女と結婚できるのかわからないよ」

またもフォザビーのシーアについての物言いに対する怒りに心を貫かれる。それでも、この男に気分を台無しにされるつもりはなかった。ドミニクはあたりさわりなく肩をすくめた。

「ぼくにどうしろっていうんだい？」運命が望みのものを手に入れる完璧な機会を与えてく

れたのだった。しかし、シーアと結婚したいという望みについてフォザビーにしろ、ほかの誰かにしろ、話すつもりはなかった。

　この男はどんどんうんざりする人間になっていく。「ぼくがぼくである事実に変わりはない」

「たぶん、お祝いを言うべきなんだろうな」フォザビーは見下したように言った。「彼女がきみに余計な面倒をかけない女性だと思えたら、もっと明るい未来を見通せる気がするんだが」

　ドミニクは唇の端が持ち上がりそうになるのをこらえた。たしかに彼女のおかげで忙しくさせられるだろうが、それでも彼女への気持ちは変わらない。「そうだとしたら、それほど長続きはしないだろうな」

「もうほかに言うことはないよ。ぼくは結婚式の直前にうちの兄の身に起こったことをまのあたりにしたのでね。きみも目がまわるほど忙しくなるだろうよ」

「そうだろうな」ドミニクは結婚式や祝宴について自分が意見を求められることがあるのだろうかと思わずにいられなかった。女性たちが何もかもうまくとりはからってくれるように思えた。「まだやるべきことが山ほどあってね。結婚するからといって義務は待ってくれないんだ。これからいっしょに食事する気がないなら、これで」

「できるといいんだが。母がロンドンに来ていて、家で待っていると申し渡されたんだ」

フォザビーは会釈して歩み去った。

友人にほかの約束があって自分がどれほどほっとしているか、信じられないほどだった。

二時間後、ドミニクは自宅の石段をのぼり、シリルの出迎えを受けた。猫は彼を見上げ、明らかに遊んでほしい様子だ。そしてトムが手に持った紙を振っている。

「侯爵様、これを見てください。ミセス・ソーリーがぼくは天才だって言うんです」

日に日に少年の洗練された話し方は顕著になっていた。先日の午後に訪ねてきたシーアもそれに気がついた。ドミニクが紙を受けとると、それはドミニクの書斎の椅子で眠るシリルを描いた絵だった。鉛筆画だったが、猫のつややかな毛と椅子のなめらかな革の感じがよくとらえられていた。絵の描き方を誰かに教わったのだろう。いったいトムの両親は何者なのか？　少年がそれについて話すのを拒んでいるなかで、どうやったらそれを調べられるだろう？

「それはすごいな。おまえには絵の教師を見つけてやらなくちゃならない」

少年の顔が誇らしさで輝いた。「ありがとうございます、侯爵様」

シーアが救ってやらなければ、トムの身はどうなっていたのだろう？　おそらく、監獄に入れられることになり、その後は矯正院に送られていたことだろう。もっと悪いこともあり得たはずだ。この子の家族を見つけるためにはどんなことでもしてやらなければ。「おまえがおまえの母さんといっしょだったときにはどこで暮らしていたのか教えてくれるかな？」

幼い顔が暗くなった。「言っちゃいけないことになっているんです。そうじゃないと、ひどくしかられてしまう」

ドミニクは書斎にお茶を運ぶよう合図し、子供の手をとった。「おまえがぼくの保護のもとにあるかぎり、誰にもおまえに手出しはさせない」

少年はしばらく黙りこんだ。「あなたはぼくが死にそうなときに救ってくださった」

「ああ、そうだ。最初のときだけじゃなく、その後もね」風呂の時間は今でも大変だった。幸い、使用人のひとりにトムの安全を守る力を与えたと彼を納得させ、もうドミニク自身が少年の入浴に立ち会う必要はなくなっていた。

トムははずむようにソファーに腰を下ろし、ドミニクをじっと見つめた。しばらくしてうなずいた。「侯爵様が連れていってくださるのでしたら」

ドミニクはうなりたくなった。これは長く大変な仕事になりそうだ。「すばらしい。ぼくの馬車で行ってみよう。きっとおまえも馬車に乗るのは気に入るだろう」

トムは思いきり頭を上下させた。ドミニクは少年の脳が揺さぶられるのではないかと心配になった。

お茶が到着した。ソーリー夫人がお茶をカップに注いでドミニクに渡した。トムにはミルクのはいったマグカップとジャムタルトを与えた。「それを全部食べるんですよ。まだひどくやせっぽちなんだから」

「食べるよ」トムはうなずいた。「とてもおいしいもの。料理人のもここまでおいしくなかった」

ソーリー夫人はドミニクに目を向けて眉を上げた。

どうやらぼくが訊かなければならないようだ。「その、料理人もいっしょに暮らしていたのかい？」

少年は甘いものを咀嚼しながら首を振った。「いいえ。食べ物を持ってきてくれてたんです。父さんとぼくの次に好きな人だって母さんは言ってました」

父さん？　この子の両親は結婚していたのか？　ドミニクは髪を手で梳いた。そうだとしたら、そいつは今どこにいる？

フォザビー卿がブーツのタッセルの揺れと調子を合わせるように金の持ち手のついたステッキを振りながら、パークの歩道を歩いていると、ひとりの女性が声をかけてきた。

「フォザビー様、またお会いできるとはなんて幸いなんでしょう」

「レディ・マナーズ」彼はお辞儀をして帽子を持ち上げた。「こちらこそ、幸いです」

彼女は使用人に離れるように合図した。「とても悲しい知らせでしたわね」

この女性はいったいなんの話をしているのだ？　誰か死んだのか？　しかし、社交界の醜聞にうといと思われたくはなかった。「まったくです。みなびっくりでしたね」

レディ・マナーズは目を丸くした。「あなたもびっくりなさったの？　彼もあなたには打ち明けたんじゃないかと思っていたのに。ひどく打ち解けない人ですけど」

フォザビーは目をぱちくりさせた。いったい誰の話をしているんだ？　まあ、このまま会話をつづけさせれば、そのうち見当もつくだろう。「いいえ。おっしゃるとおり、彼は秘密を明かさない人間ですからね」

レディ・マナーズは悲しそうにうなずいた。「とても気まずい思いをしてらっしゃるはずですわ。あれほどに地位の低い女性と結婚しなければならなくて」

頭の隅でなんの話かわかりはじめた気がした。友人たちほど頭はよくなかったが、嗅ぎつけるのは得意なのだ。マートンのことを言っているにちがいない。そしてレディ・マナーズは明らかに動揺している。「そうですね。ただ、彼なら精一杯ましなものにするでしょうが。だって、そうする以外にないんですから」

「そうですよね」彼女は息を吐いた。額に落ちた巻き毛の房が持ち上がる。「わたし個人としてはがっかりですわ。あのずるい出しゃばり女が彼をあんなふうに罠にはめるなんて。そう、彼はわたしのいとこのミス・ターリーと結婚していたはずなのに」

罠にはめる？　ミス・スターンは気に入らなかったが、そういう汚い手を使う女性だと思ったことはなかった。それでも、マートンは侯爵だ。彼が婚約について話したがらなかったのも道理というわけか。選択肢がなかったわけだ。〈モーニング・ポスト〉に広告が載るまえにロンドンじゅうが知っていたのだから。この後におよんで彼の運が尽きたということなのだ。じっさい、それについてマートンに辛くあたるべきではなかった。「それはよくないことだが、どうすればいいというんです？」

どうすることもできないでしょうという意味で発した問いだったが、レディ・マナーズは目をきらりと光らせ、彼の腕をとって内緒話をするように身を寄せた。

「おそらく、力を貸してくださる紳士がいたら、この結婚をやめさせる方法が見つかると思うんですけど」

「おっしゃっている意味がわからないな。マートンは決して結婚をやめたりしませんよ。彼は評判を非常に重んじている。おまけにその女性は彼の親戚の家で暮らしているんですから」

レディ・マナーズは目にごみでもはいったかのようにまつげをばたつかせた。「でも、ミス・スターンが結婚式に現れなかったらどうです？」

フォザビーは一歩下がろうとしたが、レディ・マナーズはがっちりと彼の腕をつかまえていた。「マートンはばかにされるのには我慢ならないはずだ」

「わたしが言いたいのもまさにそれですわ。彼女にもう一度機会を与えようとはしないでしょう」

フォザビーはレディ・マナーズのたくらみに加担したいのかどうか自分でもはっきりわからなかった。それが明るみに出れば、母から永遠に非難されつづけることになる。「ぼくは犯罪にかかわることはしない」

「法を犯すことにはならないはずですわ。ただ、彼女が一日かそこら……どこか別の場所にいるようにできれば……」

ラヴィーはなだめるようにフォザビーの腕を軽く叩いた。彼がこれほど小心者だとわかっていたら、別の誰かに協力を頼んだのに。それでも、エリザベスを助けてやらなければならないのはたしかだ。愛のための結婚が無理でも、少なくとも彼女によくしてくれる相手と結婚させせることはできるはず。夫のマナーズのように何につけても妻を責めてばかりいるような男ではなく。

つかまれた腕をこわばらせ、フォザビーは唾を飛ばして言った。「いいですか、彼女が何をしたにしろ、ぼくはミス・スターンの評判に疵をつけるような計画には加担しませんよ」

思った以上に頑固な男だ。ほかに利用できる人がいたら、そうしていただろう。しかし、残念ながら、マートンには友達が多くなかった。それに、リッチモンドの近くに家を持っているのはフォザビーだけだ。ミス・スターンがロンドンに戻れなくするのにちょうどいいだけ遠く、フォザビーが街から一時姿を消しても誰にも気づかれずに済むだけ近い場所。

ラヴィーは苛立ちを呑みこんだ。「いいえ、そういうことじゃないんです。けっしてそういうことにはならないわ。彼女が田舎の家に戻るというだけのことにするの。彼女のお母様は旅行ができる状態じゃないと聞いているわ。若いお嬢さんが、マートン侯爵の妻の座に就く心の準備ができていなくて、母親のもとへ逃げ帰るっていうのは何よりも自然なことじゃなくて？」フォザビーが答えなかったため、ラヴィーは精一杯なだめすかすような声でつづけた。「ミス・スターンのことを一日かそこら留めておいて、それから無傷で家族のもとに返してやるんです。そうすれば、マートンは自由に自分にふさわしい花嫁を選べるようになるわ」

フォザビーは眉根を寄せて彼女に目を向けた。「たとえばあなたのいとこのミス・ターーリーのような？」

「ええ、そうよ。まだマートンが彼女に結婚を申しこむ気があれば」

フォザビーがそれについて考えをめぐらしているあいだ、ラヴィーは目をむきたくなる衝動をこらえていた。

「どこに彼女を連れていくんです？」と彼は訊いた。

ラヴィーはさらに近く身を寄せ、途方にくれた顔を作ろうとしながら彼を見上げた。「そこまで考えていませんでしたわ」そう言って彼の袖の皺を伸ばした。「その目的のために使えるロンドンからそう遠くない場所をご存じかしら？」

「祖母が遺してくれた家がリッチモンドにあります。何年も使っていないが、夫婦者に管理は頼んである。ミス・スターンを無理やり監禁することに同意するかどうかはわからないけど」

「わたしの親戚だということにすればいいわ。駆け落ちを試みたので、彼女の兄が迎えに来るまで無事に閉じこめておかなきゃならないんだってことに」

「それはうまくいくかもしれない」フォザビーはもごもごと言った。

「だったら、あとは日にちを決めるだけね」ラヴィーは話はついたと言わんばかりの態度をとった。フォザビーに後戻りさせるわけにはいかなかったからだ。これが失敗したら、叔父がエリザベスにどんな相手を押しつけるかわかったものではない。

「いいですか、これはマートンを助けるためにやるんですからね」フォザビーは不満そうな声で言った。「彼には意に反する結婚をしてほしくないから」

「当然ですわ」ラヴィーは精一杯罪のない声を作って言った。「わたしの望みもそういうことです」

彼女はまえもって指示してあった使用人にそばに来いと合図を送った。「奥様、お約束の時間に遅れます」

「ありがとう、エドワーズ。フォザビー様、こうしてお話しできてよかったですわ」

フォザビーは差し出された手をとった。「ぼくもです。それはいつに――その？」

ラヴィーはにっこりした。「書きつけを送りますわ」

フォザビーはうなずき、気取った足取りでセント・ジェームズ街へと去っていった。彼が声の届かないところへ遠ざかると、ラヴィーはグリーン街にもっとも近いパークの出口へ向かった。「エドワーズ、ある若い女性を見張ってほしいの。予定を知る必要があるのよ」

「かしこまりました。誰か見張りをする者を見つけましょう」エドワーズは女主人のすぐ後ろについた。使用人としてはあるまじきほど近くに。うなじに息がかかり、声がした。「あなたがあの男に身を寄せるのがいやだった」その声は尊大で、ラヴィーが振り返ると、熱いまなざしがボディスに向けられていた。「ああいう姿は二度と見せないでくれ」

悦びの震えが全身に走った。裸の彼をまた目にし、硬い体が自分の体に沈みこむ感触をたのしむのが待ちきれない。ほとんど務めをはたそうともしないくせに、子をさずからないといって非難ばかりするずんぐりしたやわな夫とはあまりにちがう。「やめて。誰かに気づかれたら困るわ」

黒い眉が上がった。「私が奥様と関係を持っているのを旦那様が気に入らないと？」

それだけは怖かった。マナーズに知られたら、離婚されてしまう。そんなことになったら、悪い噂が立ち、社交界では生き延びられないだろう。「あの人に知られるわけにはいかないわ」

「あなたがほしい……すぐに」

ああ、盛りのついた雌犬のようにあえいでしまう。「昔の家庭教師の部屋で」

ふたりは自宅の玄関の間に足を踏み入れた。マントを脱がせる振りをしながら、彼は彼女の尻をもんだ。低い声が耳を愛撫する。「待たせないで」

ラヴィーは唇をなめた。「ええ」

扉をノックする音がした。エドワーズが扉を開けた。

「ラヴィー、あなたが家にいるかどうかわからなかったんだけど」エリザベスは使用人がいることにも気づかない様子だった。「ちょっと話し合わなければならないことがあって」

ラヴィーは頬にいとこのキスを受けた。「ごめんなさい、エリザベス、でも、ちょっと今はお宅にうかがえないわ。ひどい頭痛がして」

「また偏頭痛？」

「ええ、そう。話を聞くのはあとでもかまわない？」ラヴィーは具合が悪そうに見せようとした。唯一具合が悪かったのは脚のあいだの湿り気だったが。

「ええ。具合が悪いのはお気の毒だわ。じゃあ、もう戻らないと」

「わかるわ。アガサ伯母様がいらしているのよね」

エリザベスはかすかに笑みを浮かべた。「すぐに具合がよくなるといいわね」

ラヴィーは背筋を伸ばした。「きっとすぐに会えるわ」

14

ドミニクは〈ホワイツ〉から自宅に戻ると、トムを連れてくるように命じた。彼は今ドミニクの膝の上にいる。まえに話したときに少年が両親と暮らしていたらしいことはわかった。そろそろ、できるだけ詳しく両親について聞き出さなければならない。これまで誰が訊いてもうまくいかなかったが、それはしかたがないことだ。トムが詳細を明かしてもいいと思えるだけ身の安全を実感してくれているといいのだが。「トム、おまえのフルネームは？」

「ジェームズ・トーマス・ヒューバートです」少年はドミニクに顔をしかめてみせた。「ぼくに怒っているんですか？」

「いや、もちろんちがう」どうしてそう思うんだ？「なぜだ？」

「だって、母さんは怒っているときにフルネームでぼくを呼んだから」

ドミニクは少年の髪をくしゃくしゃにした。「おまえは悪いことは何もしていない」そう言ってにやりとした。「でも、これで少なくとも、おまえが悪さしたときにどう呼べばいいかわかったな。それで、その、おまえの父さんはミスター・ヒューバートなのか？」

「いいえ、それは母さんの叔父さんが亡くなってからぼくの三つ目の名前になったんです」

ドミニクは生まれてはじめて頭痛を感じつつあった。「おまえの父さんの姓は？」

またも子供の唇は固く引き結ばれた。

ドミニクはこめかみを指で押してこすった。「つまり、それは言ってはならないことになっているんだな？」

トムはきっぱりとうなずいた。これほどにこの子を怖がらせているのはなんなんだ？明るい女性の声が玄関の間から聞こえてきた。母が家に戻ってきたのだ。誰かといっしょだ。おそらくシーアだろう。呼び鈴を鳴らすと、使用人が扉から顔をのぞかせた。

「なんでしょう？」

「ミス・スターンがいらしたら、ここへ来てほしいと頼んでくれ」

「かしこまりました」

いつもどおりの正しい応答だったが、これほどの熱意をこめて為されるのははじめて聞いた。

数分後、母とシーアが部屋にはいってきた。トムは飛び上がり、シーアの脚に抱きついた。

シーアは笑った。「ずいぶんと大きくなったのね。すぐにわたしを押し倒してしまうようになるわ」

ドミニクは少年に目をやった。ほんの数日のうちにトムは体重も増え、健康的に見えるようになっていた。「そろそろ勉強の時間じゃないのか？」

「ええ。サリーを見つけてきます」トムは扉へと走り、外へ出て扉を閉めた。

シーアは眉を上げた。「勉強？」

「ぼくに家庭教師を雇う時間ができるまではメイドのひとりが教師になっている。きみとあの子について話し合わなくちゃならない。あの子は最初に思ったのとはちがう境遇で育ったようなんだ」

「ええ、そうおっしゃっていたわね」

シーアとドミニクの母は庭を見晴らす窓のそばのソファーに陣取り、ドミニクは呼び鈴を鳴らしてお茶を頼んだ。

お茶が来るまで、シーアの買い物について会話が交わされた。母がシーアにお茶を注いでくれと身振りで頼んだ。

ドミニクはカップを受けとった。彼女がここにこうしているのは悪くなかった。毎食を彼女とともにできるようになる日が待ちきれなかった。「家政婦が気づかせてくれたんだ。あの子は上流の生まれのようだと」それから、トムと交わした会話を話して聞かせた。「あの子が経験してきたことを考えると、脅したりはしたくない」

「そうね」シーアはカップにミルクを入れてかきまわした。「たぶん、わたしが話してみて、もう少し探れるんじゃないかと思うわ。どうして怖がって話そうとしないのか、わかる気はするけど。あなたがおっしゃったことからして、あの子は子供たちを訓練して泥棒に仕立て上げる盗賊の集団につかまっていたようだから」

ドミニクは音を立ててカップを下ろした。「まさか、冗談だろう」

シーアは軽く肩をすくめた。「ロンドンで暮らす人間にとってはよく知られた事実だわ」

彼女はロンドンで暮らす人間ではなかったが、そのことを知っていたというわけだ。ドミニクはお茶に目をやり、それがブランデーならよかったのにと思った。「でも、どうして子供を使うんだい？　つかまる危険は大きくなると思うが」

「子供はふつうしばり首ではなく禁固刑になるからよ」

ドミニクはお茶を噴きそうになった。幸い、惨事になるまえにナプキンを口に持ち上げた。

「禁固刑？　矯正院送りになるんだと思っていた」

どうして彼女がそれほど冷静でいられるのかドミニクにはわからなかった。

「盗みの罪で裁判にかけられたらちがうわ。あの子もニューゲート監獄に連れていかれたでしょうね」

ふいに頭痛がひどくなる気がした。「ニューゲート？」

シーアはうなずいた。「ええ。だからこそ、レディ・イヴシャムとレディ・ラザフォードが孤児院を作って法律を変えようと努めているのよ。食べるために教えられたとおりのことをした子供を罪に問うのは残酷だから。あの子も犯罪集団や自分のことについて誰かに話したら、おそろしい目に遭わせると脅されたんでしょうね」

シーアはドミニクにお茶のお代わりを注いだ。ドミニクは事実らしきことに照らして昔から自分が信じてきたことを整理しようとしていた。すべての年齢の犯罪者に対し、厳罰を処すという法律を支持するよう助言してきたときに伯父はそのことを知っていたのだろうか？　ワーシントンやその一派の意見に耳を貸していたらどうだっただろう？

「ドミニク？」母が訊いた。

「なんです？」

「ドロシアはミセス・ソーリーと家のなかを見てまわる約束があるの。そろそろ行かないと」

「もちろん」ドミニクは立ち上がり、シーアの手をとった。「今夜また。できればそのまえにも」

シーアは彼の目を探るように見つめてにっこりした。「ええ、どちらかで。もしかしたら両方」

どこかの時点でトムの身に何があったのか真実を探らなければならないが、今夜の舞踏会でシーアといっしょにいられるのは喜ばしかった。静かな部屋か庭かテラスの人目につかない場所を見つけてキスできれば。今すぐしたいぐらいだが。彼女はぼくのものだということを、そろそろ彼女に示さなければならない。

新たに得た知識について考えをめぐらしているドミニクを残してドッティは部屋をあとにした。彼がこれほどに現実から遮断されていたのは驚きだった。彼がトムから真実を引き出せるかどうかも疑問だったので、ドッティは自分でやってみようと思った。なんといっても、自分には妹がふたりと弟がひとりいるのだから。

「レディ・マートン？」

「トムに会いたいのね？」

ドッティはにっこりした。ほんの数日のうちに、未来の義理の母の洞察力の鋭さを称賛し、好ましいと思うようになっていた。「ええ。もちろん、家政婦と会ってからですけど」

「それがいいわね。トムはドミニクよりもあなたに打ち明けようと思うかもしれないから」ふたりは家政婦が待っているはずのレディ・マートンの居間へ向かった。「ミセス・ソーリーとうまくやっていくためのちょっとしたこつを知りたければ、彼女に侯爵家について話してほしいと頼むのよ。彼女はマートンで生まれ、その母親も家政婦だったの。彼女が知らない侯爵家の秘密はないわ」

ドッティは目をみはった。「秘密があると？」

「わたしが知らなかった秘密はあったわ」レディ・マートンはため息をついた。

居間に行くと、家政婦が待っていた。ソーリー夫人は四十がらみに見えた。中背で明るい茶色の髪と灰色の目をしている。その物腰は感じがよかったが、厳粛だった。床を泥だらけにする子供には厳しいのだろう。それでも、ドッティは即座に彼女が気に入った。

ソーリー夫人はお辞儀をした。「お嬢様、お会いできて光栄です」

ドッティは手を差し出した。「わたしもよ、ミセス・ソーリー。はじめましょうか？」

家政婦はドッティの指を二本にぎって放した。細長い顔に笑みが浮かんだ。「よければ階上の部屋からはじめて階下へと進みましょう」

「もちろん結構よ」どうやらわたしと考え方が似ているようだ。「とくに子供部屋を？」

「ええ、お嬢様。まさにわたしもそう思っていました」家政婦はドッティに手帳と鉛筆を渡した。「わたしも記録しますが、お嬢様もお書きになりたいかと思いまして」

ドッティは家政婦のあとから大広間に行き、そこから三階分階段をのぼって子供部屋へたどりついた。思ったとおり、家のなかはきれいで片づいていたが、場所によっては多少改装してもよさそうだ。レディ・マートンはここではあまり時間をすごしていなかった。スタンウッド・ハウスの勉強部屋の階やワーシントン・ハウスの間取りを見ていたので、ドッティは改装の案で頭が一杯だった。とはいえ、十一人も子供を持つことは希望しなかったが。グレースのおなかの子を数えれば十二人だ。

勉強部屋ではトムが臨時の家庭教師のサリーと読み書きの勉強をし、彼女に質問していた。

「でも、サリー、ここのところがわからないよ」

年若いメイドはそこに目をやって頬をかいた。「わたしも答えはわからない気がするわ」

ドッティがトムの背後に行き、肩越しにその部分を読んだ。農場経営に関する古い本だった。「サリー、悪くとらないでもらいたいんだけど、ほかに本はないの？」

サリーは顔をしかめた。「ええ、お嬢様。この本で文字は教えられますけど……」

ドッティはソーリー夫人に目を向けた。「図書室には何か子供向けの本はないかしら？」

「ないんです、お嬢様。旦那様のお父様が亡くなられてから、アラスデア様が子供の本は全部捨ててしまわれましたから」

そんなことをするなんて、なんてひどい人なの。「つまり、マートン様もこういう本で勉強なさったということ？」ドッティは腹立たしい本を手にとった。

ソーリー夫人は頰をふくらませた。非難の思いがありありと見てとれた。「ええ、お嬢様」マットがアラスデア卿をあれほどに嫌ったのも不思議はない。ドッティは唇を嚙んだ。でも、まだわたしはドミニクの妻ではなく、彼の家族を非難する権利はない。「もっと子供にぴったりの本をそろえるために本屋に注文書を送れるかしら？」

「注文する本を書き出してくだされば、使用人を送ります」ソーリー夫人は目に挑戦的とも思えるような光を浮かべたが、唇の端が持ち上がっているのを見れば、同意してくれているのはわかった。

ドッティは小さなテーブルにつき、手帳をとり出してトムが読むべき本を書き出した。

「お嬢様？」

「なあに、ミセス・ソーリー？」

「あの子は絵を描くのがとても上手です」

サリーもうなずき、ドッティに紙を手渡した。「これをご覧ください。わたしを描いてくれたんです」

その絵は驚くほどそっくりにメイドを描いたものだった。目のなかのきらめきすらとらえている。「絵を描く道具も要るわね」ドッティは別の絵を描くのに夢中になっているトムをちらりと見やった。「トム、あなたはいくつ？」

「六つ」そこで彼ははっと口に手をあてた。「言っちゃいけなかったんだ。ぼくはもっと幼く見えるから」

ドッティはソーリー夫人とサリーに部屋を出ていくよう身振りで示した。扉が閉まると、トムを抱き上げて膝に乗せた。「マートン・ハウスに来るまえにひどい扱いを受けていたのはわかってるわ。でも、もう誰もそんなことはしないと約束する。わたしのことばを信じる?」

トムはうなずいた。「侯爵様も同じことを言ってた。でも、男たちが言ってたんだ……」

今こそ、トムの心のなかのドラゴンを成敗するときだ。ドッティはトムの体をまわして目をのぞきこんだ。「わたしの言うことを聞いて。あなたをつかまえようとする人間は、ペイクンや侯爵家の使用人はもちろん、侯爵様やわたしのことも倒さなければならないのよ」

少年は目をみはった。「ミスター・ペイクンのことも?」

ドミニクの威厳ある冷静な執事はドッティが期待したとおりの印象を与えていたようだ。

「あなたを使っていた人間たちにそれができると思う?」

トムはゆっくりと首を振った。「でも、ペイクンがあなたを守るためには、あなたにも力を貸してもらわないといけないわ」

「どうやって?」

「ご両親について、それから、街に放り出されるまえに住んでいた場所について、知っていることをすべて話すの」

トムはとても長く思えるあいだじっとドッティを見つめてから、彼女の肩にもたれて話しはじめた。「母さんの結婚前の名前はソフィア・カミングズ。母さんの父さんはコーンウォールのビュードの郷士ジェームズ・カミングズ。父さんはロバート・キャヴァノー。父さんの父さんはストラットン伯爵。父さんは第九五ライフル銃隊の少佐でブラジルに遠征してる」トムの声が震え出した。「ぼくの名前はジェームズ・トーマス・ヒューバート・キャヴァノー。一八〇九年四月六日生まれ。セント・ジョージ街の十四番地にあるミセス・ホワイトの家に住んでいる。でも、そこへ男たちが来て……」

すすり泣きとともに震え出したほっそりした体をドッティは抱きしめた。目を刺す涙をまばたきで払う。「よしよし。大丈夫よ。何もかもうまくいくわ。約束する」

トムがおちつくと、ソーリー夫人がカップを持って部屋に戻ってきてカップをトムの手に押しつけた。「あたたかいミルクが助けになりますよ」

「そうね。サリーにトムといっしょにいてもらって。そばを離れちゃだめよ。ベッドにはわたしが入れるから」

「ええ、お嬢様。旦那様にこちらに来ていただきましょうか？」

「いいえ、できたら、レディ・マートンに朝の間に来ていただいて」

「ありがとうございます。お嬢様がこの家の一員になられることをありがたく思っているとお伝えしてもよろしいでしょうか？」家政婦はお辞儀をして部屋を出ていった。

この家ではやることがなくて困ることはないわね。ドッティはトムの頭にキスをして、空になったカップをとると、それをテーブルに置き、彼を寝室に運んでシーツの下にたくしこんだ。シリルがベッドに飛び乗って眠っている子供の脇で丸くなった。

まずはトムの問題を解決しなければ。彼の母が家族についての詳細を覚えさせておいたのはありがたかった。亡くなったときに、幼い子供とふたりきりだったのはどれほど恐ろしかったことだろう。ドッティは頬を伝う涙を払った。

トムにひどい扱いをした人々に対する怒りに心を貫かれる。大家の女性のことは大いに問いつめてやらなければならない。じっさいに会ったときに礼儀を保っていられるかどうかもわからなかったが、絶対に会いに行かなくては。キャヴァノー夫人は多少身のまわりのものを残したはずで、それはトムとトムの父親のものだ。

テーブルに戻ると、メイドが来るまでドッティはトムが話してくれたすべてを整理して書くことに没頭した。今日のうちに小さな子供を街に放り出した――というよりも、盗賊たちに売り渡した――女と対決するつもりだった。

シーアが後ろにドミニクの母を従えて書斎にはいってくると、ドミニクは読んでいた書類から目を上げた。彼はふたりが机の反対側にあるふたつの椅子に腰をおちつけるまで立ったままでいた。ふたりがこれほどに仲良くしてくれているのはありがたかった。

ドミニクはほほ笑んだが、やがてふたりとも唇をきつく引き結んで険しい目をしているのに気づいた。まわりの空気が張りつめてぴりぴりしている。家のせいか、もしくはソーリー夫人のせいか？「どうかしたのかい？」

シーアが机に小さな紙切れをすべらせてよこした。「トムがようやく自分が何者か話してくれたの。わたしは直接彼の家族が暮らしていたセント・ジョージ街の部屋に行くつもりだったんだけど、あなたのお母様がまずはあなたと話し合ったほうがいいとおっしゃるので」その声は怒りに満ちていた。「ミセス・ホワイトと対決するつもりよ」

ドミニクはペンを下ろした。「大家かい？」

「そう、大家の。おそらく、トムに盗みを教えた悪党たちにトムを売ったのは彼女だと思うの」

飾り房のついた革の椅子に背をあずけ、ドミニクはシーアの話についていこうとした。トムが何を言ったにせよ、シーアの感情をかき乱したようだ。「わかったことを最初から全部話してくれ」

「その紙に全部書いてあるわ」母が言った。「ミセス・ソーリーの言ったとおりだったのよ。トムは上流階級の生まれだった」

「そうだとしたら、家族を探してやらなければならない」

シーアはこめかみが痛むというようにこすった。「理解できないのは、どうしてその愚かな大家の女がストラットン伯爵に連絡しなかったかということだわ」

母とシーアを見比べながら、ドミニクは口をはさんだ。「ストラットン？」

その声が聞こえなかったかのようにシーアはつづけた。「きっと悪党たちよりもずっと多く支払ってくれたでしょうに」

「はっきりはわからないけど」母が答えた。「あの伯爵は厳しい人よ。彼が認めない女性と息子が結婚していたとしたらどうかしら？」

「でも、幼い子供にまで怒りをぶつけるっていうんですか？」シーアは小さな手を拳ににぎった。「そんなの犯罪だわ！」

ドミニクは手で顔をぬぐった。ふたりはいったいなんの話をしているんだ？「ストラットン伯爵とトムにどんな関係があるのか、どちらかぼくに説明してくれませんか？」

シーアがドミニクなら知っているかもしれないというように期待に目をみはった。「もちろん、トムのお祖父様だからよ」

「ちくしょう！」

「ドミニク！」母がきっぱりと言った。「わたしのまえでも、ドロシアのまえでも、そんなことばを使うのは許しません」

ドミニクはうなり声を発して机から紙切れをつかんだ。「わかりました」

ジェームズ・キャヴァノーとソフィア・カミングズ・キャヴァノー。ドミニクは首を振った。トムの父親はぼくよりいくつか年上のようだ。彼について尋ねる相手としてはワーシントンしか思いつかない。いまいましいことに。

「まず伯爵に連絡をとることもできるわ」とシーアが言った。

「どうかしら」母が答えた。「まずは父と息子のあいだにいさかいがなかったか調べたほうがいいわ。ああ、どうしてわたしはこれほど長く田舎やバースに引きこもってすごしていたのかしら？」そう言って立ち上がった。「まず、このミセス・ホワイトに会いましょう。それが本名だったら、驚きだけど」

シーアも立ち上がった。ドミニクも習慣から立った。何をするつもりでいるんだ？　助言を求めに来たんじゃないのか？

「ドミニク、ドロシアのことはセント・ジョージ街を訪ねたあとでわたしがスタンウッド・ハウスまで送るわ」

そうじゃないようだ。ぼくとかかわりを持つ女性たちはみなおかしくなってしまったのか？　シーアがその女と対決しに行くというのはわからないでもないが、母までが？

母はこれから社交の訪問でもするかのようににっこりした。まったく。それについてはあとで考えよう。

「ちょっと待って。ぼくも行きます」ドミニクが呼び鈴を鳴らすと、使用人が顔をのぞかせた。「すぐに街用の馬車の用意を」

「かしこまりました」使用人は扉を閉めた。使用人が廊下を走る音が聞こえた。まったく。

シーアに秘密を明かしたことでトムは動揺しているにちがいない。「トムはどこに？」

シーアは帽子に長いピンを刺した。「今は眠っているわ。サリーがそばを離れないよう命令されて付き添っているの」

ドミニクは扉を開けて脇に立った。「行きますか？」

シーアが彼のそばまで来て足を止めた。「いっしょに来てくださるのはありがたいわ。相手を威圧する必要が生じたら、侯爵の位が役に立つでしょうから」

ドミニクはぽかんと口を開けそうになった。それから、笑いたくなった。ようやくこの地位の有用な使い道を見つけてくれたというわけだ。伯父だったら、もう脳卒中を起こしているな。しかし、ドミニクはこれほど活き活きとした思いになったことは生まれてはじめてだった。

「それこそわれわれ侯爵がもっとも得意とするところさ」ドミニクは彼女の唇にすばやくキスをした。「玄関の間で会おう」

彼女が急いで部屋を出ていくと、ドミニクは机に戻り、一番上の引き出しから小さいが精密な拳銃をとり出した。相手を威圧するのに地位だけでは足りないことがあるかもしれないからだ。

15

二十分後、ドミニクの馬車はセント・ジョージ街の慎ましい家のまえで停まった。家の正面はとりたてて特徴がなかった。ロンドンのほこりのせいでうっすらと灰色がかっており、数段の石段が玄関の扉へつづいている。扉のノッカーは磨く必要があった。それでも、家は見苦しくない外観を保っていた。

ドミニクが同行させたふたりの使用人のうちのひとりであるロジャーが馬車の扉を開け、低い石段をのぼってノッカーを叩いた。さえない茶色の髪をして地味な青いドレスの上にエプロンをつけたやせた少女が扉を開けた。

メイドには目もくれずにロジャーは告げた。「マートン侯爵がミセス・ホワイトとお話しされたがっております」

若い女の顔色がわずかに失われた。「ミセス・ホワイトにお客様があるとは聞いていませんが」

若い女がどこぞの侯爵よりも女主人のほうを怖がっているのは明らかだった。ドミニクは使用人の脇からまえに進み出た。「告げてきてもらったほうがいいな」

メイドは扉を閉めようとしたが、ドミニクの使用人がそれを足で止め、愛想よく言った。

「おいおい、侯爵様と侯爵夫人を外で待たせるつもりじゃないよな？」

メイドはロジャーからドミニクに目を移した。「そうですね」とつぶやく。「どうしてもとおっしゃるなら、おはいりください。でも、言っておきますが、主人はお客が来るのが好きじゃないので」

「変人ってわけかい？」使用人が訊いた。

若い女は少し態度をやわらげた。「そう言えるかも。わたしもほかに仕事があったら、すぐに辞めるんだけど」

シーアがロジャーの隣に立ってにっこりした。「なかに入れてくださるそうで助かるわ」

メイドは目をみはってすばやくお辞儀をした。「どういたしまして。すぐに主人を呼んでまいります」

シーアは玄関の間を見まわし、手袋をはめた指で親柱の上をぬぐってその指を見つめた。「この家はもっとちゃんと掃除したほうがいいわね」

しばらくして若い既婚女性がトムと同じ年頃の子供の手を引いて階段を降りてきた。そして最後の段まで来てから目を上げた。「ああ、すみません。そこにいらっしゃるのが見えなかったので。空いている部屋を見にいらしたんですか？」

ドミニクはそんなはずはないと否定しかけたところで、シーアに警告するような目を向けられた。「ええ、そうなんです。ここには長くお住まいですか？」

女性はにっこりした。「ほんの二カ月ほどです。夫がカナダでわたしたちの住まいを用意しているあいだ、母のところに戻ろうと思っていたんですけど」

シーアが額に皺を寄せた。

「あら」女性は小さな笑い声をあげて口に手をあてた。「きっととんでもなくまぬけに聞こえましたよね。夫は近衛騎兵連隊の少佐で、これから数年カナダに駐留する予定なんです。夫が住まいを手配したら、わたしたちもカナダへ行くことになっています。それまで母のところにいるつもりだったんですけど、ミセス・ホワイトがとても親切なので、夫がわたしたちに迎えをよこすまで、ここに残ろうと夫と決めたわけです。賃料を前払いすれば、わたしが娘とここにいるあいだ割引料金で住まわせてくれるというので」

シーアは子供に目を向けた。「なんてかわいいお嬢さんなの」

若い女性はどこか曖昧な笑みを浮かべた。「ありがとうございます。とても良い子なので、ご褒美に数カ月のうちに弟か妹ができる予定なんです。夫がわたしをいっしょに連れていきたくないと思っているのもそのせいですわ」

シーアは身をこわばらせたように見えたが、穏やかでのんびりした表情を保っていた。そして一瞬自分の腹に触れた。「ミセス・ホワイトは子供好きなのかしら?」

「大好きですよ。ここにいるスーザンにまえの住人が残していったおもちゃをくれたりもしたんです。とても親切ですわ」

シーアは身動きをやめた。笑みを浮かべつづけるのに苦労しているのがドミニクにはわかった。

きっとそのおもちゃはトムのものだろう。ここでは何かがとてもおかしい。「奥さん、旦那さんはもう出立されたんですか？」

「まだですわ。あと二週間はいっしょにいられます」彼女はシーアに手を差し出した。「ほんとうにすみません。とても無作法でしたね。わたしはミセス・ホートンです」

シーアは同じように自己紹介した。「わたしは……ミセス・マートンです。こちらは主人と義理の母です。空室に住んでいた方はどうされたんです？」

女性はわずかに当惑した顔になった。「わかりません。一カ月ほどまえに突然いなくなったんです。とても親切な女性でした。お子さんはたしか秋に生まれるはずで……」

「お母様、もう行ってはだめ？」子供が訊いた。「ベッシーが待ってるわ」

「ええ、そうね」ホートン夫人はまたシーアにほほ笑みかけた。「たぶん、ご近所になりますね」

シーアは唇の端を持ち上げた。「それってすてきじゃありません？」

玄関の扉が閉まるとすぐにメイドが戻ってきた。「主人が会うそうです。ただ、気分がよくないので、長居していただくわけにはいかないと言っていますが」

メイドのあとから狭い廊下を進むあいだ、ドミニクはシーアの腰に手をあてていた。家全体の雰囲気が気に障り、彼女に触れ、彼女の無事を守らずにいられなかったのだ。

三人はけばけばしい花模様の家具や壁紙で飾られた客間に案内された。寝椅子のそばのテーブルの上にはいくつかの小瓶や小さな箱が置かれている。寝椅子には、染めたにちがいないブロンドの髪にレースのキャップをかぶった中年の肉づきのよい女がすわっていた。長いフリンジのついた明るい色のショールで豊かな体の大部分を覆い、額には濡れた布を載せている。残念ながら、そのせいで厚化粧のおしろいがにじみ、ドミニクにドルーリー・レーン劇場の女優を思い出させた。

「侯爵様、ご婦人方、お許しください」響く声でささやくように女は言った。「寝こんでおりまして、起き上がれないものですから」彼女は腕で部屋を示した。「ご覧のとおり、死にかけていますが、こんな粗末な家にご訪問いただいて光栄です」

シーアは喉を詰まらせたような音をもらし、母は小さく咳払いした。

ドミニクはわずかに首を下げてまえに進み出た。「ミセス・ホワイト、われわれはミセス・キャヴァノーの持ち物をとりに来たんです」

一瞬、おしろいの下の女の顔が青くなり、ほんとうに具合が悪そうになったが、女はすぐさま気をとり直した。「不運でかわいそうな女性でした。持ち物は残っておりません。賃料分として質に入れなきゃならなかったので」

ドミニクは顎をこわばらせ、さらに一歩まえに出た。「それで、彼女の息子は？」

女はわざとらしくため息をついた。「かわいそうなおちびさんは逃げてしまったんです。何日か探したんですが――」

「もうたくさんだ」ドミニクはまた一歩進み出て女のまえに立ちはだかった。「それ以上の嘘は聞きたくない」

女の手が喉に持ち上がった。「侯爵様、お願いします。心臓が」

「わたしもあなたの言うことを信じないわ」シーアがドミニクの後ろから脇に進み出た。

「わたしもよ」ドミニクの母は部屋を見まわした。「じっさい、ここにある安ぴかの品々のほとんどがあなたの犠牲になった家族のものだったとしてもちっとも驚かないわ」

ホワイト夫人は目を細めて嚙みつくように言った。「それを証明してみせればいいさ」

シーアは横へまわりこんで寝椅子の頭のほうに立った。それから、銀の箱を手にとって後ろに下がった。「きっとこれが証拠のひとつになるわ。SCと彫ってある。トムの母親のイニシャルよ。たぶん、トムに見せれば見覚えがあるはずだわ」

ホワイト夫人は動いたが、シーアのほうが早かった。女の鍵爪のような指から箱を遠ざけた。「もらったんだよ。贈り物として」

「トムがおもちゃをくれたようにか?」ドミニクは歯を食いしばるようにして言った。「そうじゃないいな、ミセス・ホワイト」

女の驚愕した目がシーアからドミニクに向けられ、それからドミニクの母に移った。「逃げたって言っただろう。それから姿を見てないんだよ。あの子はひどく動揺していたんだ」

ドミニクは今ほど誰かを絞め殺してやりたいと思ったことは生まれてこのかたなかった。「動揺していたせいで、あんたが男たちに彼を連れていかせたことを覚えているわけだ」

ワーシントンにあれほど腹を立てたときですら、これよりはましだった。

シーアはドミニクのかたわらに立ち、母はものであふれ返った部屋の品々を眺めていた。

「そうトムが言っていたのよね?」

シーアはうなずいた。「ええ、そう言っていました」

「言っていた？」ホワイト夫人の声が弱々しくなり、はじめて気絶しそうな様子になった。ドミニクは女のほうに手を伸ばしかけたが、シーアが手を彼の腕に置いた。「ボウ・ストリートの警吏にまかせましょう」

ボウ・ストリートということばを聞くやいなや、ホワイト夫人は寝椅子から飛び起き、扉へ突進した。ドミニクがその肩をつかんだ。女は振り向いて彼をなぐろうとしたが、腕が短すぎた。やがて彼女は泣き叫びはじめた。

「くそっ、いったいなんの音だ？」そのとき、近衛騎兵連隊の軍服を着た男が部屋の入口に現れて訊いた。「ああ、失礼、ご婦人方。お姿が見えなかったので。ミセス・ホワイトがどうかしたんですか？」

ドミニクがつかむ手をゆるめると、女は床に倒れた。「ぼくがきみだったら、妻子をこんなところには置いておかないね」

「ホートン少佐ですか？」とシーアが訊いた。

「ええ」

「わたしはミス・スターンです。こちらは――」彼女はドミニクを示した。「わたしの婚約者のマートン侯爵で、こちらは彼のお母様のレディ・マートンです」

シーアは少佐の腕に手を置いた。「ここはあなたの家族にとって安全な場所ではありません」

少佐はその場の状況を見て顔をしかめた。「今、妻と娘はどこに？」

「ご無事です。さっき外出されましたわ」ドミニクの母が答えた。

少佐はうなずいた。「ここでこんな場面を目にしなくてよかった。妻は心配したでしょうから」そこで間を置き、ドミニクをまじまじと見つめた。「マートン？　ワーシントンの親戚の？」

ドミニクはうなりそうになるのをこらえた。夕食時にはこの出来事が街じゅうに知れ渡っていることだろう。母と婚約者をこんなことにかかわらせるなど、何を考えていたのだ？　どうして自分はここにいる？　アラスデア伯父さんならなんというだろう？

「きみがそういう人間だとは思っていなかったな」

ドミニクは自分を叱責するのをやめ、少佐をじっと見つめた。「え？」

少佐はにやりとした。「ワーシントンに言わせれば、きみはひどい冷血漢だそうだから、こういうことに巻きこまれるなどあり得ないはずなのに」

「それはほんとうじゃないわ」シーアはドミニクの横に立った。「彼はどこまでも思いやりのある人よ。子猫を救うときも力を貸してくれたし――」

「シーア、ありがとう。でも、かばってくれなくていいよ」

ホートン少佐の目がきらりと光った。「子猫？」

シーアは顎を上げた。「ええ、それと子供も。わたしたちがここへ来た理由もそれよ」そう言って目を下に向けた。ホワイト夫人が隙を見て這って逃げようとしていた。「止めて！」

少佐が扉のまえに立ちふさがった。

ホワイト夫人は膝立ちになり、胸のまえで手を組んだ。「ああ、少佐」と芝居がかった声で叫ぶ。「あたしを助けてくれなくちゃなりません」

「できれば、何がどうなっているのか知りたいね」

ノックする音がした。「旦那様」ロジャーが入口に現れた。「そちらは大丈夫ですか？」

「ああ、ボウ・ストリートに使いを送ってくれたら、それでいい」

「少佐、力を貸してくださるなら、知っていることを喜んでお話ししますわ」レディ・マートンがドミニクにカーテンのひもを手渡した。「しばっておいたほうがいいと思うわ。きっとまた逃げようとするはずだから」

ドミニクと少佐がひもをひとつずつ受けとり、すばやくホワイト夫人の手と足をしばった。シーアは背もたれのない椅子を引っ張ってきて大家のそばに腰を下ろした。「すべて話して。何も省いてはだめよ」

ホワイト夫人は顔をそむけた。「話さないよ。あたしが何かしたという証拠はないはずだ。子供の言うことを誰が信じるもんか」

シーアは眉を上げ、婚約した晩と同じ穏やかな威厳のある声で言った。「メイドに質問しなくちゃならないわ。侯爵様、知っている何もかもを正確に話してくれたら、侯爵家で雇ってあげると提案したほうがいいかもしれません」

「あの子はそれほどばかじゃない」ホワイト夫人があざけるように言った。「何か話せば、やつらに追われることになるんだから」

ドミニクは片眼鏡をとり出して大家に向けた。「ぼくの庇護のもとにはいれば、そうはならない」

ホワイト夫人はきつく口を引き結び、黙りこんだ。

シーアが立ち上がった。「ここにこうしていても何も得るものはないから、メイドと話をしてくるわ」

ドミニクの顎がぴくぴくした。「ひとりでかい？」

シーアはうなずいた。「大丈夫よ。ロジャーがいるから。あなたはボウ・ストリートの警吏が来るまでここにいなくちゃならないわ。レディ・マートン？」

未来の義母は彼女に目を向けた。「何かしら？」

「ここにあるものを調べて、イニシャルや銘のはいったものがないか探してくださいます？」

レディ・マートンは笑みを浮かべた。「それはすばらしい考えね。まかせて」

ホワイト夫人が叫びはじめたので、少佐がハンカチを引っ張り出した。「侯爵、きみのを貸してくれれば、このうるさい口を封じられる」

ドッティが廊下に出ると、メイドは階段にすわっていて、そのそばにロジャーがいた。

ドッティはメイドのそばに腰を下ろした。「名前を教えて」

「スーキーです」メイドの体に震えが走った。

「そう、スーキーね。どうやらここでは何かよくないことが起こっていたようね」

若いメイドはうなずいた。「こちらのロジャーが、あなたに打ち明ければ侯爵様がわたしを雇ってくださるって言うんですけど」

「ロジャーの言うとおりよ」

「やつらが追ってきたらどうするんです？」

「よければ、マートン様があなたを田舎の家で雇うわ。いくつも領地をお持ちだから。そこならまったく危険はないはずよ」

ロジャーがメイドの手をとった。「そうしたいと言っていたじゃないか。旦那様は家の者たちを守ってくださるよ」

メイドは使用人を見上げてうなずいた。「ここには一年ほどいるんです。最初の何度かは、間借り人たちは荷造りして出ていったんだという主人のことばを信じました。でも、そこであるご婦人が、ミセス・ホワイトの淹れたお茶を飲んで亡くなったんです」

ドッティは唇を嚙んだ。「あるご婦人？」

「ええ、そうです。運に見放されたご婦人で、ミセス・ホワイトがここへ泊めたんです。身ごもっているようでしたが、指輪はしていませんでした」スーキーはドッティに目を向けた。「結婚していないかのように」

もしくは指輪の大きさが合わなくなったか。ドッティはメイドにつづけるよう合図した。

「一週間ほどして、ひとりの男が裏口に現れました。ミセス・ホワイトはわたしを階上に追い払ったんですけど、わたしは踊り場に隠れていました。その男はご婦人を迎えに来たんです」

ドッティはわずかに首を振った。「どういう意味？」

「そのご婦人をミス・ベッツィの館という場所に連れていくために」

ロジャーがはっと息を呑んだ。

ドッティは彼のほうを振り返った。「それが何か知っているの？」

「ええ、お嬢様。でも、お耳に入れるような場所ではありません」

スーキーは、ほかにも眠っているあいだに連れ去られた女性たちや姿を消した子供たちがいたことを話しつづけた。ドッティにはそのすべてを理解するだけの経験はなかったが、ボウ・ストリートの警吏ならきっとわかるだろうと思った。スーキーが話し終えると、ドッティは若い女の手をとった。「協力してくれてありがとう。わたしたちはあなたの味方よ。約束するわ」

スーキーはロジャーに目を向けた。

「お嬢様の言うとおりだ」彼は請け合った。「旦那様に二言はない」

玄関のノッカーが鳴り、ロジャーが扉を開けに行った。

赤い上着を着た長身痩軀の男が玄関の間にはいってきた。「ボウ・ストリートから来たミスター・ハチェットです」

ドッティは立ち上がった。「わたしはミス・スターンです。マートン侯爵とレディ・マートンと近衛騎兵連隊のホートン少佐は客間にいますわ。きっと手助けが必要でしょうから」

「同僚のミスター・ボナーもすぐに参ります」

「でしたら、あとはおまかせします」

ドッティは大家の客間に置かれている品々を調べるのに手を貸したかったが、ホートン夫人を待つことに決めた。何も知らずに騒ぎに出くわさないほうがいいと思ったからだ。事情を説明するだけでも動揺させることになりそうだった。ドッティですら、胃に鉛の重石を抱えているような気分だった。田舎の教区であちこちの家を訪ねてまわった経験から、人が人に対してどれほど残酷なことができるかについてはよくわかっていたが、それでも、最悪の事態を知るのはまだこれからという気がした。できるだけの力をかき集め、心の準備をしておかなければならない。

まもなく、もうひとりの警吏も到着し、ドッティは彼を客間に案内した。ロジャーに付き添われたスーキーは厨房へお茶を淹れに行った。ドッティはまた階段に腰を下ろした。ドミニクとその母が廊下に出てくるまで永遠に時間が経った気がした。

ドミニクは彼女に手を差し出して立ち上がるのを助けてくれ、そのまま腕に引き入れた。

「新たな使用人を雇うことになったのかな？」

彼の冷静なことばがいつも気分をよくしてくれるのはありがたかった。ドッティは彼の上着に顔をうずめたまま笑みを浮かべた。「ええ、そうよ。ここには残れないもの。危険すぎて」

「ロジャーにマートン・ハウスに連れていかせるよ」

彼の母が居合わせていることを思い出し、ドッティははっと身を引いた。「レディ・マートン、ついわれを忘れてしまいました。こんなことすべきじゃ——」

「大変な一日だったのよ、ドロシア」レディ・マートンはやさしくほほ笑んだ。「未来の旦那様になぐさめてもらっても悪いことは何もないわ」

ドミニクはまた彼女を腕に引き入れた。「不適切なことも何もない」

しかし、ホートン少佐が廊下に出てくると、ドミニクの腕は脇に降りた。「少佐、きみはどこへ行くことになるんだい？」

少佐の顔に深い皺が刻まれた。「さあ。ボウ・ストリートの警吏にはあと数週間はここに残ってもいいと言われたが、ぼくが旅立ってから妻ひとりをここに置いてはおけない」

「いっしょに連れていくわけにはいかないんですか？」とドッティは訊いた。

少佐は髪を手で梳いた。「ええ。今回の任務からはずれることはできるかもしれないが、そうすると昇進に響くでしょうね。戦争が終わった今、軍務に就きつづけるのはむずかしくなりつつあるんです」

ドミニクの顔が険しくなった。「ご両親か奥さんのご両親は？」

少佐は皮肉っぽい笑い声をあげた。「妻の母親のところに彼女が身を寄せてはどうかと話し合ったんだが、そうなると争いが起こることになる。ぼくと妻の家は憎み合っているんだ。どちらからも縁を切られたわけじゃないが、妻と子供がどちらかに身を寄せるとなれば、かわいそうなレベッカが心を病むことにもなりかねない」

ドッティはレディ・マートンと目を見交わした。ある考えが浮かびつつあった。「ご家族にとって安全な住まいがあったらどうかしら？」

「何を考えているの？」レディ・マートンが訊いた。

「それが合法かどうかも、ほんとうにできるかどうかもわからないんですけど」ドッティは玄関の間を見まわした。「でも、この家か、そうじゃなくても似たような家を買って安全な場所に変えられたとしたら、どうかしら？」話しているうちにも、どんどん思いつきがあふれてきた。「そうして部屋を貸すんです。ホートン少佐の家族や、行き場のない寡婦や――」次の提案はあまりに途方もなかったため、レディ・マートンが同意してくれるかどうかわからなかった。「お金に困っているご婦人たちに」

息を呑み、ドッティは未来の義母が理解してくれるかどうか待った。

なるほどというようにレディ・マートンの顔が輝いた。「ええ、もちろん。上流の生まれでもかぎられた生活手段しか持たない女性は大勢いますもの。助けを必要とする人も」

ドッティは呼吸をとり戻した。「マートン様、この家と、ほかにもひとつふたつ家を買ってくださいます？」

レディ・マートンはドミニクに目を向けて眉を上げた。「息子が買わないなら、わたしが買うわ」

彼はしばらく母を見つめてからドッティの手をとってそれを唇に持っていった。「たぶん、この家じゃないほうがいい。犯罪者たちにあまりによく知られているから。でも、それできみが喜ぶなら、領地管理人にほかの家を探させるよ」

目が合い、ドッティの体が熱くなった。思ったとおりだ。ドミニクはやさしくて寛大な男性だ。そしてわたしのものでもある。愛する人。ドッティはこれまでになく幸せだった。

「ありがとう」

「ああ、ほんとうにすばらしい紳士よ」スーキーが廊下から厨房に向かって言った。

ホートン少佐が笑い声をあげたが、扉が開いて妻と子供が玄関の間にはいってくると、その声を止めた。ちょうどそのとき、ボウ・ストリートの警吏のひとりがホワイト夫人の丸々とした腕をつかんで横の廊下から出てきた。おしろいを塗った顔には涙の跡がつき、まつげに塗った墨がにじんで彼女はまるで悪魔のような人相になっていた。

「なんてこと」ホートン夫人が目をみはり、夫に顔を向けた。「ライアン、どうなっているの？」

ホートン少佐は娘を抱き上げ、妻を脇に連れていくと、低い声で説明した。その途中、ホートン夫人ははっと息を吞み、最初は大家に、つぎにドッティとドミニクに目を向けた。

「ご婦人方、侯爵、少佐」ボウ・ストリートの警吏が言った。「できるだけ急いで供述書を書いていただく必要があります」

ドミニクは首を下げた。「もちろん。机があれば、すぐに作りますよ」

ボウ・ストリートの警吏とホワイト夫人が家を出ていくと、スーキーが咳払いをした。

「ミセス・ホワイトの事務室にお連れします。そこでみなさんにお茶をお出しできます」

みなメイドのあとから家の奥にある小さな部屋へ向かった。部屋には古びたオーク材の机と椅子がいくつか置いてあった。机の片側には帳簿が詰めこまれた本棚もあった。ドミニクが机についてメイドから紙を何枚か受けとっているあいだ、ドッティは帳簿を調べた。大家がほかにどんな仕事をしていたにせよ、綿密に記録をつけていたようだ。そこには家計の支出や間借り人の名前や収入などがぎっしりと書かれていた。ホワイト夫人は違法な取引についても記録をつけていた。共犯者から受けとった金額や、共犯者のイニシャルか仮名も記されている。少なくとも、〝ヘビ〟のような名前は仮名だと思われた。

「スーキー、ミスター・ハチェットを呼んで」

ドミニクが顔を上げた。「シーア、何が見つかったんだい？」

ドッティは帳簿を掲げた。「何もかも記録されていたわ。被害者たちがまだ生きているとしたら、救えるかもしれない」

ドミニクはわずかに目を細めた。「つまり、ボウ・ストリートの警吏たちが彼女たちを見つけられたらの話だ。きみがホワイトキャッスルとか、犯罪集団がたむろするところへ行くわけにはいかない。危険すぎるからね」

「ええ、もちろんよ」それについてはドミニクの言うことが正しい。でも、このミス・ベッツィの館はほんのいくつか通りを越したあたりにあり、すぐに女性たちを見つけてあげられれば、それにこしたことはないはずだ。

16

ドミニクは書き上げた供述書に砂を振りかけ、机を母に明け渡した。少佐とその妻は机の反対側で供述書を書いている。一方、シーアは帳簿から手帳に何か書き写すのに忙しくしていた。緑の目には豪胆な光が宿っている。

まったく、何かしようとしているようだ。まさか盗賊どもにひとりで会いに行こうとするほど向こう見ずだとは思えなかったが、ほかにどんなことがあり得る？

ここ三十分ほど、伯父ののしり声が頭のなかで響いていた。社会の下層階級やボウ・ストリートと交わるなど、マートン侯爵の地位をおとしめる行為だと責める声。

〝自分が何者なのか忘れるな、マートン〟

ドミニクは首を振り、その声を払いのけようとした。今帳簿を集めているボウ・ストリートの警吏は、女子供を売買することはメイフェアのような地域ではまれかもしれないが、ロンドンの他の地域ではよくあると言っていた。ちゃんとした仕事を探しにロンドンに出てきた若い女性が誘拐され、娼館に売られることもあるという。幼い子供たちが生きるために盗みを強いられ、五歳ほどの子供が、罪を犯したり、単にその子をどうしていいか誰にもわからなかったりするために、監獄に入れられることもあるという。最近は戦争が終わったことで多くの軍人が仕事を失い、問題は深刻さを増していた。どうしてぼくはそうしたことを何ひとつ知らないでいたのだ？

それもワーシントンがあれほどに怒っていた理由のひとつかもしれないといういまいましい思いが湧き起こる。自分があの法案に投票したことと貴族という立場が、イギリスの問題を悪化させているというのか？　国を思うことが義務ならば、助けが必要な人々のために何か手を打つことも義務のはずだ。

伯父は甥を厳しい現実から守るために過保護だったのかもしれないが、自分が甘んじて守られていたのも事実だ。おそらく、今こそ現実の世界に足を踏み入れるべきときなのだ。ワーシントンや、シーアや、母までもがしっかりと根を生やしているように思える世界に。

「侯爵様？」

シーアの声にドミニクは物思いから引き戻された。

「え？」

「レディ・マートンとわたしはこのミス・ベッツィの館に行って、そこに連れていかれた女性たちをとり戻してくることにしたの」

ホートン少佐が突然咳こみはじめた。

ボウ・ストリートの警吏が真っ赤になった。「お嬢さんもレディ・マートンも、そんなところへ近づいてはいけません。おそらく、そうした女性たちにとっては手遅れですから」

「どういうこと？」シーアは眉根を寄せた。「亡くなってしまっているということ？」

「その、いえ、そうじゃありませんが」警吏はネクタイの下に指を走らせた。「ただ、亡くなっているも同然です」

ドミニクの母は信じられないという表情をし、それはシーアも同様だった。どうやら母も社会改革主義者へと転向したようだ。

「その女性たちが病気なら――」母が頑固に言い張った。「よけいにミス・スターンとわたしとで見つけに行かなくては」

ドミニクはボウ・ストリートの警吏が足をもぞもぞさせるのを見ていた。もしかしてそこは娼館なのか？　少佐に目を向けると、「売春宿」と口を動かして教えてくれた。

くそっ。よりにもよって。なんとしてもふたりを止めなければ。母とシーアをみだらな女や娼婦と交わらせるわけにはいかない。それに、紋章のついた馬車をそんな場所にやることもできない。ドミニクは手で髪を梳いた。真の問題は自分にふたりを止められるかどうかだ。ここまでもふたりの行動を止められずに来たのだから。

「少佐が同行してくれるなら、ぼくが行こう。まず、スタンウッド・ハウスにミス・スターンを送りたい」彼はシーアに向かって言った。「夕食の時間に遅れてしまうからね。グレースに心配をかけたくはないはずだ」

シーアは考えこみながら首を振った。「あなたが行ったら、女性たちを怖がらせてしまうわ。あなたのお母様とわたしだけで行ったほうがいいはずよ」

少佐が咳払いをした。「マートン、ワーシントンのほうがきみの役に立つはずだ。ぼくは今家族を置いて行きたくないからね」

「いいえ、あなた」ホートン夫人は夫の腕に手を置いた。「わたしたちは大丈夫よ。その気の毒な女性たちを助けてあげなければならないわ。あなたが出かけているあいだ、わたしはほかの部屋の準備を整えておくわ。女性たちを病院に連れていったほうがいいと思ったら別だけど」

　少佐はおかしくなってしまったのかというように妻を見た。「それでも、ワーシントンの助言が必要だ」

　シーアはボディスに留めてある時計に目を向けた。「少なくとも夕食まで一時間あるわ。それまでにはきっと解決できるはずよ」

「そうね。さあ、ドミニク」母が扉へと向かいかけた。「ワーシントンをいっしょに連れていくなら、無駄にする時間はないわ」

　なんてことだ。女性たちの誰もミス・ベッツィの館が何で、それがどれほど最悪の場所かまるで見当もつかないようだ。どうにかして彼女たちを止めなければならない。ワーシントンならシーシュポスの岩（ギリシア神話で神々をあざむいたために巨大な岩を永遠に山頂まで運ぶ苦行の罰を受けたシーシュポスの逸話から）さながらの苦行になってきたこの問題をどうにかできるかもしれない。

「ロジャー、ぼくらが戻ってくるまでここにいてくれ」ドミニクはシーアの腕をとり、母と少佐のあとから馬車へ向かった。

　バークリー・スクエアまでは遠くなかったが、みな黙りこんでいた。話し合うにはその日の成り行きがあまりにぞっとするものになっていたからだろう。

しかし、沈黙を破り、シーアが彼に問うような目を向けて言った。「わからないんだけど、どうして病気の女性たちにお金を払う人がいるのかしら」

勘弁してくれ。どうにか彼女には真実を知られずに済まさなければならない。世間の人々の身に降りかかる恐ろしい出来事についてはかなり詳しいかもしれないが、娼館についてはあまり知らないのはたしかだった。

馬車はスタンウッド・ハウスのまえで停まり、シーアと母が馬車から降りるためドミニクが手を貸すまえに家の扉が開いた。

グレースが石段の上で一行を出迎えた。「心配しかけていたのよ」そう言って全員の顔を探るように見つめた。「何かあったの？」

ドミニクの母がグレースの頬にキスをした。「ワーシントン伯爵はご在宅？」

「ほかの人は通すなって言われているけど、あなた方なら会いますわ。わたしの書斎にいます」

一行はグレースのあとから玄関の間にはいり、廊下を進んだ。部屋にはいると、ワーシントンは立ち上がっていた。「ホートンじゃないか！　しばらくぶりだな。どうしてここへ？」

グレースが呼び鈴を鳴らしてお茶を頼み、お茶が到着すると、シーアがトムとホワイト夫人についてわかったことを説明した。シーアとドミニクの母とでいなくなった女性を見つけに行くつもりだということも。

ワーシントンは椅子に背をあずけ、シーアに目を向けた。「ミス・ベッツィの館がどんな場所か知っているのかい？」

シーアは首を振った。

ああ、やめてくれ！「知る必要はない。きみとホートン少佐とぼくとでなんとかできないわけはない」

グレースは唇を引き結んだ。「マートン、ドッティとあなたのお母様に教えずにいるわけにはいかないわ。結婚したら、すぐにそういう場所について知ることになるんだから」

ぼくが娼館を訪ねるだろうとでも言いたいのか？

「ドミニク、顔をしかめるのはやめて」母が言った。「グレースが言いたいのは、結婚したら、ドロシアも無垢な女性たちのまわりでは話に出ないようなことも聞かされるってことよ」

ドミニクは唾を呑んだ。喉が詰まりそうになる。「女性たちがそんなことを……」

グレースは笑みを浮かべた。「わたしたちがどんなことを話しているか知ったら、驚くわよ。これについても少なくともひとりは女性を連れていかなくちゃならないわ。そうじゃないと、救いに行ったはずが妙なことになりかねないもの」そう言って夫に目を向けた。「わたしが行くわ」

シーアの顎が強情な形にこわばった。「グレースが行くなら、わたしも行くわ」

ワーシントンはしばし目を閉じてから小声で言った。「ドッティ、そこは娼館なんだ」

そのことばを聞いてシーアは多少ひるんだように見えたが、それも長くはつづかなかった。

「でも、マートン様とグレースがいっしょなら、問題はないはずよ」

ドミニクの母がシーアの手を軽く叩いた。「わたしがグレースと行くわ。あなたが行くのはほんとうによくないことよ。誰かに姿を見られたら、問題になるわ」

「わたしもそう言わざるを得ないわね」とグレースも言った。

シーアはお茶をひと口飲んで眉根を寄せた。「日よけを下ろして馬車のなかで待っているのはどうかしら？」

ワーシントンは頬をこすった。「その場合も誰かがきみといっしょにいなければならない。あの地域にはどんな連中がいるか知れないからね」

みんなどうかしてしまったのか？「ワーシントン、ちょっとふたりだけで話せないか？」

グレースが椅子から立ち上がった。「馬車の準備を頼んでくるわ。ご婦人方、いっしょに来てもらえます？」

シーアはドミニクのほうをちらりと見てからグレースとドミニクの母のあとから部屋を出ていった。扉が閉まると、ドミニクはワーシントンのほうを振り返った。「彼女がいっしょに来るのを許そうとするなんて何を考えているんだ？」

ワーシントンは目を細めた。「ドッティの顔に浮かんだ表情を見たかい？　ぼくらが来てほしいかほしくないかにかかわらず、彼女は来るだろうさ。使用人だけを引き連れた彼女に現場に現れてほしいかい？」

ドミニクは椅子に沈みこんだ。こんなことはあってはならないことだ。ぼくは一族の長だ。

シーアと母はぼくの言うとおりに行動すべきだ。「彼女を止める手立てが何かあるはずだ」

「寝室に閉じこめておくようなことか」

ドミニクは背筋を伸ばした。「それはうまくいくかもしれない」

ワーシントンは首を振った。「すぐに誰かが部屋から出すさ。きみもそのうち知ることになるが、自分の意思というものを持つ女性と結婚したら、きみが意思を通す機会は大幅に減ることになる」

ドミニクはうなりたくなった。自分にふさわしい花嫁にしておいたなら。しかし、ほかの男がシーアに触れると考えただけでその思いはついえた。ワーシントンの言うことはまちがっているにちがいない。彼は簡単にあきらめすぎなのだ。結婚したらシーアにはもっと言うことを聞いてもらわなくてはならない。いずれにしても、女は夫の言うことを聞かなければならないものなのだから。


日が長くなりつつあったので、二台の黒い馬車がメイフェアのはずれにある大きな家のまえに寄せたときもあたりはまだ明るかった。ドッティはグレースから借りたベールをつけた。レースのベールはそれを通してまわりを見ることはできるが、外から彼女の顔を見分けることはできないようになっていた。それでどうにかドミニクを納得させることができたが、彼はまだ不満そうだった。そう、グレースが言うように、彼にもわたしが他者を救うための行動を起こすことに慣れてもらわなければならない。

三人の紳士と四人の体の大きな使用人は拳銃を携えていた。マットは女性たちをとり戻すのにそれしか方法がなかった場合に備えて、ミス・ベッツィに与えるための金貨のはいった財布も持ってきていた。

ドッティも娼婦になるために田舎から都会へ連れていかれる少女たちのことは知っていた。自宅のある小さな町にもそんな少女がいた。残念ながら、その若い女性は誰かに救い出されるまえに命を落としてしまったが。

見覚えのある男性が隣の建物の近くをうろついていた。顔をこちらに向けたときに、今日会ったボウ・ストリートの警吏のハチェットだとわかった。

やわらかいクッションに背をあずけて待っていると、ドミニクに手をとられた。「ぼくはまだ反対だが、ワーシントンの言ったとおりだ。きみはぼくといたほうが安全だし、そのベールは厚いから誰にもきみだとはわからない」

鼓動が速まり、少し息が苦しくなる。数週間のうちにこの人はわたしの夫になる。けんかしたくはなかった。決めるのは彼だと思わせるのは重要だという気がした。「わたしもいっしょに行ってもいいということ？」

「ああ」その厳しい声は険しい表情に合っていた。「でも、ぼくのそばを離れてはだめだ。必要とあれば、ぼくの上着の裾をつかんでいればいい」そこで声がやさしくなった。「きっときみには衝撃だろうから」

ドッティは彼の頬にキスしたかったが、ベールが邪魔だった。「あなたのおっしゃるとおりだという気がするわ」

マットの大柄な使用人のひとりが家の扉をノックし、脇に立った。執事のような装いをしながらも、鼻の折れたたくましい男が扉を開け、入口に立ちはだかった。

マットが入口に近づいた。「ミス・ベッツィにお目にかかりたい」

男はお辞儀をした。「かしこまりました。ここではいかなるお望みでも」

ドッティはドミニクの腕に手を載せ、扉番のあとから淡青色と金色で装飾された大広間に足を踏み入れた。小さなローマ式の彫像が台の上に立っている。天井に目をやると、裸の男女が絡み合う絵が描かれていた。

これまで見たこともないような絵だった。ドッティは腕を引っ張られて注意を婚約者に戻したあとで、扉番に目を向けるという失敗を犯してしまった。

扉番の目がベールをつけたドッティにじっと向けられた。「多少荒っぽいのがお好みでしたら、喜んでご用意しますすよ」

ドミニクの腕が石のように硬くなり、ドッティの手は彼の体に押しつけられた。「ミス・ベッツィだ」彼は嚙みつくように言った。「今すぐに」

「ブルータス、わたしがなんて言ったか忘れたの？」金のリボンの縁飾りのついた白いギリシア風のドレスを着た女性が近づいてきた。薄い衣装を透かして胸の頂きが赤く見えている。歩くとスカートが分かれ、驚くほど大胆にむき出しの脚が見えた。爪先は上履きに合わせて金色に塗られている。

「すみません、ミス・ベッツィ」

扉番のことばは無視し、彼女はドッティたちに目を向けた。「わが悦びの館にようこそ」彼女はさまよわせていた目をドミニクに留めると、喉を鳴らすように言った。「応接間へ行って、お望みをうかがいましょうか」

ドッティはわたしのものというようにドミニクを引き寄せた。言われなくても彼のそばを離れるつもりはなかった。どうやらドミニクもわたしと同じだけ危険にさらされているようなのだから。あの女性が未来の夫に触れようとしたら、わたしが何をするかは責任を持てない。

ミス・ベッツィは見下すようにドッティに目を向けた。ベール越しに顔は見えないのだということを忘れ、ドッティは眉を上げ、できるかぎり尊大な顔を作った。

ミス・ベッツィが一同を案内した応接間は流行のエジプト風に白と金で装飾されていた。全員が低い寝椅子に腰をおちつけると、ミス・ベッツィはワインを持ってくるよう命じた。ワインが配られると、マットがポケットから紙を一枚とり出した。「われわれは、きみがミセス・ホワイトから買ったふたりの若い女性のことでここへ来た」

頬紅を塗った顔が青ざめたが、すぐにミス・ベッツィは顎を上げた。「何のことをおっしゃっているのかわかりませんね。うちの娘たちは自分の意思でここへ来てるんですから」

嘘つき！　ドッティは怒鳴りつけてやりたかった。しかしそうせずに、娼館の経営者をじっとにらみつけたままでいた。

その隣でドミニクが身動きした。「ミセス・ホワイトは逮捕され、彼女の帳簿はボウ・ストリートが押収した。あんたが払った金額と日付はわかっているんだ」

女の目が警戒の色を帯びた。言い訳を考えているのは明らかだ。「その子たちはうちにはふさわしくなかったんで、帰ってもらわなきゃならなかったんですよ」

ドッティはそれが真実でないことを祈った。この場所も最悪にちがいないが、ほかの場所はもっとひどいかもしれないからだ。

ミス・ベッツィは壁の一部に見せかけた扉のほうへ鋭い目を向けた。

ドッティはドミニクの腕にかけた手に力を加えた。「そうだとしたら、わたしたちが家のなかを見てまわって女性たちと話をしてもかまわないわね。いずれにしても、お客が来るには早い時間だし」

女は片方の肩をすくめた。「ご自由に。何も見つかりませんよ」

ドッティは立ち上がり、壁に似せた扉へまっすぐ向かった。

「ちょっと、そっちはあたしの住まいよ。そっちに行ってはだめ！」

マットが女の手首をつかんだ。「自由に見てまわっていいと言ったはずだ」

ドッティが扉を開けると、階段が現れた。ドミニクが彼女を引き戻した。「ぼくが先に行く」

彼は一段抜かしで階段をのぼった。ドッティはスカートを持ち上げてできるだけ急いでそのあとを追った。階段の上には短い廊下があり、両側に扉があった。あたりには胸の悪くなるようなにおいが立ちこめている。

ああ、いや！　ドッティはハンカチを出して鼻を覆った。「アヘンよ。鼻を覆って」

ドミニクも言われたとおりにハンカチで顔を覆って後ろで結んだ。「どうしてわかる？」

「小作人のひとりがけがをしたときに使ったことがあるの」ドッティは廊下の端にある窓を開けようとした。「開かないわ」

ドミニクは何インチか開けることができたが、それ以上窓は動かなかった。「おそらく、釘を打ってあるんだ。下がって」ドミニクは窓を蹴り、ブーツでガラスを割った。それから、扉のそばにあった椅子をつかみ、残った木の窓枠を壊した。

階下（した）から怒り狂った叫び声が聞こえてきた。

「あたしの家に何をしているんだい？」

ドッティは手前の扉を開いた。部屋の隅に小さな火鉢があり、鍋がかかっていた。汚れたシュミーズだけを身につけた黒っぽい髪の女性が小さな寝台に丸くなっている。「女性たちのひとりを見つけたんだと思うけど、ここに空気を入れてアヘンを散らさないと」

ドミニクは窓を開けようとした。またも窓はほんの数インチしか開かなかった。「全部の窓が釘打ちされているようだ」彼はその窓も壊した。「さあ、鍋を外へ投げるんだ」

ドッティは薄い毛布をつかみ、手をやけどしないようにそれで鍋を包むと、窓の外へ放った。ドミニクに目を向けてほほ笑んだが、彼はすでに隣の部屋に向かっていた。

ひとつずつ部屋にはいり、窓ガラスを壊して新鮮な空気をなかに入れ、鍋を放った。それを終えると、女性たちを数えた。全部で六人。みな汚いシュミーズしか身につけていない。ひとりは年若い少女だった。全員ホワイト夫人の家から連れてこられたの？

ドミニクは最後の部屋の中央に立ち、胸を上下させていた。「馬車が足りないな」

「彼女たちをどこへ連れていくの？」

「麻薬の作用から回復できる場所よ」レディ・マートンが鼻と口を覆って入口に立っていた。ドッティをつき動かしていた精力は薄れつつあり、今暴いたことへの恐怖が襲いかかってきた。怒りの涙が目を刺す。「これほど邪悪なものは見たことがないわ」

母のまえではあったが、ドミニクは彼女に腕をまわした。「心が痛むんだね。おそらく、助けるのは動物に留めておくべきかもしれないな」

尊大なことばで、恩着せがましい言い方だったが、その声には期待するような響きもある気がした。彼もこんな場所が存在するなど想像したこともなかったのかもしれない。こういう状況をまのあたりにするのは辛くとも、レディ・マートンとなれば、これまでよりさらによい行いをするための資金も手にはいるようになるはずだ。「いいえ。これは単なるはじまりよ。レディ・イヴシャムとほかの女性たちに会合を開いてもらうわ。どこよりも助けを必要としている場所を見つけることになるでしょうね」ドッティは身を引き離し、ドミニクの顔を見上げた。「わたしを止めようとはしないでしょう？」

ドミニクはまた彼女を胸に引き寄せ、あきらめたような声で答えた。「ぼくに選択肢があるのかな」

17

突如として、うなり声や、なぐり合う音や、家具が壊れる音や、女性の悲鳴が階下(した)から聞こえてきた。いったいワーシントンとホートンは何をしているのだ？

ドミニクがシーアを脇に押しやり、拳銃を抜いて部屋を出ようとすると、ワーシントンが階段をのぼってきた。

拳銃を上着にしまい、ドミニクはワーシントンの全身を眺めまわした。いつもはきっちりと結ばれているクラバットは皺が寄って曲がっている。片手の節は傷だらけで、顎には赤い痕がついている――あとで色が変わるのはまちがいない。「おたのしみだったのか？」

ワーシントンの目がきらりと光った。「そうも言えるな。ミス・ベッツィの用心棒たちは倒した。ほかの女性たちを応接間に集めてある」彼はドミニクの母にお辞儀をした。「グレースがいっしょに女性たちと話をしてほしいそうです」

「喜んで」悲惨な状況にもかかわらず、ドミニクの母はほほ笑んだ。「ここの状況はぞっとするけど、こんなに活き活きとして、人の役に立っている気がするのは久しぶりだわ」

ドミニクはうなりそうになるのをこらえた。人生は二度ともとには戻りそうもない。「階上(うえ)の女性たちをどうするか考えなくちゃならない。みなアヘンを吸わされていた」

ワーシントンの笑みが深くなった。「どうしてあんなに窓を蹴破っているんだろうと不思議だったんだ。いつものきみの遊びとはちがうなと思って」

　ドミニクはワーシントンの愉快そうな気分を抑えつけるだけの尊大な態度をとろうとしてできなかった。じつを言えば、これほどに気分のいいのは幼少期以来だった。

「釘打ちされていたのよ」シーアがエメラルド色の目を誇らしげに輝かせてほほ笑みかけてきた。「マートン様はほんとうにすばらしかったわ」

　ドミニクは胸をふくらませたくなる衝動に駆られた。粗暴な振る舞いを褒められるとは思っていなかったのだった。シーアのまなざしに心だけでなく、体のあちこちも熱くなった。彼は彼女を抱きしめた。「ありがとう」そしてワーシントンにまた目を向けた。「ホートン少佐はきみよりはましな様子なのかい？」

「いや、若干ひどいな。頭を花瓶でなぐられた」

「え、嘘」ドッティの手が唇にあてられた。「かわいそうな少佐。きっと頭にはこぶができているわね。それを埋め合わせるだけなぐり合いをたのしんだならいいんだけど」

　なんとも驚くべきことを言う。「シーア！」

　シーアは丸くした目を向けてきた。「うちの父が言うには、男の人ってときおり取っ組み合いをしたくなるそうよ。あなたはちがうの？」

　ドミニクはそんなことにたのしみを見出したりしないと否定しかけたが、それは嘘になると気づいた。そうでなかったら、なぜジャクソンのボクシング・ジムへ行く？　それでも、それ以上その話をつづけるわけにはいかなかった。母と無垢なシーアを娼館に連れてくるほどにわれを忘れてしまっていたのだ。二度とこういうことが起こってはならない。自分の義務を思い出さなければ。

「シーアに心から同意するわ」母が言った。「ここでのあなたの振る舞いはあなたのお父様を思い出させるもの」

ドミニクはしばし母をじっと見つめ、どういう意味か訊こうとしたが、低いうめき声がして、目を下に向けた。寝台にあわれな女性が丸くなっていた。「ここの女性たちを連れていく場所を見つけなければならない」

シーアは唇を引き結んだ。「まず、何か着るものを見つけてあげないと。シュミーズ姿でここを出るわけにはいかないもの」

この部屋もほかの部屋と同様に何もなかった。あるのは寝台と椅子と用を足す壺だけだ。

「衣装ダンスすらないわ」

「何か食べるものも与えてやらないといけない。厨房を見つけよう。戻ってくるまでここの女性たちに危険はない。ワーシントン、警吏たちがのぼってこないようにしておいてくれ」

ドミニクはシーアを手招きし、彼女はドミニクのあとから階段を降りた。さっきまでいた応接間は混乱を極めていた。ミス・ベッツィは手を後ろでしばられ、薄いドレスはあちこち破れていた。肩からかけられたショールが胸を隠している。ワインを運んできたメイドは怯えて隅にうずくまっていた。

シーアはその少女のもとへまっすぐ向かった。「怖がらなくていいわ。あなたに手出しはしないから。階上の女性たちのためにスープとパンを用意するのを手伝ってくれる？」

少女はうなずいた。「ええ、お嬢様。料理人はまだ厨房にいます。たぶん誰も階下には行っていないと思うので」

驚いたことに、厨房はよく整っていて清潔だった。扉つきの新しいストーブの上には鍋がいくつか置かれていて、大柄で丸々と太った女がふたりのメイドに命令を下していた。

料理人は鍋をかきまわし終えてから目を上げた。それから、かわいそうなメイドに射るような目を向けた。「ルーシー、お客様をここへ連れてくるなんてどういうつもりだい？」

シーアが少女のまえに進み出た。「わたしがあなたと話したいって頼んだの」

料理人の手が太い腰にあてられた。「それで、あなたは誰なんです？」

シーアは身をこわばらせて眉を上げた。「わたしはミス・スターンよ。婚約者のマートン様といっしょに、アヘンを吸わされていた女性たちを見つけたの。彼女たちが目を覚ましたら、すぐに食べるものを与えてあげなければならないわ。この家には家政婦はいるの？」

料理人はシーアに疑いのまなざしを向けた。「主人はどこに？」

「ボウ・ストリートの警吏につかまったわ」

料理人は十字を切った。「神よ、感謝します」

ドミニクは額に手をあてた。耳にしたことばが信じられなかったからだ。人は選んでその人生を送るものだと伯父には常々言われていた。それなのに、二階の女性たちがそうでないのは明らかで、今、料理人も救い出されてうれしそうに見えた。道理にかなわないことばかりだ。

厨房のメイドのひとりが彼を見上げた。歳は十四か十五ほどでとてもきれいな顔をしている。「わたしももう無事なの、ミセス・オイラー？」

料理人は少女にほほ笑みかけた。「たぶんね」オイラー夫人はシーアに目を向けた。「スープの用意をしますが、この子たちを階上に行かせたくはないですね。危険すぎますから」

「もう大丈夫よ」ルーシーが言った。「応接間には誰もいないから。わたしが手伝うわ」

「さあ、お嬢さん、おすわりくださいな」料理人がシーアに言った。「あなたとこちらの方に〝スキャンダル・スープ〟をお出ししますから。わたしはミセス・オイラーです」

シーアは勧められた椅子に腰をかけた。ドミニクもそれに従った。お茶と焼きたてのパンとバターをもらうと、シーアはオイラー夫人にもすわるように言った。「どうしてここにいるのか教えて」

「連れ合いを亡くしてから、ローマ・カトリック教徒には職を見つけるのがむずかしかったんです。ミセス・スペンサーがあたしを料理人として雇ってくださいました。ここはミス・ベッツィのものになるまえはちゃんとした貴婦人のお屋敷だったんです。上品な貴婦人の振りをしてミス・ベッツィはここをまえの女主人の遺族から買ったんですよ。あたしは出ていくことも考えたんですが、推薦状なしには仕事を見つけるのはむずかしくて。それに、天職にも出会いましたからね。ここに連れてこられる少女のなかにはとても幼い子もいました。そっちにいるメイよりも幼い子が」彼女はそう言ってきれいな顔の少女を指差した。「だから、彼女たちに見習いの仕事を見つけてやってここから逃げるのに手を貸してやっていたんです。ミス・ベッツィも気づいていたと思いますよ。だって、そのころからアヘンを使いはじめましたからね」

残りを推察するのにもさほど想像力は必要なかった。女性たちは麻薬に依存するようになると、それをまた手に入れるためになんでもするようになった。その後はどこにも逃げようがなくなったわけだ。

「お嬢さん」オイラー夫人が訊いた。「これからどうするつもりなんです？」

「ここから逃げたいと思っている女性たちを救うつもりよ」シーアはお茶を飲んだ。額に小さな皺が刻まれた。「まずはマートン様とわたしが見つけた女性たちのために服と清潔なシュミーズを手に入れなくちゃ。彼女たちをどこに住まわせるかはマートン様とワーシントン卿ご夫妻と相談するわ。きっと何か思いつくでしょうよ」

料理人はテーブルの上で手を組んだ。「あたしも喜んでお手伝いします」

シーアは考えこむようにうなずいた。「得られるかぎりの手助けが必要だって気がするの。今シーズンは想像していたよりずっと大変なことになったから」

社交シーズンのことを言っているなら、そんなことばでは足りない。ドミニクはうなりたくなるのをこらえた。彼女に対してすみやかに主導権をにぎらなければ、これからの人生は彼女が窮地におちいらないよう、慈善活動を行うのについてまわって過ごさなければならなくなる。今の自分を伯父が見たら、脳卒中を起こすことだろう。この家を買うべきだと彼女が言い出していないことは驚きだった。しかし、まだ今日は終わっていない。そう言ってくる時間は山ほどある。

オイラー夫人は大きな体を持ち上げ、スープとパンを準備し、二階に持っていくように命令を発しはじめた。

シーアも立ち上がった。「ありがとう、ミセス・オイラー。帰るまえにまた寄るわね」

シーアが立つとすぐにドミニクも立ち、彼女のあとから階段をのぼった。「どうしてまた料理人に会いに行かなくちゃならないんだい？」

「もちろん、彼女に仕事を約束するためよ。仕事を奪ったままにするわけにはいかないわ。最悪の状況から人を救っても、別の最悪の状況におとしめるのでは意味がないもの」

少なくともふたりの使用人といくつかの家が増えるわけだ。ワーシントンの説得を受けてシーアが自分の資金を持つことなど許すべきではなかったかもしれない。みな慈善に使われてしまうことだろう。「きみの言うとおりだ」

シーアは階段の一段上で足を止め、彼の頬を両手で包み、唇を軽く唇に押しつけた。「ありがとう。あなたをこんな大変な目に遭わせるつもりはなかったのよ」

ドミニクは彼女に腕をまわし、口を開かせた。舌が舌にからまり、ドミニクは欲望をどうにか抑えた。ぼくはおかしくなってしまったにちがいない。考えられるのは、何もかもそれだけの価値があるということだけだった。「少しも大変じゃないさ。ほかのみんながどうしているか見に行ったほうがいい」

ふたりが応接間に戻ると、ドミニクの母とワーシントン夫妻とホートン少佐と五人の女性たちが静かに話をしていた。ミス・ベッツィはいなくなっていた。ボウ・ストリートの警吏が連れていったのだろう。

ドミニクの母はソファーの自分の隣を軽く叩いた。「ボウ・ストリートの警吏がここにひとり置かれるそうよ。この家に誰も入れないように、うちからも誰かひとりここに置くことにするわ。ここにいるご婦人方はここを出たいそうよ」母はご婦人方ということばを強調した。「あとの人たちはよそで働きたいって言ってる。どうやらこの場所はここにいる誰にとっても監獄だったようね」

料理人が逃げるのに手を貸した女性たちを除けば。ドミニクはこんな虐待を生き延びた女性たちに新たな敬意を抱いた。「彼女たちはどこへ行くことになるんです？」

「それを今話し合っていたの」グレースは言った。「こちらのご婦人方は階上(うえ)の女性たちと同じように誘拐されたそうよ。ほとんどみな、軍人のご主人が外国に遠征中なの」彼女はそこで間を置いた。「ご主人たちが戻ってくるまで住む家が必要で、もしかしたら、戻ってきてからも必要かもしれない」

ドミニクがその意味を理解するのにしばらくかかった。それから、どうして自分はこんなに理解に時間がかかったのだろうと思った。こんな経験をした妻を夫はとり戻したいと思わないかもしれないのだ。

グレースはつづけた。「何日かはここにいられるけど、もっと長くいられる場所を見つけなければならないわ」

「それはどうかしらね」ドミニクの母が言った。「みんな素性がばれないように厚化粧をしていたのよ。ここにいる姿を見られたら、評判を救う望みはなくなるわ。彼女たちが何を強いられていたのか、みんなが知ることになるでしょうから」

女性たちの評判を救える可能性などあるとは思えなかったが、自分を含めた全員ができるかぎりのことをすべきなのはたしかだった。シーアは唇を噛んだ。唇を噛みちぎるまえにやめてほしい癖だった。

「寡婦の家」としばらくして彼女は言った。

ほかの誰もが目を輝かせた。わけがわからないのはドミニクだけだった。「寡婦の家？」

シーアは何か思いついたときにいつも見せる興奮した様子でうなずいた。「そう。軍人の寡婦や海外に駐留している軍人の妻たちのための家よ。それによってメイドや料理人にも仕事を与えられるわ」

「そのための資金を募ることもできるわね」グレースも付け加えた。「政府から資金を得られるかもしれないし」

ワーシントンがドミニクに目を向けて顎をこすった。「その法案を支持するかい？」

シーアがドミニクに愛情あふれるまなざしをくれた。何をしなければならないにしろ、彼女からはつねにそういう目で見てもらいたかった。「ああ。われわれが兵士やその家族を扱うやり方は不名誉きわまりないからな」

グレースのそばにいた女性がすすり泣きをはじめた。グレースは身をかがめて女性の背中を撫でた。「ほら、ほら、大丈夫よ。きっと大丈夫だから」

もうひとりの女性が泣いている女性に腕をまわした。「食事時だから。食べると気分もよくなるんです」

「ホートン少佐」シーアが言った。「ちゃんとした解決策が見つかるまで、あなたがお住まいの家にこの女性たちを移したらおいやですか？」

少佐はしばらく黙りこんだ。「あの家をこの女性たちの避難所とするのを拒む権利はぼくにはないと思いますね。ミセス・ホワイトの悪業をあなた方が暴かなかったら、ぼくの妻も階上(うえ)の女性たちのひとりになっていたかもしれないんだから。あの家にベッドがいくつあるかわからないので、ここから多少寝具を持っていかなければならないかもしれませんが」

「暗くなってからね」グレースは言った。「家の裏手にある厩舎から運び出せるわ」そう言ってワーシントンに目を向けた。「使用人たちだけでできるかしら？」

「きっとできるさ」

女性のほとんどはホワイト夫人のせいでミス・ベッツィの家に送られており、戻りたいと思う人はいなかったが、ここに残るよりはましだった。料理人とメイドもほかの女性たちといっしょにセント・ジョージ街へ移ることに決めた。

「さて」ドミニクの母が立ち上がってスカートを振った。「しばらくはそれでどうにかなるわけだから、わたしたちは帰ったほうがいいわね」

ワーシントンとシーアとホートン少佐はひとつの馬車に乗った。グレースと母がドミニクといっしょに乗った。シーアが行ってしまうと、母とグレースは女性たちの境遇についてよりあからさまに話しはじめた。

「泣きはじめたあの若い女性は……」グレースが言った。

ドミニクはうなずいた。

「結婚してたった数カ月で旦那様が召集されたそうよ。ミセス・ホワイトに何かを飲まされたせいで、その晩赤ちゃんを失うことになったんですって。それから一週間もしないうちにここに連れてこられたの。ミス・ベッツィは彼女にもアヘンを与えようとしたんだけど、具合が悪くて死にそうになったの。彼女はアヘンを使うことは拒んだけど、しばり上げて何人かの紳士に思いのままにさせると脅されたそうよ」

ドミニクの胃から酸っぱいものが上がってきた。これまで感じたことがないほどの黒々とした怒りに心を貫かれる。こんなことがまわりで起こっていたのに、自分は何も知らずにいたのだ。なお悪いことに、自分はそれを教えてくれようとした人たちの話に耳を貸すことを拒んでいたのだ。

ドミニクの母の顔に怒りがよぎった。「みんな同じような境遇よ。あの家に来るまえにみずから選んで娼婦になった女性たちもあの家を出ることを許されず、人には話せないようなことをさせられたそうよ」

ドミニクはクッションに背をあずけた。「ミス・スターンのまえでこういうことを話さないでいてくれて助かりましたよ。彼女には衝撃が強すぎるだろうから」

グレースは目をみはった。「ドッティには家に帰ったあとで話すつもりよ。彼女にも知る権利があるから。今日彼女がどれだけの人の人生を変えたかご覧なさいな。それに、若い女性たちにこういうことを知らせずにおいてもいいことは何もないわ」

ドミニクは声をもらし、母が手を伸ばして彼の手を軽く叩いた。「何もかもうまくいくわよ、ドミニク。ドロシアは良識ある若い女性だわ。彼女の勇気と心の強さが若いころのわたしにもあったならと思わずにいられないぐらい」

ドミニクの心はそれに抗った。世の中がどれほど醜いかを彼女に知らせるなど考えるだけで耐えられなかった。女性は守ってやらなければならないと伯父にはいつも言い聞かされていた。彼女たちが理解できない物事から無事に引き離しておかなければならないと。シーアが自分で手あたり次第に危険に飛びこんでいくというのに、いったいどうしたらそうできるのかはわからなかった。こういうことに彼女が二度とかかわらないようにするためなら、いくらでも喜んで寄付しよう。しかし、嫌われることなく彼女を止めるにはいったいどうしたらいいのだろう？

舞踏場の階段のてっぺんに立って人込みを見まわすドミニクの姿を見て、ドッティは笑みを浮かべずにいられなかった。彼は目が合うとほほ笑んだ。

そして、すぐにもそばに来て指一本ずつにキスをした。「こんばんは」

熱いうずきが腕を駆けのぼる。「侯爵様」

ドミニクは目を上げて目を合わせた。まるではじめてのように彼の熱と欲望に囚われる。人前でなかったら、唇にキスをしてくれたことだろう。

ひとりの紳士が咳払いをした。「ミス・スターン、このダンスはぼくと約束していただいたはずですが」

ドッティはガーヴィーに目を向けた。「ええ、もちろんですわ」

ドミニクは彼女の手をしっかりとにぎった。「ガーヴィー、あっちへ行ってくれ」

ルイーザが笑いをこらえるために手で口を覆い、顔をそむけた。

「マートン様、ミスター・ガーヴィーとダンスする約束をしたのはたしかですわ」

ドミニクはまた彼女の手にキスをした。発した声は低いうなり声だった。「ほかにもダンスの約束をしたのかい？」

心臓がはためき、息ができなくなる。彼が嫉妬しているなんてことがあり得るかしら？

「いいえ」

「よかった。しないでくれ」ドミニクは彼女の手を放してガーヴィーに渡した。「このダンスが終わったら、ミス・スターンはすぐにぼくのところへ戻してもらう」

ガーヴィーの目がおもしろがるように光った。「ふん、ダンスのあとでミス・スターンを連れて部屋を一周しようと思わなかったらそうするよ」ドミニクに応える暇を与えず、ガーヴィーはドッティを連れてすばやくカドリールの列に並んだ。「彼に何をしたのかわかりませんが、ミス・スターン、大きな進歩ですね」

ドッティは抗議したくなったが、シャーロットとルイーザも夕食のときに同じようなことを言っていたのだった。トムを救った一件でドミニクがはたした役割を聞いてからは、マットの末の妹のテオドラでさえ、ドミニクを〝お侯爵様〟と呼ぶのをやめた。「マートン様とは長いお知り合いなんですの？」

ダンスの様式に従ってふたりは離れたが、またいっしょになるとガーヴィーは答えた。「生まれたときからの知り合いと言ってもいいはずだったんですが、彼の父親が亡くなってからは、伯父上があの地域のほかの子供たちから彼を遠ざけておいたんです。オックスフォードでばったり再会しましたが、親しくなることはなかった」

「親しくならなかった理由はわかりますわ」ドッティにはどうして子供を孤立させておくのか見当もつかなかった。おそらく、だからこそ、ドミニクは他人のいるところではたいていとても堅苦しい態度をとるのだ。「知っているときには彼がどんな子供だったか教えていただけませんか？」

「ふつうの子でしたよ。彼の父親、先代のマートン侯爵は射撃の名手だった。父親が生きているころには、マートンともよく会ったし、男の子がするような危険なことをすべてやったものです。先代の侯爵が亡くなったあとで父とぼくはお悔やみを述べに行ったんだが、目の前で扉を閉められてしまった」

ドミニクやその母親がそんなことをさせるはずはなかった。「でも、どうして？」

だ。

「彼の伯父がぼくたちを認めていなかったんですよ」

「話してくださってありがとうございます」今日、ドミニクはどこまでも望ましい人だったが、そろそろドミニクの保護者だった人物について彼の母に話を聞かなければならないようだ。

「ミス・スターン、マートンは父親にとてもよく似ています。彼の父が亡くなってしまったことは残念ですよ」

ドッティはほほ笑んだ。「率直に話してくださってありがたいですわ、ミスター・ガーヴィー」

ダンスが終わると、彼は彼女の手を自分の腕に載せた。「このまま一周しましょうと誘いたいところだったが、どうやらマートンには別の考えがあるようだ」

ドミニクはダンスの相手の腕から彼女の手を引き離して自分の腕に置いた。「おいで。喉が渇いているようだ」

ガーヴィーが忍び笑いをもらすなか、ドミニクは彼女を連れ去った。

通りがかった給仕からシャンパンのグラスをふたつつかむと、ドミニクはテラスの扉のほうへ向かおうとした。「ここは暑いと思わないかい？」

ドッティは唇を震わせて噴き出しそうになるのをこらえた。「そうね。ひどく不快だわ」

テラスに出ると、ドミニクは彼女をテラスの端にあるツルバラの棚のところへ連れていった。彼女がシャンパンをひと口飲むと、ドミニクはふたりのグラスを石の手すりの上に置いた。

「シーア」彼は彼女を引き寄せながらささやき、唇を唇に下ろした。「ひと晩じゅうこうしたくてたまらなかった」

ドッティは腕をドミニクの首に巻きつけてさらに引き寄せ、口を開けた。彼の手は自分のものと示すように尻を撫で、脇を通って胸を包んだ。触れられた部分に火がついていく。胸を親指がかすめると、頂きが硬くなってうずいた。胸をもまれてドッティは声をもらした。ドッティは彼の顔に指をすべらせてみずからの顔を仰向けると、彼の唇と唇を混じり合わせ、キスを深めた。彼のてのひらと指がもたらした熱は渦を巻いて高まり、彼女の芯の部分に達した。少なくとも手袋ぐらいは脱げたならば。

ドミニクがキスをやめると、ふたりともあえいでいた。彼の素手を肌に感じたかった。

キスをした。「ドミニク、もっとほしい」

耳の感じやすい部分を舌にいたぶられる。「もっと何を?」

ドッティは両手をたくましい胸にこすりつけた。「わからないわ。あなたならわかると思ったの」

ドミニクは彼女の顎をそっと押しのけて首に歯をあてたが、そこで動きを止めた。「ああ、ぼくは何をしているんだ?　結婚式までまだ二週間もあるのに」そう言って身を起こした。

「すまない。こんなことをはじめるべきではなかった」

ドッティはドミニクの顔を探るように見たが、暗闇のなかでは何も見えなかった。「わたしがあなたにキスしたかったのよ」

ドミニクは自分の上着を引っ張り、手際よく彼女のドレスの皺も伸ばした。「自分が何者か忘れちゃだめだ」とつぶやく。ドッティにというよりも自分自身に言い聞かせているようだ。「シーア、ここまでぼくをその気にさせる女性はきみだけだ。ぼくはもっと自分を抑えることにするよ」

いいえ、そんなの望んでいない！「その必要はないわ」

「きみは無垢な女性なんだ」ドミニクは首を後ろにそらして息を吐いた。「こういうことがどういう結果をもたらすか、わかっていない。ぼくのほうはわかっている」

ドッティはまつげを伏せたが、あだっぽく振る舞うことはできなかった。彼は突然冷静さをとり戻した。それについてよく考えてみなければならないのかもしれない。「あなたはわたしにキスするのが好きなはずよ」

ドミニクは目を下ろしたが、また彼女を腕に引き入れるかわりに彼女の肩をこすった。

「それも問題なんだ。どちらもそれを好きだということが。でも、たとえどんな小さなものでも、きみについて悪い噂を立てられるわけにはいかない」

彼に腕をとられて舞踏場へと戻りながら、ドッティは苛立ちのあまり、足を踏み鳴らしたくなった。今日一日あれほどにすばらしかったのに、どうして今つまらない人間に変わらなくてはならないの？　まるでみずからがたのしむのが許せないとでもいうようだった。まあ、彼も学ばなければならないということ。わたしが教えてあげられればいいのだけれど。

18

ドッティは若い女性用の居間で小さなソファーにすわっていた。午近くの陽光が部屋に斜めに射し、小道のように見える日向で二匹の灰色の子猫が眠っていた。目の前の低いテーブルの上には、きちんと三つに束ねられた手紙の載った銀の盆が置かれている。彼女は自分あての手紙の束を手にとった。母とヘニーからの手紙と、兄ハリーの手紙。まずは母の手紙を選び、ドッティは小さなレターナイフを封蠟の下に差し入れ、折りたたまれた紙を開いた。

書き物をしていた手紙を掲げてドッティが顔を上げた。「お母様から知らせはあった？」

手にしていた手紙を掲げてドッティはうなずいた。「思ったほど回復していないとお医者様に言われたそうで、あと一週間は旅行の許可が出ないそうよ。でも、ブリストルの祖母は来るわ」

シャーロットの笑みが即座にしかめ面に変わった。「あなたにご自分のところに来るように言うかしら？」

「どうかしら」ドッティは首を振って笑みを浮かべた。「わたしの付き添いを務めたいとは思わないはずよ。〈オールマックス〉は退屈で、気取った若い女性たちを見ると蕁麻疹が出るって言っているから。母によると、祖母はプルトニー・ホテルに滞在して、そこの従業員をきりきり舞いさせることになるでしょうって」

「誰が従業員をきりきり舞いさせるの？」ルイーザが扉のところから訊いた。

「わたしの祖母よ。じっさいにそうするってわけじゃないわ。ただ、とても独特な人で、ブルトニーは自分のことをわかってくれる唯一の場所だと言っているの。伯父のブリストルがロンドンにいるときも、あのホテルに滞在するほどよ」

シャーロットは眉根を寄せた。「それってあなたのお祖母様と伯母様がうまくいかないからだと思っていたわ」

「ええ、そうよ」ドッティは苦笑した。「互いに嫌っているわ。同じ部屋に居合わせたら、あまりに空気が冷えこむので、ショールが必要になるほどよ」

ルイーザは自分あての手紙を手にとろうと身をかがめたところで動きを止めた。「ブリストル？　ブリストル公爵？」

手紙に書かれた文字を読もうと紙の向きを変えながらドッティは答えた。「ええ」

「公爵が親戚だなんて知らなかったわ」

「別に自慢するようなことじゃないって父が言うの。伯父がうちの両親の結婚を止めようとしたので、家族のあいだに亀裂が生じてしまったしね。話せば長くて込み入っているんだけど、これだけは言えるわ。祖父が伯父の結婚を決めたせいで、祖母いわく、伯父の幸せを奪ってしまったの。だから、祖母は祖父が母にみつくろったすべての縁談に反対したのよ。結局母は自分で決められる年になって父と結婚したわ。祖母はほかの子供たちについても同じようにしたの」

ルイーザは首を傾げた。「ほかの子供たちは幸せになったの？」

ドッティはうなずいた。「伯父のブリストル以外はみんな。だから、そういう結婚のほうがうまくいくにちがいないのよ。祖母がマートンとの結婚を認めてくれるといいんだけど。祖母と争いたくないから。肉親のなかでも大好きな人なの」

「わたしたちも訪問を許してもらえるといいわね」シャーロットが笑みを浮かべた。「とても堂々とした老婦人よ」

「いつ到着するのかしらと思うわ」ドッティは考えた。「まえもって知らせてくれたことがないのよ」

シャーロットは盆に載った招待状の山に目をやった。「招待状に目を通して、どの催しに参加するか選ばないといけないわね」

三人はいくつか招待状を手にとった。

「レディ・ベラムニーがヴェネツィア風の朝食会を開かれるわ」ルイーザが言った。「きっとおもしろいわよ」

「仮面舞踏会への招待状もあるわ」シャーロットが招待状を掲げた。「グレースが許してくれると思う？」

「グレースはね」ルイーザは顔をしかめた。「マットは許さないでしょうけど」

「そうね」シャーロットはため息をついた。「たぶん、あなたの言うとおりだわ」

「マートン男爵夫人からよ。あのきれいなブルーベルの森をお持ちの。来週ピクニックを開くんですって」ルイーザが言った。「わたしたちと親戚でないのが残念ね。そうだったら、いつでもあのお庭を訪問できるのに」

「別の男爵家も同じマートンなの？」とドッティは訊いた。

シャーロットとルイーザはうなずいた。

「いずれにしても、お誘いは受けるべきよ。ブルーベルはいつ見ても喜ばしいもの」

「参加のほうに入れておくわ」ルイーザはその招待状を参加の束に加えた。

仕分けを終えると、三人は許しを得るために参加を希望する催しを書き出してグレースに送った。

数分後、ドッティは時計を見て立ち上がった。「またあとでね。もうすぐレディ・マートンの馬車が来るわ。買い物に行く予定なの」

「忙しいわね。もうあまり会う暇もないほどじゃない」シャーロットはドッティを抱きしめた。「幸せ？」

悩みをシャーロットに打ち明けられたならと思ったが、それは不可能だった。シャーロットはドミニクを批判しないようになってはいたが、ドミニクと意見の相違が生じたら、きっとわたしの味方になることだろう。ドッティは友に笑みを向けた。「ええ、幸せよ。レディ・マートンはすばらしい義理の母になると思うし、マートンのこともとっても大事に思ってる」

「あなたが幸せなら、わたしも幸せだわ」

ドッティは友を抱きしめた。「わたしが戻ってくるときもここにいるわね」涙が目の奥を刺し、ドッティは急いで居間をあとにした。幸せだった。昨晩、彼がもう少しでわたしを愛していると言いかけたのはたしかだ。ドミニクが自分の殻に隠れないでいてくれたなら、すべては完璧なのに。これからレディ・マートンとふたりきりで過ごすあいだに、彼の幼いころのことについて訊いてみるつもりだった。

階段を降りているときに呼びに来た使用人と出くわした。しかし、街用の馬車に乗りこんでみると、レディ・マートンはまず侯爵家のタウンハウスであるマートン・ハウスで家のなかの案内を終わらせることを希望していると告げられた。

トムがまた脚に抱きついてきて挨拶した。「今日ぼくが何をもらったか想像できないと思うよ」

抱きしめ返してドッティは言った。「そうね、見当もつかないわ」

「ぼくのおもちゃさ」

「ああ、トム。それってすごいわ」おもちゃを返してくれるとは、ホートン夫人はなんと親切なのだろう。「ミセス・ソーリーとの用事が済んだら、見せてくれなくちゃだめよ」

ドッティの手をとってトムは朝の間へ導いた。「ほかにもあるんだよ。ミセス・ソーリーがマートン様のおもちゃを見つけたんだけど、マートン様はぼくがそれで遊んでいいっておっしゃったんだ」

ドッティの心は喜びで満たされた。ドミニクはトムにパークに行くことを禁じていた。トムを使っていた悪党たちが彼をとり戻そうとするかもしれなかったからだ。「それはとてもご親切ね。マートン様にお礼を言うのを忘れなかった？」

「うん。ぼくは遊び方がうまいっておっしゃってた」

ドッティが朝の間にはいっていくと、レディ・マートンといっしょにソーリー夫人がいた。

「おかけなさい、ドロシア」レディ・マートンが小さなテーブルを囲む椅子の自分の隣を示した。「家のなかでとり換えなければならないものを見直すのよ」

ドッティが腰をおちつけると、家政婦がそれを書き出した紙を手渡してくれた。

「ほとんどはすでに予想がついてらっしゃるとおりです」ソーリー夫人は言った。「奥様のお手元にあるのはカーテンやベッドカーテンについてのものです」

レディ・マートンがドッティに紙を渡した。「内装についてはおまかせするわ。変えたいと思ったからって、わたしの気分を害すると思わないでね。ほとんどは亡くなったわたしの義母のときから変わっていないんだから。ドミニクの父とわたしはほぼずっとロンドンよりも領地にあるマートン・ホールで過ごしていたの」

大きな古いタウンハウスを調べてまわるには思った以上に時間がかかった。それを終えて新しい生地について話し合うころには、スタンウッド・ハウスに戻る時間になっていた。ふたりきりになってレディ・マートンに質問する時間はなかった。

馬車が玄関にまわされるのを待っていると、ドミニクが帰宅した。彼は笑みを浮かべてドッティの頰にキスをした。「まだいてくれてうれしいよ。いっしょに来てくれ」彼は彼女をめったに使わない正面の客間に連れていき、ウエストコートのポケットから小さな包みをとり出した。「思ったより時間がかかったが、ようやくできた」

　彼が包みを開けるあいだ、ドッティは待った。

　ドミニクは彼女の右手をとった。「きっときみはこれがいちばん気に入ると思ったんだ」

　彼が指にはめてくれたのは幅の広い金の指輪で、中央に大きなエメラルドが据えられ、その両側にそれよりも小さいエメラルドがはめこまれていた。「ほんとうにそうか教えてくれ」

　ドッティは手を持ち上げた。中央の石は窓から射す午後の光を受けて光り、燃え立つように見えた。「おっしゃったとおりよ。ほんとうにすてき」

　ドミニクは彼女の体に腕をまわして引き寄せた。ドッティが顔を上げて目をのぞきこむと、唇で唇を覆われた。舌が絡み合い、愛撫し合い、全身に火がつく。ドッティは手を彼の上着の下にすべりこませ、たくましい背中を撫でた。ふたりきりになれる方法があったなら。おそらく、両親が到着したら、結婚式の夜まで待つ必要はないと彼を説得できるかもしれない。


　その晩、ドッティのもとに祖母からの伝言が届いた。

　愛するシーア
　到着したわ。明日三時にプルトニーで会いましょう。

愛をこめて
祖母より

プルトニー・ホテルはドッティが噂に聞いていたとおり豪奢だった。足音を消す厚いトルコ風のカーペットの上を通って案内された部屋は、ロイヤルブルーのベルベットのカーテンが開けられて金のひもでしばられ、午後の陽射しが燦々と射していた。

「お祖母様！」ドッティはすばやく駆け寄って、金めっきの飾りのついた暖炉のそばにすわっている威風堂々たる女性を抱きしめた。祖母の髪はすっかり銀髪になっていたが、眉とまつげはもとの黒いままだった。

「シーア！」祖母はドッティの両方の頰にキスをしてから孫をじっと見つめた。「絵に描いたように美しいお嬢さんだこと。ねえ、まだ殿方たちにばかなあだ名をつけられたりはしていないの？」

ドッティは笑みを浮かべた。「誰かがわたしたちのことを三美神と呼んでいるのをルイーザが耳にしたわ」

祖母は満足そうにうなずいて自分のまえにある背もたれのない椅子を指差した。「きっとぴったりのあだ名なんでしょうね。もちろん、レディ・ルイーザにはお会いしたことはないけど、彼女がお母様の美しさを多少なりとも受け継いでいたら、きっとその名に恥じないわね。シャーロットは少女のころよりもさらにきれいになったと聞いているし」

ドッティは椅子に腰をかけ、祖母のいまだに強く器用な手をとった。「ええ。ふたりともとてもきれいで大事な友人よ」

祖母はしばらく黙りこんだ。「あなたがマートンと婚約したとあなたのお母様が手紙で知らせてきたわ。彼女はそれが恋愛結婚になる可能性があると思っているようね。ただ、言っておかなければならないけど、わたしが別のところから受けた報告はそれとは相反するものだった。でも、あなたのお母様の言うことがほんとうなら、言ってくれなくては。彼のことを愛せるの？　もっと重要なのは、彼はあなたを愛しているの？　何があろうとも、わたしはあなたを幸せにしない男性との結婚は許しませんよ」

祖母の何よりもいいところは、なんでも隠さずに話せるところだった。ドッティは子猫やトムを救うのにドミニクが力を貸してくれたことや、娼館の一件や、顔が熱くなることや、キスのことをすべて話した。

話し終えると、ドッティは顔をしかめた。「唯一悩ましいのは、自分が悦びを得ていると気づくと彼がすぐにやめるところなの。ほんとうにどうしていいかわからないわ。お祖母様がロンドンにいらっしゃるまで、誰にも打ち明けられなかったことよ」

祖母は眉根を寄せてしばらく思案顔になった。「彼が父親から何かしらを受け継いでいるようなのはよかったわ。アラスデア卿がそれを全部叩き出してしまったかと思っていたんだけど」

祖母がマートンの家族について知っているなら、レディ・マートンに訊くよりもずっといいはずだ。「子供のころのマートンに何があったのか、話してくれる？」

祖母は物思わしげにほほ笑んだ。「あなたのマートンのお父様はかなりの遊び人だったの。ロンドンでも最先端を行く人間だった。浮かれ騒ぎならほとんどどんなことでもやったわ。そのすべてを気さくな魅力を振りまきながらやるものだから、どれほど途方もない行為であっても誰もが許さざるを得なかった。アラスデアはマートンとは真逆の人間だったわ。あのふたりがどうして親しくなったのかは知りようもないわね。ふたりの友情関係がほとんど壊れかけたときになって、マートンがアラスデアの妹で、のちにドミニクのお母様になるユーニスと恋に落ちたの」

扉をノックする音がし、メイドがお茶を運んできた。ふたりは部屋の反対側にあるテーブルに移った。ドッティはお茶をカップに注いでミルクと砂糖を加えると、祖母に目を向けた。

「何が問題だったの？」

祖母はお茶を飲んでカップを下ろした。「アラスデアはマートンがユーニスに誠実であるはずはないと考え、妹が傷つくのを見たくないと思ったの。でも、マートンはみんなを驚かせたわ。すぐさま愛人たちに別れを告げたから」

ドッティは急いでお茶を飲みこんだ。「一度にひとり以上の愛人がいたの？」

「ええ、そうよ。途方もなかったって言ったでしょう。愛人たちの集団を抱えていたわ。それぞれが異なる才能を持つ愛人たち」祖母はまたお茶を飲んだ。「マートンがユーニスに出会った晩、わたしはそこに居合わせたのよ。ユーニスは崇拝者たちに囲まれていたんだけど、マートンがまっすぐその輪のなかにはいっていって膝をつき、プロポーズしたの」

想像もできないほどにロマンティックだ。「彼女はなんて答えたの？」

「今シーズンでいちばんのプロポーズだと言って受け入れたの。その晩以降、彼は彼女のそばを離れることはなく、生涯彼女に誠実だったのよ。ユーニスにもドミニクにも愛情を注いでいた。彼が亡くなってユーニスはひどく弱ったわ。身ごもっていた子供を失ったって話だった。それだけでも最悪なのに、わたしが思うに、アラスデアが事態をさらに悪化させたの。妹にはバースに行って静養するように勧め、そのあいだドミニクを地位にふさわしく育てる役目を請け負ったの」

ドミニクがあんなふうに振る舞う理由もわかる。両親をいっぺんに失ったも同様だったのだから。彼のなかにふたりの人間がいて、支配を争っているような気がずっとしていた。

「それについてはわたしに何ができるかしら？」

「あなたはあなたのままでいればいいのよ。そして、彼にはありのままの彼以下になることを許さないの」祖母は皿からビスケットを選んだ。「さあ、今日の午後はどうやって過ごすつもりなの？」

「レディ・ソーンヒルがサロンを開くの」ドッティは笑みを浮かべた。「レディ・マートンも参加する予定よ。それに、マートンは必ず彼女の付き添いを務めるわ」

祖母の目がきらりと光った。「最高ね。あなたさえよければ、わたしもいっしょに行くわ」

ドミニクはペンを下ろし、革の椅子に背をあずけた。このあいだの晩はシーアに対してあやうく自制を失うところだった。ほんとうにあぶなかった。彼女をどこかに引っ張っていって分かち合える悦びについてもっと教えてやりたいと思ったのだ。彼女の完璧な胸を愛撫したくて指がうずき、あのあたたかく、かぐわしい白い肌を味わいたくてたまらなかった。彼女が喜んで応じることがわかっていたせいで、下腹部が痛いほどに硬くなったのだった。

あぶないところで、伯父のことばが欲望の霞を切り裂いた。

〝忘れるな、マートン、いつ何時も自制を失ってはならない。肉欲に頭を支配されてはならないのだ。節度が鍵となる。未来の妻はおまえに感謝するだろう。娼婦のように手荒く扱われたいと思う貴婦人はいないからな〟

シーアに抱いている欲望は伯父が抗うようにと警告していた肉欲にちがいない。戦いのあとに男は女がほしくてたまらなくなると聞いたことがあった。娼館での出来事のあとで自分の身に起こったのもそういうことにちがいない。彼女を求めるほどに女性を求めたことはこれまでなかった。しかし、そうだとしても、昨日の振る舞いの釈明にはならない。使用人が扉をノックして馬車の用意ができましたと告げなければ、自分は何をしていたことだろう？

かわいそうないとしいシーア。彼女はキスのことしか考えていなかった。それがどんなことにつながるのか見当もつかないのだ。ぼくが彼女の裸を見たいと思っていると知ったらぞっとするだろうか？　裸のぼくを見るのはいやだろうか？　おそらくどちらも寝間着を着たままのほうがいいのだろうが、ぼくが見たいのはそんな彼女ではない。彼女の肌が赤く染まるのが見たいのだ。キスをして、体の隅々までを知りたい。そう思っただけで硬くなり、ドミニクはうめき声をもらした。

シーアにマートン・ハウスで暮らしてほしいのは山々だが、昨日の一件のあとでは、彼女の両親があと何日か到着しないのはありがたいぐらいだ。彼女がここにいて触れられないとしたら、それは責め苦でしかない。それでも、少なくとも自分が何を感じたのかはわかった。それは単なる肉欲であって愛ではない。愛は悲惨な結果を招く。義務をおろそかにすることになってしまう。

シリルが膝に飛び乗ってきた。ドミニクはうわの空で猫を撫でた。シーアが動物や人を助けようとするたびに、ドミニクの人生はどんどん制御のきかないものになった。子供のころにそうだったように、手にはいらないものを望むようになってしまった。ドミニクは机に拳を打ちつけ、一瞬猫を驚かせた。こんなことはやめにしなければならない。シーアは行き場のない人や動物を救って自分の身を危険にさらしつづけてはならないのだ。

「侯爵様！」トムが勢いよく扉を開けてはいってきた。「ぼくの描いたものを見てください。サリーがこれまででいちばん上手だって言うんです」子供は猫の邪魔をしないように気をつけながらドミニクの膝に這いのぼり、紙を手渡した。「ほらね？」

ドミニクはうなりそうになるのをこらえた。しかし、スケッチに目を落とすと、それは予想していたのとはまるでちがった。描かれているのがシーアであるのは明らかで、目のきらめきまでをとらえていた。人や動物を救う行動をやめるように言っても消えないでほしいと思うきらめき。

ドミニクはトムの髪を撫でた。「とてもいい」

少なくともこの子は現状にうまくなじんでいる。トムの祖父のストラットン伯爵と連絡をとろうとする試みはこれまでのところうまくいっていなかった。ロンドンにはおらず、田舎の領地や領地管理人に送った手紙にも返事はまだなかった。ホートン少佐はトムの父親がいつごろ帰国するか陸軍省に問い合わせてくれると言っていた。トムを喜んで引きとるという家族が見つかるまでは、少年の世話をするのはドミニクの責任だった。時間をとって家庭教師を見つけてやらなければならないが、期間がはっきりしない仕事を誰が引き受けてくれるだろう？

少ししてふと思いついたことがあった。ワーシントンとグレースなら進んでトムを助けてくれるかもしれない。ドミニクは自分が家庭教師とだけ過ごした辛く厳しい時間を嫌悪とともに思い出した。ガーヴィーですら、遊びに来なくなったのだった。ワーシントンに頼み事をするのは気が進まないとはいえ、話をするつもりではいた。トムをほかの子供たちといっしょに学ばせるのは彼にとっていいことのはずだ。あとは絵の教師を見つけてやればいいが、いったいどこで探せばいいのだろう？

扉をノックする音がし、母がはいってきた。ドミニクをひと目見てにっこりする。未来の子供を膝に乗せている姿を思い描いているのはまちがいない。ぼくは自分の子供たちとも距離を置かなければならないのだろうか？

トムが絵を振りながら膝から飛び降りた。「レディ・マートン、ぼくの絵を見てください」

母は絵を手にとった。「すごい才能があるのね」

そう言ってドミニクに目を向けた。これからどうするのと問うように。

「絵の教師をどこで見つけたらいいか、見当がつきますか？」

ほんの一瞬ためらっただけで母は答えた。「つくわ。マチルダといっしょにレディ・ソーンヒルのサロンに行くつもりだと言いに来たの。ふつう彼女のところには大勢の芸術家が集まるわ。いっしょに来たらどう？」

ずっと昔、あの悪の巣窟には決して足を踏み入れないと伯父に約束したことがあった。レディ・ソーンヒルの客のほとんどは摂政皇太子をばかにし、急進的な改革について議論し合う連中だった。しかし、公平を期すならば、摂政皇太子自身が物笑いの種になるような行いをしているのは事実だ。困ったのは、母の感情を傷つけずにどうやってこの反感をことばにするかだった。「今日の午後はシーアといっしょに過ごそうと思っていたので」

母は眉を上げた。「だったら、いっしょに来たほうがいいわ。今日、夕食のまえに彼女に会うつもりなら、それ以外に方法はないから」

ドミニクはうなりそうになるのをこらえた。忘れていた。グレースは妹たちを頻繁にそこへ連れていっていたのだった。とはいえ、トムの絵の教師を見つけに行くだけだとしたら、どんな害がある？　それに、そうした客たちとシーアがどう交流しているのか、じかにたしかめることもできる。「喜んでおともしましょう」

サロンに行って絵の教師を見つけ、シーアを含むわが家の女性たちをソーンヒルの影響から引き離す。それがどれだけむずかしいというのだ？　そのまえにトムのことをワーシントン家に連れていこう。

ドミニクは使用人に命じて子供の準備をさせ、馬車を呼ばせた。

玄関の間に行くと、トムは不安そうに目を上げた。「ぼくのことを誰かに渡すの？」

ドミニクは少年の手をとり、玄関から外へ連れ出した。「いや、ほかの子供たちといっしょにおまえが勉強できるかどうかたしかめに行くだけだ。ぼくの親戚の家さ。きっと気に入るよ」

少年は小さくスキップしただけで何も言わなかった。

ドミニクはグレースと問題を話し合えるのではないかと期待して、まずスタンウッド・ハウスに寄った。

執事が扉を開けた。「こんにちは、侯爵様」

わずかに頭を下げてドミニクは執事に帽子と手袋とステッキを渡した。「ロイストン、レディ・ワーシントンはご在宅で、訪問しても大丈夫かな？」

「ええ。ご案内しましょうか？」執事は廊下の端にある扉のまえで足を止め、ノックしてから扉を開けた。「奥様、マートン様がおいでです」

グレースは机の上の帳簿から目を上げて立ち上がった。「これは驚きね」ドミニクは弁明しようとしかけたが、そこでグレースはにっこりした。「うれしい驚きだわ。ロイストン、お茶をお願い。料理人がジャムタルトを作ってあるはずよ」それからトムに目を向け、小さなソファーのところへ行った。「こちらがトムね。とても身ぎれいにしているのね。すわって、ご用件を話してくださいな」

ドミニクは大きな革の椅子にすわり、トムがその膝に乗った。「ぼくの言うことが無理なようだったら、遠慮なくそう言ってもらいたい。トムにあなたの兄弟といっしょに授業を受けさせたいんです」

グレースはドミニクの頼みについて考えながらトムに目を向けていた。「いけない理由はないけれど、ミス・トーラートンとミスター・ウィンターズに相談したいわ。トムの勉強がどのぐらい進んでいるのかたしかめたいでしょうから。それはわからないわよね?」

ドミニクは首を振った。母親が亡くなるまえにトムが何を勉強していたのか訊こうなどとは思ってもみなかったのだった。「ええ。彼らを呼んでください」

グレースが呼び鈴を鳴らすと、使用人が顔を出した。「ミス・トーラートンとミスター・ウィンターズにひと息入れる都合のいいところでわたしの書斎に来てくださいと頼んで」

「かしこまりました」

それは所帯の切り盛りのしかたとしてあり得なかった。主人のために働いている人間は要請があればすぐさま駆けつけるものだ。「これについては至急手配できるのかと思ったんだが」

グレースは穏やかにドミニクを見つめた。「まだお茶を召し上がっていないわ」

から」

「ああ、でも――」

それから、彼女は昔乳母がよくしていたような目をドミニクにくれた。「子供たちの勉強の邪魔をするつもりはありませんわ。守らなければならない厳しい予定に従っているんですから」

ドミニクは顔をしかめた。「すまない。あなたがこの家の秩序を保たなければならないんだと気づいてしかるべきだった」

「そのとおり。そうじゃないと完全な混乱状態におちいりますから」グレースは大きなマホガニーの振り子時計に目をやった。「もうすぐ降りてくるわ」

お茶が届いてまもなく、家のなかを馬の大群が駆け抜けるような音が甲高い叫び声とともに聞こえてきた。

「ああ」グレースはカップを置いた。「休み時間だわ」

自分の育てられ方とはなんと異なることか。父が亡くなってからは、家のなかでは走ることも叫ぶことも許されなかった。こんなことを訊いたら愚かしく聞こえるとはわかっていたが、訊かずにいられなかった。「子供たちはこれから何を？」

「これから十分は外を走りまわって、それから昼食をとるの。そのあとは個別に勉強よ」

ドミニクは理解できずに首を振った。

「それぞれ楽器を演奏しているんだけど、演奏するように言われたときに恥をかかなくて済むように上達しなければならないの。絵の基本も学んでいるけど、正直、わが家で多少なりとも絵の素養があるのはマットぐらいね。それから、外国語の勉強もあるわ。年上の子たちはラテン語、ギリシア語、上級の数学、科学を教えられているの。フランス語とイタリア語も。さらに、女の子たちは針仕事の練習もしなきゃならないし」

針仕事以外はドミニクが学んだことと大差なかった。驚いたのは、男の子も女の子も同じ授業を受けているらしいことだった。「学校へ送るつもりは？」

「男の子たちは送るわ。マットもわたしも女の子の学校はあまり認めていないの。幸い、うちにはさみしくないだけの人数がいるから」

ぼくはさみしかった——ドミニクの心にふいにそのことばが浮かんだ。

扉をノックする音がし、背の高いきれいな女性とそれよりもさらに背の高い薄茶の髪をした男性が部屋にはいってきた。

「お呼びですか、レディ・ワーシントン？」

グレースはすわるように手振りで示した。「ええ。ミス・トーラートン、親戚のマートン侯爵を紹介させて。マートン、うちの家庭教師のミス・トーラートンとミスター・ウィンターズよ」

ふたりの家庭教師はグレースと向かい合うソファーに腰を下ろし、興味津々の目をトムに向けた。

「教えていただいている子供たちのなかにもうひとり加えると、授業の予定が狂うかしら？」

ふたりは顔を見合わせ、首を振った。

「ぼくたちが確認しなければならないのは——」ウィンターズが言った。「その子の学習程度が少なくともほかのひとりと同じであることです。昼食後今日一日、ここにいさせてみたらどうでしょう？」

グレースは庭に通じる扉のところへ行き、末っ子のふたり、メアリーとテオドラを呼んだ。ふたりとも全速力で走ってきた。おさげからは巻き毛がほつれている。

「なあに、グレース？」とメアリーが訊いた。

「こちらトムよ。マートン様のところにいて、しばらくあなたたちといっしょに勉強することになるかもしれないの。外に連れていってほかの子たちに紹介してあげてくれるとありがたいんだけど」

ふたりの少女のなかでは八歳と年上のテオドラがトムの手をつかんだ。「いっしょに来て。昼食の時間まで遊べるわよ」

トムが笑みを浮かべて振り向いたときに、ドミニクの心は揺れた。「またあとで、侯爵様」

「馬車を迎えによこすよ」ドミニクは子供たちが扉の外へ駆け出すのを見守った。いつかトムは永遠にぼくのもとからいなくなる。

「ご心配なく、侯爵様」ミス・トーラートンが言った。

ドミニクは突然喉が詰まり、咳払いをした。「ええ、そうですね」

二時間後、ドミニクはレディ・ソーンヒルの応接間に足を踏み入れたが、ライオンの巣穴にはいったという感じはしなかった。どこぞの長老の住まいといった感じでかなり居心地がよかった。その部屋のどこがちがうとはっきりと言えなかったが、どこか五感を刺激されるような気がした。明るい色合いのドレスとターバンを身につけた背の高いほっそりした女性が彼と彼の母と親戚に挨拶した。

「ユーニス、いらしてくださってほんとうにうれしいわ」女性は母の頬にキスをした。

「シルヴィア」母もキスを返した。「きっとドミニクのことは覚えてないわね」

レディ・ソーンヒルは手を差し出した。「ほんとうにハンサムな若者に成長したわね。最後にお会いしたときには、まだ引きひもをつけていたわ。うちの夫とわたしはそのあと外交団に加わってトルコにいたのよ」

ドミニクは驚きのあまり、お辞儀をするのも忘れるほどだった。「またお知り合いになれて光栄です」

母とレディ・ソーンヒルが親しかったことも、彼女の夫が外交団にいたことも知らなかった。母がこの女性と親しかったというのならば、早目にここを去るわけにもいかなくなった。おそらく、母が帰ると言わないだろう。

レディ・ソーンヒルは笑った。「すぐには信じられないかもしれないけど、そのうちここでも興味を引かれる会話があるかもしれないわ」そう言って眉を上げてみせた。「夫とわたしのことを最悪の人間と思わせようとしている人もいるけど、それほどじゃないのよ」

すっかり不意をつかれ、ドミニクは笑みを浮かべた。「どうやらぼくは学ばなければならないことがたくさんあるようです。ただ、ぼくのいちばんの関心は、一時的にあずかっている子供の絵の教師を見つけることなんです。非常に才能のある子なので」

レディ・ソーンヒルは部屋を見まわし、その目を止めて細めた。「ああ」彼女は窓のそばの遠くの一隅を指差した。「あそこにいる面々が役に立つわ。みなそれぞれの分野で成功を夢見ている若い芸術家たちなの。彼らが関心を持たなくても、関心を持ちそうな誰かを知っているはずよ」

ドミニクはまたお辞儀をした。「では、失礼して」

「もちろんよ。すぐにとりかかるのがいちばんよね。あなたのミス・スターンはまだいらしていないし」

首に熱が這いのぼる。レディ・ソーンヒルはどこまでも率直だった。「ありがとうございます」

彼女はうなずくと、彼の母のほうに顔を戻した。ドミニクは細長い応接間の遠くの端へ向かった。

三十分後、トムの能力についてドミニクにあれこれと質問したのちに、ジョン・マーティンという名前の芸術家がトムに絵を教えることに同意した。目的を達成したドミニクは芸術家たちに別れを告げ、人込みのなかを戻りはじめた。そこでシーアが白髪の凛とした老婦人のあとから部屋にはいってくる姿をとらえた。

ドミニクがあと数フィートで未来の妻のもとに達しようとしたところで、レディ・ソーンヒルが声を張りあげた。「公爵夫人。そろそろお見えになるころだと思っていました」

公爵夫人？　シーアが公爵夫人と何をしているのだ？　きっとグレースの知り合いのひとりにちがいない。

公爵夫人は目をきらめかせたが、答える声は威厳に満ちていた。「シルヴィア、あなたのお行儀って髪を結うようになるまえとなんら変わらないのね」

レディ・ソーンヒルは満面の笑みで目をうるませた。「お会いしたかったわ。あまりお目にかかれないから」

老婦人はレディ・ソーンヒルを抱きしめた。「まだおてんばなのね」

「ええ、お気に召しました？」

「ええ、とても」公爵夫人はシーアにそばに来るよう身振りで示した。「きっとすでにわたしの孫娘のドロシアには会ったわね？」

ドミニクは啞然として足を止めた。

孫娘？　ああ、彼女に侯爵夫人となるべく修練を積んでもらわなければならないなどと言わないでおいてよかった。言っていたら、愚かしく思われたことだろう。

レディ・ソーンヒルはシーアのほうに顔を向けた。「ええ。お孫さんはあなたの若いころにそっくりですわ」

ドミニクは公爵夫人を見てからシーアに目を移した。似ていることははっきりわかった。

シーアの顔は祖母の顔を若く、より丸くした感じだった。祖母自身もいまだに極めて美しい女性だった。

シーアは祖母に当惑の目を向けた。「レディ・ソーンヒルとそんなに親しかったなんて知らなかったわ」

「シルヴィアはわたしの名づけ子なの。彼女のお母様が亡くなっていたので、最初のシーズンはわたしが付き添いを務めたのよ」

ドミニクはうなりたくなるのをこらえ、まえに進み出た。解こうとしていたパズルのかけらがぴたりとはまった。シーアがこれほどにおちついていて、ほぼどんな状況においても気楽な様子でいるのも不思議はない。ドミニクはシーアの目をとらえ、頭をわずかに彼女の祖母のほうへ傾けた。

シーアは彼に手を差し出した。「お祖母様、わたしの婚約者のマートン侯爵を紹介してもよろしいかしら？　侯爵様、祖母のブリストル公爵夫人です」

老婦人はドミニクに鋭い目をくれた。「マートン、ここであなたにお会いするとは思わなかったけれど、いらしてくれてうれしいわ」

この魅力的な女性がブリストル公爵の母親であることは信じがたかった。公爵はこれまで会った誰よりも辛辣な男だった。

ドミニクは彼女が差し出した手をとって顔を寄せた。それが試験であったなら、合格したようだ。「ありがとうございます、公爵夫人」

シーアの身内のことはそれなりに敬意をもって扱うものの、過剰に親しげな振る舞いはさせまいと考えていたのだが、そんな思いも砕け散った。一瞬、ドミニクはすべてをどう受け止めていいかわからなくなった。彼女の家族関係が秘密であるはずはないが、誰もひとことも教えてくれなかったのだった。アルヴァンリーでさえ、准男爵の娘としか知らなかった。

公爵夫人は厳かに首を下げた。「あなた方ふたりで行きなさい。きっともっとおもしろい会話に参加できるでしょうから」

シーアは彼の腕に手を置いた。「ありがとう、お祖母様」

ドミニクの婚約者はドミニクを芸術家たちがいるのとは反対側の窓辺の席へ導いた。「会えてうれしいけど、どうしてここへ？」

「母の付き添いを務めるのと、トムのために絵の教師を見つけようと思って」

シーアの眉根が寄った。「彼の家族からはまだ何も？」

ドミニクは否定するように首を振った。「何も。妙だと思うのは、トムも訊こうとしないことだ。彼は父親が帰国したらすぐに自分のところへ戻ってくるのが当然だと思っている」

「軍隊にいるんですもの。たぶん、彼にとってはそういうものだということよ。祖母によると、ストラットン伯爵は風変わりな人らしいわ」シーアはみずみずしい下唇を歯で噛み、ドミニクはその口を奪いたくてたまらなくなった。「トムともう少しいっしょにいてもかまわないと思っている？」

「つまり、父親が戻ってくるまで誰も彼を引きとらなかったら、ぼくらといっしょにいることになるわけだ」

シーアのやさしい笑みにドミニクの心は引き寄せられた。「わたしは少しもかまわないわ。それどころか、トムにはずいぶんと愛着を感じはじめているところよ」

「ぼくもさ」それも問題のひとつだった。「トムと長くいっしょにいればそれだけ、彼を手放すのが辛くなる。彼は家族に引きとられたほうがいいと思う」

「家族が彼を望まなかったらだめよ！」

その声はあまりに激しく、ドミニクは何気なく部屋を眺めていた目を彼女に向けた。「彼の家族にはなんらかの断裂があると思うのかい？」

「そうじゃなかったら、どうしてトムとその母親はストラットン・ハウスやストラットン家の領地に住んでいなかったの？」シーアは鼻梁をつまんだ。「伯爵は数多くの領地を所有しているわ。彼女の状況を考えれば、そのうちのひとつを与えてもよかったはずよ。それこそがミセス・ホワイトの条件だったじゃない？　近い身内がいないこと」

「忘れていたよ」どうして忘れていられたのかはドミニク自身にも謎だったが。記憶力には自信があったのに。それでも、シーアといっしょだと、彼女以外のことを考えるのがむずかしくなる。「色々と調べたようだね。ほかに何がわかった？」

「全部祖母から聞いたことよ。トムの両親の結婚についてはよく知らなかったわ。でも、トムの父親は伯爵の次男で、そのお兄様である長男は結婚して何年かになるけど、子供がいないんですって」シーアの目が懸念にくもった。「祖母によると、ストラットン伯爵もあまりいい健康状態じゃないらしいわ」

「伯爵と連絡をとろうとするより、その長男を見つけたほうがよさそうだな。名前はわかっているのかい?」シーアの言うとおりだ。何かが大きくまちがっている。真相を早く探ったほうがいい。トムは家族に引き渡すべきなのだから。

シーアは目をつかのま天井に向けた。「あなたは貴族のことに詳しいはずじゃないの?」

「昔から思っていたんだ」ドミニクは彼女にもっとも魅力的な笑みを向けた。「それに詳しい女性と結婚しようとね。そうじゃなかったら、貴族名鑑がどこかにあるはずだ」

「キャヴァノー子爵よ。おもな領地はノーフォークにあるわ」

「そうだとしたら、そこに手紙を送ったほうがいいな」

シーアは小さな手を彼の手にたくしこんだ。「ありがとう。あなたがやってくれるとわかっていたの」そう言って席を立ち、彼のまえに立った。「来て。画廊を散歩しましょう。そこに祖母の小さな肖像画があるはずなの」

シーアに導かれながら、ドミニクはトムの母方の祖父にも手紙を送ろうと考えていた。その紳士が誰であるかをシーアか自分の秘書が探り出したらすぐに。

応接間を出ると、シーアは話題を変えた。「女性たちが暮らすのにぴったりの家はもう見つけてくださった?」

母とシーアとドミニクのあいだでは、ロンドンに近い領地がいいということで意見が一致していたが、女性たちが身許のばれる不安を抱かずに済むだけ離れている必要があるのが問題だった。「秘書に領地を調べさせている。領地管理人を何週間かノーフォークに送ってしまったことを忘れていたんだ。さもなければ、もう調べがついているはずなんだが」

「もちろん、できるだけ早く彼女たちも場所を移りたいでしょうしね。ほとんどの女性は外へ出るのを怖がっているし、あの家にはいやな記憶がつきまとっているから」

ふたりは長い画廊に到達した。あれだけの客がいたにもかかわらず、そこに人がいないのは驚きだった。ありがたい、ようやくふたりきりになれた。

ドミニクはシーアを腕に抱こうと彼女のほうに向き直ったが、そこで動きを止め、うなりたくなるのをこらえた。どう感じようと、できるかぎり彼女に触れずにいるよう努めるつもりだった。肉欲に支配されてはならないのだから。

19

ドッティは自分のささやかな策略にドミニクが気づかないでくれるか、気づいても気にしないでくれるといいと思った。この家のどこかに祖母とレディ・ソーンヒルの母親の肖像画があるという話はほんとうに祖母から聞いていた。それでも、まえに画廊に来た経験から、そこが数多くのくぼみ（アルコーヴ）があってふつうは誰もいない場所であることはわかっていた。彼に触れられることを期待して体が熱くなる。

広い廊下を端まで歩くと、ドッティは人間と等身大の彫像を飾れるほど広いくぼみのそばで足を止めた。「きっとほかの場所にあるんだわ」そう言ってドミニクのほうに顔を向け、広い肩にてのひらを置いた。「ドミニク？」

彼はすばやく顔を下ろして唇を奪った。

「こんなところでこんなことをしてはいけないんだ」その声は御影石のように固かった。

ドッティは大胆に舌で彼の舌を愛撫し、シルクの波のような彼の髪に指を差し入れた。

「どうして？」

ドミニクはてのひらで彼女の尻を包み、体を引き寄せた。「誰かが来るかもしれないからさ」

ドッティはため息をついて溶けそうな体を彼の体に押しつけた。「わたしたちは婚約しているのよ。あと一週間で結婚するわ」

「もう結婚していればと思うよ。そうすれば、おおやけの場以外でもきみといっしょにいられるのに」

ドミニクにもう一方の手で胸の横を愛撫され、胸の頂きがとがると、ドッティはさらに身を寄せた。硬くなった頂きを親指でかすめられ、全身に火が走ってその火が脚のあいだの敏感な場所に集まり、そこをうずかせた。ドッティは何かを、なんらかの解放を求めて体を押しつけた。

思わず声をもらして片脚を彼の体に巻きつけようとしたが、スカートに邪魔をされた。脈が速まり、激しい息がもれた。「ドミニク、ほしい……」

「なんだい、シーア？　何がほしいんだい？」

「わからないわ。体がうずくの」

「ああ、シーア」ドミニクはことばを押し出すのがむずかしいというような声を発した。

「きみのせいでおかしくなりそうだ」

ドミニクは脚で彼女の脚を開かせ、太腿を脚のあいだに押しつけた。すぐにその部分のうずきが高まった。ドッティがもうこれ以上は耐えられないと思ったところで、体が震え出し、息が絶え絶えになった。ドミニクが押しつける脚に力を加えると、次から次へと新たな感覚の波が押し寄せて全身に広がった。そのうちにドッティは体がばらばらになったような気がした。

ドミニクは口で口を封じ、彼女の悲鳴をキスで呑みこんだ。

ああ、これは何？　いつまたこれができる？　彼が脚を引き離すと、ドッティは彼にぐったりと体をあずけた。

その体をドミニクは支えた。「もうこれ以上はいけない。結婚するまでは」

そんなことばなど聞きたくなかった。ドッティはやさしいキスで彼の顎をなぞった。「でも、気に入ったわ」

彼の胸の奥から忍び笑いが響いてきた。「それはぼくらの将来にとっては有望だな。でも、ここでやめなければ、結婚するまえにぼくはきみの体を奪ってしまうだろう」

それがどうしてそんなにいけないことなの？　自分が選択できると考えると悪くない気がした。危険があるのはたしかだが、結婚するまえにドミニクが死んでしまうなんてことがあり得る？　父の領地の小作人の妻と交わした会話から、その行為自体については知っていた。

もちろん、真の問題は待ちたくないと告げたらドミニクがどう反応するかだ。それもやはり、彼に警告を与えないでおいたほうがいい。両親が到着してマートン・ハウスに移ったら、彼を説得する時間は充分にあるはずだ。

ドッティは目を合わせたまま、手を伸ばして彼の後頭部の髪の毛を撫でつけ、唇を唇に押しつけた。彼の目の奥に何かが宿ったと思うと、ドミニクは舌を彼女の唇に走らせて口を開けさせようとした。

やがてその顔から表情が消え、彼は一歩下がった。「応接間に戻らないと、誰かがきみを探しに来るよ」

思った以上にむずかしい。ドッティはドレスの皺を伸ばした。「いいわ。わたしたちが絵を見ていただけじゃないことは誰にも知られないほうがいいものね」

数分後、応接間に戻ると、人の数はほぼ二倍に増えていた。ドッティは祖母の姿を探し、ようやくレディ・マートンやレディ・シャーリングを含む年上の女性たちの集団のなかにその姿を見つけた。つまり、ミス・ターリーも来ているということだ。

彼女が昼間に訪ねてきたとき以来、ドッティは偶然耳にした会話のことについてシャーロットとルイーザと何度か話し合った。そして、例の一件はレディ・マナーズがたくらんだことで、ミス・ターリーはあまりに簡単にそそのかされてしまったのだという結論に達していた。彼女がドミニクにとって従順すぎる女性であるのもたしかだった。しかし、レディ・マナーズがいとこをドミニクと結婚させたいと思う理由は謎のままだった。

窓辺の席は埋まっていた。部屋のすべての椅子もソファーも同様だった。席として明るい色のクッションが床に置かれていたが、それも若い男性や大胆な女性たちによって占拠されていた。

ドッティはドミニクを人のいない片隅に連れていった。「ここにミス・ターリーが来ているはずよ」

ドミニクの濃い金色の眉の根が寄った。「どうしてわかるんだい？」

「彼女の伯母様のシャーリング伯爵夫人がうちの祖母やあなたのお母様といっしょにいるか

ら。ミス・ターリーの付き添いを務めるためにロンドンにいらしたのよ」

「あんなくわだてをしたんだから、そろそろ誰かが付き添いを務めるべきだな」

ドミニクがおもしろく思っていないことは察していたが、まだこれほどに怒っているとは気づかなかった。「あれってミス・ターリーのくわだてじゃないと思うわ」それとも、ミス・ターリーと結婚したいと思っていたからこそ腹が立っているの？

ドッティは眉を上げ、顎を持ち上げた。「いずれにしても、ああいう成り行きにならなかったら、わたしたちも婚約していなかったわけだものね」

ドミニクは部屋を見まわしていたが、シーアの声に挑むような響きを感じて彼女に目を戻した。まったく。ほかの男たちが文句を言っていたのはこういう瞬間についてか。これまでは自分の身に起こるとは思ってもみなかったのだった。問題は音楽のような彼女の声にうっとりと耳を傾けていたせいで、半分しかことばが頭にはいっていなかったということだ。婚約したことに何か問題でも？　シーアの緑の目の奥に好戦的な光が宿った。ドミニクは本能的に答えはひとつだと悟った。「きみがほしい」

彼女の顔から張りつめたものが消え、また笑みが浮かんだ。「どうしてレディ・マナーズがいとことあなたの縁談をそれほどに望んだのか不思議だわ」

ドミニクは肩をすくめた。花嫁候補については全員を調査させたのだった。誰についても家族は財政的に問題がなく、不適切なところを感じさせるものすらなかった。「地位だろうな。彼女の父親は子爵で、あの一族が爵位を得たのもそれほど古い話じゃない」

シーアはまたさっと眉を上げた。

ああ、しまった。これは……ふたりのあいだに何があるにせよ、そこに無数の落とし穴が隠れているのはたしかだ。これを恋愛結婚と呼ぶつもりはないが――恋に落ちるつもりはないとみずからに誓っていたが――便宜的な結婚でないのも絶対にまちがいなかった。シーアの存在が便宜的であるとはまったく言えなかった。娼館、子猫、行くあてのない子供たち、堕落した女たち。沼に沈みこんでいく感覚だった。そしてどこに底があるのかもわからない。ドミニクにはわからなかった。それだけではなく、彼女の祖母に会ってからは、彼女に言うことを聞かせられるかもしれないという望みもついえていた。

シーアが何か言うまえにドミニクはつづけた。「彼女の家族は当然夫としてできるだけ高い地位の人間を求めるだろうからね」

シーアは自分の父について何かつぶやき、かすかに首を振った。「女性の誰もが男性を罠にかけようとするものじゃないわ」

助かった。また安全な話に戻れた。「それはそうだ」

「あそこにいたわ……若い男性といっしょに」

「彼女の兄のターリーだ」

みずみずしい唇がわずかにすぼめられた。「ええ、たしかに似てるわね。わたしたちに気づくかしら」

「気づかないといいな」ドミニクはシーアをひとり占めしていたかった。たとえここが人で混み合うサロンだとしても。少なくとも、誰も彼女にダンスを申しこんできたり、飲み物をとってこようかと申し出たりもしない。

ターリーはドミニクとシーアのほうにちらりと目をくれ、それから妹のほうに身をかがめた。彼女は顔を赤らめて首を振った。彼はまた何か言ったにちがいない。今度は彼女もうなずき、兄妹がふたりのほうにまっすぐやってきた。

ドミニクの顎がこわばった。

「愛想よくしてね」シーアがつぶやいた。「噂が出まわってからというもの、噂好きの人たちはわたしたちの一挙一動に注目するでしょうから」

どんな噂だ？　噂など何も聞こえてきていなかった。最近は友人と過ごすことも、〈ホワイツ〉に行くこともなかったが。ドミニクはシーアの腕をつかむ手に力を加えた。

シーアはほほ笑んで空いている手を差し出した。「エリザベス、お会いできてうれしいわ」ミス・ターリーは怯えるような目をドミニクに向けてから、シーアに目を向けた。「ドッティ、ありがとう。ここにいる人たちはほとんど知らないんだけど、伯母がどうしても来るっていうので」

ドミニクとターリーは互いに軽く会釈した。

「ターリー」

「マートン侯爵」

「ああ、ドッティ」ミス・ターリーが明るい笑みを浮かべた。「兄のミスター・ターリーを紹介してもいい？　ギャヴィン、こちらミス・スターンよ」

あの罠にはこの兄も一枚嚙んでいたのか？　だからあの晩、ミス・ターリーは兄と言い争いをしていたのか？

シーアの手に顔を近づけた男の笑みは作ったものではなかった。「お会いできて光栄です、ミス・スターン。マートン侯爵とのご婚約にお祝いを言わせてください」

シーアはドミニクのほうに顔を向けた。その顔に浮かんだ表情はとてもうれしそうで、それが自分のものだと思うと、ドミニクの心臓は胸のなかではじけた。それに、シーアの言ったとおりだった。レディ・マナーズのたくらみがなかったら、自分はマートンの領地に戻ってしまい、シーアと結婚することもなかっただろう。彼はターリーに笑みを向けた。「ありがとう。ほんとうにうれしいよ」

ターリーはうなずき、またシーアに向かって言った。「あなたがエリザベスにとても親切にしてくださったことを聞きました」

「ミスター・ターリー、あなたの妹さんのように性格のよい方と仲良くするのはたのしいですわ」

しばらく四人は気候の話やレディ・ソーンヒルの客の数について会話を交わした。

やがてターリーが言った。「ミス・スターン、お会いできて幸いでした。マートン侯爵がこれほどに幸せそうな理由がわかりますよ」

ミス・ターリーもうなずき、兄の腕をとった。「ええ、完璧にお似合いのおふたりだと思いますわ」

シーアが礼を言って挨拶するあいだ、ドミニクはたしかに幸せだと気づいていた。父が亡くなって以来、これほどに幸せだったことはない。

ふたりが去ると、ドミニクは小声で言った。「うまくいったね。きっとまだ噂されているとしても、それに終止符を打てたはずだ。秘書に言ってレディ・マナーズに感謝の手紙を送らないといけないかもしれないな」

「侯爵様」シーアはぞっとした振りをして目をみはった。「冗談を言ってらっしゃるの？」

ドミニクはしばし考えなければならなかった。やがて忍び笑いをもらした。「たぶん」

20

レディ・ソーンヒルのサロンから数日後、ホートン少佐がドッティとドミニクとドミニクの母に急ぎ会いたいと言ってきた。

少佐は身をこわばらせてドミニクの書斎のマントルピースに寄りかかった。レディ・マートンはドミニクの机のまえの椅子にドッティと並んですわった。

「どれほどひどい状況だったんです？」朝食後すぐに、女性たちを予定よりも急いで移さなければならないと知らせに来た少佐にドミニクは訊いた。

「家じゅうが目を覚まし、怖がっちまって――」少佐はドッティとレディ・マートンに目をくれた。「みんなが怖がってしまったんです。幸い、ミセス・オイラーのおかげでおちつかせることはできたが、みな怯え切ってしまい、うちの家内もびくびくしていました。叫び声をあげた女性は窓の外で男たちの話す声が聞こえたと言っていた」

ドミニクは顔にもどかしそうな表情を浮かべていた。問題の深刻さがあまり理解できないとでもいうような顔だ。「女性たちはちゃんと守られているし、鍵も全部とり換えたはずだ。怯える理由はないと言ってやればいい」

ドッティは鋭く息を吸って吐いた。ホワイト夫人はニューゲートに収監され、裁判を待っている。幸い、ボウ・ストリートの警吏たちは充分な証拠を手に入れており、女性たちが証言台に立たされる必要はなかった。しかし、ミス・ベッツィはまんまと逃亡してしまい、ホワイト夫人に力を貸していた悪党たちが何者かは誰も知らなかった。

ホートン少佐の姿勢は変わらなかったが、さらに身をこわばらせたように見えた。「こんなことが起こったのは今週二度目だ。あの家にいたのでは、女性たちは決して身の安全を感じられないんですよ」

少佐の言うとおりだ。おそらく安全とは言えないだろう。たとえドミニクがあの家に使用人を置いたとしても、犯罪者たちを完全に抑えることはできないだろう。家探しはまだ解決していない問題だった。ドミニクの領地管理人がリッチモンドの近くにちょうどいい大きさの邸宅を見つけていたが、改装が必要で、完成までにはほど遠かった。「女性たちを移さなければならないわ」

ドミニクの目が少佐からドッティに移った。「みんなが社交シーズンのために街に来ている今、ちょうどいい貸家は見つからないだろう。それに、若くて美しいひとり身の女性たちばかりで家が埋まるとしたら、大家が訝(いぶか)しむにちがいない。ぼくたちが避けようとしている、まさにそんな印象を与えることになる」

「わたしたちに何かできることがあるはずよ」レディ・マートンが言った。「たぶん、リッチモンドの家の改装が終わるまで、領地にある田舎の家(カントリーハウス)のひとつを使えるわ」

ドッティは少佐に目を向けた。「あなたはどのぐらいすぐにお発ちになるんです?」

「ナポレオンが帝位をとり戻したので、ぼくの任務は保留となっていますが、まもなく大陸に戻ることになる可能性は高い。出立するときに妻をセント・ジョージ街には残していきたくないですね」そう言ってふいに笑みを浮かべた。「カントリーハウスはぼくには願ったりだな」

すでに乱れている髪を手で梳き、ドミニクは椅子に背をあずけた。「領地管理人と話をさせてくれ。もっとも現実的な選択肢は何か見極めなくては。トムの父親から何か連絡は？」

「何も」少佐は首を振った。「先日お伝えしたとおり、彼は十二月に帰還予定だ。公的な経路で手紙を送ったんだが、向こうに届くにはまだ早すぎる。その男の子はどんな様子です？」

それはこの悲惨な一件において唯一の明るい点かもしれなかった。「トムは元気で幸せに暮らしています。スタンウッド・ハウスで授業を受け、絵の教師にもついているわ」マットとグレースの弟妹達といっしょにいてトムがどれほど喜んでいるか思い出し、ドッティはにっこりした。「すごい才能の持ち主なんです」

「残念ながら」ドミニクが言った。「彼の祖父とも連絡がつかない。昨日の午後、キャヴァノー子爵のタウンハウスのそばを通ったときには、扉からノッカーがはずされていた。田舎の家に手紙を送ったが、まだ返事はない」

少佐は考えこむようにして顎をこすった。「その子は父親が戻ってくるまできみのところにいたほうがいいとは思わなかったのかい？」

蠟燭が吹き消されたように、ドミニクの顔は穏やかなものから険しいものに変わった。

「ぼくにはあの子を家族のもとに戻す義務がある」

少佐は胸のまえで腕を組んだ。「まだキャヴァノーが妻をロンドンにひとり残した理由もわかっていない。家族があの子を引きとって虐待したらどうする？」

少佐の指摘はもっともだとドッティは思った。じっさい、トムは父親が戻ってくるまでマートン・ハウスで暮らしたほうがずっといいはずだ。

「彼の祖父はイギリス貴族だ」ドミニクは顎をこわばらせた。「子供を虐待したりはしないはずだ。それだけじゃなく、孫に対して義務がある」

ドッティはドミニクをじっと見つめた。耳にしたことばが信じられなかった。これは自分が愛するつもりの男性ではなく、友人たちがあれほどに嫌っていた男性そのものだ。そう、彼のまちがった信念をそのままにしておくわけにはいかない。「マートン様、まさか本気でそんなことを信じているんじゃないわよね？　トムのお祖父様はこれまで義務をはたさずに来たのよ。そのことを考えれば、今だって信頼するわけにはいかないわ」

「シーア」ドミニクは実質しかりつけるように言った。「トムの問題はぼくにまかせてくれ」

どうしてこの人はこんなに頑固なの？　おまけに少佐もいるまえでわたしに向かってこんな口調で話すなんて。彼をにらみつけてドッティは立ち上がった。「あなたがトムを、彼が知りもしない、彼を望みもしない人たちの手に渡そうと思っているなら、そうはいかないわ」

ドミニクの顔から表情が消え、ドッティには彼が何を考えているのかわからなくなった。

「このことはあとで話そう」

そんな冷たく厳しい声を使われたのははじめてだった。ドッティの胸が持ち上がった。癇癪袋（かんしゃくぶくろ）のひもは急速にちぎれかけていた。「いいわ」

そう言ってくるりと振り返ると、扉から部屋の外へ出ようとした。

「シーア、待て」ドミニクが命令した。

高飛車に意見を無視されるのはもうたくさんだった。ドッティは振り返って彼を指差した。

「いいえ、待つのはあなたよ。貴族がまちがったことをするはずがないと考えているようだから。目を開けてまわりをよくご覧なさい。貴族だってほかのみんなと同じく、妻や子供や使用人を虐待する可能性はあるわ。もうたくさんよ」

「そこから動くな。バークリー・スクエアまで送っていくから」

「結構よ。歩きたいの」ドッティは唇を噛み、書斎をあとにした。彼から急いで離れたい気持ちに追いつかない足をすばやく動かして廊下を進み、玄関の間にはいるまえに足を止めた。そこで深呼吸し、礼儀正しい笑みを顔に貼りつけて玄関の間にはいると、使用人を呼んでもらった。

すぐにフレッドが現れた。「どうかされましたか、お嬢様？　昼食までこちらにいらっしゃるはずだと思ったんですが？」

「予定が変更になったのよ」ドッティは上着のボタンをはめ、今度はペイクンに向かって言った。「トムの服を少しスタンウッド・ハウスに送っておいてもらえます？　何日か向こうに泊まることになるので」

執事はお辞儀をした。「かしこまりました。馬車を呼びましょうか?」

「いいえ、ありがとう、ペイクン。わたしは空気を吸ったほうがよさそうだわ」新鮮な空気をうんと吸って、怒りをおさめるのだ。

ドッティはフレッドを連れて速足でブルック街を抜け、ケアロス・プレースのほうへ曲がった。目の端で何かがすばやく動くのをとらえ、うなじがちくちくした。誰かに監視されているようだ。ドッティはゆっくりと振り返ってあたりを見まわしたが、誰もいなかった。

「フレッド、何か見た?」

「いいえ、お嬢様。どうしてです?」

ドッティは小鳥かリスにちがいないと不安を払いのけたかったが、動物のはずはなかった。

「誰かがわたしたちを監視している気がするの」

フレッドはあたりを見まわした。「家に帰りましょう」

ドッティはうなずき、田舎でするように大股で歩き出した。

ほどなくふたりはバークリー・スクエアへと角を曲がった。「ねえ、アイスクリームをおごるわ」

フレッドの顔が真っ赤になった。「お嬢様、いけません。そんなことは——」

「わたしたちのあとをつけている人がいないか目を配って」

「あ、そういうことですか。お嬢様、すみませんが、どうして誰かがお嬢様のあとをつけるんです？」

「ミセス・ホワイトのところへ行ったときに、わたしたち、侯爵家の名前を名乗ったの。相手が反撃してこないだろうと思うほど、わたしも世間知らずではないわ。誰にしても、スタンウッド・ハウスまであとをつけられるわけにいかないのはあなたにもわかるはずよ」

使用人は鼻の脇を指で叩いた。「とても用心深くていらっしゃるんですね、お嬢様」

歩く足を遅めてドッティは広場の端にあるガンターズにはいってアイスクリームを注文した。

「ミス・スターン？」ミス・フェザリントンが窓のそばのテーブルから手を振ってきた。「ごいっしょしません？」

ドッティは声をかけてきた年下の女性と、何か書きつけたものを眺めるのに忙しくしているその母親のレディ・フェザリントンに挨拶した。「ありがとうございます。でも、ごめんなさい、あまり長居できないんですが」

「そうでしょうね」ミス・フェザリントンはにっこりした。寡黙な兄とは好対照だ。「ただ、母があなたのお祖母様から舞踏会への招待状を受けとったことをお伝えしたくて。とてもわくわくしているんです。プルトニー・ホテルには行ったことがないので」

舞踏会？　いつお祖母様は舞踏会を開こうと決めたの？

驚きを隠すためにドッティは手袋を脱ぐのに忙しい振りをした。「祖母はロンドンにいるときはそこに滞在するのが気に入っているんです」

「とても冷静なのね。わたしだったら、結婚式の二日前にわたしのために舞踏会が開かれるとなったら、きっとてんてこまいだわ」

ドッティはアイスクリームをスプーンですくった。「あら、そんな」どうにか最初に感じた驚きを払いのけ、嘘偽りのない事実を口にする。「そう、わたしはそれにには全然かかわらないと思いますわ。祖母は何もかも自分でやりたがる人なんです」もしくは、祖母の付き添いと秘書がすべての準備を監督することになる。それでも、祖母が催しを計画するまえに、かかわりのある人間に相談してくれたならと思わずにいられなかった。ドッティは扉の外に立っているフレッドに目をやった。何か、もしくは誰かに気づいたようだ。ドッティはアイスクリームの最後のひと口を食べた。「テーブルに誘ってくださってありがとう。でも、ほんとうにもう行かなくては。レディ・ワーシントンに心配されてしまいますので」

「ごいっしょしてくださってありがとう」ミス・フェザリントンは興奮した口調で言った。「舞踏会をとてもたのしみにしておりますわ」

ドッティは立ち上がって扉へ向かった。フレッドが扉を開けてくれた。「何かわかった？」

「幼い少年が通りのそばの大木の陰からお嬢様を見つめていました。まずはワーシントン・ハウスへ向かったほうがよさそうですね」

スタンウッド・ハウスから広場をはさんだはす向かいにあるワーシントン・ハウスには、家族が住めるようになるまで、マットの事務室だけが置かれていた。マットなら助言をさずけてくれるだろう。

「すばらしい考えだわ」ドッティはとくに目的もないふうを装って広場をぶらぶらと歩き、ワーシントン・ハウスに向かった。

執事のソートンが扉を開け、マットの書斎に案内してくれた。

部屋にはいっていくと、マットが立ち上がった。「訪ねてきてくれるとはうれしいが、何か用かな？」

「ああ、マット」ドッティは安堵の息をついた。「わたしのせいでみんなが大変なことになってしまったの」

マットはどっしりとした両袖机のまえの椅子にすわるよう、ドッティに示した。「それはマートンと関係することかい？」

「ほんの少しだけ」ドッティは椅子にすわってスカートを直した。「ちょっと意見の相違があったせいで、かなり腹を立てて彼の家を出たんです」

「まさか、馬車に乗っていくように言われなかったわけじゃないだろうね？」マットの声は危険なほどに穏やかだったが、ドミニクへの敵意を含んでいた。

「言われたわ」ドッティは唇を嚙んだ。歩いて帰ることにしたのはちょっと早計だったかもしれない。「でも、あまりに腹が立ったので、歩くことにしたんです」そこでしばしことばを止めた。「そうしたら、あとをつけられて――」ドッティは自分を見つめていた少年のことを話した。「フレッドがまずこちらに来たほうがいいって言ってくれたの」

マットは呼び鈴を鳴らした。すぐにソートンが応じた。「お呼びですか？」

「フレッドを厩舎にやって馬丁にその少年の人相を説明するように言ってくれ。その子がつかまったら、ここへ連れてきてほしい」マットはドッティに目を向けた。「フレッドといっしょに行ってくれ。きみのことはスタンウッド・ハウスまで馬車で送るよ。この件が解決するまでは、ここことマートン・ハウスを歩いて行き来するのはなしだ」

少なくとも困ったことにはならなかった。「わかりました。ありがとう」

マットは唇をゆがめ、皮肉っぽい笑みを浮かべた。「あまり自分を責めちゃいけないよ。そういうことが起こるんじゃないかと思っていたんだ。運に恵まれれば、誰が何を誰に対して求めているかわかるだろう」

「子供を使っているとしたら、トムがいたのと同じ集団だと思うわ」

「あり得るが、ありとあらゆる類いの悪事に子供を使う犯罪集団は多いからね」マットは机に肘をつき、指先と指先を合わせた。「ドッティ、きみとマートンについてだが」

ドッティは下唇を噛んだ。「はい?」

「もし婚約を破棄したいなら……」

目の奥に涙がにじみ、喉が痛いほどに締めつけられた。「それで今シーズン最大の悪い噂を引き起こすんですか?」

「結婚式を延期することもできる。きみの母上の健康が言い訳になるはずだ」

今朝のことがあって、時間をかけられるならそうしたいと思う気持ちもあったが、そう考えただけで心が痛んだ。ドミニクに彼がまちがっているとわからせる方法はきっとあるはず。

わたしがそれをしなければ、誰がするというの？「少し考えてみます」

ドミニクは廊下を歩み去るシーアの後ろ姿を見つめていた。あとを追おうとしたところで、母の手が腕に置かれるのを感じた。

「今彼女はとても怒っているわ、ドミニク。冷静になる時間をあげなさい」

ドミニクはまた髪に手を差し入れた。シーアに出会うまえには決してしなかったことだ。なんてことだ。彼女に捨てられたらどうする？　そんなことは考えるのも耐えられなかった。

「彼女があんなに頑固でなければ」

「ドミニク」母は眉根を寄せた。「わたしが思うに、彼女の言ったことは正しいわ。あなたが彼女に謝らなければだめよ」

ドミニクはぽかんと口を開けた。「ぼくが？　謝る？」

「そう」

振り返ると、ホートンはまだマントルピースに寄りかかっていた。

少佐は首を振った。「ぼくに助けを求めないでくれ。ぼくも侯爵夫人とミス・スターンの意見に賛成だからね」そう言って背筋を伸ばした。「戻ってきみが別の家を探していると女性たちを安心させなければ」彼は部屋の入口へ向かう途中、ドミニクのそばを通りがかったときににやりとした。「婚約者についてはあまり心配しないほうがいい。きみたちふたりが愛し合っているのは傍目にも明らかだからね。きみのほうが少しばかり折れれば、だいぶ事態は改善される。花をささげるのも悪くないはずだ」

　ホートンは口笛を吹きながら廊下へ出た。

「とてもいい助言ね」母はそう言って立ち上がり、少佐のあとから部屋を出た。

「ちくしょう！」ドミニクは領地管理人の事務室へと向かいながら小声で毒づいた。「リッチモンドの家の改装が完了するまでのあいだ、田舎の家のなかに、女性たちとホートン少佐が住むのにぴったりの家はあるかい？」

　ジェイコブズはしばらく机を指で叩いた。「オックスフォードの近くにひとつ家がありますす」

　ドミニクは首を振った。「大学に近すぎる」

「セント・オールバンスは？」

「詳しいことを教えてくれ。その家を最後に見てからだいぶ経つ」

　ドミニクは椅子にすわり、ジェイコブズがファイルを差し出した。

「寝室が二十あります。居間の数も充分でしょう。散歩するのにぴったりの悪くない公園と庭もあります」

「噂にならないだけ田舎にあると思うかい？」

「旦那様、今いるよりも多くの使用人を雇わなければならなくなります。女性たちが到着するまえに、戦争による寡婦と海外に駐留している軍人の妻たちの住まいだとまわりに知らせておきましょう」ジェイコブズはめったに見せない笑みを浮かべた。「旦那様の新たな慈善事業について、家の管理をまかせている夫婦者に手紙を書いて知らせておきます」

そのとき、ふいに伯父のあざ笑う声が頭のなかで響いた。

〝慈善事業？　売春婦どもめ。連中が生き方を変えると本気で思っているのか？　モスリンで着飾った女どもはいやだったら逃げていたはずだ〟

はじめて、心の奥底から伯父のことばがまちがっているとわかった。今度のことで伯父がまちがっていたとしたら、ほかのことについても誤解していたのでは？「ああ、彼らにそのように女性たちを扱うように言ってくれ。さもないとぼくが黙っていないと言うんだ」

「かしこまりました」ジェイコブズは明るい声で答えた。「ホートン少佐にお願いして、女性たちについて多少身許の説明を考えてもらいましょうか？　あまり多くを質問されなくて済むように？」

「そうしてくれ。それで、どのぐらいすぐに女性たちを出立させられるか調べてくれ」

「旦那様」ペイクンが部屋にはいってきた。「ワーシントン伯爵様から伝言です」

くそっ！　来たか。シーアが婚約を破棄しようとしているのだ。ドミニクは手紙を受けとった。「書斎に行く」

ドミニクは机の奥にすわり、手に持った手紙をじっと見つめた。そう、封を切るのを遅らせても、そこに書かれていることがましになることはない。ドミニクは封を開けて紙を広げた。

マートン
三十分以内にワーシントン・ハウスに来てくれ。
裏口から出るんだ。きみが家を出たことを誰にも知られてはならない。
ワーシントン

シーアが婚約を破棄するとはどこにも書かれていない。ドミニクは安堵の息をついた。が、やがてワーシントンの高飛車な命令に怒りが湧いた。あの男はいかれてしまったのか？　どうしてこういうことになった？　マートン侯爵が路地をこそこそ歩くだと。ドミニクはなかばワーシントンの要求を無視しようと思いかけた。しかし、彼が正しかったらどうする？

「ペイクン、五分以内に庭の門に馬車を用意させてくれ」

十五分も経たないうちにドミニクはワーシントンの書斎にはいっていき、受けとった手紙を彼のまえに突き出した。「いったいこれはどういう意味だ？」

「すわれ」ワーシントンは顎をこわばらせた。

「ぼくに命令など……」ドミニクは椅子にどさりと腰を下ろした。もしかして、シーアががでもしたのか、それとももっと悪いことが？「シーアのことか？　彼女は無事なのか？」

「きみのせいで無事じゃない」

ドミニクは髪を手で梳いた。シーアに見かぎられなくても、従者には見かぎられそうだ。

「何があった？」

「彼女はあとをつけられた。今、うちの連中にその少年を探させている」

ドミニクは声をもらし、両手に顔をうずめた。

「どうしてドッティがマートン・ハウスから歩いて帰ることを許されたのか、事情を説明してもらいたい」

「トムと女性たちのことについてぼくと意見が合わなかったんだ」

「それだけじゃないはずだ」ワーシントンは訝るように目を細めた。「ドッティはぼくがこれまで会ったなかで誰よりも分別のある若い女性だ」

「トムのことはぼくにまかせろと命令したかもしれない」ドミニクは息を吸った。あのときは自分のことばは理にかなっていると思ったのだ。今は確信が持てなかったが。

ワーシントンは椅子に背をあずけ、手振りで示した。「つづけてくれ」

ドミニクは少佐が会いに来たことと、四人で話し合ったことについて語った。話し終えるころには、ワーシントンの顔は怒りで真っ赤になっていた。

彼はもてあそんでいたペンを放り投げた。「きみは一生目隠しをしたままで過ごすつもりなのか？　ドッティの評価は非常に正しいな」

ドミニクはしばし目を閉じた。「少佐と母にも同じことを言われたよ。ぼくはこういう大きな変化に慣れていないんだ。わからなくて……」そう言ってこめかみをこすった。「世間を知らないはずの若い女性のほうがぼくよりも世の中のいかがわしい部分について詳しいなんていうのはひどくばつが悪いものだ。なお悪いことに、彼女はぼくの言うことを聞こうとしない」

「きみの婚約者はそんな世の中の犠牲になっている人々を救っているという評判の持ち主だ」ドミニクははっと顔を上げた。ロンドンでの振る舞いが例外であってほしいと思っていたのだ。「もちろん、ロンドンでじゃない。まだ来てからそれほど時間が経っていないからね。それでも、今きみの言ったことが正しいのは変わらない。彼女はきみよりもずっと多くを知っている。きみは気に入らないかもしれないが、その事実を無視しつづけることはできないはずだ」ワーシントンはブランデーをふたつのグラスに注ぎ、ひとつをドミニクのまえにすべらせてよこした。「娼館での出来事以前には、きみにはブラッドフォードの血はまったく流れていないのかと思っていた。あそこでのきみの行動が希望の光をくれたんだが。きみの目を開けられるのはきみだけだ。世の中には〈ホワイツ〉や領地での生活以上のものがあるんだ」ワーシントンはブランデーを飲んだ。「もうひとつ言っておこう。社会の下層階級とかかわったら、貴族であることが必ずしも身を守ることにはならない」

ドミニクはワーシントンをじっと見つめた。そんなふうに自分を諭す人間はこれまでいなかった。シーア以外には。それでも、彼女はぼくの妻になるのだ。多少は言うことを聞かせられるようにしなければならない。「彼女がぼくの命令に従わないことについては？」

ワーシントンは肩をすくめた。「それについては役に立てないな。グレースと同じようにドッティも自分の意思を持つ女性だ。付け加えれば、知り合いになるに値する女性はみなそうだけどね」

それはドミニクが聞きたい答えではなかった。そういうことが最近は多すぎる。「彼女と話をしに行くよ」

ワーシントンの顔に意地の悪い笑みが浮かんだ。「助言してやろうか？　こっちから折れるんだ」

「折れる？」どうしてみな同じ助言をする？「マートン侯爵が折れることはない」

マットは立ち上がり、机をまわりこんで来て手を差し出した。「幸運を祈るよ。きみには幸運が必要だ」

まったく。この男は本気で言っている。ああ。「花はどこで買える？」

21

ドッティは若い女性用の居間の窓辺に置かれた小さなソファーにすわり、今や冷たくなったお茶を飲んでいた。

「お茶を淹れ直してもらいましょう」シャーロットが提案した。

「もしくは代わりの婚約者を見つけるのね」ルイーザがふざけて付け加えた。

同情して耳を貸してくれる女友達に打ち明けて心の重荷を下ろす必要に駆られ、ドッティはふたりの友人に話したのだが、プルトニー・ホテルに行って祖母の膝で泣いたほうがよかったかもしれない。友人たちが同情してくれていないということではない。ただ、ふたりともまだ恋をしたことがなかった。なぜかそれがこの世ではすべてを変えてしまうような気がした。

自分自身ですら、相反する感情に襲われるのを理解できなかった。なお悪いことに、ドミニクは追ってきてもくれなかった。彼に会いたいと思わず、彼が来ても留守だと言うように使用人には命じていたが、少なくとも、会おうとしてくれてもいいはずだ。

ドッティはソファーのまえのテーブルにカップを置いた。「いいえ、いいの。少し横になるわ。今夜はどこへ行くことになっているの？」

「だいぶ気がふさいでいるようね」シャーロットが声を張りあげた。「ミス・スマイスの誕生祝いの舞踏会じゃない」

「ああ、そうね」ドッティはソファーから立ち上がった。「忘れるなんてどうしてかしら？」

シャーロットはドッティを抱きしめた。「休めば気分もよくなるわ。どうしたらあなたの力になれるかわかればいいんだけど」

突然扉が壁に叩きつけられた。赤いバラの花束を持ったドミニクが部屋にはいってきてドッティの手をつかみ、自分のほうに引き寄せた。

いったいどういうつもり……。「言ったはずよ――」

たくましい腕が腰にまわされて引き寄せられ、唇を唇でふさがれた。ドミニクのにおいとバラの香りが混じり合い、感覚を圧倒される。舌で口をなぞられ、ドッティは口を開け、彼のなかに沈みこんだ。ドミニクは彼女にわれに返る隙を与えず、永遠に自分のものというように舌を口に突っこんだ。やがてドッティは手を彼の肩に置いて顔を仰向けた。もっとほしい。この人がほしい。

しばらくして、互いを通して呼吸しているような気がしはじめたころに、ドミニクが顔を上げた。「ぼくの振る舞いを赦してくれ」彼は彼女を抱いたまま少し身を離し、花束を渡した。「これはきみに」

花に鼻をうずめたドッティの胸に安堵の思いがあふれた。「きれいね。花をくださるのははじめてよ」

「きみが望むなら、一生毎日花を届けさせるよ」

ドッティは涙をこらえて忍び笑いをもらした。「ありがとう。でも、そんなことをされたら、ありふれたことになってしまうわ」

ドミニクは彼女の顎の下に指を一本あてて顔を上げさせた。「ぼくは言うべきじゃないことを言い、すべきじゃないことをした。トムや女性たちのことについてはきみの言うことを信じるべきだった」

彼の藍色の目が渦巻く海のようになった。熱と不安がせめぎ合っている。ドッティは彼の頬を両手ではさんだ。「それについてはいっしょに解決しましょう」

彼の口からためていたらしい息が小さく吐き出された。「ありがとう」ドミニクはまた彼女に軽くキスをした。「ぼくが部屋にはいってきたときに何を言おうとしていたんだい？」

ドッティの頬が熱を持ち、赤くなった。「もうどうでもいいことよ」

ドミニクはにっこりしてまた首を下げたが、そこで誰かが咳払いをした。

「いいわ。わたしたちはお邪魔のようね」ルイーザがシャーロットに目を向けた。「たしか、グレースがわたしたちと話したがっていたんじゃなかった？」

「え？　ああ、そうね」シャーロットは笑みを浮かべた。「ドッティ、あとでね。マートン様、料理人にあなたが昼食をごいっしょすることになったと伝えておきますわ」

「そうすれば時間がたっぷりできるものね」廊下へ出て扉を閉めるときにルイーザが言った。

「だんだん魅力がわかってきた気がする」

「今のはたしかに感動的だったわね」とシャーロットがうっとりと言った。

ドッティはしばし目を天井に向け、その目をぞっとした顔で扉のほうをじっと見つめているドミニクに向けた。「侯爵様、赤くなってらっしゃるわ」

「のぼせたんだ」ドミニクはしわがれた声を出した。「ここは暑いから」

「そう？」ドッティは彼の頬を撫でた。「わたしはどちらかと言えば寒いわ」

ドミニクは首を下げ、彼女の唇を求めた。「それについてはできるだけのことをするよ」

キスのあまりの深さに、ドッティの爪先は丸まり、床から浮き上がる気がした。気づいたときには壁に背中を押しつけられていた。

太い声があたたかい波のように全身に押し寄せる。「シーア、きみがほしい」

ああ、そうよ。「わたしもあなたがほしい」

ドッティは背伸びして唇を彼の唇に押しつけた。ドミニクの指に胸を撫でられ、悦びの震えが体の奥深くに広がった。太腿のあいだがうずき出し、ドッティは声をもらした。ひんやりとした空気を脚に感じたと思うと、ドミニクの手がふくらはぎを撫で、ガーターへとのぼり、やがて太腿の素肌を愛撫した。

ドミニクはキスをやめた。「シーア？」

「ええ」息が速まるあまり、呼吸もできないほどだった。

ドミニクの指が脚のあいだを撫で、そこが熱くなって濡れた。ドッティは腰を彼に押しつけ、愛撫を深めるよう促した。彼の指がはいってくる。ああ！　これにはまったく心の準備ができていなかった。これまでの愛撫ともまるでちがう。指が突き入れられ、引き出されたたと思うと、突き入れられる指が二本になった。さいなまれるように張りつめたものが高まり、うずきが増した。ドッティは頭を動かそうとしたが、キスで押さえつけられていた。やがてついに頂点に達し、解放の震えが全身に広がった。ドッティは彼の手のなかでばらばらになった。

ドミニクは子猫ほどの重さであるかのように彼女を抱き上げ、腕に抱いたままソファーに腰を下ろした。そして膝に乗せた彼女の顎や首にやさしく唇を押しつけた。唇がボディスの襟ぐりに達すると、舌で縁をなぞり、胸の谷間へと到達した。そこを軽くなめられただけで、ドッティにはその先に待っている悦びが想像できた。思惑どおりに行けば、それもさほど長く待たなくていいはず。

ドミニクが動きを止めると、ドッティは貴婦人らしからぬ不満の声をもらしそうになった。

「言っておかなければ。リッチモンドの家の準備ができるまでのあいだ、女性たちに移ってもらう場所を見つけたんだ」

ドッティは彼をじっと見つめた。キスしていた彼がいきなり女性たちの話をはじめたことで、何か好ましくない意図があるのかどうかたしかめるためだけに。幸い、彼の額には汗が光り、息遣いは荒かった。

「ドミニク」

彼は彼女に目を向けることができないとでもいうようにまっすぐまえを見据えていた。

「ぼくはこんなことをしてはいけないんだ。自分がどうしてしまったのかわからない」

ブラッドフォードとヴァイヴァーズの男性たちについて祖母から聞いた話を思い出した。彼はもともとの性質に抗っているの？　そうだとしたら、それは彼の伯父様のせい？「祖母にあなたのお父様のことを聞いたわ――」

「ぼくは父とはちがう」ドミニクは声を荒らげ、彼女を膝からソファーに下ろした。「夕食については謝っておいてくれ。ぼくは帰らなければならない」

いったいこの人はどうしてしまったというの？「スマイス家の舞踏会で会える？」

「ああ、たぶん」

ドミニクは扉のところで足を止めた。「すまない」

そう言って扉を開け、部屋の外へ出て扉を閉めた。

「わたしも残念だわ」彼の振る舞いについてなんらかの手がかりを探そうと、ドッティはクッションに身をあずけ、ブラッドフォード家とヴァイヴァーズ家の祖先についての知識をすべてかき集めた。祖母によれば、愛した女性に対しては情熱的な家系だという。女伯爵だったヴァイヴァーズ家の女性と恋に落ちたブラッドフォード家の祖先が、彼女のために自分の姓を変えるほどに。ただし、情熱を向ける相手は必ずたったひとりの女性だった。母からもかつてまえのワーシントン伯爵について、最初の妻が亡くなってからは、妻をあまりに深く愛していたため、人が変わってしまったと聞いたことがあった。マットとグレースも深く愛し合っていて、それをまるで隠そうとしない。ドミニクの両親も同じだったの？　ドッティは唇に触れた。彼がそんなふうに感じてくれているとしたら、どうして自分を抑えたの？

ドミニクはお父様に対してどんな思いを抱いているの？　それを教えてくれるのは誰？　ドミニク自身は教えてくれそうもない。それに、どうして彼はあれほど怒りに駆られなければならなかったの？

ドミニクはのぼってきたときと同じぐらいすばやく裏階段を降りた。自分はどこかおかしくなっているにちがいなかった。シーアといっしょにいるといつもすっかり自制を失ってしまう。居間にはいっていった瞬間、彼女しか目にはいらなかった。ふたりでなんとすごい見せ物を披露してしまったことか。それでも、彼女を誘惑する自分を止めることはできなかった。

庭の門のところまで来て、ようやく足を遅くした。ぼくは父のようにはならない。ああいう愛情はあまりに深い悲しみを生む。家族にも領地にもいいことはない。今夜母が別の催しへの参加を予定しているようにと祈らずにいられなかった。シーアには会いたくない。いや、会いたくてたまらない。彼女の両親がまだ来ていなくて助かった。彼女が家に、すぐそばにいたら、その誘惑は耐えられないほどになるだろう。

厩舎に着くと、馬が馬車からはずされ、手入れされていた。

「少々お待ちを、侯爵様」年輩の馬丁が言った。「すぐに馬具をつけますから」

ドミニクはうなずいた。シーアと結婚したら、愛情が深い悲しみを生むことを説明してやろう。おそらく、危険を冒すよりは愛人のもとを訪ねたほうがいいのかもしれない……なんの危険だ？　妻と情熱のひとときを過ごす危険か？　ほかの女性のことを考えると嫌悪感が胸に湧いた。危険なだけでなく、シーアに痛い思いをさせてしまうことだろう。だめだ。自分を抑えたほうがいい。過去の家族の問題について説明すれば、きっと彼女も愛し合ってはいけないことを理解するはずだ。理解してもらわなければならない。ひとつの家族に恋愛結婚はひとつあれば充分だ。なんの束縛もない恋愛結婚は――ドミニクは身震いした――危険なのだから。

さほど経たないうちにドミニクは馬車に乗っていた。自宅の厩舎には思った以上に早く着いた。庭の門と裏口を通ってなかにはいると、まっすぐ書斎へ向かい、ブランデーをグラスに注いだ。強い酒が舌から喉を焼いた。

お代わりを注いで飲み干すと、皮肉っぽい笑い声をもらした。「乾杯、アラスデア伯父さん。家族を守るために、ぼくは教えられたとおりのことをしますよ」

「旦那様、大丈夫ですか？」

ドミニクは目を開けようとしたが、揺れる光に目がくらみ、頭に鋭い痛みが走った。「そいつを向こうへやってくれ」

使用人か、少なくともドミニクにはそう思えた人間はそばを離れた。

少しして、ひそめた声が眠りを妨げた。「酔いつぶれている」

「まさか。旦那様が酔いつぶれるなんてことは絶対にない。ご病気にちがいない」

「ミスター・ペイクン、あんたがそう言うなら。でも、まえに見たときは、あのデキャンタにはブランデーがなみなみとはいっていたんですよ」

「おやおや」

扉が静かに閉まり、ドミニクはまたひとりきりになった。二階へ行って着替えをしなければならない。主人はどこへ行ったのかとウィットンが心配するだろう。従者を動揺させてはならない。しかし、どうして伯父のアラスデアがほかの使用人よりもあの従者を大事にしていたのかはドミニクにはわからなかった。ウィットンにはどこへ行くにしても必ず行き先を告げなければならなかった。

ドミニクはまた眠りに落ちたにちがいなかった。目覚めると、部屋は真っ暗だった。扉が開き、明かりのまぶしさに彼は目を閉じて腕で目を覆った。

小さいがしっかりした足音が近づいてきた。「あら、まあ」母だ。「料理人が薬の作り方を覚えているか訊いてきてもらわなくては。目が覚めたら必要でしょうから。力持ちの使用人をふたり連れてきて彼を部屋に運ばせて。従者が服を脱がせるのも手伝ってもらわないといけないでしょうね」

手伝いなど要らない。完璧に自分でできる。ドミニクは起き上がろうとして床に転がり落ち、頭を打った。

ああ、くそっ、痛い。

「戻したりされますかね、奥様？」

「たぶん、大丈夫。ブラッドフォードの男性はそこまでブランデーに弱くないはずよ。二階に運んでくれればいいわ」

「かしこまりました」

ドミニクがふたたび目を覚ましたときには、ベッドのやわらかいマットレスのなかに沈みこんでいた。

「アラスデア様には雇われるときに申し上げたんです。酔っ払い騒ぎの起こるような家では働けませんと」ウィットンの甲高い声がしてドミニクは顔をしかめた。

言い返そうと口を開いたときに、苦い液体が喉に注ぎこまれた。「いったい何をしている？」

「ご心配なく、旦那様。これでご気分もましになりますから」執事が穏やかに言った。ペイクンがぼくの部屋で何をしている？　もう気分も悪くないし、別に放蕩にふけったわけでもない。ただ、シーアとはみだらな行為にふけってもいい。

ふん。

「だったら、あんたはちがう雇い主を見つけたほうがいいかもしれないな」とペイクンが誰かに答えている。

「私はあんたに仕えているわけじゃないよ、ミスター・ペイクン」ふん。「朝になったら、旦那様とこのことについて話し合うつもりだ」

「そうするんだな、ミスター・ウィットン。旦那様が起きたら、薬をもっと頼んで差し上げてくれ」

くそっ、もう起きている。マットレスが放してくれないだけだ。たぶん、そのうちには。

「アラスデア様がご存命中には……」

「まあ、あの方はもうここにはいらっしゃらないし、亡くなった方を悪く言いたくはないが、いなくなってよかったよ。旦那様のお父上を悪く言ったり、その名を口にするのを誰にも許さなかったりするのは耐えられないことだったからね。あんなにすばらしい旦那様はかつてなかったのに」

ドミニクは執事のことばの意味を理解しようとしたが、馬に蹴られたように頭が痛んだ。そばに何かあたたかいものが丸くなって喉を鳴らしはじめた。そうだ。シーアのおかげで猫がここにいる。ドミニクは眠りたいとしか思わなかった。考えるのは朝になってからにしよう。

22

ドッティはメイドが巻き毛に真珠を飾ってくれているあいだ、じっと動かずにいた。扉を軽く叩く音がし、グレースが部屋にはいってきて鏡のなかのドッティと目を合わせた。

「レディ・マートンからの伝言で、マートンは今夜のスマイス家の舞踏会には参加しないそうよ」グレースはそこで間を置いた。「彼……泥酔しているんですって」

「ドミニクが酔っ払っている？」ドッティは信じられなかった。

「どうやらこんなことははじめてのようね」

ドッティは呼吸をおちつかせ、メイドに下がるように合図した。「そうだと思うわ」

グレースの額に皺が寄った。「マットから聞いたんだけど、今日あなたとマートンとで言い争いをしたそうね。シャーロットによれば、仲直りしたそうだけど。ただ、あなたと彼をふたりきりにするべきじゃなかったわね」

ドッティのふだんは健康的なピンク色の顔が真っ赤になった。「ええ」

グレースはドレッシングテーブルのそばにある椅子に腰を沈めた。「何があったのか話してくれる？」

いやよ。でも、グレースが親代わりを務めてくれている以上、そんな答えを返すわけにはいかない。「彼が謝ってくれて、キスをしたの。それで、彼はわたしに……キスすべきじゃないと思ったらしく、とり乱してしまったわ」

グレースは眉を上げた。「キスされた？」

ドッティは咳払いをした。顔が燃えている気がする。「たぶん、キスだけじゃなくて」

グレースはドッティの手をとって言った。「ドッティ、わたしは既婚者だし、婚約していたこともあるのよ。情熱がどれほど急に燃え上がるものかもわかってる。マートンはあなたがいやがるようなことをしたの？」

「え、いいえ。少しも。まるで逆よ。わたしは……その、とてもたのしんだわ」

グレースはやさしい笑みを浮かべた。「だったら、よかったわ。そうだとしたら、結婚後はもっとたのしいわよ。でも、どうして彼は動揺したのかしら？」

ドッティはため息をついた。「それがわかればと思うわ。彼のお父様について祖母に聞いたことを話したら、帰ってしまったの。今日の午後は何がいけなかったのか理由を考えて過ごしたぐらいよ」

「マートンのブラッドフォード的な性質がアラスデア卿に抑制されていたというようなことをマットが言っていたわ」グレースは立ち上がった。「でも、マートンの亡くなった保護者のことをマットが嫌っていたことを考えて、あまり気にしなかったの。結婚式を延期したほうがいいかしら？」

ドッティは首を振った。それだけはいやだった。「いいえ。じっさい、ここにいてとても幸せだけど、母と父が到着して、マートン・ハウスに移るのが待ちきれないぐらいなの」

「そう聞いてとてもうれしいわ。あなたのご両親にはあと一日かそこらでお目にかかれるはずよ」グレースの目がいたずらっぽくきらりと光った。「マットがサー・ヘンリーからお手紙を受けとったんだけど、あなたのお母様、お医者様は心配症だと言って、お医者様の許可があろうがなかろうがロンドンへ来るって宣言したそうよ」

「まあ」ドッティは笑みを浮かべた。「祖母に似てきたわ」

「そうだとしたら、あなたのご両親も前触れもなく到着されるにちがいないわね」

ドミニクについて話せたことがうれしくてドッティは笑った。「ええ、たしかに」

グレースはドッティを抱きしめた。「ここにいるあいだは、あなたとマートンが長いあいだふたりきりでいるのは賢明じゃないと思うわ。子供たちが鍵穴から耳をそばだてているから」

なんてこと。そんなことは考えるのも耐えられないほどだった。ドミニクとしたことを子供たちみんなに知られるなんて。ドッティは両親が早く到着しますようにと心のなかですばやく祈りをささげた。「わかったわ」

彼が今夜舞踏会に参加しないのは幸運だったかもしれない。レディ・マートンに質問することができる。もはや答えを知らずにはいられない質問を。

一時間後、ドッティは難なく未来の義母を見つけた。問題はレディ・ベラムニーのそばからどうやって彼女を引き離すかだった。

「こんばんは、ミス・スターン」レディ・ベラムニーが言った。「あなたの婚約者は具合がよくないそうね」

ドッティはお辞儀をして礼儀正しい笑みを浮かべた。「そう聞いておりますわ、レディ・ベラムニー。しばらくレディ・マートンをお借りしてもよろしいですか？　彼の様子をお聞きしたいと思って」

「もちろんよ」

「少し歩きましょう、ドロシア」レディ・マートンは立ち上がった。「きっと長くはかからないわ」そう言ってドッティと腕を組み、レディ・ベラムニーに声が聞こえないところまで離れてから訊いた。「グレースに聞いた？」

「ええ。わからないのはその理由です」ドッティはわずかに首を振った。「何もかもうまくいっていたのに、わたしが彼のお父様のことについて言ったら、動揺してしまったんです」

レディ・マートンはほかの客たちに会釈しつつ笑みを保った。「特別なことを話していない振りをして」

ドッティは礼儀正しい表情を保ち、レディ・マートンが話をつづけるのを待った。

「とても心配になるようなことを数多く聞かされてきたの。どうやらわたしの兄がわたしの夫に払うべき敬意を払わなかったようね。どうしてドミニクがデイヴィッドとこれほどにちがうんだろうといつも不思議だったわ。とても長いあいだ、わたしはそれを悲しみのせいだとばかり思っていた。残念ながら、息子とはあまりいっしょにいなかったの。夫が亡くなってから、長いこと具合が悪くて、ほとんどずっとバースにいたものだから。その後、マートンに戻ってからも、ドミニクはいつも……とても有能に思えたわ。少年のころでさえも。いつもこの腕で抱きしめたいと思っていたけど、彼のほうはそうしてほしいとは思っていないようだった」レディ・マートンは身震いしながら息を吐いた。「そのあとはわたしが家に戻るたびに、アラスデアがドミニクをあちこちへ送ってしまうようになったの」彼女はドッティにちらりと目を向けた。「何かがおかしいと気づいたのはここ一年ほどになってからよ。それで、息子が花嫁候補として考えている女性の名前を書き連ねたものを送ってきたときに、わたしが干渉すべきときが来たとわかったの」

ドッティは唇を噛んで足を止めた。今舞踏会に参加しているのでなければ。「アラスデア様が何をしたとお考えなんです？」

「きっとわたしの息子を――デイヴィッドの息子を――自分そっくりの人間に作り変えようとしたのよ」

ふたりは舞踏場を半周しており、開いたフランス窓のそばに来ていた。「よくわかりませんわ」

「テラスに出ない？　新鮮な空気が必要だわ」ふたりは外へ出て、庭へと石段を降りた。「アラスデアとデイヴィッドはとても親しかったんだけど、アラスデアは彼をわたしの夫としては認めていなかったんだと思う。ドミニクを育てるにあたって、兄はデイヴィッドのなかに見出していた問題をすべて正せると思ったのよ」レディ・マートンは額をこすった。

「そう、わたしもあなたと同じぐらいよくわからないの。最近になって兄がわざとドミニクをわたしから遠ざけていたことに気づいたほどだから」

その声のうつろな響きにドッティの心は締めつけられた。どうしてドミニクの伯父がそんなことをしたのかわからなかった。それでも、ドミニクにも、その母にも、ひどく不当なことだったのはたしかだ。ドッティは未来の義母を抱きしめてなぐさめてやりたかった。ふたりきりでいたならそうしたことだろう。「でも、彼があなたを愛しているのはたしかです」

「そうだといいんだけど。ただ、ときどき思うの。息子がわたしに尽くしてくれるのは、アラスデアがドミニクに植えつけた義務感からで、そうしたいと息子自身が思っているからじゃないのかもしれないって」

ドッティは唇を噛んだ。ドミニクが義務ということばを口にすることは多かったが、母に対しては心からの愛情を抱いているように見えた。ドミニクを母から遠ざけてアラスデア卿になんの得があったのだろう？

「少なくとも、息子があなたを愛しているのはたしかよ、ドロシア」

そのことばにドッティは驚いた。「そうでしょうか？　ときどき、今日みたいに謝ってくれたときにはそう思うんですけど、ことばにしてくれたことはありませんわ」

でも、わたしも彼に愛を告げたことはない。

「あなたを見つめるときの目に表れているもの。デイヴィッドがわたしを見たときと同じで、ワーシントンがグレースを見つめるときの目もそう」

ドッティの心は喜びでふくらんだ。正直に言えば、安心もした。「ありがとうございます」レディ・マートンはまたドッティの腕をとって扉のほうへ戻ろうとした。「明日会いに来て。もっとお話ししましょう」

扉のところへ到達しかけたところで、舞踏場のなかからささやき声が聞こえてきた。大声ではなく、単に何かが起こったことを知らせるささやきだった。テラスで輪になっていた客たちが分かれて舞踏場にはいり出した。ドッティは目を上げた。階段のてっぺんにドミニクが立って部屋を見まわしていた。夜会服に身を包み、クラバットもきれいに結んではいたが、それ以外は少々乱れた格好だった。まるで服を着たまま寝たような様子だ。

「なんてこと」レディ・マートンが言った。「あんな様子の息子を見るのははじめてだわ」

ドミニクは笑みを浮かべて手を振り、階段を降りた。下に到達すると、ソーンヒル家のサロンのときのように、人込みをかき分けるようにしてまっすぐ向かってきた。つややかな髪のてっぺんだけが見えている。

レディ・マートンは喉を詰まらせたような声を出した。「父親そっくり」

ドッティの鼓動が乱れた。あんな悪魔のように危険な様子の彼ははじめてだ。

「そうおっしゃるなら」ドッティは言った。「わたしから彼に同じことは言いませんわ」

そう言ってレディ・マートンにちらりと目をやった。彼女は目をうるませ、かすかな笑みを浮かべていた。

ようやくふたりのもとへやってくると、ドミニクはドッティの手をとって顔を近づけた。

「シーア、遅くなったことを謝らなくては」

ドミニクからはかすかにブランデーの香りがし、目は輝きすぎていた。ほんとうに飲みすぎて、まだ酒が残っているようだ。そう、祖母ならこう言うだろう。今こそわたしの本領を発揮するべきときと。

「侯爵様」ドッティはお辞儀をした。「具合が悪くていらっしゃるのに、わたしのために起きてきてくださるとは思っていませんでしたわ」

「きみから離れてはいられないのでね」形のよい唇の端が持ち上がる。「ワルツには間に合ったかな？」

「ちょうど」彼が自分の言動をちゃんとわかっていると思えれば、とてもうれしいことなのだが、目の前に立つ彼は少々揺れていた。ブランデーが言わせているのかもしれない。ドッティは一歩下がってテラスに出た。彼はあとをついてきた。

今は悪い噂が立つまえに、彼を舞踏会から帰らせる方法を見つけなければならない。さもなければ、ミス・スマイスがマートン侯爵を物笑いの種にできたという名声を手に入れることになる。それ以上に舞踏会の成功を証明するものはない。

ドッティはレディ・マートンの目をとらえた。「ダンスを一度だけ」

レディ・マートンはうなずいた。「わたしはなかにはいるわ。準備ができたら、あなたたちも来て」

「グレースを見つけてください」ドッティはそう声を殺して言うと、ドミニクに目を戻した。

運がよければ、新鮮な空気が彼の役に立つかもしれない。「少し歩きましょうか」

ドミニクの肘に手を置き、ドッティは舞踏場からの明かりが届くところを歩き、暗がりからは距離を置いた。今の状態では、彼がどんな悪さをするか知れなかったからだ。しばらくすると、ドミニクの足取りがゆっくりになり、ドッティに重く寄りかかるようになった。

「ドロシア？」ドミニクの母の足音が近くなる。

「助けが必要です」

「ほら」マットが現れ、ドミニクのもう一方の腕をとった。酔っ払いは目をぱちくりさせてにやりとしただけだった。

マットは首を振ってテラスから客間にはいると、狭い階段をのぼり、玄関の間へと一行を導いた。

「この家のなかのこと、よく知ってらっしゃるのね」ドッティは執事にマントを肩にかけてもらいながら言った。

「まえにもここからこっそり逃げ出さなければならなかったことがあってね」

数分後、ドッティとレディ・マートンは馬車の進行方向を向いた席にすわり、向かい側にマットとドミニクがすわった。馬車の外部につけられたランタンの明かりで、かろうじてドミニクの顔が見分けられた。

レディ・マートンが小さく鼻をすすった。

ドミニクがまえに身を倒した。マットが押さえなければ床に倒れていたことだろう。「母さん、大丈夫かい？」

レディ・マートンは手をわずかに振ったが、声は震えていた。「ええ、ドミニク、大丈夫よ」

ドミニクは座席に背を戻しかけたが、少しして小声で言った。「母さんの面倒を見ないと」

レディ・マートンははっとして息子をじっと見つめた。「今なんて言ったの？」

「何も。母さんに面倒をかけちゃだめなんだ。ぼくはもうマートン侯爵なんだから」ドミニクは母を見て顔をしかめた。「またバースに行きたくはないでしょう？」

レディ・マートンは眉根を寄せた。「ええ。どうして訊くの？」

「伯父さんが言っていたんだ。母さんはバースにいたほうがいいんだって。ぼくが泣いてもしかたないんだって。でも、今も泣かない」

「ええ、そうね」彼女はドッティにちらりと目を向けた。「ほかにあなたの伯父様はなんて言ったの？」

ドミニクはマットのほうに頭を振った。「ずっと学校に行きたかった。いっしょに遊ぶ相手はひとりもいなかった。ガーヴィーも来なくなったし」

「知らなかったな」マットがゆっくりと言った。「マートンが酔っ払うと過去を振り返る人間だとは。これはおもしろいことになりそうだ」

ドッティは彼に顔をしかめてみせた。「マット、黙って」それから手を伸ばしてドミニクの手をとり、自分の手で包んだ。「ガーヴィーと彼のお父様があなたに会いに来たのよ。あなたの伯父様がなかに入れてくれなかったって言っていたわ」

婚約者の額の皺が深くなった。「ガーヴィーを認めていなかったんだ。誰のことも認めてなかった」ドミニクはドッティに目を向けた。「きみのことも認めなかっただろう」

ドッティもそれについてはまったく異論がなかった。

ドミニクは少年のような笑みを浮かべ、声をひそめずにドッティに耳打ちした。「でも、ぼくは伯父がなんと言おうときみと結婚するけどね」

マットが声をもらした。足を蹴り出したように見えるレディ・マートンの動きをドッティの目がとらえた。

ドミニクはドッティの手をつかみ、これまでになく真剣なまなざしで彼女を見つめた。「シーア、きみがほしい」

ドッティの頰が燃え出した。明かりが暗くてよかった。ドッティはしばし間を置いて自分をおちつかせた。「わたしもあなたがほしいわ」

「よし」マットが冷ややかに口を出した。「その点合意ができてよかった」そう言って窓の外に目をやった。「着いた」

馬車がなめらかに停まり、使用人が扉を開けた。ドッティはドミニクの手から手を引き抜いた。玄関の間にはいると、彼の精力の噴出がおさまりはじめたのは明らかだった。

「ドミニク」レディ・マートンは言った。「ベッドにはいりなさい」

ドミニクは首を振った。「でも、ワーシントンとシーアがいる」

酔っ払いを甘やかすのは感心しなかったが、そのおかげで婚約者の別の一面が表に出たのはたしかだった。「わたしたちは帰るわ。明日会いましょう」

ドミニクはわずかに体を揺らした。「それでいいのかい？」

彼には睡眠がいちばんだろう。「もちろん」ドッティは彼が使用人に支えられて階段をのぼるのを見送った。「まあ、いろいろわかりましたね」

ドミニクが去ると、レディ・マートンの顔に怒りが広がった。「アラスデアがまだ生きていたら、息の根を止めてやったのに。幼い子供に母親のところへ行ってはならないと言ったり、友達を追い払ったりするなんて。兄が亡くなったときに、ドミニクがあれほど途方に暮れていたのも不思議はないわね。頼れる人が誰もいなくなったと感じたのよ」

「まあ、ドッティと結婚することで伯父上に反抗しようというわけですから」とマットが言った。軽口が必要だと思ったようだ。

ドッティは馬車のなかでのドミニクのことばを思い出して赤くなりそうになるのをこらえた。「たしかに」

「明日の朝、マートンはひどい頭痛に襲われるだろうな」マットはレディ・マートンに向かって言った。「薬の処方をお持ちでなかったら、送りますよ。死人ですら気分がよくなるという薬です」

レディ・マートンは顔をゆがめた。「お願い。うちにあった薬をさっき飲ませたんだけど、あまり効かなかったようだわ。そのときの息子を見ていたから、正直、どうやって起き上がったのかもわからない」

「それに、着替えもして」ドッティが付け加えた。「従者に手伝ってもらわずに着替えたようでしたから。どうしてそんなことになったのか不思議ですけど」


ドミニクは目を覚ましたが、目を開けようとしてもまぶたが言うことを聞かなかった。窓の外で小鳥がうるさい声を響かせているせいで、頭痛がひどくなる。口は誰かに汚い布を突っこまれたかのようだった。どうしてこんなひどい状態なのか頭のなかで思い返してみる。ああ、ブランデーだ。伯父に警告されていたのに。

「ウィットン」

しばらく経っても、従者の返事はなかった。「ウィットン」ドミニクはもう少し声を張りあげて言った。扉が開いた。「ウィットンを頼む」

「すぐに戻ります、旦那様」扉が閉まった。使用人が勢いよく扉を閉めすぎることについては執事にひとこと言っておかなければならないだろう。

数分後、ペイクンが部屋にはいってきた。「はい、旦那様」

ドミニクはようやく目を開けることができた。ありがたいことに、部屋は明るく照らされてはいなかった。小鳥があれほどうるさいのだから、もう正午に近い時間のはずだったが。

「ウィットンはいったいどこだ？」

ペイクンの顔につかのま、とり澄ました表情が浮かんだ。

どうしてうちには内心の思いを主人に知らせずにいられないような使用人しかいないのだ？　ワーシントンのところの使用人は笑みひとつ浮かべないのに。

「旦那様が首になさいました。新しい従者は一時間以内に到着します」

ウィットンを首にした？　いったいぼくは何を考えていたのだ？　じっさい、正直に言えば、あの威圧的な従者のことはずっとまえから首にしたかったのだが、伯父が許さなかったのだった。

トレイを持った使用人が部屋にはいってきて、トレイを脇机に置いた。

「旦那様」ペイクンが大きなカップを持ち上げた。「まずこれをお飲みになれば、ご気分がよくなるはずです」

今はなんでも試してみる気になっていた。とくに外のいまいましい小鳥をどうにかしたい。薬がどれほどひどい味かぼんやりと覚えていたので、息を止めて飲み下したが、昨晩のものほどひどくはなかった。「コーヒーを」

手にカップが渡された。「ありがとう」ドミニクはその熱さと若干の苦さを味わいつつひと口飲んだ。そろそろ最悪のことを知るときだ。「何があったのか教えてくれ」

「お見事な活躍でした、旦那様。舞踏会にまで参加なさって」

ぼんやりと記憶がよみがえったが、鮮明なものにはならなかった。「スマイス家の舞踏会か？」

「そうです」

ドミニクはうなりたくなるのをこらえた。

「レディ・マートンは？」

「ワーシントン様とミス・スターンの手をお借りして旦那様を家に連れ帰ってらっしゃいました」

この話はどこまでひどいことになるんだ？　婚約者の目の前で醜態をさらしたのか。結婚をとりやめにされなかったら幸運だということになる。どうやら完璧に道化を演じたようだ。ドミニクは起き上がろうとしたが、つるはしで頭を打たれたようになってうめき声をもらした。

ペイクンが空のコーヒーカップを受けとった。「あと一時間はベッドにいらしたほうがいいでしょう。お食事はトレイに載せて運ばせます」

ドミニクはマントルピースに目をやったが、時計の文字が読めなかった。「何時だ？」

「もうすぐ二時になります」ペイクンはドミニクの枕をふくらませた。「ご婦人方がお茶はごいっしょしたいとのことです」

「ご婦人方？」

「奥様とミス・スターンです。サー・ヘンリー・スターンご夫妻が今日の夕方に到着予定ですので」

夫妻が到着したら、いいかげん目を覚ませと、母とシーアに頭のそばで鐘を鳴らされることになるだろう。「ぼくが新しい従者を雇ったと言ったか？」

ペイクンはお辞儀をした。「そうです。ミスター・ウィッグマンという方です。私がお勧めいたしました」

ドミニクはうなずこうとしたが、頭がまた痛み出したので動きを止めた。こんな状態でどうやって日々生きていけるものか、わからなかった。「もう少し眠るよ」

「ええ、旦那様」執事は部屋を出てそっと扉を閉めた。

二時間後、ずっと気分がよくなったドミニクは食事をし、風呂にはいり、新しい従者に会って着替えをした。ウィッグマンはドミニクの衣服の細かい点にまで意見を言ったりしない明るい男で、息を吐くごとに侯爵の重要性を思い出させたりもしなかった。伯父の声が絶えず頭のなかで聞こえていたため、それがどれほどほっとできることかそれまで知らなかったのだった。

ドミニクはきっとことばの鞭をふるわれると覚悟して母の居間へ行った。マートン侯爵としてもそうでないにしても、昨晩の自分の振る舞いは最悪だったにちがいないからだ。

彼はノックして部屋にはいった。シーアが目を上げた。その笑みに息を奪われる。まったく怒っている様子はなかった。母もそうだ。「こんにちは、母さん、シーア」ドミニクはソファーのシーアの隣に腰を下ろし、手渡されたお茶のカップを受けとった。「謝りに来ました。昨日は少々飲みすぎたようなので」

シーアは眉を上げたが、目にはおもしろがるような光が躍っていた。「兄のハリーがはじめて酔っ払って家に帰ってきたときには、父が翌朝早く兄を起こして厩舎の掃除をさせていましたわ」

ドミニクは胃が締めつけられる気がした。「こんなことは二度とないと約束するよ」

「そうね」シーアは思案しながらうなずいた。「若者はそれを試してみる必要があるとうちの父は言うけれど」

サー・ヘンリーについてはあまりに多くを聞かされていたため、ドミニクは自分が彼に会うのを心待ちにしているのかどうかわからなくなっていた。

シーアが同情するような目をくれた。「気分はどう?」

「きみの両親が今日到着するとペイクンが言っていた」

「今朝伝言が届いたの。母はまだ二本の杖を使っているけど、もうこれ以上家に留まるつもりはないそうよ。そういう意味では母はとても祖母に似ているわ」

話題を公爵夫人へと変えてもよかったが、そうなると、知らなければならないことを知ることができなくなる。なぜか、昨晩のことはほとんど思い出せなかった。ドミニクはしばし目を閉じた。「昨日の晩、きみに恥ずかしい思いをさせたかな?」

母がカップを持ち上げて口を隠そうとしたが、忍び笑いを隠すことはできなかった。

シーアはおもしろがっているのを隠そうともせず、笑い声をあげた。「ひとことで言えば、いいえ。でも、マットがみんなを馬車に乗せてくれなかったら、その可能性は大いにあったわね。あなたはただ、舞踏場に現れて、わたしのところへまっすぐ歩み寄っただけよ」

「手を振ってからね」と母が付け加えた。

なぜ……「手を振った？」

「ええ」シーアは笑みを浮かべた。「舞踏場へ降りる階段のてっぺんに立ってわたしを見つけると、手を振ったわ」

ドミニクは両手に顔をうずめた。「絶対に汚名をそそぐことはできないな」

「ねえ、ドミニク」母が言った。「そんなにひどいことじゃないわ。あなたは単に誰かを愛している若者に見えたもの」

そばではシーアが着ているドレスの明るいピンクの飾りに匹敵するほどに頬を染めていた。

「愛している」とドミニクはくり返した。昨日、シーアを愛していることに気づいたのだった。シーアはお茶のセットをじっと見つめていた。彼女をがっかりさせるわけにはいかない。

ドミニクは彼女の手をとって唇に持っていった。「ああ、とても愛している」

シーアは顔を上げた。その目に表れた深い愛情にドミニクは驚いた。

「わたしもよ」彼女は静かに言った。

完璧だ。ドミニクはうなりたくなった。あとはこの愛がすべてを破壊しないようにしなければならないだけだ。そうなったら悲劇だから。

23

どんなに頑張っても、ドッティは眠りに落ちることができなかった。両親に再会し、新しい家に移った興奮のせいにちがいない。新しいわが家。

母と父は予定どおり到着したが、母は隠そうとしても痛みに襲われているのは明らかだった。夕食をともにしてくれる予定だった祖母がドミニクと力を合わせ、オーストリアで最新の治療法を学んだ医者を呼び寄せた。足は治癒していないと医者は言い、ヒレハリソウなどの薬草を煎じたお茶を処方した。痛み止めとしてアヘンチンキも母に飲ませ、必要に駆られないかぎり足を使わないよう諭した。

ドッティは起き上がり、本を探した。残念ながら、最新の小説は読み終えてしまっていた。ショールをつかんで室内履きに足を突っこむと、ベッド脇のテーブルから蠟燭を手にとって足下を照らしながら、図書室へと階段を降りた。すぐに本棚のどこを探せばいいか判断し――ドミニクの図書室の蔵書はすばらしかった――本を眺めはじめた。最新のすばらしい小説がそろっていることに驚く。まだ読んでいなかった『真夜中の婚礼』に手を伸ばしたところで、かちりという音がして静けさが破られた。

ドッティの心臓が喉元まで跳ね上がった。おちつくのよ。怖がる理由はないのだから。いずれにしてもマートン家の図書室で何が起こるというの？　それでも、自分のあとをつけていた少年のことが心につきまとっていた。誰かが家に忍びこんだのだとしたらどうする？

本を胸に抱き、ドッティは音の理由をたしかめようと手に持った蠟燭を扉のほうに向けた。そう、怖がって本棚の陰に隠れたりはしない。「そこにいるのは誰？」

「シーア、ぼくだよ」ドミニクの太い声が部屋の反対側の暗がりから聞こえてきた。

ああ、よかった。蠟燭をテーブルに置く手は震えていた。「ドミニク」

ドッティにひと息つく暇も与えずにドミニクの腕が巻きついてきた。「怖がらせてしまったかな？」彼は彼女の額にキスをした。「そのつもりはなかったんだ」

「大丈夫よ。ただ、ほかに誰か起きているなんて思わなかったから」恐怖から来る震えはおさまっていたが、心臓はまだ激しく胸に打ちつけていた。ドミニクは彼女の顎を上げ、首にそっと唇を押しつけた。ドッティが彼の首に腕を巻きつけると、本が小さな音を立てて床に落ちた。

彼のてのひらが下へ降り、尻を包んで彼女をぴったりと引き寄せた。「シーア、いとしいシーア」

今度はまったくちがう理由で全身が震えた。ドミニクに〝いとしい〟と言われたのははじめてだった。尻をもむ手がドッティのみぞおちのあたりに熱を生み出し、もう一方の手は軽く胸をかすめた。唇が唇に達し、ドッティは舌に彼の舌を感じたくて口を開いた。ネグリジェの薄い生地がすでに感じやすくなっている肌にこすれた。ドッティは彼のガウンの簡素な刺繡に手をすべらせた。指で触れるとガウンのまえがわずかに開き、胸を覆うやわらかい毛に指をからめることができた。

ドミニクは声をもらし、彼女をさらに引き寄せた。こういうことはこれまでもしたことがないわけではなかったが、なぜか今度はちがう気がした。ほかのときにはいつもしっかりと衣服を身につけていたからだ。今、ふたりのあいだにあるのは薄い二枚の生地だけだった。ドミニクはガウンの下に何か着ているの？ 硬いものが腹にあたっていた。触れられた胸と尻からはじまったうずきが合流して脚のあいだへと流れこむ。彼に奪ってもらわなくてはならなかった。彼のものにしてもらわなくては。それを伝えられるだけわたしがみだらか勇敢だったらよかったのに。

ドミニクは苦悩しているような荒々しいささやき声を発した。「シーア、お願いだ」

魂が喜びで満たされる。「ええ、ええ」

ドミニクは彼女を腕に抱き上げると、部屋の入口ではなく、反対側にある暖炉のほうへ向かった。「どこへ行くの？」

「ぼくの寝室さ。秘密の通路があるんだ」

ドミニクは手を伸ばしてマントルピースの脇についているギリシアの乙女をかたどったものを動かした。扉が開き、狭い階段が現れた。

ドッティは小さな笑い声を発した。「秘密の通路のある家に住みたいと常々思っていたのよ」

「つかまって」ドミニクは彼女にキスをした。「きみを横向きに運ばなければならないから」

「自分で歩けるわ」

「ドロシア、そこにいるの？」

レディ・マートンの声。

ドミニクは声を殺して何か悪態のようなことばを発し、それから足が床につくまでそっと彼女を下ろした。

ドッティは苛立って唇を噛んだ。吹き消すのを忘れなければ。「ここです、レディ・マートン。眠れなくて。本を見つけられるかと思って」

後ろで扉が閉まり、ドミニクは行ってしまった。ドッティは蠟燭を置いておいた場所へ急いで戻り、落ちていた本を拾い上げた。

「わたしもよ」やはり蠟燭を持っていたレディ・マートンはほほ笑んだ。「ロブスターの詰め物焼きのせいにちがいないわね」

ドッティは廊下へ出る扉へと歩み寄ってから、本棚をまわりこんで暖炉へ向かうことを考えた。ドミニクが待っていてくれるなら、通路を開けてもらえるはずだ。「おやすみなさい」

レディ・マートンが本棚のところまで来た。「ちょっと待ってて、お部屋まで送るから」

「はい」ドッティは手を固くにぎった。体はまだ欲望に燃えている。通路を見つけてドミニクのあとを追いたいとしか思わなかった。自分の部屋に戻ってしまったら、ここへ戻ってくるか、両親の部屋と彼の母の部屋のまえを通って彼の居室へ行かなければならない。ドッティは暖炉のほうをちらりと見てため息を押し殺した。もうひとつ秘密の通路があればと願うのはすぎた望みだろう。

レディ・マートンはドッティの部屋のまえでおやすみと言った。ドッティは部屋にはいって扉を閉め、蠟燭を小さな脇机に置いた。体はまだうずいていた。どうにかして……。隣の部屋に通じる扉が開き、そこにドミニクが現れた。

叫び声を呑みこんでドッティは彼の腕に身を投げた。「どうやって？」

たくましい腕に包まれる。「ぼくの居室からこの廊下の端へ通じる短い通路があるんだ。たぶん、みんなそのことを忘れているようだが」

「ここにはいられないわ」ドッティはささやいた。「両親の部屋に近すぎる」

ドミニクのてのひらが上下に動き、ドッティの全身がまた熱くなった。

「シーア、ほんとうにいいのかい？　ぼくの家にいるきみにはこんなことを訊くべきですらない。待つべきなんだ――」

ドッティはキスで彼のことばをさえぎった。「いいの。三日のうちにわたしたちは結婚するのよ。わたしは誘惑されているわけじゃない。わたしがあなたといっしょにいたいの」

低い声をもらし、ドミニクは彼女の口を口で覆った。「はじめて会ったときからきみがほしかった」

廊下に出ると、彼は奥の壁にある扉を示した。扉は音もなく開いた。その存在を知っている人はいるにちがいない。そうでなければ、蝶番に油が差してあるはずはなかった。

ドミニクは彼女の手をとり、先に立って歩いた。まもなくふたりは彼の部屋に着いた。すでに寝る準備のできたベッドは、家のなかを見せてもらったときよりもさらに大きく見えた。丸いテーブルの上に置かれた枝付き燭台の蠟燭の明かりが真っ白なシーツを照らし出している。今夜はじめて寝ることになるベッドだったが、最後とはならないはずだ。自分専用の寝室を持つことは断ってあった。

ドミニクはまた彼女に腕を巻きつけた。「やめるなら、今が最後だ」

ドッティは彼の首を下げさせ、まえに彼にされたように口を求めた。「いいえ。このことについては考える時間はたっぷりあったから」

「ぼくもさ。ありすぎるほどに」

ドミニクは手をドッティのネグリジェの下にすべりこませた。ショールとネグリジェは肩からはずれ、やわらかい音を立てて床に落ちた。目を上げたドッティは彼の目が自分の全身をさまよっているのに気づき、体を隠そうとした。

その手をドミニクがつかまえた。「いや、見せてくれ」そう言って息を呑んだ。「きみは想像していたよりもさらに美しい」

ドッティの口が渇き、声がか細くなった。「あなたの番よ」

彼女は彼のガウンのボタンをはずし、まえを押し広げて脱がせた。そして目をみはった。どんな彫像もおよばないほどだった。たくましい胸は金色の毛に覆われている。腹は平らで力強く、父の蔵書のなかで見たことのある円盤投げ選手の絵を思い出させた。ふたりのあいだでドミニクの硬くなったものが動いた。なんて大きいの。ドッティは目を彼の顔に戻した。

「あなたって完璧だわ」

ドミニクは彼女を引き寄せて軽い笑い声をあげた。「まさか。でも、礼を言うよ」

次にどうすればいいのだろうとドッティが思ったところで、ドミニクに抱き上げられてベッドに運ばれた。彼は彼女を抱えたままベッドにはいった。

「ぼくのすることがいやだったら、言ってくれ」

ドッティは彼の胸を手でさすった。やわらかくはずむ毛の感触があった。「そうするわ」

ドミニクは彼女の口を開かせ、時間をかけてなかを探った。ドッティが舌で舌を愛撫するとドミニクは声をもらした。胸の頂きが痛み、欲望に全身を貫かれると、胸がやわらかくなり、脚のあいだがどくどくとうずいた。ドミニクは彼女の顎を軽く嚙み、キスで首筋をなぞった。

胸の頂きを口に含まれてドッティは息を吞んだ。熱が募り、脚をきつく閉じる。

「大丈夫かい?」

どうして大丈夫じゃないなんてことがあり得るの?「ええ、ええ」

ドミニクはもう一方の胸に口を移したが、吸っていた胸の頂きは指でつまんだ。ドッティの全身が火に包まれた。もうこれ以上は耐えられないと思ったところで、彼の唇と舌が腹へ移り、その下のこれまでその存在すら知らなかった場所へと降りた。それが存在することがありがたく思えた場所へと。「ああ、神様!」

「信心深いのはすばらしいが――」ドミニクは忍び笑いをもらした。「ぼくの名前を呼んでくれたほうがいいな」

　ドッティも笑わずにいられなかった。こんなときに笑わせるいたずら心が彼にあるとは信じられなかった。「ドミニク。それ、もう一度やって」

「何を？」ドミニクは肩で彼女の脚を開かせながら言った。舌で脚のあいだを愛撫する。「これを？」

「それもいいわ」ドッティはあえぎ、手を伸ばして彼の髪を指で梳いた。

　ドミニクの低い声が全身に響いた。「きみはどんなワインより芳醇な味わいだ」

　つぼみに軽く歯をあてられ、ドッティは脚を持ち上げた。舌がなかにはいってきて彼女は声をあげた。次から次へと悦びの波が襲ってきて、背中が弓なりになる。これまで聞いたどんな話も、こんなことへの心の準備をさせてくれるものではなかった。

　ドミニクは顔を上げ、彼女のなかに指を一本差し入れ、次に二本差し入れて頂点に達したシーアの興奮を長引かせた。彼はかつてないほどに硬くなっていたが、彼女にとって気持ちのいいものにすることが可能なら、そうするつもりだった。ドミニクは体を上にずらし、入口に身を置くと、硬くなったものをなかに突き入れた。

　シーアが鋭く息を呑み、ドミニクは待った。「シーア？」

「痛みに耐えるように彼女の顔がゆがんだ。「大丈夫よ。少なくとも多少痛いことは知っていたから」

　さらに押し入ると、彼女が顔をしかめ、ドミニクの心はよじれた。

痛い思いをさせずに済んだなら。「力を抜くんだ。そのほうが楽になるから」

シーアは唇を噛んでうなずいた。

ばかなことを言った。ドミニクは舌を彼女の口に沿って這わせた。彼女が口を開くと、また舌で舌をとらえた。舌をからませ、胸を胸にこすりつけているうちに、ようやくシーアの体のこわばりがゆるんだ。

ふたたび突き入れると、今度はシーアもいっしょに動いた。「脚をぼくに巻きつけて」

即座に踵（かかと）が尻に押しつけられ、ドミニクはさらに欲望をかき立てられた。すぐにも最後にひと突きし、種をまき散らしてキスで互いの声を呑みこんだ。

シーアはぼくのものだ。そのすべてが。これほどに愛していなければよかったのに。

ドミニクはあおむけになって彼女を引き寄せ、痛みを払ってやろうとするように体を撫でた。

「どんな気分だい？」

シーアはしばし黙りこんだ。「大丈夫よ」

大丈夫とは思えない声だった。「眠るんだ。きみが部屋へ帰る時間になったら、起こすから」

シーアはあくびをして彼に体をすり寄せた。「おやすみなさい、ドミニク」

ドミニクは蠟燭を吹き消した。カーテンは開いていたが、部屋は暗闇に沈んだ。シーアの息遣いが一定になり、彼はそのぐったりと力の抜けた体をきつく抱きしめた。これまで女性とひと晩ずっと過ごしたことはなかったが、シーアには離れてほしくなかった。放すこともできなかった。

頭のなかを思考が駆けめぐる。アラスデア伯父さん。ふたりのベッドにまではいりこんでくるとは。決して恋に落ちるなどと伯父はどうして言えたのだ？　恋に落ちなければ、シーアのきれいな顔に一時的にのぼせあがっているると思ってしまったかもしれない。まったく別の、自分とはまるで合わない誰かにプロポーズしていたことだろう。ドミニクは考えるのをやめ、目覚めたときに愛する人が腕のなかにいると知りつつ眠りの神に身をゆだねた。

数時間後、窓から薄明かりが射しはじめてドミニクは目を覚ました。横でシーアは彼の胸に頭を載せてすやすやと眠っていた。ドミニクの腕はまだ彼女を包んでいて、長い黒髪が指に巻きついている。髪は彼女の体のほとんどを覆って見えなくしていた。毎朝こうして目覚めたいものだ。ただ、できればもう少し遅く。じっさい、いったいどうしてこんな時間に目が覚めたのだ？

衣装部屋につづく扉を引っかく音がして、眠気が覚めた。ウィットンか？　愛を交わしているときに起こしてしまったのか？　きっとけしからんと思ったことだろう。いや、待てよ。ウィットンは辞めた。ウィッグマンにちがいないが、彼は衣裳部屋で寝起きしていなかった。こんな朝早くに何をしているんだ？

ドミニクはマントルピースの上の時計に目をやった。もう五時半だ。使用人に見られるまえに彼女を部屋に戻してやらなければならない。

シーアを起こすのがしのびなく、ドミニクはそっとベッドから降りてガウンをはおり、彼女をネグリジェとガウンで包んだ。それから彼女を腕に抱き上げて扉から廊下へ出ると、まえの晩そうしたように彼女の部屋にはいった。

ベッドに下ろして上掛けをかけてやろうとするとシーアが目を覚ました。「ドミニク？」

「ここはきみのベッドだよ、シーア。もう少し眠るんだ」

「ええ」

ベッドにもぐりこんでまた彼女を抱きたいという欲望はあまりに強かった。ドミニクは良識が欲望に負けるまえに自分のベッドに戻った。

父が亡くなってからはじめて、そのベッドが広すぎてさみしく思えた。こんな気持ちになったのははじめてだ。空気や水を必要とするように、シーアを必要としていた。そしてそれが死ぬほど怖かった。彼女への愛が互いのあいだのすべてを壊さないようにするにはどうすればいいのだろう？

ドミニクが朝食の間にはいっていくと、サー・ヘンリーがペイクンからお茶のカップを受けとっているところだった。ドミニクの未来の義父はこれまで会った誰ともちがった。典型的な田舎紳士たるマートン周辺の地主たちとちがうのはもちろん。彼らは異常なほどに狩りを愛し、少々荒っぽいところがあり、しきりにドミニクの気を引こうとした。サー・ヘンリーは洗練されていて真面目だったが、皮肉っぽいユーモアのセンスを見せることもしばしばだった。「おはようございます、サー・ヘンリー」

「おはよう、ドミニク」

昨日、堅苦しいやりとりを試みたのだが、そんなものはすぐさまなくなった。サー・ヘンリーはドミニクのことを娘と結婚する予定のただの若者として扱った。ずっと懸念していたにもかかわらず、そうされてドミニクはほっとした。これまでドミニクは居心地のよい家庭を持ったことがなかった。おそらく、これから持つことになるのだろう。もちろん、まだシーアの兄弟との顔合わせを経なければならないが。明日、全員が押しかけてくる。

サー・ヘンリーはお茶を飲み終えて立ち上がった。「すまないが、先に失礼するよ。街にいるあいだに済ませなければならない用事があってね」

「なんでもお好きになさってください。今日はいっている唯一の予定は夜の公爵夫人の舞踏会だけですから」

「それを忘れることはないね」サー・ヘンリーは含み笑いをした。「延々と聞かされてきたんだから」

それはまちがいないだろう。公爵夫人とその娘のレディ・コーディリア・スターンを見れば、シーアがどこからあの強さを得たのかは一目瞭然だ。

「おはよう、お父様」シーアが部屋にはいってきて父のそばへ行き、頬にキスをした。「もう出かけるの？」

「おはよう、ドッティ。お茶の時間までには戻るよ」サー・ヘンリーはすばやく娘を抱きしめた。

シーアがテーブルにつくと、ペイクンが淹れたばかりのお茶のポットをそのまえに置いた。

「ありがとう、ペイクン」シーアはドミニクのほうに顔を向けてほほ笑んだ。「お茶をどう飲むのが好きか教えて」

昨晩愛を交わしたことで、今朝は彼女が部屋にこもってしまうのではないかと不安だったのだが、昨晩のことを恥ずかしがる様子はまったくなかった。ドミニクは彼女の隣にすわった。シーアとの結婚生活は慣れるのがとてもたやすいものになるだろう。「濃いのにミルクと砂糖をふたつ」

シーアはトーストを手にとった。「お茶はあと何分か待ったほうがいいわ」

「もう画廊は見たかい？」

「いいえ」シーアはジャムの壺を手にとった。「あなたのお母様が、あなたが案内したがるだろうっておっしゃって」

「朝食のあとで見に行くかい？」

シーアはティーポットからカップふたつにお茶を注ぐと、ミルクと砂糖を加え、ひとつをドミニクに手渡した。「これでどうかしら」

ドミニクはひと口飲んだ。「完璧だ」

「ありがとう。朝食のあとでいいわ。そうそう、お互いのお母様方はいっしょに朝食をとるそうで、うちの母は具合がだいぶよくなったそうよ」

朝食後、ドミニクはシーアを画廊に案内した。「マートンの領地の家にある画廊は壮大なんだが、感じはわかるだろう。少なくとも全員の肖像画の小型版はここにあるはずだからね」

「ブリストル・ハウスによく似てるわ」

彼女が公爵の邸宅に慣れているはずだということを忘れていた。「これは初代マートン侯爵だ」

「髪の毛から服装まで、チャールズ二世時代の人間そのものね」

「まさしく」

シーアはほほ笑んだ。

そこでドミニクはわざと顔をしかめてみせた。「でも、ワーシントンの側の爵位のほうがじっさいずっと古い。その爵位は——」ドミニクはシーアを別の肖像画のところへ引っ張っていった。「アン女王の時代にこの男の妻から受け継がれた」

「ほとんど全部の男性の目が同じ青い色なのは驚きね」

ドミニクはにやりとした。「ブラッドフォードの青さ。ブラッドフォードの男は子供が自分の子かどうか、目を見ればわかると言われてきたんだ。たぶん、ブラッドフォードとヴァイヴァーズ一族の青だね。これまではどうして男が妻の名前を名乗ろうと思うのか理解できなかったが」

シーアは壁沿いに進んだ。「この方はどなた？」

「祖父だ」

「これがあなたのお母様ね」シーアは彼に目を向けた。「あなたはきれいな赤ちゃんだったのね。お父様も金髪だったとは知らなかったわ。あなたってお父様そっくりね」

ドミニクは若いころの父が赤ん坊を抱き、妻が椅子にすわっている絵を見上げた。父の横には大きな猟犬が立っている。たしかに自分は父にそっくりだった。しかし、父とは全然ちがう。そうであってはならないのだ。

ドミニクは父が亡くなって伯父がやってきた日のことを覚えていた。六歳だった自分は慰めを必要としていて、伯父のアラスデアに抱きつこうとしたのだが、つかのまの抱擁の後に伯父は彼を押しやった。「おまえはもうマートン侯爵なのだ。それにふさわしく振る舞わなくてはならない。感傷にひたるのは許されないのだ。さあ、泣きやむんだ。はたさねばならない義務がある」

「母さんに会いたい」ドミニクのことばに伯父は言った。

「医者が眠るための薬を与えていた。誰かにあんな激しい感情を抱くと、こういうことになるのだ。おまえは自分の感情を抑えられるようになったら、母親のところへ行っていい」伯父はドミニクの手をとった。「おまえとおまえの庇護のもとにある者たちのために、絶対に女性に対してああいう情熱的な感情を抱いてはならない」

「どんな方だったの？」

シーアに質問され、ドミニクは物思いから引き戻された。「情熱的な人間だった。何についても。とくに母に対しては」

ドミニクは肖像画から目を引き離すことができなかった。

「どうやらあなたに対してもそうだったようね。ふつう赤ちゃんを抱くのは女性なのに、お父様があなたを抱いている」

喉が締めつけられ、目がうるんだ。ああ、だめだ。泣くわけにはいかない。父が亡くなった日を最後に泣いたことはなかった。「すまない。行かなくては」

歩き出そうとしたドミニクの腕をシーアがつかんだ。「ドミニク、何を悩んでいるのか教えて」

「今は話せない」ドミニクは彼女の心配そうな顔に目を向けた。「シーア、放してくれ」

シーアは唇を嚙んで腕を放した。「いいわ。今のところは。でも、いつかは話してもらうから」

ドミニクは画廊を戻り、書斎へ向かったが、今いるべきはそこではなかった。書斎は義務をはたす場所であり、感情を抱くことが許されない場所だ。そうだとしたら、どこへ？　書斎を出ると、ドミニクは足のおもむくままに、子供時代の勉強部屋へ向かった。伯父がこの家へ来たときにドミニクが使っていたままの状態ではなかったが、それほど変わってもいなかった。ありがたいことに誰もいない。父が亡くなるまえに持っていたおもちゃのすべてがまだそこにあった。父といっしょに戦争ごっこをして遊んだブリキの兵隊。クリケットを習うために父が買ってくれたバットとボール。あの日以降、おもちゃにはさわったことがなかった。部屋のなかには大人用の椅子がひとつあった。この椅子で父が自分をあやしてくれたときの記憶がどっとよみがえってくる。椅子に腰を沈め、ドミニクは手で顔を覆った。閉じたまぶたから涙があふれ、頬を伝った。「父さん、どうしてぼくたちを置いていったの？どうしてぼくを置いていったの？」

しばらくして、部屋が暗くなるころに、小さな足音が近づいてきた。「ドミニク」母が訊いた。「大丈夫？」

「わからない。いいえ。何年ものあいだ信じていたすべてが……崩れ落ちようとしていて」

母は背もたれのない椅子に腰を下ろし、ドミニクの手をとった。「どうしたのか話して」

ドミニクは母を見つめた。重荷を下ろしてしまいたいという思いが耐えがたいほどに募っていた。「話せるかどうかわからない。アラスデア伯父さんにはいつも母さんを悩ませるなと言われていたから」

母は唇を細い一本の線になるほどに引き結んだ。「あの人はいったい何を考えていたの？さあ、話して。彼が言っていたことを何もかも」

胸の奥から笑い声が飛び出し、ドミニクは自分でもぎょっとした。こんなに猛々しい母ははじめて見た。「父さんが亡くなってから、アラスデア伯父さんに言われたんだ。ぼくはもうマートン侯爵だから、義務をはたさなければならない……」

耳を傾ける母の顔に無数の感情がよぎった。レースの縁のハンカチをとり出して目を押さえることもあった。ドミニクが話し終えると、母はしばし目を閉じて首を振った。「アラスデアの言うことになんか耳を傾けるべきじゃなかったのよ。信頼すべきじゃなかった。彼があなたに言ったことは真実じゃなかった」

ドミニクは背筋を伸ばした。「どういう意味です？」

母は考えをまとめようとするかのようにしばらくじっと手を見つめていた。「厳密に言えば、彼も嘘をついたわけじゃないけど、彼の観点からしか物事を見ていなかったのよ。アラスデアとあなたのお父様は親しい友人同士だったけど、ほぼすべてにわたって意見がちがった」

それははじめて耳にすることだった。「政治についてさえも？」

母はうなずいた。「政治と貴族階級の義務についてはとくに。あなたのお父様は国王陛下の行いを牽制し、富める者も貧しい者も、国のすべての人々のことを考えるのが貴族階級の義務だと信じていた」母の唇が細い一本の線になった。「あなたの伯父様は国王陛下への義務がほかのすべてに優先すると信じていた。人間の身分は神によって定められたもので、災いに見舞われるのはその人自身の選択によるものだと信じていたのよ。でも、兄があなたとわたしを愛していることはあなたのお父様にもわかっていた」

喉がずきずきし出し、涸れたはずの涙がまたあふれるのではないかと不安になった。「父さんが亡くなったときのことを話して」

母は手に持ったハンカチをねじった。「粉ひき場で手伝いをしていたの。新しい様式の水車を設置していたんだけど、すべてが恐ろしくおかしなことになって、あなたのお父様は水車につぶされてしまった。できるだけ急いでホールに運ばせたんだけど、内部で出血していて、その後まもなく亡くなったわ。わたしはあなたの弟か妹を身ごもっていたんだけど、お腹の赤ちゃんを失ってしまった。それで、あなたの伯父様の勧めで健康をとり戻すためにバースに行ったのよ。回復したときには、アラスデアが保護者の役割をはたしていて、あなたはうまくやっているように見えた。まだ幼かったから、父親の死もそれほど辛くなかったんだろうと思ったの。アラスデアが悲しみを葬り去るよう強いて、あなたを自分そっくりに仕立て上げようとしていたとは知らなかった」母は何度かまばたきしてからつづけた。「彼はあなたのお父様が望んだようにはしてくれなかった」

ドミニクにはすべてを呑みこむのがむずかしかった。父は義務をはたそうとしていて亡くなったのだ。同じ状況であれば、ぼくも同じようにしていたにちがいないことで。「でも、すべてが偽りのはずはない。アラスデア伯父さんはお祖父さんが若くして亡くなったのは妻を愛しすぎていたからだと言っていた」

「五十六歳を若くしてと言うならね」母はあざけるように言った。「ドミニク」そう言って手を伸ばし、息子の手を包んだ。「愛を返してもらえるならば、妻や夫を愛しすぎるということはないのよ。あなたのお祖父様は家に帰る途中にかかった感冒で亡くなったの。アラスデアが言わなかったのは――もしかしたら知らなかったのかもしれないけれど――あなたの祖父母が結婚していた三十五年のあいだ、ひと晩たりとも離れて過ごしたことはなかったという事実よ」母はドミニクにほほ笑みかけた。「ブラッドフォードの男は情熱的に愛するのよ、ドミニク。あなたも、みずからにそれを許せばそうなるわ」

母は立ち上がり、物思いにふける息子を残して部屋を出ていった。シーアを愛すれば愛するほど、どうにかして愛さない方法を見つけようとしてきたのだったが、まるで無意味だったのだ。ドミニクは手で顔をこすった。さっき内心の思いを打ち明けるのを拒んだときに彼女はひどく傷ついた顔をしていた。それでも、まだ手遅れではないはずだ。彼女にすべてを話そう。いずれにしても、彼女には知る権利がある。ドミニクは揺り椅子から身を起こし、まわりを見まわした。いつかここで自分の子供と遊ぶこともあるだろうが、今は妻を見つけに行かなければならない。

24

ドッティはゆっくりと画廊を戻った。どうにかしてドミニクに打ち明けてもらう方法を見つけなければならない。彼が話してくれないとしたら、どんな結婚生活になるというの？

「ドッティ、ドッティ」トムの甲高い声が壁にこだました。

「ここよ、トム。どうしてこんなにすぐに戻ってきたの？」

「侯爵様とシリルに会いたくて」

ドッティは笑わずにいられなかった。「それで、どうしたいの？」

「サリーが出かけているんだ」トムは内緒話をするようにドッティと手をつないだ。もう一方の手には紙ばさみを持っている。「絵を描きにパークに連れていってくれる？　マーティン先生から、今度来るときまでに仕上げておくようにって宿題が出てるんだ」

そのままそこでドミニクを待って話をしたいという気持ちもあった。結婚式のまえに互いの意見の相違を解決しておかなければならないが、今は静かな場所で考えをめぐらすのがいちばんかもしれない。「もちろんいいわ。上着とボンネットをとりに行かせて。玄関の間で会いましょう」

トムはスキップをしながら画廊を戻り、姿を消した。数分後、ドッティはトムと玄関の間で落ち合った。トム付きの使用人のウィリーが呼ばれた。ドッティはフレッドに付き添ってもらいたかったが、マートン・ハウスでマットの使用人に付き添ってもらう必要はないというドミニクの意見には賛成していた。その代わりに、あとをつけられた日以降、家を監視している人間がいないかたしかめるために、ドミニクの馬丁の誰かが必ず家のまえの広場にいた。

パークに着くと、社交界の人間はほぼいなかった。ほかの子供たちが遊んでいる場所を避け、トムはすわってスケッチできるベンチのある場所を見つけた。ただ、彼自身はすぐに大きなニレの木の根元のくさむらに腰を下ろしたが。

ドッティはしなければならないことを書きつけたものを見直そうと手帳をとり出した。しかし、ドミニクのことしか考えられず、集中できなかった。今日の彼はとても遠い人に思えた。たぶん、レディ・マートンに助けを求めるべきなのだ。婚約者の問題のほとんどが彼の伯父のせいであることには全財産を賭けてもいいぐらいなのだから。亡くなっていたのは運がよかった。さもなければ、わたしがこの手で絞め殺してやっただろうから。でも、彼がもはやこの世にいないという事実が問題を深刻にしているのかもしれなかった。アラスデア卿が生きていれば、ドミニクがその人に歯向かうこともできたのに。いったいどうすればいいの？

涙がこぼれそうになり、ドッティは目を閉じて唇をきつく噛んだ。

「おい、何をするつもりだ？」ウィリーが叫んだ。

ドッティははっと顔を上げたが、大男の手が伸びてきて腕をつかまれた。指が肌に食いこんで痛んだ。男の仲間がウィリーの腕を後ろにひねり上げている。トムのほうに目をやると、五分前にいた場所にはいなくなっていた。ああ、神様。お願い。トムをとり戻そうとしている泥棒たちではありませんように。ドッティはトムが逃げたことも祈った。少なくとも、家へ帰る道はわかっているはずだ。

誰かに聞こえるようにと、ドッティは声をかぎりに悲鳴をあげたが、肉厚の手に口をふさがれ、縁が金めっきされた黒い馬車のほうへと引っ張っていかれた。泥棒でも、女性たちを誘拐していた男たちでもない。だったら、誰？

傾いたボンネットに目をふさがれたまま馬車に乗せられると、馬車は勢いよく走り出した。震えないように努めたが、胃は渦巻き、手袋のなかで手は冷たくなっていた。心臓は胸に痛いほど打ちつけている。生まれてこのかたこれほどに怖い思いをしたのははじめてだった。わたしは誰にさらわれたの？

何度か深呼吸すると、帽子を直す勇気が出たが、目は上げなかった。やがてそれが見えた。薄暗い明かりのなかでも、自分の青白い顔が黒いブーツに映っていた。金のタッセルのついたブーツ。フォザビー？

怒りと当惑に駆られながら、顔を上げると、そこにとり澄ましたその顔があった。彼はドミニクの昔からの友人かもしれないけれど、こんなことをして、きっとドミニクに殺されてしまう。それともこれはドミニクが？　もしかして、それこそが彼を悩ませていたことなのかもしれない。ほんとうにはわたしと結婚したくはないということ？

ドッティは小さく身震いした。めそめそするのはやめるのよ。ドミニクほど名誉を重んじる人がこんなことに同意するはずはない。とくにわたしと愛を交わしたあとでは。彼がわたしを愛しているのはたしかだ。足の裏や骨の髄にいたるまで身にしみてそれはわかった。わたしを怖がらせるつもりなら、フォザビーは考え直したほうがいい。ドッティは顎を上げた。「ちょっと」冷たい声で訊く。「何をしているおつもり？」

エリザベスが朝の間で、父への誕生祝いの贈り物にする予定の白いハンカチに繊細な刺繍を施していると、ラヴィーがほほ笑みながらはいってきた。

「あなたの問題をすべて解決したわよ」彼女は手袋を脱ぎながら高らかに言い放った。

エリザベスは訝るように目を細めた。ラヴィーが言おうとしていることが気に入らないのはたしかな気がしたからだ。「なんの問題？」

「なんのって、もちろんマートンよ」

エリザベスの背筋に寒気がのぼった。発した声は意図したものよりも小さくなった。「マートン？」

いとこはボンネットを脱いで寝椅子のエリザベスの隣に腰を下ろした。「ええ。何カ月かかかるでしょうけど、彼はあなたのように信頼できる女性と喜んで結婚するはずよ」

怒りが驚きにとって代わった。エリザベスは刺繍の枠を脇に置いた。「ラヴィー、あなた何をしたの？」

「ミス・スターンが結婚式に出られないようにしただけよ」エリザベスが立ち上がろうとすると、ラヴィーはつづけた。「害をおよぼすようなことは何もしていないわ。ただ、結局、侯爵との結婚は田舎の郷士の娘にはすぎたことだったので、彼女は田舎の母親のもとへ逃げたと噂を流しただけよ」

「ラヴィー、おかしくなってしまったの？」

いとこは目をみはった。「ミス・スターンは大丈夫よ。ロンドンからさほど遠くないところに留め置かれるだけ。二日以内には解放されて、家に帰る馬車が用意されるわ。当然、少なくとも一シーズンか二シーズンのあいだはロンドンに顔を見せたくはないでしょうけどね」

エリザベスはいとこをじっと見つめた。ほかの女性を破滅させるような真似をしておきながら、ラヴィーがこれほどに誇らしげでいられるわけが理解できなかった。考え得るかぎりもっとも愚かな行為であるのはまちがいない。

エリザベスは立ち上がり、叫びたくなる衝動と闘った。「彼女はどこへも顔を出すことができなくなるわ。マートン侯爵を拒絶したとなったら、どんな男性が彼女を望むというの？それに、ミス・スターンが姿を消したのがあなたのしわざだと知れ渡ったらどうなるの？」

ラヴィーはほんの少し青ざめた。「あら、それについては心配しなくていいわ。じっさいにミス・スターンを誘拐したのはフォザビーだし」

一瞬エリザベスは意識を失いそうになった。「どうして？　どうしてそんなことをしたの？」

「あなたを救うためよ。マートンと結婚しなかったら、あなたのお父様が次に誰を選ぶか知れないんだから。それが……」

いとこは黙りこんだ。

「マナーズのような人かもしれない？　そう言おうとしたの？　ラヴィー、彼はあなたを痛めつけているの？」

エリザベスはいとこを抱きしめた。「ああ、かわいそうに。うちの父はわたしに望まない男性との結婚を強いたりしないわ」

ラヴィーはエリザベスの目を避けて張りつめた口調で言った。「なぐられたりはしないわ」

ラヴィーはすすり泣いた。「うちの父についてわたしもそう思っていたのよ」

エリザベスは思い返してみて、ラヴィーとは、マートンとミス・スターンが婚約した晩以来、ふたりきりで話をしていなかったことに気がついた。父が嘘をついていたことをラヴィーはまだ知らないのだ。「言っておかなくちゃならないけど、うちは破産していないのよ。すべて嘘だったの。父はわたしをマートンと結婚させるために嘘をついたの」

「破産していない？」

エリザベスは首を振った。「ええ、いずれにしてもわたしはマートンと結婚するつもりはないわ。彼はミス・スターンを愛しているんですもの」エリザベスはテラスに出る扉のところへ行き、戻ってくると、いとこのまえで足を止めた。そしてラヴィーの手をとった。「わたしはお金のために結婚する必要がないんだから、愛のある結婚をしたいわ。マートンに言わなくては。ミス・スターンがいなくなったことがわかったら、どうなるかわからないわよ」

「もう遅いわ」ラヴィーの目に涙があふれた。「フォザビーから伝言が届いたの。彼女は今朝連れ去られたのよ」

「どこへ連れ去られたのかはわかるのよね？」

「その、だいたいの場所は。フォザビーがリッチモンドの近くに家を持っているんだけど、正確な場所はわからないわ」

エリザベスが呼び鈴を鳴らすと、使用人が扉を開いた。「ボンネットと手袋と上着を準備して。それと、メイドを連れていくわ」

「エリザベス！」扉が閉まると、ラヴィーが声を張りあげた。「何をするつもりなの？」

「マートンに知らせに行くのよ。フォザビーの家の場所を知っているかもしれないから」ラヴィーの顔から血の気が引いた。「あなたの名前は明かさないようにするけど、何週間か身を寄せられる親戚はいる？　社交シーズンの残りを見逃したくはないでしょうけど、あなたがロンドンにいないほうが噂も広がらずに済むわ」

ラヴィーはうなずいた。「すでに北部にいる叔母を訪ねる計画は立てているけど、それがどうしてそんなに重要なの？　きっとフォザビーは誰にも話さないわ」

いとこを怒鳴りつけたくなるのを精一杯こらえ、エリザベスは唇を引き結んだ。「田舎紳士の娘をおとしいれるにしても、まちがった女性を選んでしまったわね。彼女のお祖母様はブリストル公爵夫人よ。そして公爵夫人主催の婚約祝いの舞踏会が今夜開かれることになっている」

しばし、ラヴィーはその場に凍りついたようになった。それから、椅子にどさりと腰を下ろした。「ああ、そんな。わたし、なんてことを」

エリザベスは運ばれてきた上着とボンネットを身につけた。そろそろいとこも余計なおせっかいを焼かないことを覚えるべきだ。「それに加えて、彼女の両親もロンドンに来ていて、彼女はマートン・ハウスに住まいを移したのよ」

すでに血の気の引いていたラヴィーの顔がさらに真っ白になった。ようやく口を開いたときには、ほとんどささやくような声になっていた。「どうしてわたしはこんなにばかなことを？　あなたの力になりたかっただけなのに。何もかもめちゃくちゃにしてしまった」

「わたしがどうにかするわ」エリザベスが厳しい声を出した。「あなたがかかわっていることが誰にも知られないといいんだけど。こんなことが知れ渡ったら、わたしたち、社交界では生き残れないから」彼女はいとこを抱きしめ、ラヴィーの巻き毛の房を払いのけた。どれほど問題を引き起こしてくれようとも、彼女がいちばんの親友であるのは変わらなかった。

「どうなったか知らせるわね」

つかのまいとこはエリザベスにもたれかかった。「今日ロンドンを離れるわ」

エリザベスはうなずいた。「たぶん、それがいちばんね。さみしくなるけど」

「わたしもよ。手紙を書けるようになるまでしばらくかかると思うし」

「行かなくちゃ」エリザベスはラヴィーにすばやくキスをし、気をおちつけようとしているいとこを残して部屋をあとにした。

ドミニクが階段を降りていると、トムがひどくやつれた様子の使用人のウィリーを従えて駆けのぼってきた。

「侯爵様」トムは息を呑んだ。「ドッティが誰かに連れ去られました」

一瞬、何もかもが通常よりゆっくり動く気がし、ドミニクの心臓が鼓動をやめた。嘘だ！　あり得ない。彼女の身に何かあるなど。ドミニクは使用人に向かって訊いた。「ミス・スターンはどこだ？」

「トム様がおっしゃったとおりです、旦那様。連れ去られました。ふたりの大柄なごろつきが襲ってきまして。ひとりが私を動けなくし、もうひとりがお嬢様をつかまえました。トム様は木の陰に隠れていましたが、馬車に乗っていた男の絵を描いたそうです」

トムはドミニクにスケッチブックを差し出した。「彼女を馬車で連れ去った紳士です」

こんなことが起こるとは信じられなかった。何もかもまちがっている。娼館や波止場へ連れていかれるシーアの姿が脳裏に浮かび、心をさいなんだ。彼女が傷つけられるようなことになったら、それはぼくのせいだ。今朝、彼女のそばを離れるべきではなかったのだ。

トムがドミニクの鼻先に絵を突き出した。めまぐるしくまわっていた思考が止まった。

フォザビー？　いったいどうして彼がシーアを連れ去った？　嫌っていたのはたしかだが、これは常軌を逸している。無垢な乙女を連れ去るなど——まあ、もう無垢ではなかったが。それでも、あのごろつきがぼくの花嫁をさらったのだ。レディ・フォザビーが言っていたことは正しかったのかもしれない。彼女の息子はろくでなしだ。今わかっているのは、そのごろつきをつかまえたら、殺してやるということだけだ。ドミニクはうなるように言った。「ペイクン、足の速い馬を用意させてくれ」

そのとき、ワーシントンが玄関の間にはいってきた。「トムがうちの連中と遊びたいのかどうか訊きに来たんだ」

そう言えば、それもおかしなことのひとつだった。「ちょっと待てよ。トムはきみの家に滞在しているはずじゃなかったのか？」

子供は顔をゆがめた。「あなたに会いたくて、家に帰ってきたんです」

「トムをいっしょに連れていってくれ」ドミニクは手で髪を梳いた。「このことはあとで解決しよう。ぼくは行かなくちゃならない」

ワーシントンは眉を下げた。「どうなっているんだ？」

トムが絵を振りながら何度も飛び跳ねた。「フォザビーがドッティを誘拐したんで、ぼくたちが助けに行くんだよ」

まったく。どうしてわが家の人間はみなほかの誰かを助けに行きたがるんだ？「ぼくたちはどこへも行かない。おまえは安全な場所に残っているんだ。ペイクン、速馬はどこだ？」

「マートン、おちつけよ」ワーシントンが叫んだ。「ぼくも行く。でも、フォザビーのあとをやみくもに追うまえにもっと情報が必要だ」

「わたしがお力になれると思います」

ドミニクは玄関のほうを振り返り、突然現れたミス・ターリーに目を据えた。彼女は唾を呑みこんだ。「今日、リッチモンド・ロードでフォザビー家の馬車を見ましたわ」

ドミニクは拳をにぎった。あの悪党め。「リッチモンド？」

ミス・ターリーは怯えた顔をしつつもうなずいた。「ええ。ミス・スターンはご在宅じゃないようですね」

ドミニクの怒りは募り、かろうじて癇癪を起こさずにいる状態だった。今すぐ誰かを絞め殺してやりたい。

ペイクンがお辞儀をした。「ええ、お嬢様。お母様が昨日到着なさったので、ミス・スターンはご訪問をお受けになりません」

ワーシントンは顔を手でこすった。「リッチモンドに何があるんだ？　それとも、さらに西へ連れていこうとしているのか？」

そういえば、いまいましいラム酒のせいで友がおかしくなるのではないかと思ったことがあった。「彼はそこに家を持っているんだ。ボクシングの試合を見たあとでひと晩泊まったことがある」

「行き方は覚えているか？」

ドミニクは目を天井に向けた。「もちろん、覚えているさ。出発しよう。公爵夫人の舞踏会に間に合うように連れ戻すには、一瞬たりとも無駄にできない」ドミニクは小さな書き物机のところへ行き、書きつけをしたためてペイクンに渡した。「街用の馬車を準備させてくれ。目的地はここだ」

「旦那様、奥様方やサー・ヘンリーにはなんと申し上げればいいでしょう？」

笑える状況ではなかったが、ドミニクは笑みを浮かべた。「リッチモンドへ行ったと伝えてくれ」それから、まだ部屋の入口に立っているミス・ターリーに目を向けた。「ミス・ターリー、力添えに感謝しますよ。今耳にしたことを誰にも話さないでいただけるとありがたい」

「お約束しますわ」彼女はすばやく石段を降りていった。

「ペイクン、馬だ、今すぐ」

執事が使用人のひとりを走らせた。

「ぼくの馬もきみの厩舎にいる」ワーシントンは家の裏手に向かう途中で言った。

ドミニクとワーシントンが厩舎に着くと、馬には鞍がつけられていた。ふたりは混雑した午後の街路をできるだけすみやかに馬を進めた。到着までには少なくとも一時間かかり、馬車がフォザビーの邸宅に着くまでには二時間近くかかる。舞踏会のまえの夕食会は九時からだった。今は午後一時になろうとしている。

ドミニクは顔をしかめた。「フォザビーのやつ、殺してやる」

「反対するつもりはまったくないよ。助言させてもらうなら、殺すならその場でやるんだな。日を改めての決闘じゃなく。ご婦人方は決闘が嫌いだから」

ふたりは最初の道路料金所に着いたが、徴収人をしばらく待たなければならなかった。ドミニクは門を飛び越えたくてたまらなかった。ようやく老いた徴収人が出てきて通行料をとった。ふたりはできるかぎりの速さで馬を走らせ、ときおり馬を休ませるためだけに歩みを遅くし、リッチモンドの村が見えるところへやってきた。

ドミニクは手綱を引いた。「もうそれほど遠くない。村を越えて一マイルほどだ」そこではじめて、ことをどう進めればいいか若干とまどいを覚えた。「邸内路を通って家にまっすぐ乗りつけるか、それとも裏へまわるか？」

「盗賊とまちがわれて撃たれるのはごめんだな」ワーシントンは冷ややかに答えた。「正面から乗りつけよう」そう言って唇をゆがめた。「きみは侯爵だと名乗ってかまわない」

ドミニクは首をそらして笑った。シーアといっしょにいるようになってから、爵位を気にしたのは、伯父の声が勝手に心に忍びこんできたときだけだった。「フォザビーは彼女をぼくから隠しておこうとするだろうから、それではうまくいかないだろうな。道に迷った振りをするんだ。家の管理をまかされている老夫婦以外に誰かいるとしたら、そいつらのことも喜んで始末してやる」

そして誰であれ、シーアを傷つけた者がいたら、自分が何をするか、責任は持てない。伯父ではなく、父のように振る舞うときが来たのだ。

ドッティはフォザビーが答えるのを辛抱強く待った。座席を指で叩きながら待っていると、ようやく彼は答えた。「きみに害をおよぼすつもりはないけど、マートンにはもっとふさわしい花嫁がいるはずだ。彼にそういう人を見つけさせてやるつもりなんだ」

癇癪を抑えようとしながらドッティは唇の内側を噛んだ。「何をするつもりなの？」

「ロンドンから遠くないところに古い邸宅を持っている。結婚式の日が過ぎるまできみをそこに留めておく。祭壇にきみが現れないとなれば、マートンもきみを忘れて誰か別の結婚相手を見つけるはずだ」フォザビーは座席に背をあずけた。「心配しないで。きみの純潔に疵がつくことはないから。数日のうちにご両親のところへ送り届けるよ」

どうやらこのおばかさんはちゃんと調べていなかったらしく、昨日うちの両親がマートン・ハウスに到着したのを知らないようだ。「それで、マートン侯爵を拒んだわたしと誰が結婚したいと思うというの？」

フォザビーは魚のように口をぱくぱくさせた。「それについては考えていなかったけど、悪い噂なんてすぐに消えるさ。いつもそうだ」

ほんとうにおばかさん。ドッティは鼻を鳴らしたくなるのをこらえた。馬車が停まったところで飛び降りることもできるかもしれないが、それが正解かは疑問だった。日よけが降りていたので、馬車がどこへ向かっているのかもわからなかった。ロンドンへ戻るのに充分なお金を持っている？　きっとわたしがいなくなったのをドミニクが知って探してくれるはずだ。それでも、フォザビーのしわざだと思いつくだろうか？　いいえ。自分でどうにかして逃げないと。

ドッティは目を閉じて気持ちを鎮めようとした。何か思いつくはずだ。わたしは機知に富んでいるのだけはたしかなのだから。

馬車が停まったときに、ピンで留めた時計を盗み見た。二時間近く馬車に乗っている。そう、北へ来ているとしたら、見覚えのあるものがあるはず。そうでなければ……。フォザビーが鍵をはずして馬車の扉を開けた。そばにいた使用人が助け下ろしてくれた。家の玄関には年輩の夫婦が立っている。管理人のようだ。助けてもらえるかもしれない。

「さあ、連れてきたよ」フォザビーの口調からして、まえもって知らせてあったようだ。

「ご両親に伝言は送ってあるから、数日のうちに迎えに来るはずだ」

フォザビーが去ると、年輩の女がドッティに目を向け、顔をしかめてみせた。「わたしたちをだまそうとしないでくださいよ、お嬢さん。もう財産目当ての男と駆け落ちはさせませんからね」

どうやら使用人に助けてもらうのは無理のようだ。そう考えつつも、ドッティは精一杯慎ましい表情を作った。「そうですね、ミセス……？」

「ホイッティカーですよ」女は名前を訊かれたことに驚いた様子で答えた。

「ミセス・ホイッティカー」ドッティは声に傷ついたような響きを加えた。「ほんとうに、お金じゃなく、わたしを愛してくれていると思っていたのに。いけないことをしようなんてつもりはまったくなかったの。両親にこれ以上辛い思いをさせるなんて夢にも思わないわ」

ホイッティカー夫人はほんの少し態度をやわらげたように見えた。「ここではお立場にふさわしい扱いをさせてもらいますよ、お嬢様。でも、申し訳ないけれど、お部屋から出てはなりません」

「もちろんよ」ドッティは改悛の情を表すようにまつげを伏せた。「おっしゃるとおりにするわ」

「でしたら、ついてきてください」

馬車の音が遠くなり、ドッティはおとなしく看守役のあとに従った。ただ、女のあとから家のなかを進むあいだ、目にしたすべてを頭に刻みこんだ。やがてふたりは二階の大きな部屋に到着した。「なんてすてきなおうちなの。建ってどのぐらい経つんです？」

「ジェイムズ一世時代に建てられた家ですよ」ホイッティカー夫人はお辞儀をした。「軽いお食事とお茶をお持ちしますね」

「ありがとう」ドッティは感謝の笑みを浮かべた。「助かるわ」

扉が閉まり、鍵がかかった。ドッティはボンネットと手袋をとった。まずはあきらめて運命に身をゆだねていると家政婦に信じさせなければならない。

なみなみと湯のはいったバラの飾りつきの磁器の水差しがそろいの洗面器のそばに置いてあった。洗面台以外に部屋には、古いオーク材の衣装ダンス、ベッド、ソファー、用足しの壺を陰に置いたついたて、ドレッシングテーブルと椅子があった。ドッティは窓を開けようとしてみたが、びくともしなかった。暖炉の隣には衣装部屋につながっていると思われる扉があった。掛け金を持ち上げると、扉は簡単に開いた。

廊下へ通じる扉の向こうで足音がして、ドッティは急いで寝室に戻り、ソファーに腰かけた。家政婦とその夫が部屋にはいってきた。夫のほうはお茶とサンドウィッチと果物を山ほど載せたトレイを運んでいる。三人分ほどもある量だが、逃げ出す方法が見つかったら、余分な食糧が役に立つことだろう。

ホイッティカーはソファーのまえのテーブルにトレイを置いた。「さあ、どうぞ、お嬢様。私らに兵糧攻めに遭ったなんて言わないでくださいよ」

ドッティはほほ笑んだ。「ええ、もちろんよ。どうもありがとう。死ぬほどおなかが空いていたの」

ホイッティカー夫人は呼び鈴を指差した。「何か入り用のものがあれば、呼び鈴を鳴らしてくださいな。衣装ダンスに寝間着とショールを置いておきました。夕食は五時です」それから、申し訳をするように言った。「ここでは田舎時間に従っているんです」

「正直に言えば」ドッティは嘘偽りなく言った。「わたしも田舎時間のほうがいいわ」

ホイッティカー夫人はうなずいた。その唇がほんの少しだけゆるんだ。時間をかければ、きっとこの女性を味方にできるが、今は時間もなかった。今夜開かれる婚約祝いの舞踏会に出ないわけにはいかないのだから。

ドッティは食べながら選択肢を考えた。家政婦が言っていたほどにこの家が古いのだとしたら、秘密の通路があるかもしれない。それはその時代の家のほとんどにあった。でも、わたしを簡単に逃げ出せる部屋に入れたりはしないはずだ。わたしには見つからないだろうと思っているか……もしくはマートン・ハウスのように、ほとんどの人がその存在を忘れているかでないかぎり。

ドッティはそれからしばらくのあいだ、秘密のレバーとなり得るものすべてを軽く叩いたり、つついたり、引っ張ったりしてみた。もうひとつのサンドウィッチを手にとり、暖炉のまえに椅子を引っ張っていってじっと暖炉を観察した。しかし、どこにも目につくような変わったところはなかった。ドッティは立ち上がって衣装部屋に戻り、壁を軽く叩いた。しまいに衣装ダンスを開けて継ぎ目に指を走らせてみた。少しして、指が出っ張りに触れた。長方形をしている。小さなレバーということがあり得る？　そうだとしたら、うまく隅に隠されていた。これほど徹底的に探さなければ、もしくは指がもっと大きかったら、見つけることはなかっただろう。短く祈りをささげ、ドッティはそれを押し上げて奥の板が開くのを待った。

家のどこかで扉が勢いよく開き、叫び声がした。

「彼女はどこだ？」ドミニクの厳しい声が聞こえてきた。

ああ、よかった、助けに来てくれたのね！　鼓動が速くなり、息ができなくなる。

ブーツの足音が階段を駆けのぼってきた。部屋の扉が勢いよく開いたのと同時にドッティは衣装ダンスから首を突き出した。一瞬時間がゆっくり流れたように思え、次の瞬間には彼の腕のなかにいた。階下で銃声がとどろいた。

ドミニクは扉のほうに目を向けた。「ここから脱出しなければ」

「こっちよ」ドッティは彼の手をつかみ、衣装ダンスへと引っ張った。「通路があるの」

ドミニクは暗がりに目を凝らし、彼女にすばやくキスをした。「きみはなんて賢いんだ」

「外に通じているといいんだけど」

「通じていなくても、見張りの人間から逃れる猶予をくれるはずだ」

「誰といっしょに来たの？」

「ワーシントンだ」

「彼がけがをしていないといいんだけど」

「そうなるとひどく複雑な問題になる。行こう」

片手を壁にあててバランスをとり、ドッティはドミニクのあとから古い石の階段を降りた。通路のなかには湿っぽいにおいが漂っており、どれだけほこりが積もっているのか想像して

ドッティは顔をしかめた。手袋は元通りにはならないだろう。突然彼女はドミニクの広い背中にぶつかった。

「扉だ」彼がささやいた。「錆ついて開かなくなっていないといいんだが」彼女の手を放し、

ドミニクは扉を引いた。少しして、大きなきしむ音とともに扉は内側に開いた。蔦のからまる塀が目の前に現れた。「きみはここで待っていてくれ。ワーシントンが無事かどうかたしかめなくちゃならない」

「いいえ、わたしもいっしょに行くわ」ドミニクが目を険しくしたため、ドッティは怒った口調で言った。「見張りの人間がこの通路を見つけたらどうするの？　あなたといっしょのほうがずっと安全だわ」

「いいだろう」ドミニクはまったく納得していない口調で言った。「でも、問題が起こったら、離れているんだ」

ドッティはうなずき、彼は彼女の手をとった。家のそばを離れずに角を曲がると、邸内路に出た。マットが開いた扉に拳銃を向けて石段に立っていた。ドッティとドミニクに近い側で二頭の馬が辛抱強く待っている。

ドミニクが小さく口笛を吹くと、見栄えのする葦毛が首をめぐらし、ふたりのほうへ歩み寄ってきた。ドミニクは一瞬のなめらかな動きで彼女を馬に乗せると、彼女の後ろにまたがって叫んだ。「ワーシントン、出発の時間だ」

マットが手を伸ばして扉を閉め、すぐさま馬に乗って邸内路を駆け出した。ドミニクとドッティもそのあとにつづき、何分か経つまで速度をゆるめなかった。

ドッティはようやく安堵のため息をついた。「あなたが来てくださったときはほんとうにうれしかったわ。秘密の通路は見つけたんだけど、ロンドンまで戻るのにどのぐらい運賃がかかるのか計算しようとしていたから。足りるだけのお金があるかどうかわからなかったのよ」

「きみがけがをしていなくてよかったよ」ドミニクは考えこむように彼女を見つめた。「ほんとうに馬車の運賃について考えていたのかい？」

「もちろんよ。あなたに迷惑を――」

「きみには驚かされるよ」唇を唇でふさがれ、ドッティは彼の首に腕をまわした。

しばらくしてマットが咳払いした。「きみたちふたりさえよければ、ここへ向かわせた馬車をどこで待つか決めなくちゃならないんだが。この近くに宿屋はあるかな？」

ドッティは手袋と上着の袖に目をやった。「この状態で宿屋には行けないわ。こんなに汚れていては」

ドミニクはドッティの衣服の状態にそこではじめて気がついた。「通路のなかがかなり汚かったんだな」

「どうやって逃げたんだ？」とマットが訊いた。

ドッティは笑みを浮かべた。「秘密の階段があったの」

「ぼくが到着したときには、シーアはそれを見つけていた」ドミニクは彼女を抱く腕に力をこめた。「賢い人だ」

ドッティも自分のしたことには満足だったが、今はどうやって家に帰るか決めなければならなかった。「こんなふうに馬で街中を通るわけにはいかないわ」

「それはそうだ」ドミニクも行く手に目を向けて言った。「馬車がすぐに来るはずなんだが」

「その馬車がすぐに来なかったら」マットが付け加えた。「駅馬車の宿屋を見つけてドッティをロンドンへ連れ戻す馬車を雇えばいい。事故に遭ったと言えば、汚れた服の説明にもなるはずだ」

「たしかにそれは言い訳になるわね」それで問題は解決する。「代案があると安心だし」

ドミニクはうなり声を発した。「言い訳ということになると、山ほど学ばなければならないことがある気がするのはどうしてだろうな？」

ドッティは精一杯スカートを直したが、それでも破れたところから足がだいぶ見えていた。

「宿屋に行くなら、ホイッティカー夫妻に書きつけを送りたいわ」

「ホイッティカー夫妻？」とマットが訊いた。

「あの家にいた夫婦よ。わたしを逃がしてはくれなかったけど、とても親切だったわ」

「その親切な老人がぼくに向かって銃を発射し、妻のほうはフライパンで頭をなぐろうとしたんだぞ」マットが鋭く言った。「ぼくが扉のところに留まっていた唯一の理由は、彼の銃の銃弾が尽きたとわかったからだ」

「まあ」もちろん、銃声がしたのは覚えていたが、マットは無傷だった。「ほんとうに彼らが悪いんじゃないのよ。フォザビーがわたしのことを財産狙いの男性と駆け落ちした娘だって説明していたの。それで、二日以内にわたしの両親が迎えに来るって」

「だったら、真実はフォザビーに話させよう」マットはうなるように言った。

「あいつがきみに触れることはまったくなかったのかい？」ドミニクは剃刀のように鋭く、怒りに満ちた暗い声を出した。

ドッティは首を振った。「なかったわ。彼はわたしたちを結婚させないためにわたしをさらったのよ。結婚式の日が過ぎたら、わたしを両親の家に送るって言っていたわ」

「マートン」マットが顔をしかめて言った。「きみがやつの虫けらのような命を奪わないとしたら、きっとうちの女性たちが喜んでそうするぞ」

ドッティはドミニクの顔を見ようと首をめぐらしたが、きつく抱きしめられていたために、あまりよく見えなかった。硬い体に押しつけられているのはとても気持ちがよかったが、彼の表情を見たかった。なんとも不穏な声を出していたからだ。「たぶん、このことは彼のお母様に話すべきなんじゃないかしら」

ふたりの男はことばを失ったように見え、やがてマットが腹を抱えて笑い出し、そこへドミニクも加わった。

その笑いはいつまでもやまないように思われたが、しばらくしてドミニクが彼女のうなじに顔をこすりつけた。「きみにはわからないかもしれないが、シーア。それはぼくが思いつくどんな罰よりもずっと厳しい罰だよ」

ドッティは生まれてはじめて自慢したくなった。「彼には無用の長物になっているとてもすてきな家があるわ。そこに戦争で夫を亡くした人や孤児を住まわせていけない理由はないわね」

ドミニクは彼女の耳にキスをした。「きみは悪魔みたいだな。でも、彼の母親がその話に乗るかな？」

「きっと大丈夫よ」ドッティはほほ笑んだ。「レディ・ソーンヒルのサロンで会ったことがあるけど、わたしたちの計画に興味津々だったもの。それで、ホイッティカー夫妻だけど……」

「だめだ！」ドミニクとマットが同時に声を発した。

「夕食に戻ってから、うちの母か、もっといいのはきみの母上に手紙を書いてくれと頼もう」ドミニクは二度と放さないというように、さらにきつく彼女を引き寄せた。「夕食と言えば、こんな速さで馬を進めていたら、絶対に間に合わないな」

マットがふたりに目を向けた。「ここから遠くないところに馬車の宿屋があった気がするよ。よかったら、先に行って手配してこよう」

ちょうどそのとき、ドッティが行く手に目を向けると、馬車が近づいてくるのが見えた。

「脇に寄って！」

ドッティが驚いたことに、御者が馬車を停めて挨拶してきた。「旦那様」

「少なくともあと三十分はかかると思っていたよ」ドミニクが声を張りあげた。

「ミスター・ペイクンにできるだけ急いで向かうように言われたので」御者は鼻を叩いた。

「このあたりの通行料徴収人はみんな知り合いなんです」

ドッティは安堵の息をついた。「ああ、よかった。ドミニク、下ろして」

ドッティが馬車に乗りこむと、ドミニクもそのあとにつづこうとした。「馬は後ろにつないでくれ」

「いや、だめだ」マットが言った。「きみらはまだ結婚していないんだ。馬に戻れ」

ドミニクは声を殺して毒づいた。「でも、婚約している。まったく問題はない」

「だめなものはだめだ」

ドッティは口に手をあてて笑いをこらえた。「ドミニク、馬に乗って。そうすれば家に帰れるわ」

「あと二日だ」

「ええ」ドッティはうなずいた。「そうしたら、好きなだけわたしといっしょに馬車に乗っていいわ」

ドミニクは彼女にすばやくキスをすると、また馬にまたがった。「言い争ってもしかたないからな。今夜は婚約祝いの舞踏会があるんだから」

「おい、ちょっと待て」

ドッティは目をみはった。ああ、ミスター・ホイッティカーだわ。あの家に戻されるのはいや！「あなたにまた会うとは思ってなかったわ。ただ、説明したかったの――」

「それはそうでしょう、お嬢さん」彼は御者にライフルの銃口を向けた。「そこから降りろ。あの家に戻ってもらいますよ。あなたのお父様が迎えに来るまで」

「なあ、いいか」ドミニクの声は聞いたことがないほどに尊大なものだった。「フォザビーがなんと言っていたかはミス・スターンから聞いた。それは嘘だ。ぼくはマートン侯爵で、彼女はぼくの婚約者だ。彼女の両親はロンドンのぼくの家にいる」

ホイッティカーは顔をしかめた。「あんた方貴族についてはよく知っているさ。なんと名乗ろうと、財産狙いの人間であることに変わりなかったりする」

「名刺を渡そう」ドミニクはポケットを探って顔を赤らめた。「忘れてきてしまったようだが、こちらの紳士はワーシントン伯爵だ」ドミニクはマットに目を向けた。「きみの名刺を渡してやってくれ」

「ぼくも持ってきていないようだ」

ホイッティカーはあざけるように言った。「こちらは侯爵で、あちらは伯爵か。作り話にしか聞こえないな。お嬢さんをお連れしますよ。問題が解決するまで、お嬢さんはあたしと女房といっしょにいたほうが安全だ」

まったく！　このままではお祖母様の舞踏会に出られなくなる。「ミスター・ホイッティカー。彼らの言うことを信じられないなら、いっしょに来て。わたしの両親、サー・ヘンリーとレディ・コーディリア・スターンだけでなく、マートン侯爵のお母様もわたしが駆け落ちしたんじゃないことを証明してくれるわ。わたしたちの婚約祝いの舞踏会が今夜開かれるの。わたしの祖母のブリストル公爵夫人が開いてくださるので、遅れるわけにいかないのよ」ドッティはそこでしばし間を置き、年輩の男に顔をしかめてみせた。「それと、誰のことも撃たないで」

ホイッティカーは眉根を寄せた。どうしたらいいのか決心しかねている様子だったが、そこで御者が声をかけた。「ホイッティカーっていうんだな？」

彼はうなずいた。

「侯爵様たちやそのご婦人についてはおれも保証できる。今朝お嬢様はパークでさらわれたんだ。でも、おれのことばを信じる必要はない。ここへのぼっていっしょに馬車に乗っていくといい。義務をはたさなかったとあんたが思わなくて済むように」

「悪いな」ホイッティカーはライフルを下ろした。「そうさせてもらおう」

ドッティはまた安堵の息をついた。「家に連れて帰ってちょうだい」

25

ドミニクはワーシントンと馬を並べて馬車のまえを進んだ。「結局、侯爵の位はさほどすごいものじゃないとわかったよ」

「そんなものさ」ワーシントンが言った。「ぼくは伯爵でいることをやめるつもりはないけどね。爵位によって得られる特権を享受していることを恥じるつもりもない。それでも、そこには責任もついてまわる。領地や領民に対してだけでなく、社会全体に対して。きみの父上にはわかっていたが、きみの伯父さんは理解できなかったことだ」

ドミニクはしばらくそのことについて考えた。ワーシントンは四歳年上だった。「ぼくの父を知っていたのか？」

「父親同士、仲がよかったからな」

それは驚きだった。はじめて知ることがあまりに多い。「知らなかったな」

「ああ。うちの父もアラスデア卿が認めない人間のひとりだったから」

しばらくふたりは黙りこみ、ドミニクには考えをめぐらす時間ができた。ぼくはどれほどのことを知らずに来たのだ？　どれだけの穴埋めをしなければならない？　シーアが現れてくれなければ、ぼくは愛を知ることもなく、トムは監獄に入れられ、猫たちは死んでいたことだろう。救い出した女性たちについては言うまでもなく。「貧者を助ける法案についてきみと話がしたい」

ワーシントンはゆっくりと笑みを浮かべた。「ぼくもさ。きみはどんなことを考えている？」

一行はグローヴナー・スクエアに乗り入れ、マートン・ハウスのまえで停まった。使用人が走り出てきて馬を引きとった。ホイッティカーは玄関からなかへ招き入れられた。ドミニクはサー・ヘンリーか母を呼ぼうとしたが、ペイクンに会ってすぐにホイッティカーはフォザビーが嘘をついていたことを悟った。

ドッティが母親たちに会って舞踏会の準備をするために部屋へ消えると、ドミニクはワーシントンを書斎に招き、ワインを運ばせた。

「おや、ブランデーじゃないのか？」ワーシントンが冗談めかして言った。

ブランデーを思い出しただけで気分が悪くなった。「いずれにしても、まだ早いからね」ドミニクはワーシントンとこうしたきさくなやりとりをすることに慣れていなかったが、それをたのしもうと決めた。「ワーシントン、今日いっしょに行ってくれてどれほどありがたかったか、礼の言いようもないよ」

「ぼくのことはマットと呼んでくれていい。ぼくらは親戚同士なんだから」

「あ、ああ、そうだな。そのことは忘れないよ。ぼくのことはドミニクと呼んでもらいたい」

マットは眉を上げた。「親戚同士であることは忘れたくてもできないさ。そう、ドッティはシャーロットとルイーザの親友なんだから」

「たしかに」ドミニクは顔をしかめた。「きっといつかはルイーザもぼくがシーアと結婚することを許してくれるだろう」

「すでに許していると思うね」マットは咳払いをした。「たしか、キスがどうのという話を聞いた気がするよ」

ドミニクは顔を赤らめた。それについては言い逃れのしようがなかった。「あ、ああ。シーアが部屋にいるときにほかの人が目にはいらなくて」

「それはぼくも気づいていたさ。ぼくもグレースとのあいだで似たような失敗を犯すからね。ヴァイヴァーズ家の欠点にちがいない」

「ぼくの記憶が正しければ、それはもともとブラッドフォード家の欠点だ」ドミニクがにやりとした。

「まさしく」マットはグラスを置いて立ち上がった。「家に帰らなければ。ドッティが連れ去られたことはトムがみんなに知らせただろうから、みんな心配しているはずだ。でも、今晩会えるな」マットはドミニクの手をにぎり、背中を叩いた。「言ってなかったが、結婚おめでとう。ぼくたちがヴァイヴァーズ家を名乗ろうが、ブラッドフォード家を名乗ろうが、ドッティは一族に加えるのに願ってもない女性だ」

「心からそう思うよ。重ねて礼を言う」

マットが帰ってからもしばらくドミニクはワインのグラスをまわしながら、この数日のあいだに起こった出来事を思い返していた。まだシーアとふたりきりで話す機会はなかった。今夜、舞踏会のあとで、彼女に何もかも話すつもりだった。もっとも重要なのは、二度と彼女に心を閉ざしたりはしないということだ。

26

「お嬢様」ポリーがつぶやいた。「最後の櫛を差そうとしているんですから、じっとしてらしてください」

ドッティは髪がどんなふうにできあがるのか見ようとするのをやめてメイドが一歩下がるまでじっとしていた。

「ほうら、できました」ポリーがもうひとつの鏡を傾けた。「お好きなだけご覧くださいな」

ようやくドッティは凝った巻き髪や編みこみを見ることができた。「きれいだわ。どこで結い方を習ったの？」

ポリーはにっこりした。「雑誌で見たんです。メイはわたしにはできないって言ったんですけど。唯一残念なのは彼女にこれを見せられないことです」

「そうね」ドッティは笑いを止められなかった。「わたしの髪がこんなに優美に見えたことってかつてないわ」

メイドはドッティに平らな四角いケースを手渡した。「侯爵様からです。侯爵様のためにこれをつけていただきたいとのことでした」

「レディ・マートンも何か置いていかれた？　そうするっておっしゃっていたけど」

「ええ、お嬢様。イヤリングを。次にお出ししますね」

ドッティはケースを手にとって開けた。ダイヤモンドのついた優美な金のネックレスを見て目をぱちくりさせる。「まあ。こんな美しいものは見たことがないわ」

ポリーが同じくダイヤモンドのイヤリングを手渡してよこした。

「どちらもこのドレスにぴったりね」ドッティはそれを耳につけた。

それから、手袋をはめているあいだに、ポリーが肩にスパンコールのついたショールをかけてくれ、絵の描かれた扇とドレスと同じ生地でつくったバッグを手渡してくれた。

ポリーはよしというようにうなずいた。「きっと侯爵様もびっくりなさいますよ。お嬢様は舞踏会でいちばんきれいなご婦人でしょうから」

ドミニクがどう思うかはドッティも気にせずにいられなかった。大広間を見渡せる踊り場まで階段を降りると、階段の下にドミニクが立っていた。黒い夜会服に身を包み、堂々とした印象だ。クラバットは完璧に結ばれ、身につけている装飾品は懐中時計と片眼鏡と印章付きの太い金の指輪だけだった。

ドミニクは目を上げて口をぽかんと開けた。「なんて魅惑的なんだ。すばらしいよ」

「ありがとう」じっと見つめてくる青い目が昨晩の愛の行為を思い出させ、ドッティの体が熱くなった。ああ、彼も同じ思いでいるなら、この夕べをうまくやり過ごせれば幸運ということになる。ドッティが階段の最後の段に達すると、ドミニクが彼女の手をとった。「ネックレスはドレスにぴったりよ。どうしてわかったの？」

「ダイヤモンドをつけたきみの姿が――」ドミニクは彼女の指を唇に持っていった。「しばらく心につきまとって離れなかったんだ」そう言って身を寄せ、太くやわらかな声でつづけた。「ただ、ぼくの心のなかでは、きみはそれ以外を身につけていなかったけどね」

これは大いなる進歩と言える。誘拐されるのも結局それほど悪いことではなかったのかもしれない。「たぶん――」頰に熱がのぼる。「その夢は現実になるかもしれないわ」

指をつかむドミニクの手に力が加わった。「今夜は――」低くうなるような声。「ぼくにきみの服を脱がさせてくれ」

そうできたなら。「わたしたちはすぐに結婚するのよ。毎晩そうできるようになるわ」

ドッティは思わず欲望をあらわにした彼が以前のように一歩下がるのではないかと思った。しかし、ドミニクはそうはせず、唇で彼女の唇をかすめるようにした。「それは絶対に守ってもらう約束だ」

「ドミニク？」レディ・マートンが応接間の扉のところから声をかけてきた。「ドロシアをここに連れてきてちょうだい。サー・ヘンリーが今日の出来事について話がしたいそうよ」

「ああ、どうしよう」ドッティはドミニクに目を向けた。「わたしたち、お祖母様に書きつけを送るまえにお父様に相談するのを忘れていたわ」

ドミニクは目を天井に向けた。「それは手抜かりだったな。サー・ヘンリーも同意してくれるといいんだが。きみの父上は敵にまわさないほうがいい人物という気がするからね」

ドッティとドミニクが応接間にはいっていくと、父はサイドボードのそばに立ち、ワインをグラスに注いでいた。父はデキャンタを掲げ、ドッティとドミニクはうなずいた。みな腰をおちつけると、ドッティが誘拐されたときの状況と、誰の仕業かを説明した。それから、フォザビーの母親にこの一件について知らせることにしたということも。

「国外に逃亡しなければならなくなるのがいやだという理由からだけです」ドミニクが言った。「最初はやつを殺すつもりでいましたから。でも、シーアがそれを思いついてくれたんです」

レディ・マートンは考えこむようにしてうなずいた。「わたしもその案に賛成だわ。彼のお母様以上に彼をうまく扱える人はいないもの」そう言ってワイングラスを掲げた。「彼のお行儀がよくなるまで、会うこともなくなるかもね」

ふいにドミニクはいたずらっぽい表情を顔に浮かべた。「たしかに。財布のひもをにぎっているのはレディ・フォザビーだから」

その点だけには納得がいかなかった。「わからないわ」とドッティは言った。「フォザビーは成年に達しているし、貴族よ」

ドミニクはいっそう笑みを深めた。「ああ、でも、フォザビーが四十歳になるか、母親が認める女性と結婚するまで、財産はすべて信託になっているんだ。彼は小遣いをもらって生活している。本人の話を信じるならば、かなり少額のね。彼の母親は息子に田舎へ行くように命令するだけでいいはずだ」

「まあ、だったら」ドッティの母が言った。「いつレディ・フォザビーに知らせるつもり？」

ドッティはきまりの悪そうな笑みを浮かべた。「お祖母様にそれをお願いする書きつけを送ったの。弟たちも明日到着するし、その翌日は結婚式だから、それがいちばんだと思って」

ドッティの父は椅子のクッションに背をあずけて忍び笑いをもらした。「おまえは困った子だな。ほんとうに。その結果どうなったか聞くのがたのしみだ」

「たぶん」ドミニクが言った。「明日、〈ホワイツ〉でたしかめてみますよ」

父も太腿を叩いて立ち上がった。「私もいっしょに行こう」それから、ドミニクのほうに顔を向け、眉を下げた。「そのあとで、〈ブルックス〉に寄って、きみの会員登録の手続きをはじめよう」

沈黙が流れ、ドッティはドミニクの手をにぎる指に力をこめた。

ドミニクもお返しににぎり返してきた。「おおせのままに」

プルトニー・ホテルに到着したときにも、ドミニクは〈ブルックス〉の会員になってはどうかというサー・ヘンリーの提案にまだ少しばかり困惑していた。クラブのほうから断られる可能性も高かった。それでも、マットといっしょにロンドンへ戻る途中、貧者を助ける法案について話し合いをはじめたのもたしかだった。支持しているトーリー党からは不興を買うであろう法案だ。そろそろ変化が必要な時期なのかもしれない。しかし、それについては新婚旅行から戻ったあとで頭を悩ませればいい。新婚旅行と言えば、その日彼女を馬車に乗せてから、シーアとふたりきりで話す時間はほとんどなかった。家に着くと、フォザビーの始末について話し合っただけで、彼女が着替えのために連れ去られたからだ。キスひとつも許されなかった。それよりずっと多くを求めていたのに。

しかし、かつてバース侯爵の邸宅だったプルトニー・ホテルは非常に広大だった。きっとどこか彼女とふたりきりになれる場所はあるはずだ。誰になんと言われようとかまわない。ひと晩じゅう彼女のそばを離れるつもりもなかった。

ドミニクたちは応接間としてしつらえられた大きなサロンにいちばんに到着した。ドミニクが両開きの扉の向こうに目をやると、そこはダイニングルームだった。公爵夫人が一行に椅子やソファーが集まっている場所を示し、給仕が全員にシャンパンのグラスを配った。それから十五分も経たず、シャーロットとルイーザと先代のワーシントン伯爵夫人をともなったマットとグレースの到着が告げられた。レディ・ベラムニーはいつもは姿を現さないベラムニー卿といっしょに到着した。赤い髪をした長身瘦軀でにこやかな男性で、夫妻は四十代半ばに見える身なりのいい紳士をともなっていた。

「彼はいったいどうやっているんだろうな」公爵夫人に挨拶をするベラムニー卿を見てドミニクがマットに声をひそめて言った。

「何を？」

「妻を行儀よくさせることさ」

マットはシャンパンにむせた。「たぶん、何年もまえに抗うのをあきらめたのさ」

ドミニクたちは新たに到着した客に挨拶するために呼ばれた。ベラムニー卿は、妻がいなければ太陽も輝かないというような目で妻を見ていた。自分もシーアといるときはあんな表情をしているのだろうかとドミニクは思わずにいられなかった。

「それから、こちらはウォルヴァートン子爵よ」レディ・ベラムニーはにっこりして連れの紳士をほかの女性たちに紹介した。「長年のお友達なんだけど、ロンドンにはほとんど来ない人なの」

「しかし」ベラムニー卿は言った。「彼の助けがなかったら、きみもそうたびたびロンドンへ来られなかったはずだよ」

ドミニクは先代のレディ・ワーシントンとウォルヴァートン卿のあいだですばやく真剣なまなざしがかわされるのに気をとられ、レディ・ベラムニーの反撃を聞き逃したが、ほかのみなは忍び笑いをもらした。

次に到着したのはソーンヒル卿夫妻だった。

公爵夫人は客たちに顔をしかめてみせて告げた。「男女の数が合わないの。紳士のどなたかにはご婦人ふたりをエスコートしてもらわなければならないわね」そう言ってシャーロットとルイーザに向かって言った。「あなたたちのお相手として選ばれたんだと若い紳士たちの誰も誤解させたくはなかったのでね」

シャーロットは魅力的に顔を赤らめた。一方、ルイーザは年輩の女性に礼を言った。

ドミニクはシーアのところへ戻った。彼女をそばに置いておこうとするたびに、誰かが彼女を連れていってしまうのだった。まもなく男性は男性同士、女性は女性同士集まった。部屋の向こうでドッティは魅力的に顔を染めている。「向こうでは何を話しているんだろう？」

「女性陣かい？」ベラムニー卿が訊き、ドミニクが答えるまえにつづけた。「知らないほうがいい。気恥ずかしい思いをすることになるかもしれないから」

「まったくさ」サー・ヘンリーが笑い声をあげた。「訊かないほうがいいこともあるんだ」

ドミニクはマットに目を向けた。マットは彼の継母から目を離せないでいるらしいウォルヴァートンをじっと見つめていた。「あれはどういうことだろうな」

「さあね。でも、探り出してみるさ」

公爵夫人の執事が夕食の準備ができたと告げに来て、マットはグレースのところへ歩み寄り、継母にもう一方の腕を差し出そうとしたが、ウォルヴァートンのほうが早かった。

最高位の男性として、ドミニクは公爵夫人に歩み寄ったが、公爵夫人は手を振って彼を追い払った。「シーアを探しに行きなさい。今夜は形式ばったすわり方はしないんだから」

それはありがたい驚きだった。ドミニクはお辞儀をした。「ありがとうございます。公爵夫人」

「わたしのことはお祖母様と呼びはじめたほうがいいわね」

祖母を持つのは久しぶりだったので、ドミニクはにやりとした。「ありがとうございます」

シーアのほうが先に彼を見つけ、腕に腕をからめてきた。「ねえ、おもしろい夕べになりそうよ」

ふたりは公爵夫人の後ろについた。「ウォルヴァートンのことか？」

シーアがドミニクに横目をくれた。「そう。さっき聞いたことをあとで話してあげる」

彼女の手に手を重ねてドミニクは誰にも聞こえないように首をかがめた。「ぼくがきみと話したいのはそういうことじゃないな」

シーアの胸はより速く上下し、唇が開いた。「ええ、そうね」

「シーア、きみとふたりきりになりたい」

ドッティの鼓動は速まった。わたしもそうしたい。

「マートン」レディ・ワーシントンが言った。「新婚旅行はどこへ行くか決めたの？」

「ええ。ペンザンスの近くにある小さな領地で二週間ほど過ごすつもりです」

「そのあとは――」ドッティが付け加えた。「すべての領地をまわってくるつもりですわ。数週間かかるかもしれないけれど」

レディ・ベラムニーは時計に目をやった。「今シーズン、ロンドンに戻ってくるつもりはあるの？」

「うまくいけばそれはない」ドミニクは声を殺してつぶやいた。

ドッティは笑いそうになるのをこらえて真面目な顔を作った。「まだわかりませんわ。領地めぐりがどうなるか次第です」

ありがたいことに、話題はドッティとドミニクのことから政治と哲学へと移った。祖母はテーブル越しの会話をうながすために中央の装飾品をとり払わせていた。ドミニクは最初少し驚いた様子だったが、すぐにそうしたやり方に慣れたようだった。ほどなくして、祖母が舞踏会の客を迎える準備をしなければならないと執事が告げに来た。

テーブルを囲んでいた面々が立ち上がり、ドミニクがドッティの手をとった。「おいで。ダンスがはじまるまで、ゆうに三十分はあるはずだ」

「ドロシア、ドミニク」

ドッティは祖母のほうを振り返った。「なあに、お祖母様？」

「あなたたちもいっしょにお客様をお迎えするんですよ」

ドミニクは低いうなり声を発した。

ドッティは彼の腕を引っ張った。「こういう経験はないの？」

「ない。うちの母は大きな催しはしないから」

「だったら、あなたにとっていい経験になるわ」

ドミニクの息とおそらくは唇が耳をかすめ、ドッティの全身に震えが走った。

「経験するならほかのことがいいな」彼は太い声でささやくように言った。

ドッティは胸に募り出した熱を抑えようとした。一週間足らずまえだったら、ドミニクはこんなふうに甘いことばを発したりせず、堅苦しく義務をはたすことに同意したことだろう。

ドミニクの指にうなじを愛撫され、ドッティは唾を呑んだ。「それでも」

「おふたりさん、来てちょうだい」祖母は片方の黒っぽい眉を上げていたが、唇にはかすかな笑みが浮かんでいた。

「ほんとうに逃れようはないんだね？」

ドミニクはドッティの腕をとっていっしょに廊下へ出た。廊下では執事が最初の客の到来を告げるのに準備万端で立っていた。

祖母のところまで行くと、ドッティはわずかにドミニクに身を寄せた。「あなたって日々あなたのお父様に似てくるようね」

ドッティは息を止めて待ったが、はじめてドミニクが気楽な調子で応じてきた。「そうだな。たしかに」

十五分もしないうちにレディ・フォザビーの到着が告げられた。彼女はお辞儀をし、祖母に手を差し出した。「またお会いできて光栄ですわ、公爵夫人」

「わたしもよ、キャサリン。わたしたちのささやかな問題は解決したのよね？」

「ええ、もちろん」レディ・フォザビーはわずかに目を細めた。「わたしにまかせてくださってありがとうございます。うちの息子は義務をはたすことを学ぶまで、領地を出てはならないことになっているのでご安心ください」

祖母はレディ・フォザビーの頬にキスをした。「孫に提案されたときに、それが正しい解決法だとわかっていたんですよ」そう言ってドッティを身振りで示した。「こちらが孫のミス・ドロシア・スターンです。きっとすでにマートン侯爵とはお知り合いでしょうね」

「あなたならすばらしい侯爵夫人になるわ」レディ・フォザビーはドッティにほほ笑みかけた。「侯爵様、あなたの幸運にお祝いを申し上げます」

ドミニクはお辞儀をし、ドッティの腰に手を置いた。「ありがとうございます。たしかに運に恵まれました」

ドッティの腹のあたりで起こったほてりが全身に広がった。結婚生活がはじまるのが待ちきれなかった。

ドミニクはシーアを最初のダンスに導いた。うれしいことにそれはワルツだった。最初から彼はこれまでになくきつく彼女を抱き寄せた。長年みずからの振る舞いに気をつけてきたのだったが、輝く緑の目をのぞきこむうちにそんな気持ちは消えてなくなっていた。シーアをそこから引っ張り出してふたりきりになれる場所を見つけたいという気持ちを抑えるのが精一杯だった。幸い、舞踏会は大成功で、ダンスフロアには大勢の男女がいたため、ドミニクはくるりとまわりながら彼女をさらに引き寄せることができた。脚を彼女の脚のあいだに動かすと、彼女は声をもらした。「きみがほしい」

見上げてくる緑の目にも欲望が宿っていた。「ええ」

そのひとことを聞いただけで衝動に負けそうになった。下腹部はかつてないほどに硬くなっていた。すぐにシーアと愛を交わさないとおかしくなってしまう。どうして部屋をとることを考えておかなかったのだ？　それでも、ふたりで逃げ出せる場所はどこかにあるはずだ。

ダンスが終わり、ふたりが舞踏場の脇に達すると、ルイーザとシャーロットとミス・フェザリントンともうひとりの若い女性がふたりに近づいてきた。

「ドッティ」シャーロットが彼女の腕をとった。「ちょっといっしょに来てもらわなければならないわ」

シーアはドミニクに残念そうな目を向けた。「すぐに戻るわ」

ルイーザとミス・フェザリントンはシーアを連れ去るときに忍び笑いをもらしていた。まえもって計画していたにちがいない。ドミニクは柱に寄りかかった。今夜がこういう成り行きになるのであれば、ここにいないほうがましだった。そのとき、シャンパンのグラスが手に押しつけられた。

「植物の陰に隠れていたほうがいい」マットがワインをひと口飲んだ。「ぶらぶらしているところを見つかったら、女性たちの誰かにダンスを言いつけられるぞ」

ドミニクはシャンパンを大きくあおった。「きみはどうなんだ？」

マットはいたずらっぽい笑みを浮かべた。「ぼくは既婚者で付き添いだ」

「ぼくだって婚約している。同じ理由で逃げられるはずだ」

「婚約者をそばに留めておけたらな」

ドミニクは目の端で、満帆のガリオン船さながらに自分のほうへ向かってくるレディ・ベラムニーの姿をとらえた。「くそっ。シーアはどこへ行った？」

「部屋の向こうの背の高い赤毛のいるところさ。きみがそっちへ行っているあいだ、レディ・ベラムニーのことはぼくが引きとめておくよ」

ドミニクはうなずいて大きな鉢植えのヤシの木の陰に隠れた。それから部屋の端をまわりこんで反対側に行き、シーアの背後に立った。彼がそこへ来たことにどうやって気づいたのかはわからなかったが、彼女は肩越しに後ろに目をくれ、顔を輝かせた。「侯爵様、舞踏場内を少し歩きたいと思っていたので、ちょうどいいところへいらっしゃったわ」

ドミニクはお辞儀をした。「喜んで、ミス・スターン」ほかの女性たちは忍び笑いをもらしながらその場を離れた。「今夜、もうきみを見えないところへ行かせたりはしないよ」

シーアは目をみはった。「どうして？　何かあったの？」

ドミニクはゆっくりと、しかし、断固とした足取りでテラスの扉へ向かった。「レディ・ベラムニーが襲いかかってこようとしていたので、逃げてきたのさ」

「ああ、それは——」シーアは笑いをこらえようとしているかのように声を震わせた。「恐ろしかったにちがいないわね」

ドミニクは彼女をちらりと見やった。「ああ、そうさ。マットが文字通り植物の陰に押しこんでくれたよ。それで、ぼくは部屋の端をまわりこんできみのところにたどりついたというわけだ」

シーアはしばしみずみずしい下唇を噛んだ。「でも、もう安全よ」

開いた扉に引き寄せられたのはドミニクだけではなかった。ほかの客たちも涼しい空気を求めてそこに立っていた。「舞踏場のなかは暑いな」

シーアはわずかに彼に身を寄せた。「外のほうがかなり涼しいわ」

ドミニクは彼女をひとり占めするための隅や暗がりを探してあたりを見まわしたが、少なくとも客の半分がテラスに出ていた。くそっ。そこでシーアをテラスの端まで導いたが、まだ幸運には恵まれなかった。庭はランタンで照らされ、そこにも大勢の人がいた。

ドミニクはテラスに面したほかの部屋の扉に掛金がかかっているかどうか試してみた。やっと鍵のかかっていない扉を見つけて押し開けたが、くぐもった声が聞こえてまた扉を閉じた。誰もが共謀して自分の邪魔をしているようだった。

横ではシーアが笑いをこらえて肩を揺らしている。「今はふたりきりにはなれそうもないわね」そう言って爪先立ち、手を添えて彼に耳打ちした。「忘れないで。夜は長いんだから」

ドミニクは彼女の腰に腕をまわし、彼女を引き寄せてどうにか肩の力を抜いた。「きみの言うとおりだ。どうしてこんなに焦っているのか自分でもわからないよ」

「わたしにはわかるわ。あなたは今日正義の味方の役割をはたしたのに、ご褒美にちゃんとしたキスすらもらってないからよ」ドッティは手を彼の顔に添え、自分のほうに向かせた。

ドミニクが首を下ろすと、小さな忍び笑いと低い声が聞こえてきた。まったく、ここにも人がいる。

シーアがドミニクに抱かれたまま首をめぐらした。「ハリー？」

背の高い黒髪の若者が近づいてきた。片腕でルイーザともう一方でシャーロットと腕を組んでいる。「ぼくさ」そう言って若者はにやりとした。「このご婦人たちがこの辺でおまえが見つかるだろうって言うんでね」

「ほかのお客様のほとんどもそうだけど」シーアは皮肉っぽく答えた。「ドミニク、こちら、わたしのしようのないの兄のハリーよ」

ドミニクは手を差し出した。ハリーはその手を強くにぎった。「お会いできて光栄ですよ。到着は明日だと思っていたが」

「子供たちといっしょに二時間ほど馬車に乗っていたんですが――」ハリーは悲しそうな顔をした。「馬を借りて先を急ごうと決心したわけです」

シーアは身動きをやめた。「あの子たちだけで置いてきたんじゃないわよね？」

「まさか。母さんに殺されるよ。ただ、あれ以上あの騒ぎには我慢ならなかったんだ。いつものように、スティーヴンは御者といっしょにまえにすわると言ってきかなかったし」

シャーロットは笑った。「うちの兄弟がロンドンへ来たときには、わが家のグレート・デーンのデイジーが二頭の馬と親しくなろうとしたわ。それで、子供たちの家庭教師が道中一泊するのはあきらめることにしたの」

ハリーはいっしょに笑い、それからシーアに目を向けた。「なあ、ドッティ、ドミニクがおまえにそうやって腕を巻きつけているのは礼儀にかなっているのかい？」

「いいえ」シーアは渋々言った。「たぶん、かなっていないわね」

礼儀を思い出し、ドミニクは彼女の手を自分の腕に置いた。

ルイーザがシーアに同情するような目をくれた。「あなたたちを探しに来たのよ。あなたたちのお母様方がそろそろお帰りになるそうだから」

ドミニクは安堵のため息を押し殺した。今夜耳にしたなかでもっともすばらしい知らせだった。

27

ポリーが髪からピンをはずし、櫛を入れてくれるあいだ、ドッティは椅子にすわっていた。肩にちくちくちくする感触が走った。ドミニク。最近は彼が近くにいるときは必ずそうとわかった。「ありがとう。もう寝てくれていいわ。遅いから」

メイドはあくびをした。「では、おやすみなさい」

「いい夢を見てね」

ポリーが部屋を出て扉を閉めた瞬間、ドッティはドミニクの腕のなかにいた。

「シーア」彼は舌で彼女の耳たぶをなぞった。「一日じゅうこのときを待っていたんだ」

ドッティは彼の肩に腕を巻きつけた。「わたしもよ」

「ひとつ言っておかなきゃならないことがある」ドミニクは唇で唇を覆い、いくらキスしても足りないというようにキスをした。「ぼくは二度ときみから隠れたり逃げたりしない。なんでも望みを言ってくれ。きみを全身全霊で愛するよ」

それこそが彼に望むすべてだった。得られないかもしれないと恐れていたもの。「わたしもあなたを愛しているわ」

「きみと愛し合うまえに、今日わかったことをきみに話さなきゃならない……」

ドミニクの伯父が彼にしたことについて話を聞き終えると、ドッティは彼のために怒りと悲しみに駆られ、叫び出したくなった。子供であることや、ほかの若者ならあたりまえにしている冒険を許されなかったことで、ドミニクがどれほどのものを失ったことか。

それをとり戻してあげることはできなかったが、自分がどれほど彼を愛しているかわかってもらうことはできる。「ベッドに行きましょう」

ドミニクは彼女を腕に抱き上げた。通路に達すると、彼は横向きに進まなければならなかった。「自分で歩けるわ」

「だめだ。ぼくは今日の午後からずっとこうしたいと思っていたんだから」ドミニクは自分の部屋の扉を蹴り開けた。「ほら。それほどむずかしくなかった」

ドッティは扉が壁に跳ね返って音を立てたことに顔をしかめた。「誰かに聞こえたにちがいないわ」

ドミニクは彼女をベッドのそばに下ろし、肩をすくめた。「聞こえたからってどうだっていうんだい？　ここはぼくの部屋だ」そう言っていたずらっぽくにやりとした。「すぐにぼくたちふたりの部屋になるけどね」

ドミニクは彼女のガウンのひもをほどき、肩からはずした。ガウンは音もなく床に落ちた。

「その言い訳ではお互いの親は納得しないんじゃないかしら」ドッティは彼のガウンの下に手をすべりこませ、まえを開いた。刺繍のはいった厚手のシルクはしゅっと音を立て、厚いトルコ風のラグの上にあった彼女のガウンのそばに落ちた。

ドミニクに唇をふさがれてドッティは息を止めた。舌が突き入れられると、口を開き、互いを味わった。胸へとキスの雨を降らされ、ドッティの体のなかで熱が渦巻いた。彼は硬くなった片方の胸の頂きを口に含み、もう一方を手でもてあそんだ。悦びの波が全身に広がり、太腿のあいだに集まった。ドッティは彼を促し、求めるように脚を開いた。

「愛している」ドミニクはかってないほどに太くかすれた声を出し、彼女の体をキスでなぞった。

やがて秘められた部分にうずもれた真珠をなめられ、ドッティはベッドから落ちそうになった。「ああ、ドミニク、わたしも愛しているわ」

ドミニクはゆっくりと彼女のなかにはいった。ドッティは身をこわばらせまいとしたが、どうしても体がこわばるのを止められなかった。

「今度は痛くないはずだ。約束する」

焼けつくようなキスをされ、彼とつながっていることしかわからなくなる。痛みはなかった。彼がゆっくりと動き、それによってさらなる至福の高みへと押し上げられただけだった。胸の頂きが彼の胸にこすれ、突かれるたびに欲望と渇望が募った。ドッティはさらに促すように脚を彼の体に巻きつけた。やがて張りつめたものが糸ガラスのように渦を巻いて舞い上がり、ドッティは空気を求めてあえいだ。「ドミニク、お願い、お願い」

彼は荒い息をしながら笑った。「すぐさ、シーア」

「ああ、来るわ」脚を震わせながら、ドッティは無数のかけらに砕け散った。思いきり深く突き入れた彼が解放を迎えたのもわかった。

ドミニクは身を転がして彼女の上から降り、同時に彼女を引き寄せた。髪を撫で、頭や首にやさしいキスの雨を降らせている。ドッティの心臓は胸に打ちつけていた。ふたりはこれからもずっとこんなふうだろう。

ひんやりとした夜風が吹きつけ、ドッティは身震いした。

ドミニクがベッドの上掛けの下にもぐりこんで上掛けを引き上げ、ドッティをその下に引っ張りこんだ。

彼女をシーツの下にたくしこむと、彼は立ち上がった。「今夜はワインと食べ物を用意させてあるんだ」

ドッティは眉を上げた。「ずいぶんと自信があったのね」

ドミニクは身をかがめてすばやくキスをした。「いや。ぼくたちふたりについて確信があったのさ。今日やっと、きみに対するぼくの思いの深さとぼくに対するきみの思いの深さに気がついたんだ」ドミニクは書き物机の上に置いてあった大きなトレイから丸い覆いをとり去った。「新しい従者の賃金を上げてやらないとな」

ドミニクはすでにワインが注がれていたグラスのひとつを彼女に手渡した。

「そうね」体があたたまったドッティは枕に背をつけて身を起こした。「ほかに何が用意されているの？」

「何もかも少しずつさ」ドミニクはトレイをベッドの上に置き、そっとベッドにはいって横向きに寝そべった。

ふつうの大きさのサンドウィッチとそれよりも小さなパンの上にハムと牛肉とチーズを載せたものがあった。「これってすばらしいわ。あなたの新しい従者にはずっといてもらわないと」ドッティは牛肉とホースラディッシュと緑の野菜を載せた小さな四角いパンをひと口食べた。「これ、おいしいわ。その従者の名前は？」

ドミニクはハムのサンドウィッチを食べた。「ウィッグマンだ。ペイクンが見つけてきた」

「あなたの執事も悪くないわね」

ドミニクはグラスを持ち上げようとしていた手を止めた。「ぼくたちは幸せになるんだ」力づけてもらう必要があるかのようにその声は少し震えていた。ドッティはにっこりして彼とグラスを合わせた。「わたしたちはうんと幸せになるのよ」

数時間後、早朝の光がカーテンの隙間から射し、ドミニクは目を覚ました。シーアの漆黒の巻き毛が枕に広がり、彼女自身と彼の体を覆っていた。ドミニクはそのふさふさとした髪をそっと脇に払い、彼女の耳の端に舌を走らせた。小さな声がしてうれしくなる。夜遅くまで愛を交わしたのだったが、彼はまた硬くなっていた。シーアのような女性ははじめてだった。彼女を起こそうか、もう少し寝させてやろうか迷ったが、もうすぐ部屋に戻してやらなければならなかった。

ドミニクは彼女の胸を軽く撫で、その手をゆっくりと脚のあいだへ動かした。

「ん」シーアが小さくため息をついた。

芯の部分を撫でると彼女は体を弓なりにした。祖父が祖母とひと晩たりとも離れて過ごすことを拒んだ理由が今ならわかる。自分はもう少しで愛のない人生に甘んじようとしていたのだった。

「今よ、ドミニク。今あなたがほしい」

彼女のいない人生に。ドミニクはやわらかく湿った熱のなかに身を投じた。まもなくシーアは声をあげ、秘めた部分が痙攣して彼を締めつけた。ドミニクは最後にひと突きして彼女と同じ楽園へと旅立った。

そろそろシーアを部屋に戻してやらなければならないのはわかっていたが、彼女を放すことができなかった。腕に抱いた彼女はあまりにやわらかく、あたたかかった。ほんの数分だけこうしていて、それから部屋へ運ぼう。

小さな音がして物思いが破られたと思うと、すぐにシリルに肩をつつかれた。この猫に得意なものがあるとすれば、それは飼い主の居場所を探りあてることだった。「どうやってここへはいった？」ドミニクは秘密の扉に目を向けた。「ちゃんと閉めておかなかったんだな」「何を閉めるって？」シーアが彼の腕のなかで身をまわしてほほ笑んだ。明るいエメラルドグリーンの目はまだ眠そうにくもっている。「おはよう」

シリルがドミニクの体を乗り越え、シーアとのあいだに身をおちつけた。

シーアは猫の頭から尻尾の先までを撫でた。ドミニクは撫でられているのが自分だったらと思わずにいられなかった。

「おまえもおはよう。昨日の晩、この子がここにいた記憶がないんだけど」

「いなかったさ。扉を開けたままにしてしまったにちがいない」

シーアは目をみはった。「つまり、向こう側の扉も開いているということだわ」そう言って身を起こし、顔をこすった。「部屋に戻らなければ。誰かに見られたら……」

「悪いな、シリル」ドミニクは猫を脇に押しのけた。「ぼくのガウンときみのガウンをとりに行かせてくれ」

そのとき、甲高い女の子の声が聞こえた。「これ、どこに通じていると思う？」

「たぶん、秘密の部屋さ」別の声が答えた。「ドッティが秘密の通路のある家で暮らすと考えたらすごいな」

「わたしたちがこれを見つけたことを知ったら、ヘニーがうらやましくて青くなるわ」

「これがここにあるのをほかに知っている人がいるのかな」

「これだけ汚いんだもの、いないいんじゃないかしら」

ドミニクには小さな鼻に皺を寄せた子供の顔が見える気がした。彼はすばやくガウンをはおると、シーアに耳打ちした。「きみの弟と妹だよね？」

「もちろんそうよ。ここにわたしがいるのが見えなくてよかった」

「彼らを廊下に連れ出して、図書室に通じる秘密の階段を教えることにしよう。そのあいだにきみは自分の部屋に戻れるはずだ」彼はシーアに彼女のガウンを放り、ベッドカーテンを閉じた。「朝食のときに会おう」

ドミニクが扉のほうを振り返ると、ちょうど扉が開き、ふたつの黒っぽい髪の子供たちがそこから現れた。ドミニクは腰に手をあてた。少しばかり厳しい態度で威圧してやればお行儀よくさせられるはずだ。「おはよう。きみたちはいつも泊まりに行った家を探索することにしているのかい？」

女の子のほうが彼を見上げてほほ笑んだ。「あなたがマートン侯爵ね」

ドミニクがどんな反応を期待していたにせよ、それとはちがった。「そうだよ」

「あなたの家、気に入ったわ」

男の子のほうはほほ笑んで手を差し出した。「ぼくはスティーヴンです。こっちはマーサ。ぼくも気に入りました。つまり、あなたの家が。ほかにも秘密の通路があるんですか？」

思ったとおりにはいかないものだ。誰かが笑っているような音がした。

スティーヴンが目を丸くした。「あれはなんです？」

まったく、シーア自身がばれるようなことをしている。「猫さ」

まるで後ろから押されたかのように、突然シリルがベッドカーテンの陰から現れた。ベッドのほうへ行こうとするマーサをドミニクはつかまえた。「猫といっしょに廊下に出ればいい」そう言ってシリルを拾い上げ、廊下へ出る扉を開いた。「きみたちふたりは何をしようとしているんだい？」

「ぼくたちはドッティを探していたんです」とスティーヴンが答えた。

マーサもうなずいた。「いつも早起きなんですけど、ドッティのメイドが朝食の席で会えるって言うの」

ドミニクはベッドをちらりと振り返ると、部屋を出て扉を閉めた。「きみたちの世話係のメイドを探しに行くんだ」そう言ってふたりを勉強部屋へつづく階段に導いた。「朝食の間できみたちの姉さんといっしょに食事したければ、きちんと着替えなければならないよ」

子供たちは階段を駆けのぼっていき、ドミニクは衣装部屋に戻った。幸い、ウィッグマンは着替えを手伝おうとそこに待機していた。

三十分も経たないうちにドミニクは朝食の間へ歩み入り、子供たちといっしょにいるシーアを見つけた。彼女は妹のためにハムを小さく切ってやっていた。

ドミニクは入口で足を止め、悪くないと思いながらその情景を眺めた。ただし、彼の心の目に映っているのは自分たちの子供の世話をしているシーアの姿だったが。

シーアは目を上げてにっこりした。「おはよう。よく眠れた？」

まったく。そっちがそう来るなら、こっちにも考えがある。「ああ。ほんとうによく寝たよ。誰かがいっしょだとよりよい眠りがもたらされるようだ」

シーアの目がいたずらっぽく躍った。「ああ、きっとシリルがひと晩いっしょだったのね？」

マーサが目を上げた。「きれいな猫なんだけど、変な声を出すのよ」

シーアは妹に目を丸くしてみせた。「そうなの？　どんな声？」

「今朝なんか笑ってたわ」

どうにかまじめな顔を保ってドミニクはシーアに目を向けた。「それが奇妙だと思うなら、シリルがうめき声をあげるのを聞くべきだな——」

「それがほんとうなら——」シーアは澄ました顔で言った。「お医者様に見てもらったほうがいいわ」

「ふうむ」ドミニクは皿に料理を盛った。「きみの言うとおりかもしれないな。このままの状態がつづくなら、医者に相談する必要があるのはまちがいない」そう言って彼女の反対側の隣にすわった。「今までこんなに腹が空いたことはないよ」

「あなたが来るまえにドッティも同じことを言っていたのよ」マーサが切ってもらったハムを口に運んだ。「たぶん、ふたりともちょっと変なのね」

ドミニクとシーアは目を見交わした。「変でも別に悪いことはないさ」

もしくは幸せでいても。愛し合っていても。

ドッティのほかの家族が朝食に加わってまもなく、ペイクンが部屋にはいってきた。「旦那様、お嬢様、おふたりにお会いしたいという紳士がいらしています」

ドミニクは眉を上げた。

「トム様のことで」

ドッティが急いで椅子を動かそうとし、使用人があわててそれを手伝った。「書斎にご案内して、ペイクン。侯爵様とわたしもすぐにそちらに向かうから」

ドミニクも立ち上がってドッティのそばに行った。「誰だと思う?」

「わからないわ」ドッティは首を振った。いったい誰?「ペイクンが名前を告げないなんてとても奇妙だけど」

別の使用人が急いでやってきて名刺を差し出した。「ミスター・ペイクンがこれをご覧になりたいだろうとおっしゃっていました、旦那様」

ドミニクがそれを受けとり、ドッティにも見えるように掲げた。「ロバート・キャヴァノー少佐。トムの父親だ。戻ってくるまでに何カ月もかかると思っていたんだが」

「お茶とトーストを書斎にお願い」ドッティが使用人に言った。「彼がもう朝食を済ませたかどうかわからないから」使用人が下がると、ドッティはドミニクに言った。「具合が悪くなるほど心配しているにちがいないわ」

ふたりが書斎に行くと、第九五ライフル銃隊特有の緑の制服を着た背の高い男性が部屋を行ったり来たりしていた。ふたりに気づき、その男性はお辞儀をした。「マートン侯爵ですか?」

ドミニクは手を差し出した。「ええ、こちらはミス・スターンです。まもなくレディ・マートンになります。あなたはキャヴァノー少佐ですね。トムは無事ですので、ご安心を。今はバークリー・スクエアのぼくの親戚の家にいます」

「ああ、よかった」キャヴァノー少佐は顔を手でぬぐった。「息子が無事でありがたい。妻は殺されたが、息子はあなたが見つけてくださったと伝言を受けたんです。でも、どうやって？」

「少佐」ドッティが暖炉のそばの小さなソファーに腰を下ろした。「おかけになって。すぐにお茶も来ますから」

少佐は彼女と向かい合うソファーの端に腰を下ろした。ドミニクはドッティの後ろに立って彼女の肩に手を置いた。

「あなたにお会いできてほんとうによかった」ドミニクが言った。「どうやらあなたの奥様がトムに家族について詳しいことを覚えさせたようです。ぼくはあなたの家族に連絡をとろうとしたんだが、うまくいかなかった」

「ええ」少佐の声が途切れ、しばし間が空いた。「ぼくがあちこち移動してまわっていたこともあり、妻はいつかその情報が必要になると確信していたようです……ぼくがこうして任務から呼び戻された理由も家族のことです。兄が亡くなり、父の健康状態もよくないということで。父はぼくが家を出たときから具合が悪かったんだが、今は死が迫っているとのことです。ぼくはできるだけ急いでリンカーンシャーに行かなければならない。でも、まずは――」少佐は息を吸った。「妻の身に何があったのか教えてもらえますか？」

ドッティはトムに出会ったときのことと、その後わかったことを話した。お茶が運ばれてくると、カップに注ぎ、砂糖を多めに足した。

少佐はカップを受けとった。「ありがとう」そしてお茶を飲み、カップを下ろした。「ぼくたちは母国のために国を離れ、戦っている」声が詰まる。「家族が無事でいると信じて。まさかこんな……」

少佐にはひとりきりになる時間が必要なようだった。「少佐、マートン侯爵とわたしにはいくつか済まさなければならない用事があります。よかったら、しばらくここにいてください。用事が済んだら、トムに会いにお連れしますわ」

「ありがとう。とてもご親切に」

ドッティは立たなくていいと身振りで示して立ち上がった。ドミニクとふたり書斎を出て扉を閉めると、目に涙があふれた。「新鮮な空気が必要だわ。いっしょに歩いてくれる？」

ドミニクは彼女を腕に抱いた。「きみのいいように、ドッティ」彼は彼女を家の奥のテラスに出られる客間に導いた。「彼がどんな思いでいるか想像もできないな。あんなふうに奥さんを亡くすとは」

「ミセス・ホワイトとその仲間が異常に欲が深かったせいよ」ドッティは少佐から庭に意識を移そうとした。なんであれ、心を別のものに向けていたかった。「来年に向けて新しい木を植えたいわ」

ドミニクはしばらく黙りこんでいた。「多少改装してもいいはずだ。彫像もいくつかいるだろうし」

ドッティはきっぱりとうなずいた。彼がトムの置かれた状況について話し合おうとしないでくれるのはありがたかった。「そうね、東屋もひとつかふたつ」彼女はこぼれ落ちた涙をぬぐった。「ああ、結局こうしてもあまりうまくいかないわ」

「そうじゃないかと思ったよ。きみを抱きしめていようか？」

「ええ、それがいちばんだと思う」

　ふたりは家全体が見える場所に立ち、ドッティはできるかぎりきつくドミニクを抱きしめた。女性たちやトムの問題を解決しようとしているときには、すべてをよりよい結果に終わらせることに集中できた。今は少佐がおちいったばかりの生々しい悲しみをまのあたりにして、涙をこらえられなかった。ドミニクがそこにいてくれて気持ちをわかってくれることはありがたかった。しばらくしてドッティは言った。「もう大丈夫よ。マットとグレースに書きつけを送らなければ。トムはお父様に再会できたら大喜びでしょうね」

　少なくとも、少佐に息子を返すことはできるのだ。

28

スタンウッド・ハウスまで歩いていくあいだ、シーアとドミニクはマートン・ハウスで暮らすようになってからのトムの様子をおもに話した。シーアはより幸せな事実を強調したいようで、ドミニクはそれを少佐も受け入れてくれるといいがと思った。

「ミス・スターンが誘拐されたときに、彼女を見つけられたのはトムの描いた絵のおかげだったんです」ドミニクは彼女の手に手を重ねた。「もちろん、このことはここだけの話にしてもらわなければならないが」

「もちろんです」キャヴァノー少佐は応じた。「息子を引きとってくださってどれだけ感謝しているか、ことばでは表せませんよ、侯爵」

「感謝なら、ミス・スターンにしてください。何をしなければならないか彼女がすぐさま判断してくれたんです」ドミニクはみぞおちのあたりにいやな感じが募るのを抑えた。自分が意見を通していたら、その結果どうなっていたかは考えるのも耐えられなかった。

少佐はシーアに目を向けた。「ありがとう。侯爵、トムにかかった費用をぜひ払わせてください」

「それは気にしないでください。あの子がそばにいるのはたのしかったので」ドミニクは伯父の声が頭のなかに侵入してくるのを待ったが、声は聞こえなかった。安堵の思いに満たされる。おそらく、ようやく自分で自分の人生を生きられるようになったということだ。

三人が石段をのぼると、スタンウッド・ハウスの玄関の扉が開いた。

「侯爵様、お嬢様」グレースの執事のロイストンが恭しくお辞儀をした。「ワーシントン伯爵ご夫妻は奥様の書斎でお待ちです。こちらへどうぞ」

ドミニクは身をかがめてシーアに耳打ちした。「伯爵家の執事のほうが侯爵家の執事よりも威厳があるのはえらく癪に障るな」

シーアは唇の端を持ち上げた。「ペイクンにそこまでの威厳がなくても、あなたは充分尊大だったじゃない」

「まあ、たしかにきみの言うとおりかもしれないな」

書斎の扉が開き、ロイストンが来客を告げた。マットとグレースが挨拶に進み出た。「おすわりください」グレースは暖炉のそばのソファーを示した。「トムを階下に呼ぶまえにお話ししたいことがあって」

女性たちは大きいほうのソファーに優美に腰を下ろした。ドミニクはシーアにもっとも近い革の椅子を選び、マットはグレースの反対側に席をとった。少佐は彼らと向かい合うようにすわった。まもなくお茶が運ばれてきた。

やがてグレースが言った。「帰国なさったばかりだとうかがいましたわ。これからどうなさるおつもりですか、少佐？」

キャヴァノー少佐はお茶を飲んだ。「身のまわりの品や従卒は連隊本部に残してきました。

そこへトムを連れていくことはできません。それに、できるだけすぐにリンカーンシャーに行かなければなりません」

グレースはうなずいた。「お兄様がお亡くなりになったことを聞きましたわ。お悔やみ申し上げます」

シーアがわずかに身をまえに傾けた。「出立までマートン・ハウスに滞在なさって、ご用が済むまでトムをわたしたちのところにおあずけになるのはどうでしょう？」

キャヴァノーは耳にしていることが信じられないというように目をぱちくりさせた。「用事が済むまでトムをあちこち連れまわすよりはいいと思いますが」彼はゆっくりと言った。「ただ、これ以上ご迷惑をおかけしたくない」

「迷惑だなんてことはまったくありませんよ。明後日にはぼくと妻は新婚旅行に出かけますが、妻の家族は義理の弟や妹たちが観光できるように、あと一週間かそこらロンドンに留まる予定です。下のふたりはトムと年も近い」

「うちの弟や妹たちも――」グレースが言った。「勉強を少しのあいだお休みしていっしょに観光してまわることになっているんです」

あれだけの子供たちが全員いっしょにロンドンの街に放たれるのか。ドミニクは自分が青ざめたのはまちがいないと思った。

マットはドミニクをちらりと見て皮肉っぽい笑みを浮かべた。「今きみが考えたこととまったく同じことをぼくも考えた。うちの使用人という使用人を付き添わせる予定だ」

ドミニクとマットを見比べてキャヴァノー少佐は訊いた。「問題があるんでしたら、トムはぼくが連れていくべきなのでは」

「あら、問題なんてありませんわ」グレースが請け合った。「ワーシントンはまだあれこれ手配しなきゃならないことに慣れていないだけなんです。うちにはわたしたちの弟や妹が十一人いるんです。ふたりは今年デビューし、ひとりは今イートンにいますけど」

少佐の日に焼けた顔から色が失われた。

「心配なさらないで」シーアが言った。「大丈夫ですから。レディ・ワーシントンはそういうことに慣れてらっしゃるんです。トムにとってもお世話をするメイドもなしに田舎を連れまわされるよりはずっとたのしいはずよ」

グレースは立ち上がって呼び鈴のところへ行き、ひもを引っ張った。使用人が扉から顔をのぞかせた。「お呼びですか?」

「子供たちとミス・トーラートンとミスター・ウィンターズをお呼びしてちょうだい。トムにお客様なの」

「かしこまりました」

それからまもなく、馬の群れが押し寄せるような音が家じゅうにとどろきわたった。

「いったい……その」キャヴァノーは言った。「あれはなんの音です?」

ワーシントンは忍び笑いをもらした。そこで扉が勢いよく開き、十五歳以下の八人の子供たちが書斎になだれこんできた。

「父さん！」トムが父親に飛びついた。

「トム、トム、ぼうや」キャヴァノーが子供を抱きとめた。「ああ、会いたかったよ」

「ぼくも会いたかった」

いちばん幼いメアリーが少佐の上着を引っ張った。「トムを連れていってしまうの？」

キャヴァノーは子供たちを見まわし、それからその目をメアリーに向けてその日はじめて笑みを浮かべた。「たぶん、今はまだ」

「よかった」メアリーはまじめな顔でうなずいた。「わたしたち、彼のことをとても好きになったので、もうしばらくはいっしょにいてもらいたかったから」

「父さん」トムは父の腕のなかで身をそらした。「話したいことがたくさんあるんだ」

グレースが立ち上がった。「おちつかれたら、朝の間でお会いしましょう、キャヴァノー少佐。場所はトムが知っていますわ」

そう言って全員を部屋から大広間へと追い立てた。「うまくいったと思わない？」

「ええ」シーアはドミニクの腕に腕をからめた。「どうして子供たち全員と家庭教師まで降りてこさせたの？」

「みんなに父親へのトムの反応を見せたかったの。メアリーが言っていたように、みんな彼のことがとても好きになったので、トムが父親といて幸せなんだというところを見せる必要があったのよ」

「それは理にかなっているわ」シーアは考えこむようにして言った。「あとは結婚式を無事に終えるだけね」

ドミニクはシーアに腕をまわして引き寄せた。結婚式、初夜、新婚旅行、そしてこれから一生。


翌朝夜明けまえにドッティはドミニクの腕のなかで目覚めた。彼の部屋から自分の部屋にこっそり戻らなければならないのもこれが最後だ。あと数時間で堂々とこの部屋にいられるようになる。ドッティは彼を起こさないようにそっと彼の腕から出ようとしたが、そこで片方の腕につかまった。

「どこへ行くんだい?」首にキスの雨が降る。

「部屋に戻らなくちゃ」ドッティは彼がキスしやすいように首を傾けてため息をついた。

「わたしの推測がまちがっていなければ、もう六時を過ぎていて、結婚式は九時からよ」

「どこのばかだい?」彼はうなった。「そんな早い時間に結婚式をすると決めたのは?」

「あなたよ、ドミニク。田舎時間の気分でいるときに」

ドミニクはあおむけになって枕に頭をあずけた。「だったら、行くといい。行くのを遅らせるようなことをぼくがはじめるまえに」

ドッティは彼のほうに顔を向けた。「あとですぐに」ドミニクはキスしようと彼女を引き寄せた。「だめよ。行かなくちゃ」

ドミニクは手を上にあげて顔をしかめた。「すぐに」

「ええ、すぐに」

ドッティが部屋に戻ってまもなくメイドがはいってきた。「お戻りになってよかったですよ、お嬢様。奥様がもう起きてらして、お嬢様のことをお訊きになってらっしゃいましたから。すぐにお風呂もご用意できますよ」

ドッティはポリーに髪を梳かしてもらうためにドレッシングテーブルについた。「お母様はどうしてそんなに早起きなさったのかしら？」

「さあ。たぶん、お式がたのしみだからじゃないでしょうか」

扉をノックする音がして、ふたりの男の使用人が銅の湯船を運んできた。「湯は今用意しています」と使用人のひとりが言った。

風呂の準備ができると、ドッティは湯に体を沈め、しばらくそのままでいたいとしか考えられなくなった。体を洗い終えると、トレイに載った朝食が運ばれ、寝室の脇にある小さな居間に準備された。「わたしひとりには多すぎるわ」

「お母様がごいっしょされるそうですよ」

呼ばれたのが聞こえたとでもいうように、母が部屋にはいってきた。「おはよう、ドロシア。あなたといっしょに過ごす時間が全然なかった気がして。あなたとドミニクがうまくいっているのはうれしいいし、ユーニスといっしょに過ごす時間はほんとうにたのしいけれど」

ドッティはカップのひとつにお茶を注ぎ、母に手渡すと、自分のカップにも注いだ。それからひと口飲み、なめらかな味わいをたのしんだ。独自のお茶の配合を命じたこともこの家に来て最初に着手したことのひとつだった。「彼女は義理の母として理想の人だわ」

母はトーストをひと口かじって咀嚼した。ドッティは牛肉にナイフを入れた。とてもおなかが空いていた。

「ドロシア、これまで話す機会がなかったから――」母は顔を真っ赤にした。「その……たぶん、わたしが――」そう言って唾を呑みこむ。「男女のあいだでどういうことが行われるのか、話すべきだと思うの」

まあ。かわいそうなお母様はすべてを話すまえに卒中を起こしてしまうだろう。

ふいに母は顔を輝かせ、ほとんど期待するように訊いた。「誓いを立てるまえに先んじた行為はしていないわよね？」

ドッティは食べ物を噴きそうになり、ナプキンで口を覆った。「お母様！」

母はがっかりした顔になった。「いいえ、そんな機会はなかったはずよ。あなたと彼の部屋のあいだにはわたしたちみんながいるわけだから」母はため息をついた。「話をつづけたほうがいいわね――」

「その必要はないわ」ドッティは母をさえぎった。母が恥ずかしさのあまり死んでしまうまえにこの会話は止めたほうがいい。「去年、お父様がミスター・ブラウンに結婚しなければならないと諭したときのことを覚えている？」母はうなずいた。「どうしてそういう窮地におちいるのかしらと不思議に思って、彼の奥様に訊いたら、すべてを教えてくれたのよ」

「ああ、よかった」母は安堵の息をついた。「それがよくないことだってわけじゃないのよ。ただ、そういう個人的なことを話すのがわたしは好きじゃないというだけで。たぶん、あなたの妹たちがデビューするときが来たら、あなたのほうから……」

「ええ、喜んで。さあ、朝食をたのしみましょう」

朝食を終えると、ドッティはマントルピースの上の時計に目をやった。「よかったら、ゆっくりしてらしてね。わたしは着替えないと」

母は立ち上がった。「一族に代々伝わるものを持ってきているの。今とりに行くわ」

「ありがとう、お母様」ドッティは母の頬にキスをし、寝室へ戻った。

「ちょうどお迎えに行こうとしていたところでした」ポリーが両手一杯に服を抱えて衣装部屋から出てきた。

メイドが髪を結い終えてくれると、ドッティは巻き毛や編みこみを駆使した凝った髪型になっていた。

母がサファイアと真珠のヘアピンがはいった包みを持ってきた。「きっと完璧に似合うわ。ここまで飾り立てるには早い時間かもしれないけれど、あなたの結婚式ですもの」

ポリーは銀色のネットのついた濃いターコイズ色のドレスをドッティの頭へと持ち上げた。「あら、たぶん、先にドレスを着ていただいたほうがいいですね。髪型を崩さないようにしましょう」

ドレスが着せられて留め金が留められたところで、レディ・マートンが扉をノックした。

「ヴァイヴァーズ家のほかの宝石はあなたの衣装部屋に送っておいたんだけど、たぶん、そのドレスには――」彼女はサファイアのすっきりしたネックレスを掲げてみせた。「これがぴったりだと思うわ」

ドッティの目を涙が刺した。「ぴったりですわ。ありがとうございます」

「ふうん」母が考えこみながら言った。「古いもの、青いもの、借りものはあるけど、新しいものがないわ」

「奥様」ポリーが扉のところから言った。「これがありますわ！　侯爵様からです」

ドッティは長方形の箱を受けとって開け、笑いそうになった。「こちらもサファイアだわ。ブレスレットよ」そう言って宝石を手にとって掲げた。「きれいだけど、どうしてわかったのかしら？」

「あなたの髪と目の色がサファイアにぴったりだからよ」レディ・マートンが答えた。

「ええ、でも、これをいつくださってもよかったはずなのに」

「あの――」ポリーがおずおずと笑みを浮かべた。「もしかしたら、ミスター・ウィッグマンにお嬢様のドレスの色を訊かれて教えてあげたからかもしれません」

ドッティはにっこりした。「それを教えてあげる代わりにお返ししてもらったならいいんだけど」

「ええ、してもらいました、お嬢様」ポリーは顔を赤らめた。「それはたしかです」

また扉をノックする音がした。ポリーが開けると、父がはいってきた。「そろそろおまえを教会に連れていく時間だそうだよ、お嬢さん。ワーシントンがおまえの花婿を十五分ほどまえに連れていった。急いでくれという伝言が今届いたところだ」

ポリーはほとんどリボンとネットでできた小さなボンネットをドッティの頭に載せた。

「ほうら、できました、お嬢様。お留守のあいだにお嬢様の身のまわりの品々を集めて向こうの部屋に移しておきますよ」

ドッティの目がうるんだ。戻ってきたときにはわたしはドミニクの妻になっている。これ以上はないほどに幸せだった。

「彼女はどこだ？」ドミニクはセント・ジョージ教会の横の扉のまえにある歩道を行ったり来たりしていた。すでに教会は人で埋め尽くされていた。誰も彼もに見物されずに済むよう、結婚式を朝九時からにしたというのに。みな祝宴に参加するだけでは物足りないというのか？

マットは眉を上げた。「逃げられたとでも？」

三週間足らずまえだったら、ドミニクはマットの冗談を理解できなかっただろう。そこで彼はフォザビーを思い出した。「いや、シーアは無事だ。きっと来る。遅れるのはらしくないが」

マットは懐中時計をドミニクの鼻先に突き出した。「まだ九時になっていない」

「なかを見たかい？」ドミニクは教会を指差した。「いったいどうしてあんなに大勢来ている？」

マットは笑い声をあげた。「それほど多くないさ。ほとんどがわれわれの兄弟たちだ」ため息をつき、ドミニクは行ったり来たりをやめた。兄弟たちだけではないように思えた。

「きみもこれを経験したのか？」

「いや、われわれのはささやかな結婚式だったからね」マットは笑みを浮かべた。「兄弟と、親戚がひとりかふたり、それにその他かかわりのある人たちだけだった」

言い換えれば、ロンドンの半分だ。「男はこういうことをまえもって警告されるべきだな」まったく、ぼくはじっさいにうなり声を発しているのか？「これまで経験した何よりも神経を使うことであるのはまちがいないんだから」

「少なくとも、きみは新婚旅行をたのしみにできるじゃないか」

ドミニクは道に向けていた目をマットに移した。マットにはグレースとふたりきりになる暇がまったくなかったことを忘れていた。今シーズンは付き添いを務めなければならなかったからだ。「なあ、シーアとぼくがマートンに戻ったら、きみのところの子供たちをうちにあずからせてくれよ」

マットはしばし黙りこんだ。「本気で言っているのか？」

「ああ、もちろんさ。子供たちにやらせることはたくさんある。きっとシーアもシャーロットやルイーザといっしょに過ごせてたのしいだろうし。それまでに彼女たちが結婚していなければの話だが」ドミニクは笑みを浮かべた。「ぼくにはそのぐらいしかできないからね。

なんといっても、ぼくがシーアと結婚することにきみが断固として反対しなかったら、ぼくは彼女との結婚をあきらめていたかもしれない」

「それはないだろうな。一度女性に心を奪われたら、その女性を手放すことは不可能だ」

「それも問題だった。シーアはぼくを死ぬほど怖がらせた。理想の花嫁として考えていた女性とはまるでちがったから」自分が必要とするすべてでもあったが。

「もう頭を悩ませなくていいぞ。到着した」

マートン家の深緑色のエナメルを塗った大きなランドー馬車が停まった。サー・ヘンリーが馬車から降り、シーアを助け下ろした。

みぞおちに拳をくらったかのようにドミニクの肺から空気が押し出された。どうして彼女は見るたびに美しくなるのだろう？　従者の言ったとおりだった。サファイアはぴったりだ。彼は手を伸ばして彼女の手をとり、じっと見つめた。

シーアは頬をうっすらと染めて彼にほほ笑みかけた。

「さあ、早く」公爵夫人の声がしてドミニクは白昼夢から引き戻された。「あなた方殿方はみんな同じね。花嫁の到着を待ちきれないでいたくせに、到着したらしたで要領を得たことは何もしない。結婚式を挙げなきゃならないし、一時間以内には祝宴のお客様も到着しはじめるというのに、ここに突っ立って花嫁をうっとりと見つめているんだから」そう言ってドミニクの背中を持っていた杖でつついた。「行きましょう」

「おおせのままに、お祖母様」

「生意気なんだから」

シーアの父がドミニクの手から娘の手をとろうとすると、ドミニクは思わずそれに抗った。「心配しなくていい」サー・ヘンリーは冗談を言った。「すぐに返すから。こういうことはきちんとやらないと、あとあとまで言われるからね」そう言って眉を下げた。「娘はあと数分以内にきみのものになるよ、お若いの。しっかり面倒を見てくれないと許さないからな」

今朝彼女が自分の部屋へ帰ってからずっと感じていた緊張が薄れた。「そうします」ドミニクは笑みを浮かべた。「それに、ぼくがまちがいを犯したら、きっと彼女が教えてくれますよ」

サー・ヘンリーはシーアの手を自分の腕に置いた。「きみを家族として歓迎するよ」

シーアやその父親とともに教会へと足を踏み入れながら、ドミニクは喉に詰まった塊を呑みこもうとした。マットの言ったとおりだった。教会のなかには身内や数人の友人たちがいるだけだった。

数分後、サー・ヘンリーはシーアの手をドミニクの手に渡した。ドミニクは誓いのことばを述べるときに彼女の目をとらえた。シーアは穏やかな態度を崩さないように見えた。澄んだ力強い声でドミニクを夫にすると誓った。

若い司祭がほほ笑んでふたりを夫と妻であると宣言した。「おふたりが長く幸せな人生をともに歩むようお祈りいたします」

登録書にサインを済ませるやいなや、魔法が解けたかのようだった。子供たちが歓声をあげ、ふたりは抱擁やキスの波に呑みこまれた。

「ねえ、司祭様」マットが言った。「だいぶ上手になりましたね」

若い司祭は顔を赤らめた。「少し経験を積みましたから」

ドミニクはマットに目を向けた。「きみたちを結婚させたのと同じ司祭なのか？」

「そうさ、グレースとぼくが最初のひと組だった。ここにいる全員を結婚させるころには、ロンドン一経験を積んだ聖職者になるだろうな」

「侯爵様、そろそろ家に戻らないといけないわ」シーアがドミニクにほほ笑みかけた。

「おおせのままに、侯爵夫人」

馬車のところまで行くと、ドミニクがシーアに手を貸した。「みんなもいっしょに乗っていくのかい？」

「いいえ、マットがほかに馬車を手配してくれたわ。ほんの少しだけふたりきりになれるわよ」

「そうだとしたら――」ドミニクはシーアの耳に顔をすり寄せ、彼女の脈が速くなるのに気づいてうれしくなった。「この喜ばしいドレスを、同じぐらい喜ばしいきみの体からどうやって脱がせるつもりか教えてあげるよ」

シーアは顔を輝かせてほほ笑み、魅惑的な声を出した。「謹んでお聞きするわ、旦那様」

まだ結婚式用の服を着たまま、トムはメアリーとテオとフィリップといっしょにマートン・ハウスの勉強部屋からグローヴナー・スクエアを見下ろしていた。荒っぽい見かけのふたりの男が家をじっと見て立っている。彼らの姿をトムが見かけるのは、ドッティとマートン侯爵に救い出されてからはじめてのことだった。最初は怖かったが、今は父も戻ってきていて、マットと侯爵もいることから、誰も二度と自分に手出しできないことはわかっていた。

「ほんとうにあいつらなの？」とテオが訊いた。

「うん」トムはうなずいた。「絶対に忘れないよ」

その場にいるなかでいちばん年上の八歳のフィリップが目を険しくした。「誰かに伝えたほうがいいよ。おまえたちはここで見張っていてくれ。ぼくが助けを呼んでくる」

トムの世話係のサリーもそこに加わった。「あいつらに見られないように窓から離れていてくださいな」

それからまもなく、馬丁の何人かが一度にひとりかふたりずつ、ほかに何もすることがないとでもいうようにことばをかわしながらゆっくりと広場に歩み入った。トムの父とマットもそこに加わった。すぐにもふたりの男はとり囲まれたが、それに気づいていないようだった。マットが合図をし、馬丁たちが男のうちのひとりをつかまえ、トムの父がもうひとりの顔に拳をくらわせた。

「まともに一発くらわせたぞ」フィリップが叫んだ。「おまえの父さんはすごい技の持ち主だな」

「さあ、行きましょう」馬丁が男たちを連れ去ると、サリーが子供たちを窓辺から追い立てた。「もう何も見るものはありませんよ。料理人が朝食の間におやつを用意しています」

メアリーがトムの手をとってにぎりしめた。「気分はよくなった？」

「うん。ずっとよくなったよ。ありがとう」

ドッティはドミニクといっしょにテラスへ出た。ルイーザとシャーロットとメグ・フェザリントンとエリザベス・ターリーがテーブルを囲んでいた。

「シーア」ドミニクが唇でドッティの唇をかすめた。「長く待たせないでくれよ、いいね？」

「ええ。わたしだってあなたと同じぐらいここを出たくてたまらないんだから」

マートン・ハウスに留まるのでは、午前中のちょうどいい頃合いに祝宴をあとにすることができないだろうからと言って、祖母がふたりのために今夜ひと晩、プルトニー・ホテルのつづき部屋（スイート）を予約してくれたのだった。

使用人が椅子と栓を開けたばかりのシャンパンの瓶をテーブルに運んできた。シャンパンをグラスに注ぎ終えると、使用人はドッティにお辞儀をした。「奥様、奥様をこの家にお迎えできて、使用人一同非常に喜んでおりますことをお伝えいたします」

「ありがとう、ジョージ。わたしもうれしいわ」今朝教会から戻ってきてからというもの、使用人たちは彼女を新しい女主人として歓迎する旨をはっきり表明してくれていた。

ドッティが椅子にすわると、友人たちもにっこりした。

「誰が想像したかしらね？」メグが笑みを浮かべて言った。「マートン侯爵があんなにいいほうに変わるなんて」

「わたしは想像しなかったわ」ルイーザがシャンパンをひと口飲んだ。「今はわたしでさえ彼のことを好ましいと思っているのに」

「結婚してみた感じはどう？」とシャーロットが訊いた。

「まだほんの数時間だけど、これまでのところはすべて思ったとおりよ」

エリザベスがため息をついた。

「まだ自分が彼と結婚したかったなんて言わないでしょうね？」とメグが訊いた。

「まさか、言わないわ」エリザベスはグラスをもてあそぶのをやめてひと口飲んだ。「そんなことにはならなかったでしょうから。彼にはドッティがぴったりだわ。わたしはただ、結婚がしたいだけよ」

ふいにドッティはほかの女性たちよりもずっと年をとってしまったような気分になった。結婚するとこんなふうになるもの？「あなただってすることになるわよ。正しい男性が現れたら」

「今シーズンのはじめに――」シャーロットが言った。「レディ・イヴシャムにも言われたわ。正しい男性が現れるまで待ちなさいって」

「そうね」ルイーザが首を傾けた。「レディ・ラザフォードにも同じことを言われたわ。それにグレースをご覧なさいな。マットは彼女が愛した唯一の男性よ」

シャーロットはグラスを掲げた。「わたしたちみんなが心の求める人と結婚できますように」

メグがエリザベスをつついた。「そして、そうじゃない人で妥協したりしませんように」

「わかったわ」エリザベスも乾杯に加わった。「心の求める人に。どこでどんな人に出会おうとも」

訳者あとがき

摂政時代（リージェンシー）のイギリスを舞台にした魅力的なヒストリカル・ロマンスを次々と世に送り出し、〈USAトゥデイ〉のベストセラーリストの常連として高い評価を得ているエラ・クインの『堅物侯爵の理想の花嫁』（原題：*When a Marquis chooses a Bride*）をお届けします。

准男爵の娘であるドッティは、動物にしろ、人間にしろ、困っているのを見ると危険を冒してでも手を差し伸べずにいられない、強く、やさしい女性です。幼いころから親友シャーロットといっしょにロンドンの社交界にデビューすることを夢見てきましたが、社交シーズンがはじまる直前に母が足の骨を折り、ロンドンに行けなくなってしまいます。しかし、シャーロットが姉のグレースとその夫のワーシントン伯爵マットに頼んでドッティをロンドンに呼んでもらい、ドッティはシャーロットといっしょにデビューできることになります。

マットの親戚のマートン侯爵ドミニクは、幼いころに父を亡くし、保護者となった伯父の教育のせいで侯爵であることを強く意識するあまり、社交界では高慢で堅苦しい人間とみなされています。そんな彼は、マットがグレースと結婚したことに対抗意識を燃やし、自分も早く跡継ぎを作らなければならないと考え、花嫁探しをはじめます。そこで偶然ドッティに出会い、惹かれるようになりますが、彼女はドミニクが理想の花嫁として思い描いていた女性像とはまるでちがう女性でした。

マットからもドッティには近づくなと釘を刺され、一度は彼女をあきらめることを考えるドミニクですが、彼女が動物や人間を救う場面に居合わせて巻きこまれるうちに、彼女に惹かれる気持ちが高まり、自分とはまったくちがうものの見方をする彼女に凝り固まった価値観を揺さぶられるようになります。ドッティのほうはやさしくしてくれるドミニクに恋心を抱きながらも、マットの家族に嫌われている彼がその保守的で高慢な考え方を変えてくれなければ、彼とは結婚できないと感じます。

そんなふたりのロマンスが、ときにユーモラスに、ときに切なく展開していきます。

本書は抑圧された幼少期を過ごしたためにものの見方がゆがんでしまっているドミニクの精神的成長を描く物語でもあります。ドッティを愛し、彼女の言動を尊重するようになるにつれ、ドミニクは幼少期に植えつけられた自分の価値観に疑念を抱くようになります。心から信じ、愛せる誰かに出会ったことで、心の奥底に押しこめてきた幼いころの心の傷と向き合い、自分を変えようと決心するのです。真の自分をとり戻すためにトラウマを克服しようとするドミニクの姿は感動的ですらあります。

ロンドンに来てからドッティは殺されかけた子猫を助け、泥棒をさせられていた幼いトムを救います。この時代、貧しい家庭の子供たちはひどい扱いを受けていました。安価な労働力として使われたり、トムのように犯罪集団の手先にされたりする子供も多かったのです。わけもわからないまま犯罪に手を染めた子供たちは大人と同じように裁かれました。また、ベッツィの館にいた女性たちのように、ロンドンで拉致された女性や田舎からだまされて連れてこられた女性が娼館に売られることもよくありました。上流階級のなかにそうした世の中の状況を変えようと奔走した人々がいたのは事実で、本文中で〝社会改革者〟と揶揄される人々のおかげで、イギリス社会はゆっくりとではありますが、社会的弱者を救済する方向へ舵を切っていきます。本書は当時のそうした世相もしっかり踏まえた作品となっています。

本書は〈ワーシントン・シリーズ〉の第二作で、第一作の『一夜かぎりの花嫁』（ラズベリーブックス）では、本書でも活躍するマットとグレースのロマンスが描かれています。マットの妹たちやグレースの弟妹もみんな登場し、にぎやかで心あたたまる物語となっておりますので、こちらもぜひお読みいただけたらと思います。

アットホームな雰囲気とスリリングでロマンティックなストーリー展開の〈ワーシントン・シリーズ〉は人気を博し、本国ではすでに八作品が刊行されています。そのなかには本書にも登場するルイーズやシャーロット、さらにはルイーズの母ペイシェンスのロマンスもあるようです。それらについても、いずれご紹介できると幸いです。

二〇二〇年六月　　高橋佳奈子

堅物侯爵の理想の花嫁

2020年8月18日　初版第一刷発行

著 ………………………………… エラ・クイン
訳 ………………………………… 高橋佳奈子
カバーデザイン ……………………… 小関加奈子
編集協力 …………………………… アトリエ・ロマンス

発行人 ……………………………… 後藤明信
発行所 ……………………………… 株式会社竹書房
〒102-0072 東京都千代田区飯田橋2-7-3
電話 ： 03-3264-1576（代表）
03-3234-6383（編集）
http://www.takeshobo.co.jp
印刷所 ……………………………… 凸版印刷株式会社

定価はカバーに表示してあります。
乱丁・落丁の場合には当社までお問い合わせください。

ISBN978-4-8019-2444-4 C0197
Printed in Japan